AF395428

Stefan Bruweleit

Die nächtliche Reise des Immanuel S.

Roman

Mephistopheles-Verlag

All that we see or seem
Is but a dream within a dream.

(Edgar Allan Poe)

Als Immanuel S. aus einem traumlosen Schlaf, vielleicht auch aus einer tiefen Bewusstlosigkeit, erwachte und die Augen aufschlug, da befand er sich ohne jeden Zweifel in einem Krankenhauszimmer.

Er blinzelte, denn das Licht, das irgendwo von der Decke her kommen musste, blendete ihn. Er sah sich um und stellte fest, dass sein Bett das einzige in dem Zimmer war. Sollte er gestürzt sein und dabei das Bewusstsein verloren haben? Vielleicht in ihrem Haus auf der steilen Treppe, die vom Ober- hinab ins Erdgeschoss führte? Er befühlte seinen Kopf und stellte erleichtert fest, dass dieser weder verbunden war noch irgendwelche Verletzungen aufwies. Dann fuhr er mit der Hand unter die Bettdecke und befühlte den Rest seines Körpers. Es schien alles in bester Ordnung zu sein. Dann war es vielleicht doch nur ein Missverständnis. Er blickte aus dem Fenster und sah den vollen Mond über den Dächern der Stadt aufgehen, es musste noch früh am Abend sein. Da erinnerte er sich und erschrak. Er fasste an seine Brust, an die Stelle, an der sich bei seiner Jacke die Innentasche zu befinden pflegte, und hier nun bemerkte er, dass er einen weißen Pyjama mit schwarzen Längsstreifen trug, der ihm gar übel stand und zudem noch viel zu weit geschnitten war. Er sprang aus dem Bett und eilte zu dem Spind rechts neben der Tür. Ungestüm riss er die Spindtür auf und erblickte seine Kleidung ordentlich an vier Bügeln aufgehängt. Er fuhr in die Innentasche seiner Jacke und fühlte den Umschlag mit dem Schreiben, den er – wann? Vor einer Stunde? Vor einem Tag? – genau dort hineingesteckt hatte. Immanuel atmete erleichtert auf und schloss die Spindtür. Er blickte sich ein weiteres Mal in dem Zimmer um, dann öffnete er die Tür und trat hinaus auf den Gang.

Er schaute nach rechts, er schaute nach links. In einiger Entfernung, die sich nur schwer abschätzen ließ, sah er auf der linken Seite einen Tisch mit einem hölzernen Stuhl davor. Etwas lag auf dem Tisch ausgebreitet, vielleicht Zeitschriften. Er blickte an sich hinunter und fand, dass er das Zimmer unmöglich in diesem gestreiften Pyjama verlassen könne. Er ging also in das Zimmer zurück und nahm seine Kleidung aus dem Schrank. Es schien noch alles da zu sein. Als er sich umgezogen hatte, ging er auf den Gang zurück und nahm den Weg nach rechts. Weder Tische noch Stühle fand er hier, nur zwei Wände in glänzendem Weiß gestrichen, in die hin und wieder grünfarbene Türen eingelassen waren, und eine Decke in demselben Weiß, die ihm viel zu hoch erscheinen wollte. Und dort auf der linken Seite hing ein gerahmtes Foto. Er blieb stehen und betrachtete es. Es zeigte den Rosenplatz, der gar nicht weit vom Krankenhaus entfernt lag, und war von der Knospen-Straße aus aufgenommen. Und es war unscharf. Kaum konnte man das im Hintergrund gelegene Rosen-Café und die angrenzenden Gebäude als solche erkennen. Doch mehr noch als die Unschärfe verdross ihn, einen Mann, dem Ordnung und Disziplin zur zweiten Natur geworden waren, der Umstand, dass das Bild deutlich schief hing. Immanuel schüttelte den Kopf, trat einen Schritt vor und rückte es gerade. Dann trat er wieder einen Schritt zurück und betrachtete es erneut. Er war zufrieden, nickte und setzte sich wieder in Bewegung.

Was immer geschehen sein mochte, es musste geschehen sein, als er die Treppe vom Obergeschoss ihres Hauses ins Erdgeschoss hinabgestiegen war. Deutlich erinnerte er sich, wie er dem Vater gegenüber beteuert hatte, der Umschlag mit dem Angebot müsse sofort, noch an diesem Abend zu Herrn Schreihöft gebracht werden, und bald, schon sehr bald werde er wieder zurück sein, aber mit dem Abendessen solle man nicht auf ihn warten. Dann hatte er die Wohnung verlassen, war ins Treppenhaus gegangen, hatte die erste Stufe genommen …

Immanuel blieb stehen und schüttelte den Kopf. Nein, es wollte ihm nicht einfallen, was danach passiert war. Er ging weiter den Gang entlang. Hin und wieder blieb er vor einer der Türen stehen und lauschte, doch er hörte nichts. Vielleicht schlief man ja schon. Schließlich gabelte sich der Gang. Geradeaus kam man nur durch eine Glastür mit einem orangefarbenen Rahmen weiter. Er versuchte, sie aufzudrücken, dann zog er, doch sie war verschlossen. Also folgte er dem Gang nach rechts, und wieder schritt er an grünfarbenen Türen vorbei, lauschte hin und wieder, konnte aber weder hinter den Türen noch auf dem Gang irgendetwas hören, und nun, da er darauf achtete, wollte ihm scheinen, dass auch seine Schritte kaum einen Schall verursachten. Vermutlich hat man schalldämmende Materialien beim Bau des Krankenhauses benutzt, so ging es ihm durch den Kopf.

Kurz bevor er das Ende auch dieses Ganges erreicht hatte, öffnete sich eine Tür, es war die letzte auf der rechten Seite, und auf die Schwelle trat ein Mann von kaum dreißig Jahren mit einem wunderschönen, fast mädchenhaft anmutenden Antlitz. Er trug einen Pyjama von derselben Sorte, wie auch Immanuel ihn vor Kurzem noch getragen hatte, der an den Ärmeln und den Hosenbeinen deutlich zu kurz geschnitten war; jedoch schmälerte diese Unzulänglichkeit der Toilette in keiner Weise die von dem Mann ausstrahlende Erhabenheit und Würde, die einzig und allein in dessen Wesen begründet zu sein schienen. Die bis auf die Schultern fallenden blonden Haare wirkten ungepflegt, die dunklen Ringe unter den Augen mochten auf eine noch bestehende oder erst jüngst überstandene Krankheit deuten, wie auch die Ausgezehrtheit des Leibes und die Blässe auf einen Menschen wiesen, der eher in den Sphären des Geistes als in denen der physischen Welt zu Hause war. Hiervon zeugten auch die blauen Augen, deren Glanz momentan etwas fiebrig wirkte, aber doch von einer Intensität war, wie sie nur bei den tiefgründigsten Menschen zu beobachten ist.

Lange stand er einfach da und musterte Immanuel mit seinen schönen Augen, als versuche er, in dessen Inneren zu lesen, dann endlich streckte er die Arme aus und forderte Immanuel mit einem Kopfnicken auf, näherzutreten. »Gestatten Sie, werter Freund, dass ich Sie meinen Bruder heiße«, sprach er, als Immanuel zu ihm getreten war, und fasste nun mit beiden Händen seine Oberarme, ihm dabei fest in die Augen schauend, als wolle er sich endgültig überzeugen, dass sein Angebot keinem Unwürdigen gegolten habe. Er nickte. »Doch treten Sie ein, die Zeit ist knapp«, sagte er dann, führte Immanuel in sein Zimmer und verschloss die Tür. Das Zimmer war ähnlich wie das von Immanuel eingerichtet mit einem Feldbett, einem Tisch mit einem Stuhl, einem Spind. Alles war in bester Ordnung, nur auf dem Tisch lagen einige Blätter und eine Schreibfeder samt Tintenfass, mit denen dem Anschein nach eben noch eifrig gearbeitet worden war. Einen Unterschied zu Immanuels Zimmer gab es hingegen doch, und zwar war das Fenster hier mit einem schweren Eisengitter gesichert, und Immanuel fragte sich, welchem Zweck dieses wohl diene, da man durch die Tür doch ungehindert ein- und ausgehen konnte. Sein Gastgeber marschierte derweilen unruhig vor seinem Tisch auf und ab, den Kopf gesenkt, hin und wieder etwas murmelnd, anscheinend um eine Entscheidung ringend, wie er das Gespräch beginnen könne. Einmal blieb er vor dem Tisch stehen, nahm eins der Blätter auf, legte es dann wieder hin, und hier bemerkte Immanuel, dass sich inzwischen einige hektische rote Flecken auf dessen Wangen gebildet hatten. Dann ging er wieder auf und ab, hielt inne und schien nun endlich das Wort ergreifen zu wollen, begann stattdessen aber zu husten. Eine ganze Weile dauerte der Anfall, während er gebeugt dastand und sich ein weißes Taschentuch vor den Mund hielt. Mit einiger Besorgnis bemerkte Immanuel nun, dass sich auf dem Tuch rote Flecken gebildet hatten. »Ist Ihnen nicht wohl? Soll ich einen Arzt rufen?«, fragte er, doch der Mann, dessen Husten nun allmählich nachließ, winkte ab.

»Es wird schon gehen, mein Freund, es wird schon gehen. Wie's kommt, so geht's dann meistens auch.« Und tatsächlich war der Anfall nun vorüber. Einige Male atmete er tief durch, dann ging er an das Fenster und starrte in die Nacht. Dort verharrte er nun, und schon glaubte Immanuel, er habe seine Anwesenheit ganz vergessen, da begann er mit den Armen zu rudern, als wolle er die Worte, die seiner Zunge fehlten, aus der Luft greifen. »Schauen Sie, mein Freund, schauen Sie«, forderte er Immanuel schließlich auf, da der Mond durch die Wolkendecke brach und sich endlich in seinem vollen Glanze zeigte. »Schauen Sie. Als scheue er sich, sich uns in seiner ganzen Herrlichkeit zu offenbaren. Ja, vielleicht fürchtet er, das edle Gemüt möchte zu Asche verglühen, wenn es ihn in seiner ganzen Pracht schaue, ähnlich wie es den alten Propheten ergangen sein muss in Gottes Gegenwart. Denn haben Sie je Schönheit und Wahrheit in solch reiner Form geschaut, wie wenn er mit den schwarzen Wolkenmassen ringt, sein Antlitz verbergend, hin und wieder in geheimnisvollen Zungen auf die letzten Mysterien weisend, wann immer sein Glanz wie irrlichternd mit der umgebenden Finsternis spielt, um dann mit einem Male, wenn wir schon nicht mehr daran glauben und nur für ganz kurze Augenblicke, durch den schwarzen Vorhang zu brechen und sich uns zu offenbaren? Doch vermutlich lacht er über uns. Ihr Toren, so wird er sagen, so glaubt ihr denn wirklich, ihr könntet mich mit eurem Menschenwitz fassen? Und lachhaft ist es in der Tat, wenn man sie sieht, die Astronomen, die Hochgelehrten in ihren Talaren, wenn sie mit Tafeln und Formeln seine Bahnen, sein Wesen zu berechnen und zu bestimmen suchen. Denn siehe, wie ein einziger seiner göttlichen Strahlen hinreicht, all ihre Formeln und ihren Geisteswitz hinwegzufegen!« Er lachte auf und schüttelte den Kopf. Dann, als er sich wieder Immanuel zuwandte, wurde er erneut ernst. »Doch glauben Sie nicht auch, dass Apollos göttlicher Samen in uns allen ruhen muss, wenn wir diese Wahrheit in ihrer ganzen Reinheit zwar nicht schauen können, wenn uns aber immer wieder, sei es in Träumen und Visionen oder in Gedichten, zumindest eine Ahnung von jenen Gefilden jenseits unserer kläglichen Unzulänglichkeit gewährt wird?« Er blickte Immanuel nun geradezu flehend an, und dieser spürte wohl, wie viel ihm an seiner Zustimmung lag, und nickte also. »Ich fühlte gleich, dass du so empfindest, Bruder«, sprach er und drehte sich wieder um, doch fiel sein Blick nun nicht auf den Mond, sondern auf die Gitter vor dem Fenster. Seine Miene verfinsterte sich, und Immanuel dachte, dass die Zeit des Mannes in der Tat sehr knapp bemessen sein müsse, wenn er einem völlig Fremden gegenüber so schnell auf den Punkt zu sprechen kam. Lange stand der Mann nun schweigend da, dann ging er zu dem Tisch und nahm von diesem ein Blatt Papier. Er las, was auf ihm geschrieben, dann wandte er sich Immanuel zu. »Es sind nur einige Verse, die mir kürzlich in den Sinn gekommen.« Kurz zauderte er noch, dann hielt er Immanuel das Blatt hin, und dieser wollte es gerade nehmen, da öffnete sich die Tür und herein trat ein Mann mit einem schwarzen Spitzbart und in einen Arztkittel gekleidet.

»Aha!«, sagte er nur mit einem schelmischen Grinsen und sah die beiden aus listigen Augen an. »Aha! Nun, wie geht es uns denn heute?«, fragte er dann an den Mann gewandt.

»Sie also sind's«, antwortete dieser reichlich kühl.

»Na, wen haben Sie denn erwartet? Am Ende gar noch den heiligen Geist oder Apollo persönlich?«

Der Angesprochene rümpfte lediglich die Nase, sagte aber nichts.

»Na, nun seien Sie doch nicht gleich wieder beleidigt. Unser Fritze hat eine wahre Meisterschaft im Beleidigtsein entwickelt«, sagte der Spitzbart, bei dem es sich anscheinend um einen Doktor handelte. »Man kann schon manchmal toll werden mit den Dichtern. Dabei sind wir in gewisser Weise ja Kollegen, denn bisweilen überkommt es auch mich und ich dichte mal ein wenig. Das können Sie doch bestätigen?«

Doch der Dichter verzog lediglich das Gesicht und schwieg.

»Aber natürlich nicht so gut wie unser Fritze«, fuhr der Doktor an Immanuel gewandt fort. »Nein, mit unserem Fritze kann ich nicht mithalten. Ach, der kann dichten, sage ich Ihnen. Wenn man bedenkt, dass es ihn fast in den Bergbau verschlagen hätte. Gar nicht auszudenken! Stimmt doch, oder?«

»Ich war Salinenassessor«, erwiderte der Dichter, ohne den Arzt anzusehen.

»Salinenassessor! Aber natürlich. Wie konnte ich das nur vergessen. Und wie er assessiert hat, unser Fritze, das können Sie mir glauben«, sagte der Doktor zu Immanuel, dabei wie belehrend den Zeigefinger erhebend. »Und ein wahrhaft göttlicher Beruf ist es doch. Den Dichterberuf meine ich jetzt. O ja, das kann ich Ihnen versichern. Der alte Meister dort oben weiß gute Poesie sehr wohl zu schätzen. Ach, wie Er schunkelt und munkelt, wenn's so richtig knittelt, reimt und tost. Sie sollten Ihn da mal sehen!« Da nun fiel sein Blick auf das Blatt, das der Dichter noch in der Hand hielt. »Doch was sehe ich da? Gibt es etwa einen neuen Geniestreich zu bewundern, den ich noch nicht kenne?«

»Es ist noch nicht fertig«, beeilte sich der Dichter zu bemerken und verbarg das Blatt hinter seinem Rücken.

»Zu bedauerlich«, sagte der Doktor. »Doch lang ist bekanntlich die Kunst und kurz das Leben. Und nun wollen wir doch mal sehen, wie es um das Ihre steht.« Er trat auf den Dichter zu und musterte dessen Ringe unter den Augen sowie die Nase. »Immer noch reichlich verschnupft, wie mir scheint.« Und hier fasste er dessen Nasenspitze und zog sie ein Stück nach oben, was der Dichter mit einem wütenden Schnaufen beantwortete.

»Bitte unterlassen Sie das, mir geht es gut.«

»Ihm geht es gut«, sagte der Doktor an Immanuel gewandt. »Was soll man dazu sagen? Weiß alles besser, unser Herr Dichter. Also gut, wenn das so ist, dann wollen wir Sie auch nicht länger behelligen.« Und hier wandte er sich an Immanuel und wies mit der Hand zur Tür. »Bitte, nach Ihnen.« Immanuel nickte dem Dichter zu und verließ dann mit dem Doktor das Zimmer. Draußen auf dem Gang dann musterte dieser ihn von oben bis unten und äußerte ein weiteres Mal sein *Aha!* »Es ist doch schon ein wundersames Ding«, bemerkte er dann und schob mit dem Zeigefinger Immanuels rechtes Lid hoch, um den Augapfel besser sehen zu können. »Ja, wahrlich ein wundersames Ding ist es doch mit diesem Fleisch- und Knochenhaufen. Welchen Spektakel er vollführt, wie er kämpft, solange noch ein

Rest Lebensodem in ihm weilt, den es zu bewahren gilt.« Nun legte er das Ohr an Immanuels Herz und lauschte, hob dabei den Zeigefinger der linken Hand. »Hören Sie, wie sie stöhnt und ächzt, die alte Pumpe? Ja, wie sie sich müht, den ganz besonderen Saft durch jede Ader zu scheuchen, damit die Bäckchen ja so rosig bleiben wie in schönster Jugendblüte.« Er nahm das Ohr vom Herzen und trat einen Schritt zurück, nun Immanuel erneut von oben bis unten betrachtend. »Ein bisschen blass vielleicht. Womöglich ein Ungleichgewicht der Körpersäfte, vielleicht haben Sie aber auch nur etwas zu wenig Sonnenlicht abbekommen. Wer weiß das schon so genau. Ach, es ist doch ein Kreuz mit unserem Beruf. Da durchstudieren wir den morschen Leib im Großen und im Kleinen, und bevor wir auch nur halbwegs damit durch sind, da dient er auch schon dem Wurm zum Fraß.« Er schlug ihm mit der Hand an den Oberarm, noch immer das schelmische Grinsen auf den Lippen, und wandte sich von ihm ab.

»Herr Doktor«, rief Immanuel ihm nach, und er hielt inne. »Verzeihen Sie, doch wüsste ich gerne, was ich hier eigentlich mache und wie ich hierher gekommen bin.«

Der Doktor zwirbelte die Spitze seines Bartes und sah ihn nachdenklich an. »Was Sie hier tun, mein werter Freund, das, befürchte ich, werde ich Ihnen kaum verraten können. Denn sehen Sie, ich bin hier lediglich der Hansdampf in allen Gassen, oder meinetwegen können Sie mich auch den Spieß von dieser Einrichtung nennen. Wenn Sie nach dem tieferen Sinn und dem letzten Ende fragen wollen, so müssen Sie sich schon an den Chef wenden.«

»Und wo finde ich den?«

»Wie heißt es so schön: Alle Wege führen nach Rom. Folgen Sie einfach dem Gang und der Beschilderung. Sie werden ihn schon finden.« Er hob noch zum Gruß die Hand, dann verschwand er in einem Zimmer auf der gegenüberliegenden Seite, und Immanuel befand sich ganz alleine auf dem Gang.

Eine Weile stand er noch da und blickte auf die Tür, hinter der der Doktor verschwunden war, dann wandte er sich um. Der Gang gabelte sich hier ein weiteres Mal und Immanuel entschied sich für den linken Weg. Wieder ging es vorbei an grünen Türen, bis auch dieser Gang ein Ende fand. Hier gab es keine Gabelung, sondern lediglich auf der rechten Seite führte ein nun deutlich schmaler werdender und niedrigerer Gang weiter. Er bog also nach rechts ab, und dort, ganz am Ende, sah er eine Tür, die nicht in Grün, sondern in einem dunklen Braunton gehalten war. Und noch etwas Besonderes bemerkte er nun, da er sich der Tür bis auf wenige Schritte genähert hatte. Erstmals in diesem Gebäude entdeckte er eine Treppe, und zwar eine nach oben, ins Obergeschoss führende Treppe. Ihn verlangte, den Chef zu sehen, und er war geneigt, den Weg nach oben zu wählen, doch fielen ihm nun die Worte des Doktors ein, er habe lediglich dem Gang zu folgen. Er bestieg also nicht die Treppe, sondern drückte die Klinke der Tür hinunter, die sich dann auch geradezu spielend leicht öffnen ließ. Er trat hindurch und befand sich nun im Freien.

Als Erstes fiel sein Blick auf den vollen Mond, der wie träumend über der Stadt schwebte, an dem Getriebe unter sich aber nicht das geringste Interesse zu finden schien und dann auch gleich hinter einer der Regenwolken verschwand. Ein leichter Nieselregen hatte eingesetzt und Immanuel fröstelte. Er wandte sich um und sah, dass die Tür ebenso spielend leicht wieder ins Schloss gefallen war. Er suchte nach einer Klinke, fand aber keine. Es musste sich um eine Art Notausgang handeln, den man nur von innen öffnen konnte. Wo käme man auch hin, wenn man von allen Seiten her einfach so in das Krankenhaus eindringen könnte. Er blickte an der Mauer empor zum zweiten und zum dritten Geschoss. Seltsam, wie gewaltig das Bauwerk war, nun, da er direkt davor stand. Aus der Ferne sah es viel kleiner aus. Welch gesunder Mensch er doch war, denn bisher hatte er das Krankenhaus nur aus der Ferne sehen müssen. Und nun war er darin aufgewacht, ohne zu wissen, wie er überhaupt dorthin gelangt war. Er drehte sich um und sah den zur Straße führenden Pfad entlang, dessen Schlangenform sich undeutlich unter dem schwachen Bodennebel abzeichnete, der sich um das Gebäude gelegt hatte. Er knöpfte seine Jacke zu. Dabei fuhr seine Hand über den Umschlag mit dem Angebot an die Firma Schreihöft, dessenthalben er die elterliche Wohnung zu solch fortgeschrittener Stunde überhaupt noch verlassen hatte. Er setzte sich in Bewegung. Um alles kümmerte sich letztendlich er. Die Posteingänge sortieren und verteilen, die Postausgänge frankieren, die Rechnungen erstellen, die Werbeanzeigen für den *Stadtanzeiger* konzipieren. Und es war nicht so einfach, eine Werbebotschaft in maximal drei Zeilen zu bannen! Auch die Zigarren für Herrn Rohrmann, seinen Chef, besorgte er aus dem Kolonialwarengeschäft am Rosenplatz, wenn der Bursche einmal nicht da war. Und Immanuel spürte, wie die Innenflächen seiner Hände, die er in den Hosentaschen vergraben hatte, feucht zu werden begannen. Er sah die blauen, stechenden Augen des Vaters vor sich. Augen, die nicht nur blau und stechend waren, die zudem zu glänzen pflegten, wenn der Vater in der Küche vor den Mahlzeiten vor dem Essenstisch auf und ab marschierte, den Zeigefinger bisweilen in die Höhe streckend, und über die Tugenden eines tüchtigen Beamten dozierte, zu denen neben Gottesfurcht eben auch Disziplin, Pünktlichkeit und Zuverlässigkeit zählten. Ach, wie stechend die Augen des Vaters doch sein konnten.

Doch war es denn sein Verschulden, dass er so spät kam? Was konnte er dafür, dass man ihn ohne sein Wissen in das Krankenhaus eingeliefert hatte? Nein, das lag nicht in seiner Verantwortung. Das war … ja, das war höhere Gewalt, wenn man so wollte. Und das würde er Herrn Schreihöft unmissverständlich klarmachen, sollte dieser denn Einwände erheben, dass das Angebot verspätet eintreffe. Herr Schreihöft, so würde er ihm versichern, Herr Schreihöft, seit sieben Jahren schon bin ich als Fakturist bei der Spedition Rohrmann tätig und noch nie hat jemand mir Säumigkeit oder Pflichtvergessenheit vorhalten können. Und gewiss werden Sie einsehen, dass das späte oder womöglich gar verspätete Eintreffen unseres Angebotes unmöglich auf mein Verschulden zurückzuführen ist. Und schon allein in Anbetracht der jahrelangen Zusammenarbeit zwischen Ihrem und unserem Unternehmen, die sich stets zum beiderseitigen Vorteil erwiesen hat, schon allein in Anbetracht dieser Zusammenarbeit werden Sie gewiss ... Ja, so würde er zu ihm sprechen. Und gewiss würde Herr Schreihöft ein Einsehen haben, würde verstehen, dass es nicht sein Verschulden war. Musste es verstehen. Denn alles andere wäre eine himmelschreiende Ungerechtigkeit. Und wenn es neben Gottesfurcht und Disziplin einen Pfeiler im Leben von Immanuel S. gab, so stellte dieser sein Glaube an eine alles umfassende Gerechtigkeit dar.

Er überquerte die am Krankenhaus vorbeiführende Straße und ging in die von dieser abzweigende Neptun-Straße. Ein Mal noch blickte er zurück zu dem mächtig in den Nachthimmel ragenden Gebäude, das aus vereinzelten beleuchteten Fenstern zu ihm herabstarrte. Seine Miene nahm nun jene entschlossenen Züge an wie stets, wenn er sich einer wichtigen Aufgabe gegenübersah. Auf direktem Wege nun würde er zu Herrn Schreihöft eilen und den Sachverhalt unmissverständlich darlegen. Hin und wieder warf er einen nervösen Blick zum Mond und versuchte, die Zeit abzuschätzen. Doch war das ja belanglos, und sollte man ihm Vorhaltungen machen, dass er zu solch später Stunde noch erscheine, er würde die Gründe darlegen und darauf bestehen, Herrn Schreihöft zu sprechen. Zur Not würde er sich vor dessen Büro setzen und sich weigern, wieder zu gehen, bis man ihn endlich vorlassen würde. Er beschleunigte den Schritt, bog schließlich rechts in eine Nebengasse ab, wo ihm eine Reihe von Häusern den Blick auf das Krankenhaus versperrte. Wo sind nur all die Menschen, ging es ihm durch den Kopf, als er nach gut 200 Metern in die Mimosen-Straße abbog.

Er blickte sich nochmals um, die Gasse entlang, dann in die Mimosen-Straße hinein, doch nirgends war eine Menschenseele zu entdecken. Doch so spät konnte es doch noch nicht sein. Der Mond war ja eben erst aufgegangen. Er schüttelte den Kopf und setzte den Weg fort. Dann endlich, nach wenigen Minuten, vernahm er eine Stimme. Zunächst noch schwach, dann schnell klarer und kraftvoller werdend drang sie zu ihm vor, und schließlich gewahrte er ein Licht, das aus einem Fenster in den zwischen Haus und Gehweg gelegenen Garten geworfen wurde. Es war das Haus seiner Tante, das keinen Kilometer von seinem Zuhause entfernt lag.

»Ja, nun schau einer an, ist es gar der verlorene Sohn, der sich dort aus der Dunkelheit zu uns gesellt?«, kam es polternd aus dem Garten, als Immanuel die Pforte, die das Grundstück vom Gehweg trennte, erreicht hatte. »Ja, so gib doch Antwort, Kreatur der Nacht, bist du nun der verlorene Sohn? Hahaha!«

Er fuhr mit der Hand über den Briefumschlag und zögerte, dann öffnete er die kleine Pforte und trat in den Garten. Grauenvoll, dachte er, als ihm der Rauch der Zigarre in die Nase stieg. Kann ein Arzt sich denn keine anständigen Zigarren leisten? Die Beine des Stuhles bohrten sich unter dem massigen Leib von Doktor Koch etliche Zentimeter in den Boden, was dieser jedoch nicht zu bemerken schien. Er lehnte sich vor und zog amüsiert an seiner Zigarre. Die Tante saß ein Stück neben ihm. Sie trug den schwarzen Faltenrock, der ihre Beine und auch den Großteil des Stuhles bedeckte und der nun, von dem inzwischen dichter gewordenen Nieselregen angefeuchtet, matt in dem aus dem Küchenfenster dringenden Licht glänzte. Ihre Hände hatte sie gefaltet auf den Schoß gelegt, genau so, wie sie es in der Kirche zu tun pflegte, wenn sie, die Augen geschlossen, in tiefer Andacht versunken war. Oft schon hatte Immanuel, der zumeist in der Bank hinter ihr saß, sie verstohlen beobachtet, wenn sie so dasaß, und manchmal wollte sie ihm in diesen Augenblicken so gar nicht wie eine Frau aus Fleisch und Blut erscheinen. Mehr wie ein Geistwesen. Weshalb, das wusste er selber nicht. Warum hat sie sich das Haar nicht mit zwei oder drei Haarnadeln zusammengesteckt?, so fragte er sich. Sie sieht doch recht alt aus, wenn sie das Haar offen trägt. Gar nicht mehr wie ein Geistwesen. Aber vielleicht liegt es auch an dem Licht. Das Licht, das durch das Küchenfenster in den Garten dringt, ist doch ziemlich trübe. Der Tante und dem Doktor gegenüber befand sich, ebenfalls auf einem Stuhl sitzend, Immanuels Cousine Sophie in einem orangefarbenen Sommerkleid.

»Tante. Doktor.« Immanuel nickte den beiden zu.

»Immanuel.«

»Hallo, Immanuel«, begrüßte ihn da die Cousine mit einem strahlenden Lächeln. »Wie geht's dir denn heute?«

»Danke, Sophie, mir geht's gut.«

»Sehen Sie, werte Frau K., da haben wir uns ja nun doch ganz umsonst gesorgt«, begann der Doktor und wandte sich dann an Immanuel. »Aber sag′ einmal, junger Mann, was machst du denn da für Sachen, uns in solchen Schrecken zu versetzen? Man sucht dich ja schon überall. Welch Wunder nur, dass man deinen Steckbrief noch nicht ausgehängt hat!« Er lachte auf und schlug sich mit der Hand auf den fleischigen Oberschenkel, dass es klatschend durch den Garten schallte. Mit der anderen Hand schnippte er die Asche von seiner Zigarre auf den Rasen. Die Tante schien etwas sagen zu wollen, doch der Doktor kam ihr zuvor. »Ich habe deiner Frau Tante gerade vom Schwarzen Mann erzählt, darum bin ich auf den Steckbrief gekommen. Die Sache mit dem Mädchen, na, du hast bestimmt schon davon gehört. Wie solltest du auch nicht, es ist ja auch wirklich eine Sache, was soll man dazu sagen? Die Lehrerin hat's ja zuerst für ein reines Hirngespinst gehalten. Kennen Sie übrigens Frau Harnich?«, wandte er sich dann an die Tante. »Aber natürlich! Ich erinnere mich, Sie sind doch zusammen zur Schule gegangen. Ja, sicher, wie konnte ich das nur vergessen. Und Sie waren doch auch immer zusammen auf dem See im Winter zum Schlittschuhlaufen. Sie erinnern sich doch gewiss, damals wurde dort doch jedes Jahr das Zelt aufgeschlagen, wenn die Eisschicht dick genug war ... Eigentlich schade, dass man das nicht mehr macht. Überhaupt bedauerlich, wie wenig heutzutage auf traditionelle Werte gegeben wird.« Er blies eine Rauchwolke aus und blickte den Schwaden sinnierend nach. »Doch egal ... Wie bin ich jetzt darauf gekommen? Ach ja, das kleine Mädchen! Es geht also ... nein, gar nicht wahr, da war ich ja noch gar nicht. Die Frau Harnich, mit der Sie, werte Frau K., ja zur Schule gegangen sind. Also, wie gesagt, sie hat das Ganze zuerst gar nicht ernst genommen. Der Schwarze Mann, na, was soll man davon auch halten? Eins der Kinder hat eine Geschichte über ihn gehört, hat dann Alpträume von ihm bekommen, wo noch so einiges dazugereimt wurde, hat dann den anderen Kindern davon erzählt, die auch noch ihr Scherflein beigesteuert haben, und schon haben wir die tollste Geschichte. Dabei will ich nichts gegen das Geschichten-Erzählen gesagt haben. Nun einmal ganz im Ernst: Wo wären wir denn ohne die Geschichten aus unserer Kindheit. Sie sind letztendlich so wichtig wie das tägliche Brot, bilden mithin die Nahrung und das Rüstzeug für unsere geistige Entwicklung. Das siehst du gewiss ebenso, nicht wahr? Siehst du, das habe ich mir gedacht. Wer wollte den Zauber missen, in den wir tauchen, wenn wir von verwunschenen Schlössern und von Hexenhäusern hören. Aber wie bin ich jetzt darauf gekommen?« Er kratzte sich am Kopf und lehnte sich zurück, dabei die hinteren Beine seines Stuhles ein Stück tiefer in den Rasen bohrend. Die Tante sollte sich ihren Schal umbinden, dachte Immanuel, sie wird sich noch erkälten. Und auch Sophie wird bestimmt frieren. »Ach ja, die Frau Harnich! Wie sollte sie auch etwas auf die Geschichten geben, die sie dort von ihren Kindern gehört hat? Und von jedem hat sie noch etwas anderes gehört. Einmal war der Schwarze Mann riesig wie Goliath, dann war er kaum größer als ein Däumling, dafür aber mit messerscharfen Zähnen, mal hat er eine Art Kostüm getragen, dann soll er einfach im Hemd umherspaziert sein, und das bei diesem Wetter! Na, da kann man's der guten Frau ja wohl nicht verdenken, wenn sie das Ganze ein wenig cum grano salis genommen hat!« Der Doktor stieß ein weiteres Mal sein polterndes Lachen aus, und Immanuel fuhr mit der Hand über den Umschlag mit dem Angebot. »Ja, aber wie es so häufig kommt, eines Tages ist doch ihre Kollegin … na, wie heißt sie noch?« Er schwang seine Zigarre auf und ab bei dem Versuch, sich zu erinnern und schüttelte schließlich verärgert den Kopf. »Ach, es ist zum Auswachsen! Ich kann dir nur raten, junger Mann, werde niemals alt. Es lässt einfach alles nach; die Knochen werden morsch, die Zähne fallen einem aus und dafür die einfachsten Namen nicht mehr ein. Irgendein altes Volk, ich weiß nicht mehr, welches, das hatte jedenfalls ein Gesetz, dass sich jeder angesehene Mann das Leben nehmen musste, wenn er das vierzigste Lebensjahr erreicht hatte, damit ihm die Demütigung erspart blieb, dass er sich irgendwann einmal nicht mal mehr an den eigenen Namen erinnern konnte. Man sollte ernsthaft überlegen, ob wir dieses Gesetz bei uns nicht auch einführen. Na ja, wie auch immer, diese Kollegin ist jedenfalls eines Tages, das muss in der letzten Woche gewesen sein, da ist sie also über den Schulhof gegangen … Sie kennen doch den Schulhof? Der grenzt direkt an die Flieder-Gasse, das heißt, er grenzt nicht direkt daran, sondern führt über einen schmalen Pfad dorthin.« Er blickte von der Tante zu Immanuel, wie um sich zu vergewissern, dass sie beide im Bilde seien. »Und dort auf diesem Pfad, auf halbem Wege, da hat sie doch einen Mann gesehen, einen fremden. Oder zumindest hielt sie ihn für fremd, denn genau erkennen konnte sie ihn freilich nicht. Dafür war er zu weit entfernt. Sie konnte nur erkennen, dass er einen grauen Regenmantel getragen hat. Er stand einfach da und blickte auf den Schulhof, als suche er dort jemanden. Und da fragt man sich natürlich schon: Warum beobachtet ein Mann, der dort doch gar nichts zu suchen hat, einfach den Schulhof? Und als am nächsten Tag dann ein kleines Mädchen verschwindet, einfach so verschwindet, als es aus der Schule kommt, na, da fragt man sich natürlich schon ...«

»Der Mann in dem Regenmantel hat das Mädchen abgemurkst«, wurde er hier von Sophie unterbrochen, die mit einer Gewissheit sprach, als gebe es keinerlei Zweifel an ihrer Behauptung.

»Sophie, was ist das für ein Ausdruck!«, rügte die Tante.

»Aber so heißt es doch: abmurksen. Siehst du, so.« Sie legte ihre Hände um den Hals und streckte dann röchelnd die Zunge heraus. »Und jetzt ist es tot.«

»Das wissen wir doch gar nicht«, erwiderte der Doktor.

»Natürlich ist es tot. Ihr kennt doch die Geschichte von Friederike und Herrn Waldemar. Also, die Friederike war gerade aus der Schule gekommen und war jetzt auf dem Weg nach Hause, da begegnete ihr doch plötzlich der Herr Waldemar. Der Herr Waldemar, der lebte ganz in der Nähe von Friederike und war ein wirklich netter Kerl. Er liebte Kinder nämlich, müsst ihr wissen, hat ständig mit ihnen gespielt, ihnen Süßigkeiten geschenkt und all solche Sachen. Und als er die Friederike nun sieht, da bietet er ihr ein paar Fruchtbonbons an, die Friederike auch sofort annimmt, denn es ist ihre Lieblingssorte. Sie gehen also gemeinsam und dann fragt Herr Waldemar, ob sie nicht ein bisschen mit ihm spazieren gehen will. Er kennt da einen Ort, wo es noch viel mehr Fruchtbonbons gibt. Friederike zögert zunächst, weil sie ja eigentlich nach Hause gehen muss. Die Mutter hat ihr nämlich gesagt, dass sie nach der Schule sofort nach Hause kommen soll. Doch dann denkt sie, dass es so lange ja wohl nicht dauern wird mit dem Spaziergang, und außerdem liebt sie Fruchtbonbons, und so gehen sie also los. Sie gehen und gehen und schließlich kommen sie auf einen Waldweg. Rechts und links die Bäume werden immer dichter und Friederike fragt, wie weit es denn noch ist. Wir sind bald da, kleine Friederike, nur noch ein kleines Stück, so sagt Herr Waldemar, und sie gehen also weiter. Da mit einem Male bemerkt Friederike, dass die Augen von Herrn Waldemar viel dunkler geworden sind. Sonst waren sie immer blau, aber jetzt sind sie plötzlich fast ganz schwarz. Was ist denn mit deinen Augen los?, fragt sie. Die sind ja plötzlich so dunkel. Das kommt, weil es hier im Wald so dunkel ist, da scheinen auch meine Augen viel dunkler zu sein, antwortet er. Sie gehen also weiter, und da fällt ihr plötzlich auf, dass die Ohren von Herrn Waldemar nun viel größer und oben ganz spitz sind. Im Wald muss man große Ohren haben, so sagt Herr Waldemar, damit man hört, wenn sich irgendwo ein gefährliches Tier nähert. Aber was ist denn mit deinem Gesicht?, fragt Friederike dann. Da wachsen ja jetzt überall so dunkle Haare. Aber natürlich, mein Kind, sagt Herr Waldemar. Ich bin ja schließlich ein Mann, und da wachsen einem eben Haare im Gesicht und auch an anderen Stellen. Und warum hast du plötzlich so große Zähne? Und warum läuft dir die Spucke aus dem Mund? Weil ich dich zum Fressen gern habe, knurrt Herr Waldemar und stürzt sich auf Friederike. Friederike entreißt sich seinem Griff und läuft in den Wald. Herr Waldemar knurrt und heult und setzt der kleinen Friederike nach, und, ach, sie ist ja nur ein kleines Mädchen und längst nicht so schnell wie ein Mann, der jetzt schon fast aussieht wie ein Wolf. Da packt er sie auch schon, wirft sie zu Boden und seine behaarten Klauen umfassen ihren Hals und drücken zu. Seht ihr, genau so.« Und hier legte sie erneut die Hände um ihren Hals und streckte röchelnd die Zunge heraus. »Und dann beißt er ihr auch noch in den Hals.«

»Ach, also ein Werwolf war's!«, rief der Doktor aus.

»Aber natürlich war's ein Werwolf. Wir haben heute ja schließlich Vollmond.« Und tatsächlich brach in diesem Augenblick der volle Mond durch die Wolkendecke und tauchte Sophies blasses Gesicht in sein kaltes Licht. Und für einen Moment wollte Immanuel die Cousine fast ebenso vergeistigt scheinen wie die Tante, wenn sie in der Kirche vor ihm saß. Doch kurz nur währte der Eindruck, dann verbarg der Mond sich wieder hinter den Wolken und das fahle Licht aus der Küche alleine beleuchtete die Gruppe im Garten. Der Doktor setzte zu einer Erwiderung an, doch bevor er sie in Worte fassen konnte, drang ein Schrei zu ihnen herüber, der aus einiger Entfernung aus Richtung der Stadtmitte kommen mochte.

»Nanu.« Der Arzt blickte hinter sich in die Richtung, aus der der Schrei gekommen war. »Da muss ja wohl was passiert sein.« Mit einem Stöhnen hievte er sich aus dem Stuhl empor und griff nach einer schwarzen Ledertasche, die Immanuel bisher noch gar nicht bemerkt hatte. »Werte Frau K., liebe Sophie«, wandte er sich an die Tante und die Cousine. »Sie gestatten, dass ich mich nun empfehle, aber man weiß ja nie ...« Er deutete eine Verbeugung an und hob den Hut ein Stück. Die Tante blickte von dem Arzt zu Immanuel, schien noch etwas sagen zu wollen, doch der Doktor hatte sich bereits in Bewegung gesetzt, und Immanuel entschied, ihm zu folgen.

»Tante. Sophie«

»Mach´s gut, Immanuel«, rief Sophie ihm hinterher und winkte noch dazu, als er bereits fast die Pforte erreicht hatte.

»Könnte vom Rosenplatz gekommen sein«, bemerkte der Doktor, als sie auf der Mimosen-Straße in Richtung auf die Stadtmitte gingen, und Immanuel nickte. Der Rosenplatz lag noch gut 400 Meter von ihnen entfernt, und um dorthin zu gelangen, mussten sie am Ende der Straße rechts und nach einem kurzen Stück dann links in die Rosen-Straße abbiegen.

»Ich kann dir noch einen Rat geben«, keuchte der Arzt, als sie das Ende der Mimosen-Straße erreicht hatten. »Ich meine jetzt, außer den, dass du niemals alt werden solltest.« Er hielt inne und beugte sich vor, sich dabei mit den Händen auf den Oberschenkeln abstützend. »Werde niemals dick! Ach, ich sage dir, es ist ein Kreuz. Ich wollte mir schon immer eine Diät verschreiben, aber wie das so ist. Man ist dermaßen in seine Arbeit vertieft, dass man darüber alles andere vergisst.« Die Worte schienen ihn noch mehr außer Atem gebracht zu haben. Er blickte seine Zigarre an und warf sie in den Rinnstein, ohne einen letzten Zug davon genommen zu haben. Es folgte nun ein zweiter Schrei, dieser aber nicht, wie beim ersten Mal, von einem Mann ausgestoßen, sondern von einer Frau. Irgendwo miaute eine streunende Katze. Nun setzten sie sich wieder in Bewegung und bogen nach 100 Metern gut in die Rosen-Straße, von wo aus man bereits das Rosen-Café und einen Teil des Rosenplatzes einsehen konnte. Vor dem Café saßen drei alte Männer bei einem Schoppen Bier, doch schien der Schrei kaum von ihnen gekommen zu sein, denn vielmehr war deren Aufmerksamkeit von etwas in Anspruch genommen, was sich, von Immanuel aus gesehen, ein Stück hinter ihnen vor dem an das Café angrenzenden Gebäude abzuspielen schien, wo sich bereits eine Menge Volks versammelt hatte. Der Atem des Arztes ging schwer und schwerer, doch schließlich hatten sie das Café erreicht. »Jei jei jei ja!«, rief es da aus, und nun bemerkte Immanuel, dass sich außer den drei Greisen noch ein Mann vor dem Café befand. Er war um die fünfzig Jahre und saß in einem Rollstuhl. Als er Immanuel und den Doktor vorbeieilen sah, stieß er ein weiteres *Jei jei jei ja!* aus und klatschte dazu vergnügt in die Hände. Fast wie eine Antwort hierauf erfolgte nun ein weiterer Schrei aus der Menge.

»Lassen Sie mich durch«, keuchte der Doktor, als sie den Haufen erreicht hatten. »Ich bin Arzt.« Zuvorderst lag eine Frau, doch schien sie nicht die Ursache für den Aufruhr zu sein. Sie war ohnmächtig und wurde von zwei Männern umsorgt, der eine ihren Kopf haltend, der andere ihre Wange bald verhalten tätschelnd, bald schlagend, und es schien, als handele es sich um die Frau, die soeben den Schrei ausgestoßen hatte. Eine weitaus größere Menge aber hatte sich ein Stück weiter hinten zusammengerottet.

Es muss ein Zirkus in der Stadt sein, ging es Immanuel durch den Kopf.

»Was hat er denn da oben zu suchen gehabt?«, fragte ein Mann.

»War wohl ein Unfall«, mutmaßte ein anderer.

»Das war kein Unfall«, widersprach wieder ein anderer. »Einfach gesprungen ist er. Zuerst hat er mit seinen Bällen jongliert, dann ist er einfach gesprungen.«

Der Mann, der dort am Boden lag, lachte. Das zumindest ließ die Schminke um seinen Mund herum vermuten, die von einem dunkleren Rot noch war als das Blut, das sich neben ihm auf dem Pflaster ausbreitete. Offensichtlich war es dessen Anblick, der für die Ohnmacht der Frau verantwortlich schrieb.

»Lassen Sie mich durch«, wiederholte Doktor Koch. »Ich bin Arzt.« Schweigend ließ die Menge ihn passieren. Die Gliedmaßen des Mannes am Boden standen in unnatürlichem Winkel vom Körper ab, und der Arzt schüttelte den Kopf. Er fasste die Hand des Mannes und fühlte seinen Puls. Hier nun meinte man ein schwaches Stöhnen des Mannes zu hören, der mit geschlossenen Augen dalag und sich nicht rührte.

»Ja, zum Donnerwetter«, entfuhr es dem Arzt. »Wie ist denn das passiert?« Er schüttelte erneut den

Kopf und legte die rechte Hand auf das Herz des Mannes, dabei sorgsam vermeidend, dass er mit den teils orangefarbenen, teils rot gefärbten Pompons auf der Jacke in Berührung kam.

»Einfach vom Dach gesprungen ist er«, kam es aus der Menge.

»Ja, einfach so, und da lag er auch schon da.«

Immanuel blickte an dem Gebäude hoch, das in neun oder zehn Metern Höhe in einem Flachdach endete.

»Ich denke mal, der kommt von 'nem Zirkus.«

Ja, stimmte Immanuel bei, das glaube ich auch. Warum sonst sollte er in einem Clowns-Kostüm herumlaufen.

»Der Mann muss sofort ins Krankenhaus«, beschied der Doktor.

»Er ist einfach so gesprungen. Hat mit seinen Bällen jongliert dort oben und ist dann gesprungen.«

»Der Mann muss ins Krankenhaus«, wiederholte der Arzt, energischer nun als zuvor.

»Mein Wagen steht dort drüben«, sagte ein junger Mann und wies auf einen zweiachsigen Fuhrwagen ein Stück die Straße hinunter. »Ich kann ihn hinbringen.« Erst jetzt erkannte Immanuel, dass es Gregor war, Sophies Bruder und also sein Cousin. Und auch der Doktor erkannte ihn nun.

»Ah, das ist ja der Gregor. Na, das trifft sich gut. Dann bitte mal schnell.«

Und während Gregor davoneilte, trat ein Mann mit einer weißen Schürze, die selbst in dem schwachen Dämmerlicht, das von einer Straßenlampe geworfen wurde, vor Sauberkeit geradezu strahlte, zu dem am Boden Liegenden und schüttelte den Kopf.

»Ja, so ein armer Teufel. Gerade hat er noch einen Schoppen getrunken bei mir.« Er wies auf das Café, vor dem noch immer die drei alten Männer saßen und neugierig die Hälse reckten. »Und nun liegt er hier.«

»Dann war er womöglich gar betrunken«, mutmaßte einer der Umstehenden.

»Nein, betrunken war er nicht«, erwiderte der Wirt. »Ein lustiger Bursche war's, hat wohl so manchen Scherz getrieben und mit seinen Bällen jongliert, aber betrunken, nein, betrunken war er doch gewiss nicht.«

Und nun hörte man die Hufe des schwarzen Hengstes auf das Pflaster schlagen, als dieser auf müden Beinen und mit sichtlichem Widerwillen Gregors Fuhrwagen nach der Unfallstelle zog. Vielleicht meinte er, seine altersschwachen Knochen hätten nach getanem Tageswerk nun endlich ihre Ruhe verdient, vielleicht spürte er auch Gevatter Tod sich auf dunklen Schwingen nähern. Denn um den Mann am Boden stand es nicht gut, das erkannte gewiss auch der Doktor, der Gregor nun mit ungeduldigen Armbewegungen zur Eile mahnte.

»Jemand muss mir helfen«, sagte er, als der Wagen endlich angekommen war, und es schien, als weite sich der Kreis um den Schwerverletzten mit einem Male. Nein, ich wollte die verblutete Kleidung auch nicht berühren, dachte Immanuel und trat einen Schritt zurück. »Meine Herren, ich bitte Sie«, ermahnte der Doktor mit strenger, wenn auch verständnisvoller Stimme. »Alleine wird er sich schwerlich auf den Wagen bewegen können.« Da nun endlich traten zwei Männer vor, der eine fasste unter die Schultern, der andere das rechte Bein. Der Doktor nickte ihnen dankbar zu und fasste dann selber das linke Bein. »Und vorsichtig. Ganz vorsichtig!« Und als sie den Clown nun zu dem Wagen trugen, da entdeckte auch Gregor den Cousin und kam eilenden Schrittes auf ihn zu.

»Ja, Immanuel, wo bist du denn gewesen? Herr Rohrmann ist fuchsteufelswild, alle fragen sie nur nach dir. Das Angebot hätte gestern doch schon abgegeben werden müssen.«

»Gestern, sagst du?«

»Aber ja doch, gestern!«

Immanuel fasst sich an die Stirn und sah ungläubig zu Gregor. Ein ganzer Tag also soll verronnen sein, ohne dass er etwas davon bemerkt hätte.

»Gestern«, wiederholte Gregor. »Und heute hat der Herr Rohrmann dann einen Boten zum Herrn Schreihöft geschickt, um sicherzugehen, dass das Angebot auch angekommen ist, weil du ja nicht aufgetaucht bist. Ja, und da hat er dann gehört, dass das Angebot gar nicht abgegeben worden ist.« Der vorwurfsvolle Unterton in Gregors Stimme war auch Immanuel nicht entgangen, und er konnte es ihm nicht verdenken, denn als Subunternehmer der Spedition Rohrmann hätte gewiss auch er einigen Nutzen davon, würde der Auftrag an diese vergeben.

»Ach, das ist wirklich zu dumm«, stammelte Immanuel und wusste nur zu offensichtlich nicht, was er nun sagen sollte.

»Die Patricia ist heute wohl zu Schreihöft gegangen ...«

»Patricia?«, entfuhr es Immanuel mit einiger Schärfe. Der Gedanke, dass auch seine Verlobte in die Sache verwickelt worden sei, verstörte ihn mehr gar noch als der Umstand, dass ihm die Erinnerung an einen ganzen Tag fehlte.

»Na ja, da sie doch mit der Schwester von Herrn Wonnig bekannt ist, dem Prokuristen vom Herrn Schreihöft. Herr Rohrmann hat wohl gedacht, dass sie noch was richten könnte, vielleicht eine Verlängerung der Frist.«

»Herr Rohrmann also steckt dahinter?«

»Wohl ja, aber was dabei herausgekommen ist, das weiß ich auch nicht.«

Und hier nun rief der Doktor nach Gregor. Man hatte den Verletzten auf der Ladefläche untergebracht. »Geh unbedingt zum Schreihöft«, ermahnte Gregor ihn noch, als er sich schon abgewandt hatte. »Vielleicht wird's ja noch was.«

Immanuel sah dem Cousin nachdenklich hinterher. Der Doktor schwang sich mit einiger Mühe neben Gregor auf den Sitz, dann ertönte die Peitsche und der altersmüde Hengst setzte sich murrend in Bewegung, seinen Weg mit dem ganz besonderen Saft markierend, der von Zeit zu Zeit von der Ladefläche auf das Pflaster tropfte.

Eine Weile blickte Immanuel dem Gespann noch nach.

»Ach, wie schauderhaft«, hörte man eine Frauenstimme. Sie stammte von der Frau, die zuvor ohnmächtig auf dem Pflaster gelegen hatte, sich mittlerweile, noch gestützt von zwei Herren, aber wieder auf den Beinen befand.

»Sachen gibt es«, hörte er da eine krächzende Stimme hinter sich. Er blickte sich um und sah Herrn Radtke, den Nachbarn seiner Tante. Er schüttelte den Kopf, während er dem Fuhrwagen nachschaute, die welken Lippen leicht bebend, als wollten sie Worte bilden, die jedoch unausgesprochen blieben. Hinter ihm standen zwei weitere alte Männer, und nun, da Immanuel zum Café blickte, sah er, dass der Tisch vor diesem jetzt verwaist dastand. Er hatte Herrn Radtke also nicht erkannt, als er eben mit dem Doktor daran vorbeigegangen war.

»Wahrlich bedauerlich«, sagte er schließlich, noch immer den Kopf schüttelnd. Die Zigarre, die er zwischen Zeige- und Mittelfinger der linken Hand hielt, zitterte leicht, und Immanuel fragte sich, warum er nicht mehr die Meerschaumpfeife rauche, durch die er, Immanuel, einstmals in die Welt des Tabaks und vielleicht gar des Erwachsenseins eingeführt worden war. Es war zumeist im Sommer gewesen, wenn der Kirschbaum im Garten des bereits damals alten Mannes Früchte getragen hatte. »Na, Lust auf eine kleine Kletterpartie?«, pflegte er Immanuel zuzurufen, wenn er im Garten der Tante spielte, und dann auf die saftigen Kirschen zu weisen. Und ob Immanuel Lust auf eine Kletterpartie hatte, nicht einmal auf dem Markt am Freitag gab es solch schöne Früchte zu kaufen, wie sie auf dem Baum des alten Herrn Radtke wuchsen; doch süßer noch als die Kirschen war die verbotene Frucht, die es regelmäßig im Anschluss zu kosten gab. »Die Luft ist rein«, pflegte der alte Mann mit einem schelmischen Grinsen zu sagen, während er von seinem Schaukelstuhl aus über den Zaun zum Nachbargrundstück schielte, um sich zu vergewissern, dass die Tante und der Onkel, der erst vor gut zwei Jahren verstorben war und damals noch unter den Lebenden geweilt hatte, nicht im Garten waren. Und diese Vorsichtsmaßnahme war gewiss nicht überflüssig, denn die Tante und insbesondere der Onkel als protestantischer Pastor waren gestrenge Menschen. Dann hielt er ihm die Pfeife hin. Ach, wie scheußlich war der Geschmack und wie schlecht war ihm danach, doch wie köstlich war das Gefühl, einen ersten Schritt in die fremde, gleichsam bewunderte wie gefürchtete Welt der Erwachsenen getan zu haben, und sei es auch nur auf Widerruf. Aber heute spielte kein schelmisches Grinsen um die Lippen des alten Mannes. »Aber was machst du denn für Sachen, mein Sohn?«, wandte er sich nun plötzlich an Immanuel. »Die Tante ist ja ganz krank vor Sorge.« Er klang nicht vorwurfsvoll, sondern vielmehr aufrichtig besorgt. »Solltest du nicht irgendein Angebot abgeben?«

»Ach, das ist eine vertrackte Geschichte«, beeilte er sich zu versichern. »Aber ich bin ja schon auf dem Weg.« Er wies mit der Hand auf die Stelle, an der das Angebot steckte. »Ich glaube ...«

»Ja, ich glaube auch, dass du dich dann wirklich beeilen solltest. Du weißt ja, wie das Tantchen ist, wenn es sich Sorgen macht.«

Immanuel hob die Hand zum Gruß und machte sich auf den Weg. Er vergrub die Hände in den Jackentaschen und stampfte missmutig auf. Zum Auswachsen war das. Was musste Herr Rohrmann seine Verlobte mit in die Sache hineinziehen! Und der Vater wusste vermutlich ebenfalls schon Bescheid. Ja, gewiss würden der Vater und die Mutter nun in der Küche mit der nagelneuen Einrichtung sitzen, den sorgenvollen Blick zur Tür gerichtet und auf ihn wartend. Was mochten sie bereits ausgestanden haben, als er gegen jede Gewohnheit nicht zurückgekommen und die Nacht außer Hauses verbracht hatte? Was mochten sie bereits alles unternommen haben, um etwas über seinen Aufenthalt in Erfahrung zu bringen?

Immanuel überquerte den Rosenplatz und ging dann in die Knospen-Straße. Er beschleunigte den Schritt, dabei regelmäßig den Kopf schüttelnd, bald in Verärgerung, bald im sorgenvollen Gedanken an die Folgen, die sein Verschwinden bereits gehabt haben und noch haben mochte. Er entschied, die Abkürzung über den Friedhof zu nehmen. So würde er den Umweg über die Bahnhof-Straße vermeiden und gewiss zehn Minuten einsparen. Er bog also von der Knospen-Straße in den Weg zum Friedhof ab. Aus dem Nieseln war inzwischen ein regelrechter Regen geworden und er klappte den Kragen seiner Jacke hoch. Da mit einem Male hielt er inne. Von solch gleißendem Glanz war das Zelt, dass es schien, es würde von außen beleuchtet. Immanuel schaute zum Himmel, doch die Regenwolken hatten kaum mehr als einen matten Abglanz von der einstigen Pracht des Mondes gelassen. Dann bemerkte er ein Flackern und erkannte, dass das Zelt von innen beleuchtet sein musste. Er trat näher, und nun, da er den an der Vorderseite gelegenen Eingang einsehen konnte, fand er seine Vermutung bestätigt. In den vier Ecken stand je ein ansehnlicher Kandelaber, jeder mit drei Kerzen bestückt, die eine festlich gedeckte Tafel beschienen. Es musste früher am Abend nicht unerheblich geregnet haben, denn das Flachdach des Zeltes wölbte sich unter der Last des Regenwassers bedenklich nach unten durch. Kurz zog Immanuel in Erwägung, sich ein oder zwei der belegten Brote von der Tafel zu nehmen; er verspürte einen nagenden Hunger, denn immerhin wird er seit mehr als einem Tag nichts mehr zu sich genommen haben. Aber das kam natürlich nicht in Frage. Eher wäre er verhungert, bevor er sich der Gefahr ausgesetzt hätte, als Dieb beschimpft zu werden. Er wandte sich also von dem Zelt ab.

Die Leuchtkraft der Kerzen habt ihr ja wohl ganz gewaltig überschätzt, so ging es ihm durch den Kopf, als er den Blick zu der Trauergemeinde ein Stück weiter hinten auf dem Friedhof wandern ließ, und in der Tat reichte das Licht, das durch den Eingang des Zeltes drang, gerade hin, die vorderen Grabsteine zu bescheinen und die Konturen der einzelnen Gestalten halbwegs vom umgebenden Dunkel abzuheben. Auch innerhalb der Trauergemeinde schien man die Fehlkalkulation inzwischen bemerkt zu haben. Zwar konnte Immanuel nicht erkennen, womit man gerade beschäftigt war, aber vereinzelten Unmutsäußerungen, die zu ihm herüberdrangen, ließ sich doch unzweideutig entnehmen, dass sich die Zeremonie nicht so gestalten wollte, wie man es sich erhofft hatte. Er trat einige Schritte näher. Einige zwanzig Trauergäste hatten sich dort hinten versammelt, und es wollte scheinen, als sei man gerade damit beschäftigt, den Sarg in die rechte Position zu bringen, um ihn in das Grab hinablassen zu können. Hin und wieder leuchtete ein Streichholz auf, nun entzündete jemand eine Kerze, die jedoch durch keinerlei Gehäuse geschützt war und sogleich vom Regen wieder gelöscht wurde. Im Küsterhaus. Der Küster hat doch Friedhofslichter, wollte Immanuel ihnen zurufen. Er hatte selber gesehen, als er eines Abends wie heute die Abkürzung über den Friedhof genommen hatte, wie der Küster mit einem Friedhofslicht, einer wunderschönen bronzenen Laterne, zum Grab des verstorbenen Pastors Dietmann gegangen war. Und das Haus des Küsters war doch nur einige Schritte von der Kapelle entfernt, aus der man doch gewiss eben erst gekommen war.

»Nee, dat geiht nich. Weer torügge!«, hörte er es rufen. Anscheinend ging man nun ein Stück zurück. Wenig später tönte dann ein hohles Dong über den Friedhof. »Nu na vörn!«, forderte jetzt eine andere Stimme, aber schon wenig später ließ sich der erste Sprecher wieder vernehmen: »Nee, dat geiht nich. Weer torügge!«

Und hier erkannte Immanuel, dass man gerade mit einem Sarg am Werke war, wenn er auch nicht sehen konnte, worin genau das Problem bestand. Womöglich war man in der Dunkelheit vom Weg abgekommen und sah sich nun genötigt, den Sarg um einen der zum Teil recht hohen Grabsteine herumzumanövrieren. Im Dunkeln war dies gewiss kein leichtes Unterfangen, da man nicht nur voran, sondern auch zur Seite und rückwärts gehen musste, dabei seine Augen aber nicht zur Hilfe nehmen konnte, sondern aus der Bewegung des Sarges entscheiden musste, wohin man die Füße setze.

Die Hände in den Taschen vergraben stand Immanuel da, dann sah er den vollen Mond durch die schwarze Wolkendecke brechen und erschrak. Er fuhr mit der Hand in die Innentasche mit dem Angebot, wollte sich gerade in Bewegung setzen, als er von der Kapelle her zwei Lichtscheine auf sich zukommen sah. »Ja, bist du das, Immanuel?«, kam es aus dem Licht, und Immanuel erkannte, dass es der Küster war, der in jeder Hand ein Friedhofslicht trug. »Ja, schau an, du bist es ja wirklich. Na, nun bring die Sache aber schnell in Ordnung. Wenn das man nicht noch ein Donnerwetter gibt.«

Undeutlich erkannte Immanuel, wie der Mann den Kopf schüttelte. Schon wollte er ihm erklären, wo er so lange gewesen, wollte ihm versichern, dass er sich ja bereits auf dem Weg zu Herrn Schreihöft befinde, um das Angebot endlich abzugeben, doch der Küster machte keinerlei Anstalten, innezuhalten, und schritt eilends an ihm vorbei.

Der Pastor wird ihn geschickt haben, die Lichter zu holen, dachte er noch, als er dem Mann nachblickte. Dann setzte er sich in Bewegung. Viel zu lange schon hatte er sich hier aufgehalten, wer wusste, ob Herr Schreihöft überhaupt noch in seinem Büro war. Zum Teufel, wenn er nur seine Uhr nicht zu Hause hätte liegen lassen! Er versuchte, am Stand des Mondes die Zeit abzuschätzen, doch es war zwecklos. Das Ende des Friedhofswegs. Und nach links in die Mohn-Gasse. Herrgott nochmal, wie's hier wieder aussah. Hätten sie die Gasse nicht endlich einmal pflastern können? Man brach sich noch die Beine, und wie man sich das Schuhwerk einsaute in dem Morast! Wie sah er überhaupt aus?

Er hielt inne und blickte an sich hinunter. Der Regen hatte mittlerweile seine Jacke fast vollständig durchweicht. Auch seine Haare waren klitschnass. Wo hatte er nur seinen Hut gelassen? Und sollte er sich in diesem Aufzug bei Herrn Schreihöft blicken lassen? Zum Teufel, der würde ihn doch hinausschmeißen, bevor er das Angebot überhaupt erwähnen konnte! Also zunächst nach Hause, um sich umzuziehen? Hin- und Rückweg eingerechnet würde das mindestens eine halbe Stunde dauern. Völlig ausgeschlossen, bis dahin wäre gewiss niemand mehr im Betrieb. Also so weiter, wie er war. Weiter, schneller. Ach, dieser elende Morast! Doch da war endlich die Alraunen-Straße, die war gepflastert, und nun war es auch nicht mehr weit. Und wenn er es recht bedachte, so hatte es vielleicht sogar seine Vorteile, wenn er nass wie eine Ratte vor Herrn Schreihöft erschien. Er war ja schließlich im Krankenhaus erwacht und war dann auf direktem Wege hierher gekommen, durch Regen und Morast, nur um das Angebot noch abliefern zu können. Musste das nicht Eindruck hinterlassen? Er beschleunigte nochmals seinen Schritt, spürte sein Herz rasen, teils vor Anstrengung, teils vor Anspannung. Und da endlich sah er den mächtigen Giebel des Schreihöft-Werkes stolz auf die Dächer der vorgelagerten Gebäude hinabblicken, matt beleuchtet zwar nur vom Schein einer Laterne auf der gegenüberliegenden Straßenseite, in seiner Erhabenheit und Majestät aber unverkennbar. Immanuel versuchte, die bohrenden Blicke zu ignorieren. Ach, wie klein er doch war mit seinen beschmutzten Schuhen und dem durchnässten Anzug. Er atmete durch den geöffneten Mund, und weiter, immer weiter. Heißa, ein Licht! Er blieb stehen, um ganz sicher zu sein. Ja, kein Zweifel, in dem Pförtnerhäuschen neben dem Eingang brannte ein Licht. Und nun, da er genauer hinsah, bemerkte er auch die graue Gestalt des Pförtners Hartmann, wie er über irgendeine Zeitung gebeugt an dem Schreibtisch vor dem Fenster saß. Sein Herz machte einen Hüpfer, nun jedoch vor Freude. Der gute alte dienstbeflissene Hartmann, da saß er also, als habe er nur auf ihn gewartet.

»Ja, Herr S., wie schauen denn Sie aus?«, fragte das erstaunte Gesicht des alten Hartmann, nachdem er die Gestalt vor seinem Fenster entdeckt und dieses ein Stück zur Seite geschoben hatte.

»Ach, Herr Hartmann«, erwiderte Immanuel, noch ganz außer Atem. »Nur gut, dass Sie noch hier sind. Ja, mein Anzug, ich weiß. Doch das ist eine lange Geschichte. Herr Schreihöft … sagen Sie, mein guter Herr Hartmann, ist Herr Schreihöft noch in seinem Büro? Ich würde ja nicht zu solch später Stunde noch kommen und so drängen, wenn's nicht von allergrößter Bedeutung wäre.«

Der Pförtner blickte ihn mit noch immer verblüffter Miene an, dann endlich nickte er. »Ja, freilich, da ist er schon. Und man sucht ja auch schon nach Ihnen. Es war ja auch wirklich zu seltsam. Wo Sie doch sonst immer so pünktlich und zuverlässig waren. Ganz aufgebracht waren Ihr Vater und Ihre Verlobte ...«

»Mein Vater und meine Verlobte?«, unterbrach ihn Immanuel. »War mein Vater denn auch hier?«

»Ja, freilich. Zuerst Ihr Fräulein Verlobte und später dann noch Ihr Vater.«

Immanuel stampfte mit dem Fuß auf. Na, das wird ja immer toller. Am Ende werden auch noch die Mutter und die Schwester ihre Aufwartung gemacht haben! Was sollte Herr Schreihöft nur von ihm denken? »Und wissen Sie vielleicht«, sprach er dann, sich zur Ruhe zwingend, »was dabei herausgekommen ist? Hat Herr Schreihöft Aufschub gewährt? Wegen des Angebots, meine ich.«

Doch der alte Pförtner zuckte mit den Achseln und sah Immanuel nun aus mitfühlenden Augen an. »Bedaure, aber ich bin ja nur ein alter Pförtner. Solche Dinge werden dort oben entschieden.« Er wies mit der Hand in Richtung auf den zweiten Stock.

Immanuel nickte. »Ich danke Ihnen, Herr Hartmann«, sagte er und wandte sich schon zur Eingangstür. »Und seien Sie ganz unbesorgt … gewiss wird Herr Schreihöft verstehen … und gewiss … Ihr Schaden soll's gewiss nicht sein.«

Er eilte die Stufen hinauf, öffnete die Eingangstür und war schon im Treppenhaus. Die Büroräume zu seiner Linken, nur matt beleuchtet, lagen verlassen da. Doch das hatte nichts zu sagen. Das Büro von Herrn Schreihöft war schließlich im ersten Obergeschoss. Er eilte also die Treppe hinauf und erblickte eine Putzfrau, zu ihren Füßen ein Einer mit einigen Lappen, in der einen Hand einen Schrubber, in der anderen den Schlüssel, mit dem sie gerade die Tür zu dem Vorzimmer verschließen wollte. »Einen Moment bitte!«, rief er ihr zu. »Bitte nicht abschließen, ich muss noch zu Herrn Schreihöft.« Mit reichlich erstauntem Gesichtsausdruck sah sie ihn an, wie er die letzten Stufen zu ihr hinaufhetzte. »Ich versichere Ihnen, dass es wirklich von großer Bedeutung ist.« Die Putzfrau musterte ihn von oben bis unten und zog die Stirn in Falten. »Ja, ich weiß, wie ich aussehe, aber ich komme direkt aus dem Regen und mein Hut … ja, wenn ich nur wüsste, wo der geblieben ist.«

»Na, ich weiß nicht«, sagte sie schließlich. »Erwartet Herr Schreihöft Sie denn?«

»Aber gewiss doch. Er wartet vermutlich schon lange, und daher ist es ja so wichtig, dass ich ihn noch heute Abend spreche. Es geht da … na ja, es geht um eine sehr bedeutsame Angelegenheit.«

»Die Sie natürlich mit einer einfachen Putzfrau nicht besprechen wollen. Ich verstehe schon.«

»Das habe ich nicht gesagt«, erwiderte Immanuel sogleich, als er den verletzten Unterton in der Stimme der Frau bemerkte. »Also gut, es geht um ein Angebot, dass ich eigentlich schon gestern hätte abgeben sollen. Aber ein Zwischenfall … wenn Sie so wollen, höhere Gewalt, hat mich abgehalten, und so komme ich eben reichlich verspätet.«

Diese Erklärung schien die Frau einigermaßen zu beschwichtigen. »Na ja, wenn's denn höhere Gewalt war. Obwohl ich die Tür eigentlich verschließen muss; das ist so angeordnet.«

»Aber Herr Schreihöft muss doch später auch noch aus dem Gebäude.«

»Na, der hat doch selber einen Schlüssel. Aber wenn Sie unbedingt noch zu ihm wollen, dann sollten Sie jetzt vielleicht …«, und sie wies mit der Hand in das Vorzimmer.

»Ich bin Ihnen zu tausend Dank verpflichtet«, versicherte Immanuel und trat in das Vorzimmer.

Die Putzfrau sah ihm noch einen Augenblick stirnrunzelnd nach, dann stieg sie die Treppe hinab.

Ein Vorzimmer, wie man es in vielen anderen großen Firmen findet, war dieses hier im Grunde nicht. Es gab hier lediglich einen Empfangstresen, der den Eingangsbereich von den Türen, hinter denen das Getriebe des Unternehmens gelenkt wurde, trennte, der nun aber leer dastand. Und von hinter der ganz rechten der Türen drangen nun zwei deutlich voneinander zu scheidende Stimmen zu Immanuel. Es war das Büro von Herrn Schreihöft. Er ging an dem Tresen vorbei zu der Tür und horchte. Ja, deutlich erkannte er die Stimme von Herrn Schreihöft, bei der anderen war er sich nicht sicher. Vielleicht stammte sie von Herrn Wonnig. Immanuel wandte sich ab, wollte gerade in dem Sessel neben der Tür, der eben für Besucher dort aufgestellt war, Platz nehmen, da fiel sein Blick auf den Tresen und er erschrak. Von der Eingangstür bis zur Tür von Herrn Schreihöfts Büro war ihm, unmöglich zu übersehen, eine bräunliche Schlammspur gefolgt! Nahm das Unheil denn gar kein Ende? Was würde Herr Schreihöft wohl sagen, wenn er aus seinem Büro trat, zuerst ihn und dann die Schlammspur sah? Oder wahrscheinlicher würde er zuerst die Schlammspur und erst danach ihn bemerken! In wachsender Panik blickte Immanuel sich um auf der Suche nach einem Feger oder einem Lappen, doch wie sollte dergleichen hier aufbewahrt werden? Dies war schließlich das Vorzimmer zur Macht, keine Abstellkammer für Besen und Wischlappen. Und die Putzfrau war schon weg. Wie hoch ihm mit einem Male die eichenhölzernen Türen, wie groß und erhaben der Empfangstresen scheinen wollten. Nur gut, dass er nicht den Teppich vor dem Tresen, sondern nur den Linoleumboden betreten hatte. Er versuchte, den Schmutz mit dem Fuß zu verteilen, machte es dadurch aber nur noch schlimmer. Und da nun verstummten die Stimmen. Hatte man ihn etwa gehört? Würde sogleich jemand heraustreten, um nachzusehen, wer zu solch später Stunde noch hier herumwerkele? Mit angehaltenem Atem stand Immanuel da und lauschte. Wurde dort gerade ein Stuhl verschoben? Und ein Lachen! Herr Schreihöft lachte auf. Vermutlich hatte sein Gesprächspartner soeben mit gedämpfter Stimme eine Anekdote erzählt. Immanuel atmete tief durch. Doch das Problem war noch nicht gelöst. Er blickte ein weiteres Mal durch den Raum, dann an sich hinab. Wie er aber auch aussah! Ohne gründliche Reinigung war der Anzug nicht mehr zu gebrauchen, das Hemd aber war noch halbwegs trocken. Wenn er nun im Hemd zu Herrn Schreihöft träte? Wäre das so ungebührlich? Die Jacke konnte er ja zusammengefaltet unter dem Arm halten. Und wenn die Sache dadurch vielleicht doch noch zu einem guten Ende gebracht würde …

Er nahm den Umschlag mit dem Angebot, der glücklicherweise noch trocken war, aus der Jackentasche und steckte ihn in die Brusttasche seines Hemdes, dann zog er die Jacke aus und wischte damit die Schlammspuren vom Fußboden auf. Gereinigt müsste die Jacke ja eh werden. Immer wieder hielt er inne, während er auf Knien über den Boden rutschte, warf einen Blick zur Tür, lauschte. Und weiter. Zum Teufel, was er da für eine Sauerei hereingeschleppt hatte! Die Erregung und die Anspannung ließen ihn außer Atem geraten und er keuchte. Nahm das denn nie ein Ende? Die Innenseite seiner Jacke war bereits vollständig mit Schlamm verschmutzt. Wenn er sie nachher wenigstens irgendwo hätte ausschütteln können. Doch wo? Nicht einmal einen Abfalleimer gab es hier! Endlich hatte er die Eingangstür erreicht. Er blickte zurück. Hier und dort lagen noch einzelne Schmutzstücke, doch musste man schon genau hinsehen, um sie zu entdecken. Nein, so müsste es gehen. Er faltete die Jacke zusammen und blickte zum Fenster. Sollte er sie dort ausschütteln? Doch würde man das Öffnen gewiss hören, und was sollte Herr Schreihöft denken, wenn er einfach das Fenster aufrisse, als sei er hier zu Hause? Nein, es musste so gehen. Er begab sich zurück zur Tür, setzte sich aber nicht auf den Sessel, sondern auf den Stuhl ein Stück weiter rechts. Der war zwar nicht so bequem, aber dafür konnte er hier mit seiner feuchten Hose nicht so viel Schaden anrichten.

Nun, da der Schmutz beseitigt, begann er etwas ruhiger zu atmen. Er versuchte, sich zu konzentrieren, legte sich die Worte zurecht, die er vorbringen würde, sobald sich die Tür endlich öffnete. Immer wieder aber auch lauschte er auf die Unterhaltung hinter der verschlossenen Tür. Wer mochte der Gesprächspartner von Herrn Schreihöft sein? Er dachte nach, konnte die Stimme aber mit keinem Gesicht oder Namen verbinden. Vielleicht ein Mitbewerber um den Auftrag? War die Sache letztendlich womöglich schon entschieden? Besprach man nun bereits die Details? Immanuel versank in dumpfes

Grübeln. In seinen Schläfen begann es zu pochen. Vermutlich würde er bald Kopfschmerzen bekommen. Schon bemerkte er, dass es ihm schwer fiel, sich zu konzentrieren. »... so ein kleines Mädchen ... einfach vom Schulweg ...«, hörte er Herrn Schreihöft sagen. »... einfach schrecklich ...«, entgegnete sein Gesprächspartner, der vielleicht soeben den Geschäftsabschluss seines Lebens getätigt hatte. Immanuel massierte seine Schläfen und er erinnerte sich an die Begegnung mit Doktor Koch im Garten seiner Tante. Das Mädchen. Die Schule. Er kannte die Schule und auch den Schulhof. Er hatte die Schule selber von der fünften bis zur zehnten Klasse besucht, und auch seine kleine Schwester, Emilia, ging nun dorthin. Die Schule hatte die Form eines U, das sich zur Flieder-Gasse hin öffnete. In den Flügeln waren überwiegend Unterrichtsräume untergebracht, dazwischen dann die Verwaltung mit dem Lehrerzimmer und dem Saal, in dem die Examina abgehalten wurden. Und dort in der Mitte war auch der Ausgang, der zum Schulhof führte, auf der linken Seite gesäumt von einer Ulme, auf der rechten der Verkaufsstand, an dem der Hausmeister in den Pausen Getränke und Semmeln verkaufte. Milch, die im Sommer so warm war, dass man sie kaum hinunterbekommen konnte. Und die Dächer der beiden Seitenflügel ... geneigt, damit der Regen abfließen konnte, aber keine Spitzdächer. Die Neigung war kaum mehr als zwanzig Grad. Wenn überhaupt. Aber an etlichen Stellen hatte sich bereits Moos gebildet. Das konnte glatt werden, wenn es nass war. Und wenn man erst einmal ins Rutschen kam ... Was er dort oben wohl zu suchen gehabt hatte?

Vermutlich eine Art Mutprobe. Hatte man darüber etwas herausgefunden? Auf einmal lag er jedenfalls da. Den Schädel auf dem Pflaster zertrümmert, das Genick gebrochen. Hatte nicht einmal geschrien. Ging vermutlich alles zu schnell. Oder er stand unter Schock. Die Stelle, wo er mit dem Schädel aufgeschlagen war, war voller Blut. Aber an einer Stelle schimmerte etwas Graues durch. Wohl das Gehirn. Ob in dem Mischmasch wohl noch etwas vom ablativus absolutus übrig war, den er vorher gepaukt hatte? Blöder Hund. Warum warst du nicht eine Woche früher vom Dach gefallen, bevor du dir das ganze Zeug in die Birne gehämmert hattest? Und die Haare, alles voller Blut und die Haare sollen ja auch noch wachsen wenn man gestorben ist. Warum? Wer weiß das schon soll aber stimmen denn der Greifert hat das mal erzählt im Unterricht man hat sogar festgestellt dass die Haare in manchen Fällen noch bis zu einem ganzen Zentimeter wachsen wenn alles andere schon anfängt zu verwesen. Das heißt alles bis auf die Nägel die sollen auch noch eine bestimmte Zeit wachsen das hat zumindest der Greifert erzählt aber es wäre doch schon interessant zu wissen was das Ganze überhaupt soll. Warum wachsen Haare und Nägel nach wenn keiner mehr da ist der sie schneiden könnte

***

Er musste eingeschlafen sein.

Er wandte den Kopf zum Fenster und betrachtete den vollen Mond, der gerade über den Dächern der Stadt aufging. Ihm schwindelte. Es war nur ein leichter Schwindel, wie er ihn zu überfallen pflegte, wenn er nach längerer Abstinenz den ersten Zug an einer Zigarre tat. Dann blickte er sich im Zimmer um. Es schien sich nichts verändert zu haben. Derselbe Spind, dasselbe Bett, auch der Pyjama, den er am Leibe trug, war genau derselbe. Ein Traum, ging ihm endlich die einzige Erklärung, die es für das Ganze doch nur geben konnte, durch den Kopf. Er musste geträumt haben. Er sprang aus dem Bett und eilte zu dem Spind und riss ihn auf. Die Jacke, das Hemd, die Hose, da hingen sie, sauber und trocken. Immanuel lachte auf. Es wäre ja wohl auch zu toll gewesen, hätte er mit seiner guten Jacke den Schlamm vom Boden in Schreihöfts Vorzimmer aufgewischt! Nun tastete er seine Jacke ab und atmete erleichtert auf, als er den Umschlag mit dem Angebot fühlte. In großer Eile zog er sich an, hatte die Tür bereits geöffnet, als er mit einem Male innehielt und zurück ins Zimmer blickte. Gewiss war er soeben aus einem höchst seltsamen Traum erwacht, doch war damit noch nicht erklärt, weshalb er sich überhaupt hier in diesem Krankenhaus befand. Er schüttelte den Kopf und fasste an die Stelle seiner Jacke, hinter der sich das Angebot befand. Es galt nun, Wichtigeres zu erledigen, und er trat auf den Gang. Weder auf der rechten noch auf der linken Seite war eine Menschenseele zu sehen. Er wandte sich nach rechts, vorbei an den grünen Türen. Vorbei an dem gerahmten Foto vom Rosenplatz. Es hing noch immer schief. Er blieb stehen. Kopfschüttelnd trat er an das Bild und rückte es gerade. Dann trat er wieder einen Schritt zurück und betrachtete es. Ja, so war es schon besser. Jetzt aber weiter. Hin und wieder blieb er erneut stehen und lauschte, doch von nirgendwoher drang auch nur der geringste Laut zu ihm. Am Ende des Ganges dann die Gabelung; er wandte sich nach rechts und wieder ging es vorbei an grünen Türen. Am Ende des Ganges, bevor der Weg sich ein weiteres Mal gabelte, blieb er stehen. War dies nicht die Tür, aus der der Dichter mit dem blonden Haar gekommen war? Wie hatte der Doktor ihn noch genannt? Ja, richtig: Fritze. Er trat ein Stück näher und lauschte, doch nichts. Fast wollte ihm scheinen, als sei das Schweigen, das sich wie ein schwarzer Vorhang über das ganze Krankenhaus gelegt hatte, an dieser Stelle gar noch drückender. Und der Doktor, ging es ihm durch den Kopf, war dessen Büro nicht direkt auf der gegenüberliegenden Seite? Er drehte sich um. Zum Teufel, dass die Türen auch alle gleich aussehen mussten! Er wählte eine Tür aufs Geratewohl und klopfte an. Nichts. Dann die nächste, die übernächste. Und was war mit dem Chefarzt, den der Doktor erwähnt hatte? Wo steckte der denn nun eigentlich?

»Ach, zur Hölle mit der ganzen Ärzteschaft!«, fluchte er und stampfte mit dem Fuß auf. Was gingen ihn die ganzen Quacksalber mit ihren gelehrten Spruchsammlungen an! Er hatte wahrlich Wichtigeres zu tun. Er marschierte den Gang entlang, bog an dessen Ende rechts, irgendwann dann nach links ab, bis er auf einen schmaleren Gang kam und fand sich zu seiner Überraschung schließlich vor der Tür, die ihn beim letzten Mal, das heißt: in seinem Traum, nach draußen geführt hatte. Er drückte die Klinke nach unten, und ebenso spielend wie beim letzten Mal sprang sie auf und frische Abendluft strömte ihm entgegen.

Der Mond hatte sich inzwischen hinter einer schwarzen Regenwolke verborgen, der Nieselregen, wollte ihm scheinen, war etwas stärker geworden. Immanuel klappte den Kragen seiner Jacke hoch, wollte gerade losmarschieren, da hielt er plötzlich inne. Wie seltsam, ging es ihm durch den Kopf, dass alles in dem Gebäude – das Bild, die Gänge, die Türen – genauso aussieht, wie ich es in meinem Traum gesehen habe. Er schüttelte den Kopf. Egal, er hatte jetzt Dringlicheres zu erledigen, als darüber nachzudenken. Er setzte sich also wieder in Bewegung und marschierte los. Den Pfad neben dem Krankenhaus entlang, in die Neptun-Straße, dann nach rechts in die Gasse. Wie spät mochte es wohl sein? Zu dumm, dass er seine Uhr zu Hause vergessen hatte. Und wo waren eigentlich die ganzen Leute? So spät konnte es doch unmöglich schon sein. Er bog in die Mimosen-Straße, und schließlich hörte er das polternde Lachen von Doktor Koch.

Immanuel hielt inne und fasste sich an die Stirn. Ein Schwindel überfiel ihn, ähnlich wie im Krankenhaus, nur etwas stärker. Seine Gedanken verwirrten sich, und erneut lachte der Doktor auf. Er setzte sich wieder in Bewegung und bald schon roch er die billige Zigarre des Doktors. Sollte er auf die andere Straßenseite wechseln?

»Ja, nun schau einer an, ist es gar der Schwarze Mann, der sich da aus der Dunkelheit zu uns gesellt?«, kam es da schon polternd aus dem Garten, kaum das Immanuel die Pforte erreicht hatte, die das Grundstück vom Gehweg trennte. »Ja, so gib doch Antwort, Kreatur der Nacht, bist du nun der Schwarze Mann? Hahaha.«

Einen Augenblick zögerte Immanuel, dann öffnete er die Pforte und trat in den Garten. Der Doktor hatte es sich in einem Sessel bequem gemacht, den man aus dem Wohnzimmer geholt haben musste. Immanuel kannte ihn wohl. Es war der grüne Sessel mit den abgewetzten Armlehnen, auf dem der Onkel abends zu sitzen gepflegt hatte, die Pfeife zwischen den Zähnen und konzentriert in der Bibel oder einer Heiligengeschichte lesend. Die Tante aber saß auf einem Stuhl, der wohl aus der Küche stammte, und Immanuel wunderte sich, wie jung sie doch aussah, wenn sie das graue Haar frei über die Schultern fallen ließ. Ein Stück neben ihr saß Sophie und warf Immanuel ein strahlendes Lächeln zu. »Na, nun komm ruhig, mein Junge«, ermutigte ihn der Doktor. »Ich mache ja nur Spaß. Komm her und gesell dich zu uns.« Er hielt die Zigarre unter der Handfläche verborgen, um sie vor dem Regen zu schützen. Auch nun, als er zwei hastige Züge nahm, schob er das Mundstück, das er zwischen Zeigefinger und Daumen hielt, lediglich so weit vor, dass er es gerade mit den Lippen umschließen konnte.

»Doktor. Tante.«

»Hallo, Immanuel, wie geht's dir denn heute?«, begrüßte ihn seine Cousine.

»Danke, Sophie, mir geht's gut.«

»Hallo«, erwiderte auch die Tante, den Neffen mit einem Blick maßend, den dieser nicht zu deuten wusste. Gerade wollte er erklären, dass kein Grund zur Sorge bestehe, dass er schon auf dem Weg zu Herrn Schreihöft sei, um das Angebot abzugeben, doch bevor er etwas hervorbringen konnte, da polterte der Doktor schon los.

»Ha, das ist aber auch ein Ding. Du musst wissen, dass ich deiner Tante und deinem Cousinchen gerade vom Schwarzen Mann erzählt habe. Also, jetzt nicht vom Schwarzen Mann wie ... na, du weißt schon. Nein, nein, es ist ja nicht so, dass wir hier zu einer Märchenstunde zusammengekommen wären, hahaha. Na, Sie wissen schon, wie das so ist«, wandte er sich an die Tante. »Die Kinder hören da eine Geschichte am Lagerfeuer, und schon ist die Phantasie nicht mehr zu halten. Aus ʼner Mücke wird ʼn Elefant, wenn ein Floh furzt, dann warʼs gleich ein Erdbeben. Aber nein, entschuldigen Sie, das war wirklich ein dummer Vergleich, wirklich unpassend. Doch egal. Na, so sind Kinder eben, und da kann man es der Frau Harnich natürlich nicht verdenken, wenn sie der Sache zunächst nicht allzu viel Gewicht beigemessen hat. Ja, die Frau Harnich ... Kennen Sie die übrigens, die Frau Harnich? Doch nein, vermutlich nicht. Na, jedenfalls hat sie die ganze Geschichte als eine von den üblichen Spinnereien abgetan, die sie ja gewiss jede Woche zu hören bekommt. Doch dann eines Tages, das muss in der vergangenen Woche gewesen sein, da sieht sie doch plötzlich einen Mann. Sie wissen doch, wie der Schulhof aussieht? Ja, natürlich wissen Sie das. Der Schulhof endet ja kurz vor der Flieder-Gasse, und dort an der Flieder-Gasse, wen sieht sie da? Na ja, genau konnte sie ihn nicht sehen, sie war nämlich ein ganzes Stück entfernt. Aber auf jeden Fall war es ein Mann. Ein Mann in einem grünen Mantel. Und das ist natürlich verdächtig. Denn was hat der Kerl dort vor dem Schulhof zu suchen?« Hier zog er an seiner Zigarre, musste aber feststellen, dass sie trotz aller Vorsicht völlig durchnässt und erloschen war. Verärgert warf er sie auf den Rasen. »Na, aber es kommt ja noch besser, denn der Kerl ist nicht alleine. Bei ihm steht nämlich ein kleines Mädchen, auf das er offensichtlich gerade lebhaft einredet. Na, was soll man nun davon halten? Am helllichten Tag taucht vor der Schule ein fremder Mann auf und spricht ein Mädchen an. Natürlich sind da bei der Frau Harnich sofort die Alarmglocken gegangen. Kennen Sie übrigens Frau Harnich? Nein, vermutlich nicht. Aber die Mutter könnten Sie vielleicht kennen, das ist doch die … na, wie heißt sie noch? Gertrude? Nein. Hermine? Auch nicht … ach, es ist doch ein Kreuz. Junger Mann, ich kann dir nur raten, werde niemals alt«, wandte er sich da an Immanuel. »Na ja, wie auch immer. So gut kenne ich die Mutter auch nicht, dafür aber ihren Bruder, den Heinfried Gerbenius. Sie wissen, der berühmte Philosoph, der dort drüben in S. gelebt hat. Ha, ein feiner Kerl, hochgebildet. War einer meiner interessantesten Patienten, als ich noch meine Praxis in S. hatte. Interessant! Ja, Sie werden lachen, aber das ist genau der passende Ausdruck. Ach ja, und die Geschichte von diesem Philosophen, die muss ich euch unbedingt erzählen. So ein Philosoph, der grübelt ja den lieben langen Tag über alle möglichen wirklichen oder auch nur eingebildeten Probleme nach, und stellt euch vor, mit einem Male da überfällt ihn doch die Idee, das

Geheimnis der Ewigkeit zu erforschen. Und wie das so ist mit großen Männern und großen Ideen, wenn die einmal aufeinander getroffen sind, dann lassen sie nie mehr voneinander ab. Unser Philosoph grübelte also und grübelte, was es denn wohl mit der Ewigkeit auf sich habe, bis ihn, wie er mir später sagte, seine metaphysischen Prinzipien zu dem Schluss brachten, dass nur der Tod ihm das Geheimnis der Ewigkeit offenbaren könne.»

»Was soll das denn nun überhaupt sein, diese Ewigkeit?«, wurde er hier von Sophie unterbrochen, die ihm mit großem Interesse zugehört hatte.

»Das mit der Ewigkeit, mein liebes Kind, ist fürwahr ein heikles Thema«, antwortete der Doktor, sichtlich erfreut über ihr Interesse. »Denn wenn's so einfach wäre, bräuchte ein Philosoph wie unser Gerbenius ja nicht so verzweifelt darüber nachgrübeln. Aber vielleicht … ja, annäherungsweise könntest du es dir vielleicht so vorstellen, dass du großen Hunger hast und auf das Mittagsessen wartest. Aber solange du auch wartest, das Essen wird und wird einfach nicht fertig und am Ende glaubst du gar, es werde nie wieder etwas zu essen geben und dein Hunger müsste auf immer andauern. Verstehst du, ein Hunger, der bis in alle Zeiten auf immer und ewig andauert. Das ist so ähnlich wie Ewigkeit.«

Sophie schien von dieser Erklärung wenig beeindruckt und machte eine wegwerfende Handbewegung. »Na, wenn's weiter nichts ist, da hätte dein Philosoph doch nur das Märchen von der Prinzessin Heidegunde und dem Prinzen Philipp lesen müssen. Die Heidegunde und der Philipp, müsst ihr wissen, die waren unsterblich ineinander verliebt und hatten beschlossen zu heiraten. Die Hochzeit sollte auf Philipps Schloss stattfinden, und am Tag davor, da ist die Heidegunde mit all ihrem prachtvollen Gefolge angekommen, hat aber natürlich noch nicht bei Philipp im Gemach geschlafen, denn das gehört sich ja wohl nicht, wenn man noch nicht verheiratet ist. Sie schlief also in einem eigenen Gemach, und stellt euch vor, in der Nacht, da überfällt sie doch plötzlich ein grauenvolles Fieber und sie stirbt dahin, bevor man noch einen Arzt rufen kann. Ach, wie war da das Gejammer und das Wehklagen groß. Man wusste ja, wie abgöttisch der Philipp die Prinzessin liebte, und befürchtete, er würde vor Gram vergehen oder sich am Ende gar … na, ihr wisst schon.« Sie fuhr mit der Hand über ihre Kehle. »Na, was sollte man also tun? Bislang wussten nur zwei alte Dienerinnen vom Tod der Prinzessin. Die wollten nämlich nachts noch mal nach ihr sehen, ob sie nicht vielleicht etwas brauchte, na, und da sahen sie eben, wie die Prinzessin schon am Röcheln war. Aber zum Glück kannte die eine von den beiden Dienerinnen eine gute Fee, die ganz in der Nähe in einem Wald lebte. Und diese Fee, die hatte den Prinzen ganz doll lieb, weil er ihr früher einmal aus der Klemme geholfen hatte. Na, das war eine ziemlich peinliche Sache, aber die gehört in ein anderes Märchen. Hier geht's ja nur um den Tod von der Prinzessin. Die alte Dienerin eilt also sofort in den Wald und fragt die Fee, ob sie nicht irgendwas machen könnte, denn sie kannte natürlich das andere Märchen, also die Sache, als der Prinz der Fee geholfen hatte.« Hier blickte sie alle drei der Reihe nach an, um sich zu vergewissern, dass man dem

Handlungsverlauf bis hierher habe folgen können. Das war offensichtlich der Fall, denn es nickte nun einmütig. »Gut. Die Fee kommt also mit zum Schloss ins Gemach der toten Prinzessin und schüttelt betrübt den Kopf, als sie die Prinzessin dort in ihrer ganzen Schönheit in ihrem Bett liegen sieht. Ja, so schön war sie, aber leider mausetot. Ach, und da wurde die Fee noch betrübter, denn der Tod, so müsst ihr wissen, ist ein äußerst mächtiger Dämon, gegen den nicht einmal die Fee ankam, obwohl sie die schönsten Sachen herbeizaubern konnte. Nein, aber die Prinzessin wieder zum Leben erwecken, dazu war nicht einmal sie in der Lage. Sie stand also am Bett der toten Heidegunde – Heidegunde, so hieß die Prinzessin nämlich, ihr erinnert euch? –, sie stand also am Bett von der Heidegunde und grübelte, und da hatte sie plötzlich eine Idee. Zwar konnte sie nicht den Tod bezwingen, aber dafür war sie eine wahre Meisterin beim Vergessenszauber. Sie konnte also die Leute behexen, dass sie alles oder auch nur bestimmte Sachen wieder vergessen. Und genau so einen Zauber hat sie nun angewendet und hat die Tür zum Gemach der Prinzessin verhext. Sobald der Prinz am nächsten Morgen seine Braut besuchen und die Klinke der Tür berühren würde, da würde er sofort vergessen, was er hier eigentlich wollte und würde wieder gehen. Und so kam es dann auch. Am nächsten Morgen sprang der Prinz beglückt aus seinem Bett, weil er ja heute seine Prinzessin heiraten sollte, und eilte freudestrahlend zu ihrem Gemach, um ihr einen schönen, einen wunderschönen Morgen zu wünschen. Er flog geradezu durch die Gänge des Schlosses, da hatte er das Gemach auch schon erreicht, umfasste die Klinke und … whumm, alles war wie ausgelöscht! Er wusste nicht mehr, dass er eine Verlobte hatte und was er hier überhaupt wollte. Er schüttelte den Kopf und ging wieder ins Bett. Am nächsten Morgen dann war der Zauber verflogen. Erneut überkam ihn die höchste Glückseligkeit, als er an die bevorstehende Hochzeit dachte. Und so eilte er also wieder zum Gemach der Prinzessin, und als er die Türklinke berührte … whumm! Da ging das Ganze wieder von vorne los. Und so lebte der Prinz denn für immer im Zustand höchster Glückseligkeit, weil er nie seine tote Prinzessin gesehen hat und sich immer auf die Hochzeit freuen konnte.« Hier hielt sie inne und wandte mit einem verzückten Lächeln auf den Lippen wie entrückt den Blick zum Himmel, als hoffe sie, in dem finsteren Wolkenmassiv den Prinzen zu erspähen, wie er in immerwährender Glückseligkeit durch die Gänge seines Schlosses eilt, und erst das polternde Lachen des Doktors holte sie ins Hier und Jetzt zurück, wobei ihr Blick für einen kurzen Moment auf dem Cousin haften blieb.

»Das ist ja famos!«, polterte der Doktor los. »Wahrlich famos. Da hätte sich unser Philosoph doch wirklich das ganze Grübeln schenken können, wäre er nur einmal zu einem Plausch zu unserem Sophiechen gekommen. So ein schönes Geschichtlein. Nur wird die gute Fee dem wackeren Prinzen ja auch noch einen Schnupfen angehext haben müssen, sonst hätte er doch gewiss den Verwesungsgeruch wahrgenommen, der nach ′ner gewissen Zeit doch bestimmt aus dem Gemach der gewesenen Braut drang.«

»Du bist doch wirklich ein Esel, du Doktor, du!«, fuhr ihn Sophie hier mit aufrechter Empörung an, und die Tante zuckte deutlich sichtbar zusammen.

»Sophie!«

»Aber ist doch wahr! Seit wann verwest man denn in Märchen? Man lebt oder man ist tot, zur Not schläft man auch. Aber habt ihr schon mal ein Märchen gehört, in dem einer verwest? Ist doch wohl lächerlich!« Und sie funkelte den Doktor böse an, was diesen hingegen in keiner Weise zu verdrießen schien.

»Du hast vollkommen Recht, mein liebes Sophiechen«, erwiderte er in bester Laune und nickte neben Sophie auch der Tante anerkennend zu, als beglückwünsche er sie zu einer solch gescheiten Tochter. »Du hast Recht. Ich bin wahrlich ein außergewöhnlich großer Esel. So etwas wie Verwesung hat in einem Märchen natürlich nicht das Geringste verloren. Aber das musst du einem alten Esel wie mir schon nachsehen; wenn man alt wird, dann lässt halt alles nach, auch die grauen Zellen arbeiten dann nicht mehr so, wie sie eigentlich sollten.«

Diese Ausführung schien sie einigermaßen zu besänftigen, und sie nickte mit Nachdruck, als stimme sie insbesondere dem letzten Teil der Erwiderung aus vollem Herzen zu. Nun saß man einige Momente einfach schweigend da, während Sophie dem Doktor noch den einen oder anderen argwöhnischen Blick zuwarf, dann ergriff Letzterer wieder das Wort.

»Aber ihr wollt doch gewiss erfahren, wie die Geschichte von unserem Philosophen weitergeht. Also, wie gesagt, er ist zu dem Schluss gekommen, dass ihm einzig der Tod das Geheimnis der Ewigkeit offenbaren könne. Kurz vor dem Tod, davon war er überzeugt, würde er erfahren, was es mit dieser vertrackten Ewigkeit denn nun auf sich habe. Er kam also zu mir und schilderte mir sein Dilemma. Ich hätte ihn natürlich zu dir geschickt, Sophie, aber damals wusste ich ja noch nichts von dem Märchen. Er bat mich also, ich solle ihm ein Mittelchen verschreiben, mit dem er sich möglichst zuverlässig von diesem Übel, also dem Leben, befreien könne, damit er endlich in Erfahrung bringe, wie es um die Ewigkeit bestellt sei. Nun bin ich allerdings kein Philosoph. Ich habe zwar schon einiges über die Metaphysik der Runkelrübe gelesen, aber wie es um die Metaphysik des Lebens und der Ewigkeit bestellt ist, das war für mich Neuland. Na, wie stellst du dir das denn vor, mein guter Heinfried, frage ich ihn, und er antwortet, dass er eben ein Mittelchen brauche, mit dem er sich das Leben nehmen könnte. Ich überlege und überlege, denke zunächst, dass er mich zum Besten halten will, aber es schien ihm doch völlig ernst zu sein. Da schlug ich vor, er solle sich doch ganz einfach eine gute alte Kugel in den Schädel jagen, aber die Vorstellung, ein riesiges Loch in seinem Philosophenkopf zu haben, schien ihm aus irgendeinem Grunde nicht recht zu gefallen. Na, dann eben nicht. Aber wie wär's mit einem gutmütigen Gift aus Großmutters Hexenküche? Doch da wurde er fuchsteufelswild und hielt mir vor, wie ich ihm nur solch einen weibischen Tod wünschen könne, und da hatte er natürlich auch Recht, Vergiften ist ja nun auch wirklich nichts für richtige Männer. Da wusste ich nun auch keinen Rat mehr und er versank in dumpfes Brüten. Dann ertränke ich mich eben, sagte er da, und ich wollte ihm schon gratulieren, da fügte er noch hinzu, dass er es in einem alten Holzbottich machen wolle, den er bei sich im Schuppen stehen hatte. Wie er das denn nun anstellen wolle, fragte ich ihn, doch er ging gar nicht auf meine Frage ein und sagte nur, dass ich schon sehen werde, wie schön das geht. Ha, in einem Holzbottich!«, rief er aus und schlug sich mit der Hand auf den massigen Oberschenkel, dass es klatschend durch den Garten schallte. »Aber ich wollte ihn nicht schon wieder verärgern und versicherte ihm also, dass das eine ganz famose Idee sei. Das wollte ich mir nun auf keinen Fall entgehen lassen und ich begleitete ihn also nach Hause, wo er auch sogleich ans Werk ging. Im Schuppen hatte er tatsächlich einen Holzbottich von etwa einem Meter Durchmesser und fünfzig Zentimetern Tiefe. Er fing dann auch sogleich an und begann, den Bottich mit Wasser zu füllen. Als er fast voll war, hielt er inne und entfachte nun ein Feuer in dem Ofen, den er dort im Schuppen stehen hatte, und auf die Herdplatte setzte er nun einen Kessel mit Wasser. Was das denn nun zu bedeuten habe, wollte ich wissen, und er sagte, dass er natürlich noch etwas heißes Wasser in den Bottich geben wolle, denn schließlich habe er nicht vor, sich im eiskalten Wasser zu ersäufen. Ich konnte ihn nur loben, denn immerhin schrieben wir bereits November, und womöglich hätte er sich noch durch eine Erkältung den Tod geholt, bevor er sich hätte ertränken können!« Polternd drang sein Lachen durch den Garten und wieder klatschte er mit der Hand auf den Oberschenkel. Womöglich verschluckte er sich dabei, denn sein Lachen ging in einen Hustenanfall über, der gut eine halbe Minute andauerte, bis er schließlich weitererzählen konnte. »Na, er gab also das kochende Wasser in den Bottich, tauchte die Hand hinein und schien zufrieden. Dann zog er seine Jacke aus, band die Krawatte auf und legte sie neben die Jacke auf einen Stuhl, dann atmete er zweimal tief durch und steckte den Kopf ins Wasser. Mir schien das Ganze nun doch etwas überstürzt. Ich hätte zumindest ein paar letzte Worte oder einen Abschiedsbrief erwartet, aber was soll's, ich war ja schließlich nur Gast auf der Feier. Er hatte nun also den Kopf unter dem angewärmten Wasser und verharrte in völliger Bewegungslosigkeit. Ich hatte zwar keine Uhr bei mir, um die Zeit messen zu können, doch glaube ich, mit einiger Gewissheit sagen zu können, dass er bestimmt zwei Minuten unter Wasser war. Da begann er plötzlich, mit den Händen den Rand des Bottichs zu umklammern, sein Oberkörper bewegte sich hin und her und schließlich ließ er den Kopf prustend wieder aus dem Wasser schießen. Ob er denn schon tot sei oder zumindest etwas von der Ewigkeit gesehen habe, fragte ich ihn, aber er schien mich nicht gehört zu haben. Er beachtete mich auch nicht weiter, atmete einige Male tief durch und versuchte es ein zweites Mal, doch jetzt hielt er nicht einmal eine Minute durch und schüttelte wütend den Kopf wie ein nasser Hund, der das Wasser aus dem Fell bekommen will. Da erbot ich mich, ihn mit der Hand unter Wasser zu drücken, wenn es anders denn gar nicht gehe, doch davon wollte er nichts wissen, da es seinen metaphysischen Grundsätzen widerspreche, wenn ich in die Sache verwickelt würde, was mir recht sonderbar erscheinen wollte, da er sich ja schließlich bereits an mich gewendet hatte, damit ich ihm in der Angelegenheit behilflich sei. Ich vermute mal, dass das irgendwas mit Dialektik zu tun hatte. Jedenfalls lehnte er jede Hilfe ab und versuchte es drei weitere Male, bis er schließlich aufgab. Inzwischen hatte er eh schon so viel Wasser verspritzt, dass kaum noch was zum Ersaufen übrig war. Es musste also eine andere Lösung gefunden werden. Er zog sich um und wir setzten uns zu einer Zigarre ins Wohnzimmer. Er befand sich nun verständlicherweise in reichlich deprimierter Stimmung, und um ihn aufzuheitern, schlug ich vor, er solle sich doch vor eine Kutsche werfen oder vielleicht auch vor ein Automobil, die sind ja noch viel schneller. Ach, und da hättet ihr den guten Heinfried mal sehen sollen! Er hatte Tränen der Freude in den Augen, als er auf mich zustürmte und mich in die Arme schloss. Ja, so und nicht anders, nur unter den Rädern einer Kutsche wollte er den eines Philosophen einzig würdigen Tod suchen und finden. Schon hatte er Hut und Mantel genommen und wollte den Plan in die Tat umsetzen, doch da kamen ihm mit einem Male Bedenken. Nach der Erfahrung mit dem Bottich war er vorsichtig geworden. Wer konnte ihm versichern, dass es mit der Kutsche nicht einen ähnlichen Reinfall geben würde? Wir beschlossen also, zunächst einmal eine Probe zu machen, und zu diesem Zwecke sollte uns der Schäferhund von Heinfrieds Nachbarn behilflich sein. Wir kannten das Tier beide gut und nur zu gerne hat es uns begleitet, als wir es zu einem Spaziergang aus dem Zwinger holten. Wir gingen in die Ortsmitte zu einer Straße, wo regelmäßig Kutschen vorbeikamen. Ich stellte mich mit dem Hund auf die eine Seite der Straße, Heinfried wartete auf der anderen. Sobald nun eine Kutsche kam, so unser Plan, würde Heinfried den Hund rufen und ich würde ihn loslassen. Tja, und dann würde sich ja zeigen, wie zuverlässig eine Kutsche im Knochenzermalmen ist. Wir brauchten dann auch nicht lange zu warten, da kam auch schon ein zweiachsiger Wagen mit einem Doppelgespann daher. Ha, und wie passend, er hatte auch noch Särge geladen! Der Wagen fuhr schnell, und kurz bevor er auf unserer Höhe war, da rief Heinfried nach dem Hund und ich ließ ihn von der Leine. Und was macht das dumme Vieh? Lässt er sich etwa überfahren, wie wir es ihm vorher klar und deutlich aufgetragen hatten? Von wegen, er macht einige Schritte auf die Straße und fängt dann an, wie von Sinnen die Pferde anzukläffen. Die Pferde scheuen natürlich, weichen zur Seite aus und der Wagen überschlägt sich! Ha, na, das war ein Spaß!« Nun schlug er gar mit beiden Händen auf die Schenkel. »Die Särge knallten auf das Pflaster und zerbrachen – zum Glück waren sie noch nicht bewohnt – , der Kutscher wälzte sich fluchend in einer Pfütze und der Hund war auf und davon. Na, ich kann euch sagen, der Heinfried war vollauf begeistert! Ich schlug nun vor, er solle es eben mit einem Automobil versuchen, das würde gewiss nicht scheuen, wenn ihm etwas in die Quere kommt, aber davon wollte er nichts wissen. Er hat grundsätzlich nichts für diesen neumodischen Schnickschnack übrig, und das Ende unter einem Haufen Blech, so hat er mir erzählt, lasse sich nicht mit seinen metaphysischen Prinzipien vereinen. Wir waren also wieder so weit wie am Anfang.«

Und da plötzlich hallte ein Schrei zu ihnen herüber, der vom Rosenplatz kommen mochte. »Was sollten wir machen?«, fuhr der Doktor fort. »Der gute Heinfried war jetzt natürlich noch deprimierter als zuvor. Ich legte ihm noch so manchen schlauen Vorschlag vor, aber er wollte von alledem nichts wissen. Er grübelte und grübelte und wurde mit jedem Tag trübseliger. Ich besuchte ihn nun regelmäßig und brachte ihm etliche Mittelchen gegen die Depressionen mit, denn ich fürchtete schon, dass er sich noch zu Tode grübeln könnte. Aber die Mittelchen wollten auch keine rechte Wirkung zeigen und ich stand schon im Begriff, ihn zu einer Badekur nach N. zu schicken. Gewiss habt ihr schon gehört, welch vorzügliche Heilquellen es dort gibt. Doch dazu sollte es gar nicht kommen, denn als ich ihn das nächste Mal besuchte, empfing er mich mit einem Freudenstrahlen, als hätte er soeben den Schatz der Nibelungen gefunden. Des Problems Lösung sei nun gefunden, überfiel er mich und erdrückte mich fast, als er mich zur Begrüßung umschlang. So einfach sei die Lösung, zudem im schönsten Einklang mit seinen metaphysischen Prinzipien und eines Philosophen einzig würdig. Nun stellt euch vor, er hatte beschlossen, den Tod auf seinem ureigenstem Felde zum Duell zu fordern, in den Gefilden des Geistes nämlich. Ja, ihr werdet es nicht glauben, mit allen Finten und Listen der spekulativen Philosophie wollte er seinen Lebenswillen davon überzeugen, welch unsinniges Unterfangen es doch sei, mit solcher Hartnäckigkeit am Leben festzuhalten. Na, ich wusste zwar nicht, mit welchen Argumenten und Kniffen er dem Lebenswillen zu Leibe rücken wollte, aber unser Heinfried war ganz famos im Disputieren, wenn er so richtig in Schwung kam, da hättet ihr ihn mal erleben müssen! Wie's aus dem Schnauzbart da gefaucht und gebrüllt hat. Der arme Lebenswille konnte einem wahrlich leid tun.« Und hier nun erklang ein weiterer Schrei aus derselben Richtung, dieses Mal von einer Frau ausgestoßen. »Der konnte sich auf was gefasst machen.«

»Ich meine, da hat jemand geschrien«, unterbrach ihn Immanuel hier.

»Ja, ja, ganz recht«, pflichtete der Doktor bei. »Das kam wohl vom Rosenplatz. Seinen ganzen Genius also wollte der wackere Heinfried nun zu seinem Zwecke nutzen und seinem Erzfeind gegenübertreten. Ich wusste nicht recht, was ich zu diesem Vorhaben sagen sollte, doch war ich in erster Linie erfreut, dass er nun endlich seinen Lebensmut wiedergefunden hatte, und bestärkte ihn also in seinem Entschluss. Und vermutlich hätte es auch eh nichts gefruchtet, wenn ich irgendwelche Einwände erhoben hätte. Bereits während meines Besuches lief er aufgeregt von einem Zimmer ins andere, um den theoretischen Rahmen abzustecken, in dem sich seine Argumentation bewegen sollte, und ich hatte einige Mühe, ihm zu folgen, und war bald schon regelrecht außer Atem, sodass ich mich setzen und erst einmal verschnaufen musste. Ja, und von da an war er dann ständig unterwegs. So richtig auf Hochtouren denken konnte er nämlich nur, wenn er sich bewegte. Morgens bei Sonnenaufgang brach er auf mit einem Rucksack, in dem er den Proviant für den Tag eingepackt hatte, damit er nicht extra der Mahlzeiten wegen nach Hause kommen musste, und streifte dann häufig bis nach Einbruch der Dunkelheit in der Gegend umher und grübelte, bis ihm der Kopf rauchte, dabei immer wieder den Zeigefinger in die Höhe reckend, wenn er seinem Widersacher ein ganz besonders gewichtiges Argument entgegenschleuderte. Dann wieder sah man ihn wütend einherstampfen, wenn sich der Lebenswille auch der schlüssigsten Argumentation verschloss und geradezu bockig wie ein Kind jeden Gedanken an Kapitulation von sich wies. Das alles hatte durchaus seine Vorteile. Zum Einen war er nun ständig in Bewegung und verlor sicher das eine oder andere Pfund seiner recht ausufernden Körpermasse. Und außerdem war er dabei ständig an der frischen Luft, ganz abgesehen davon, dass man nicht mehr von irgendwelchen unberechenbaren Gäulen abhängig war, hahaha. Und so sah man ihn dann also Tag um Tag durch die Stadt eilen. Die Leute fingen natürlich bald an, sich zu wundern, nicht nur, weil er ständig herumspazierte, als hinge sein Seelenheil davon ab, nein, außerdem noch, weil er dabei ständig disputierte. Und da sein Widersacher ja nicht zu sehen war, nahm man bald an, dass der berühmte Mann über all seine Philosophiererei den Verstand verloren habe. Dann und wann habe ich ihn mal ein Stückchen begleitet, und als ich ihn eines Tages fragte, ob er den Elenden denn schon in die Knie gezwungen habe und vom Hauch der Ewigkeit umweht worden sei, da hat er etwas ominös von einem metaphysischen Ahnen gesprochen, das ihn hin und wieder befalle. Das wollte ich natürlich genauer wissen, und stellt euch vor ...«

Und hier nun schrie es ein drittes Mal, womöglich noch eindringlicher als die beiden Male zuvor. »Doktor, ich glaube ...«, begann Immanuel.

»Ja, ja, ja!«, fuhr der Arzt wütend dazwischen. »Ich komme ja schon, ihr Quälgeister. Müssen sich die Kerls auch immer die Schädel einschlagen, wenn man gerade am Erzählen ist! Es ist ja auch wirklich ein Kreuz mit dem Ärzteberuf.« Unwillig griff er nach der braunen Ledertasche, die er neben dem Sessel abgestellt hatte, dann erhob er sich mühsam und deutete vor der Tante eine Verbeugung an. »Meine Gnädigste, ich würde ja gerne noch ... aber Sie sehen ja selbst, die Pflicht ruft.«

Immanuel nickte der Tante zu. Diese schien noch etwas sagen zu wollen, doch der Doktor hatte bereits den halben Weg zur Pforte zurückgelegt, und Immanuel dachte mit einiger Unruhe an den Umschlag mit dem Angebot in seiner Jackentasche und setzte sich also ebenfalls in Bewegung.

»Mach's gut, Immanuel«, rief ihm seine Cousine noch hinterher, als er bereits die Pforte erreicht hatte.

Wie spät mochte es wohl sein? Er wünschte, dass von irgendwoher eine Kirchturmuhr schlage. Und noch etwas kam ihm nun in den Sinn. Was machte eigentlich der Doktor bei seiner Tante? Sollte die Cousine wieder krank sein? Im Grunde sah sie doch ganz munter aus. Aber man wusste ja nie. Gerade wollte er den Arzt danach fragen, da ergriff dieser das Wort. »Es ist doch schon ein seltsam Ding mit dieser Metaphysik. Warum, so fragt man sich, durfte ich dem guten Heinfried mit Rat und schlauen Worten zur Seite stehen, praktische Hilfe leisten und ihm den Kopf unter Wasser drücken aber durfte ich nicht? Ob's da wohl irgendeinen schlauen Satz bei Aristoteles gibt, von dem ich nichts weiß? Es ist ja auch wirklich zu vertrackt, da kann man sich doch wahrlich glücklich schätzen, dass man nur ein Arzt ist und kein Philosoph. Wenn der morsche Leib Gift und Galle spuckt, dann braut man halt ein paar Kräuterchen, ein paar Mittelchen zusammen. Wirken sie, so ist man ein Held, wirken sie nicht, so überlässt man alles Weitere eben dem lieben Gott und muss nicht über philosophische Lehrsätze grübeln, bis einem so wirr im Kopf ist, dass man selber einen Arzt braucht.«

Sie kamen zum Rosenplatz, und nun, da Immanuel die drei alten Männer vor dem Café näher betrachtete, erkannte er einen von ihnen. Er war Herr Radtke, der Nachbar seiner Tante und ein alter Kriegsheld, der einmal zwei Menschen das Leben gerettet hatte und selber aus dem Schützengraben eine ansehnliche Wunde zurückbehalten hatte. Als Immanuel noch ein Kind war, da hatte Herr Radtke ihn immer einige Züge von seiner Meerschaumpfeife nehmen lassen, wenn er ihn besuchte. Das war zumeist im Sommer gewesen, wenn der Kirschbaum im Garten des bereits damals alten Mannes Früchte getragen hatte. »Na, Lust auf 'ne kleine Kletterpartie?«, pflegte er Immanuel zu fragen, wenn dieser im Garten der Tante spielte, und dann auf die saftigen Kirschen zu weisen. Immanuel hasste Kletterpartien, und die Früchte, die es am Freitag auf dem Markt zu kaufen gab, schmeckten wesentlich besser als die auf dem Baum des alten Herrn Radtke; aber dennoch nahm er die Kletterpartie meistens in Kauf, denn wesentlich süßer als die Kirschen war die verbotene Frucht, die es regelmäßig im Anschluss zu kosten gab. »Die Luft ist rein«, pflegte der alte Mann mit einem schelmischen Grinsen zu sagen, während er von seinem Schaukelstuhl aus über den Zaun zum Nachbargrundstück schielte, um sich zu vergewissern, dass die Tante und der Onkel nicht im Garten waren. Dann hielt er ihm die Pfeife hin. Ach, und wie süß waren die Träume, die auf die ersten Züge folgten, und wie köstlich war das Gefühl, einen ersten Schritt in die fremde, gleichsam bewunderte wie gefürchtete Welt der Erwachsenen getan zu haben, und sei es auch nur auf Widerruf. Aber heute spielte kein schelmisches Grinsen um die Lippen des alten Mannes, auch hatte er inzwischen zu Zigarren gewechselt und Immanuel nahm er gar nicht wahr, denn sein Blick war wie der seiner beiden Zechkumpanen auf die Menschenmenge gerichtet. Und nun, als Immanuel ebenfalls in diese Richtung sah, bemerkte er, dass Gregors Fuhrwagen bereits vorgefahren war und jetzt ein Stück neben den Schaulustigen stand.

»So, jetzt lassen Sie mich mal durch, ich bin Arzt«, forderte der Doktor, als sie die Menge erreicht hatten. »Na, nun macht doch schon Platz für den Onkel Doktor.« Als er sich endlich vor dem Verletzten befand, schabte er sich das Kinn und schien zu überlegen.

»Lebt der überhaupt noch?«, kam es von weiter hinten.

Diese Frage schien auch den Doktor zu beschäftigen, denn um den Mann zu seinen Füßen schien es übel genug bestellt. Sein linker Arm stand in unnatürlichem Winkel vom Körper ab, am Hinterkopf hatte er eine schwere Verletzung, aus der sich ein steter Blutstrom auf das Pflaster ergoss. Und fast wollte es Immanuel scheinen, als weine der Mann schwarze Tränen. Doch war es nur die Augenschminke, die der Regen über die Wangenknochen zu den Ohren spülte.

»Na, wollen mal sehen«, sagte der Doktor und ließ sich schwerfällig in die Hocke nieder. Die drei alten Männer vor dem Café schienen inzwischen das Interesse an dem Ganzen verloren zu haben und starrten in ihre Biergläser. Ein Stück hinter ihnen saß der Mann im Rollstuhl, der nun begeistert in die Hände klatschte, und am Tisch neben diesem bemerkte Immanuel jetzt einen Mann in einem grauen Anzug, der in einer Zeitung las und von Zeit zu Zeit zu dem Rollstuhlfahrer blickte. »Hier, sehen Sie, hier muss er mit dem Kopf aufgeschlagen sein«, erklärte der Doktor an niemanden im Besonderen gerichtet. Und da nun entdeckte Immanuel seinen Cousin Gregor, der ein Stück vor seinem Fuhrwagen stand und eine Zigarette rauchte. Er schien Immanuel schon eine geraume Zeit beobachtet zu haben und nickte diesem nun, da sich ihre Blicke trafen, flüchtig zu. Er kam nicht auf ihn zu, hob nicht einmal zum Gruß die Hand, und nun, da Immanuel seine Miene musterte, wollte diese ihm gar vorwurfsvoll scheinen. War es möglich? Aber natürlich war es das. Schließlich trug Immanuel noch immer das Angebot in der Tasche, das eigentlich schon gestern bei der

Firma Schreihöft hätte abgegeben werden sollen und das für den Cousin womöglich gar noch wichtiger war als für ihn selber. Schon wollte er zum Cousin gehen, wollte ihm die Situation erklären, für die er ja nicht die geringste Verantwortung trug, als er ein Stück zur Seite gedrängt wurde.

»Na, nun machen Sie doch mal Platz für die beiden jungen Männer!«, polterte der Doktor jovial, und Immanuel sah, wie sich zwei kräftige Burschen mit dem Verletzten den Weg durch die Menge bahnten. Der eine hatte ihm unter die Schultern, der andere an den Beinen gefasst, und so trugen sie ihn nun zu Gregors Fuhrwagen. Ob sich der Mann in dem seltsamen Clownskostüm, das vom Regen und vom Blut gänzlich durchnässt war, noch regte, das konnte Immanuel nicht erkennen. Die Bewegungen des Kopfes und der Arme konnten ebenso gut von den beiden Burschen verursacht sein, die über keine allzu große Erfahrung im Transportieren von Verletzten zu verfügen schienen. Der Doktor sparte nicht mit guten Ratschlägen, während man den Clown auf Gregors Wagen verfrachtete, mühte sich dann schwerfällig neben Gregor auf den Sitz des Wagens. Endlich ertönte der Knall der Peitsche. Ein zweites und ein drittes Mal musste Gregor die Peitsche schwingen, ehe sich der müde Hengst endlich widerwillig in Bewegung setzte. Immanuel sah ihnen eine Weile nach, dann fasste er an die Brusttasche seiner Jacke und machte sich auf den Weg.

Er überquerte den Rosenplatz und bog dann in die Knospen-Straße ein. Mit gesenktem Kopf, die Haare triefend und tief in Gedanken versunken, marschierte er das Pflaster entlang. Er entschied, die

Abkürzung über den Friedhof zu nehmen, und von Ferne schon bemerkte er das festlich erleuchtete Zelt, dessen Dach sich so bedenklich unter der Masse des Regenwassers beugte. Während Immanuel vor den geöffneten Eingang des Zeltes trat, war man auf dem Friedhof offensichtlich gerade verzweifelt bemüht, irgend den Sarg in das Grab zu befördern. Hin und wieder wurde ein Streichholz angebrannt, einmal auch eine Kerze, die jedoch gleich wieder erlosch. Und Immanuel spürte, dass er seit einem Tag oder auch mehr schon nichts mehr gegessen hatte. Nun bemerkte er, dass die Brote mit Lachs belegt waren, der im Schein der Kandelaber dunkelrot leuchtete. Weiter hinten, fast am Ende der Tafel, stand eine silberne Platte mit einem Truthahn darauf, dessen Duft sich gar bis nach draußen zu Immanuel verbreitete.

»Nicht so schüchtern, bedienen Sie sich nur!«, hörte er da eine Stimme seinen sehnlichsten Wunsch aussprechen.

Es war der Küster, der sich von hinten mit zwei Friedhofslichtern genähert hatte.

»Riecht doch köstlich, nicht wahr?« Der Küster war ein großgewachsener Mann, doch hatte der jahrelange Dienst für die heilige Mutter Kirche seinen Rücken leicht gebeugt, sodass er sich nun auf etwa gleicher Höhe mit Immanuel, der von mittlerer Statur war, befand. Er bedeutete ihm mit einem Kopfnicken, ihm zu folgen. »Schauen Sie nur, dieser Truthahn«, sagte er, als er das Zelt betreten hatte. »Ihre Frau Großmutter könnte ihn wohl kaum besser zubereiten.«

Immanuel, der bereits bis zum Eingang des Zeltes vorgetreten war, hielt inne. Was hatte die Anspielung auf seine Großmutter hier zu suchen? Er wiederholte sich den Satz, suchte im Tonfall nach einer versteckten Anspielung. Spielte dort ein Vorwurf hinein, wie er ihn zuvor im Blick seines Cousins bemerkt zu haben glaubte? Wie er bisweilen im Blick der Tante durchschimmerte, wenn er auch nie in Worte gefasst wurde? Ach, zum Teufel, konnte er denn etwas dafür, dass die Eltern seines Vaters – und eben seiner Tante – sich entschieden hatten, ihre alten Tage bei ihnen zu verbringen? Es war wohl nicht zu leugnen, dass Immanuels Eltern nimmer imstande gewesen wären, ohne die finanzielle Unterstützung der Großeltern das Haus zu kaufen, in dem sie nun gemeinsam lebten, unten die Großeltern, oben Immanuel mit seinen Eltern und seiner Schwester. Und es war ebenfalls richtig, dass dieses Geld ursprünglich dazu gedacht gewesen war, Gregor beim Aufbau eines eigenen Unternehmens zu unterstützen. Aber es war nicht Immanuels Schuld, dass die Großeltern es sich anders überlegt hatten, dass Gregor sich nun als Subunternehmer für einen Betrieb verdingen musste, in dem er, Immanuel, es bereits zum Fakturisten gebracht hatte.

Misstrauisch geworden, verharrte er am Eingang des Zeltes und betrachtete den Küster, der seine Friedhofslichter auf einen der vorderen Stühle abgestellt hatte und sich nun mit gebeugtem Rücken in den hinteren Teil des Zeltes bewegte. Langsam schmolz Immanuels Misstrauen dahin, als ihm der Duft des Truthahns in die Nase stieg, und schließlich, als der Küster ihn mit einem weiteren Kopfnicken zum Eintreten aufforderte, folgte er. Ob er rechts wohl etwas sehen kann, fragte sich Immanuel, als er nun das von einem feinen Film überzogene Auge des Mannes auf sich ruhen sah. Fast wollte ihm scheinen, als bewege sich die nur ganz verschwommen wahrnehmbare Pupille, doch konnte ihm hier auch das unruhig flackernde Licht der Kandelaber einen Streich gespielt haben. Er hielt es für unhöflich, länger das Auge anzustarren und richtete den Blick auf den Truthahn.

»Ja, ein Meisterwerk«, bemerkte der Küster nicht ohne Stolz mit nahezu träumerischer Stimme, als er sah, worauf Immanuels Blick nun gerichtet war. »Das rechte Maß an Pfeffer ist entscheidend«, fuhr der Küster dann fort. »Bei der Füllung, meine ich jetzt. Man hört ja immer wieder, dass die Brühe entscheidend ist, mit der man den Truthahn beim Braten übergießt. Aber ich sage Ihnen, das ist alles Unsinn. Es kommt auf die Füllung an, wenn die nicht stimmt, dann können Sie die schönste Brühe zusammenzaubern, den Geschmack rettet man dann auch nicht mehr. Und bei der Füllung ist der Pfeffer entscheidend. Und das Ei natürlich auch. Manche nehmen Hühnereier, aber das ist ganz verkehrt, geradezu barbarisch. Nein, ich nehme grundsätzlich Enteneier. Ein Entenei zu zwei Äpfeln, eine Scheibe Graubrot, Sellerie und etwas Speck. Wenn man das miteinander vermischt hat, kommt der Pfeffer. Und zwar nicht irgendein Pfeffer. Schwarzer Pfeffer muss es sein von halbreifen Früchten, am besten aus der vorderen Mongolei. Nicht zu viel natürlich. Ha, das rechte Augenmaß ist entscheidend, wenn Sie wissen, was ich meine. Riechen Sie. Riechen Sie, wie der

Pfeffer den Truthahn von innen durchdringt, wie er ihn durchströmt und ihm sein Wesen aufzwingt?« Er schloss die Augen und fächelte sich mit der Hand den Duft zu.

Auch Immanuel schloss die Augen und ließ sich von dem Duft durchdringen. Ohne es zu merken, stieß er ein Stöhnen aus, das beinahe wollüstig klang. »Und nun lassen Sie sich das zarte Fleisch auf der Zunge zergehen«, forderte ihn der Küster auf. »Spüren Sie den Geist des Pfeffers, inspiriert durch das Entenei, abgerundet durch den Sellerie, wie er alles durchdringt. Und dazu ein kleiner Schluck Rotwein, ein Medinet am besten, nicht zu süß, lassen Sie ihn sich entfalten zwischen Zunge und Gaumen, spüren Sie, wie ...«

»Wo bleiben die Lichter!«, drang hier die ungeduldige Stimme des Pastors vom Friedhof herüber. Erschrocken schlugen die Augen des Küsters auf. Ohne ein weiteres Wort eilte er an Immanuel vorbei und war im nächsten Augenblick verschwunden. Immanuel ging ihm nach und sah, wie sich die Lichter auf und ab hüpfend der um das Grab versammelten Menge näherten. Er blickte zurück zu der Tafel. Hatte der Küster ihn nicht aufgefordert, sich zu bedienen? Den Truthahn anzuschneiden, das durfte er schwerlich wagen, aber wenn ein oder zwei Brote mit dem Lachs fehlten, das würde doch wohl kaum jemandem auffallen. Dazu vielleicht noch ein Schluck Wein. Doch wie hätte er das Glas danach säubern sollen? Und einfach aus der Flasche trinken, das ging ja nun auch nicht an. Ein weiteres Stöhnen entrang sich ihm, dieses Mal jedoch weniger wollüstig als vielmehr frustriert. Er fasste an die

Brusttasche seiner Jacke und setzte sich in Bewegung. Wer mag dort wohl zu Grabe getragen werden?, fragte er sich, als er den Friedhofsweg entlangging. Wohl leisteten die Friedhofslichter wesentlich bessere Dienste als die Streichhölzer, aber auch so konnte er niemanden von den Trauergästen erkennen. Doch immerhin sah er, dass man den Sarg nun abgesetzt hatte. Aber unmöglich konnte es sich hier um die Stelle handeln, von wo aus man ihn in das Grab befördern wollte. Er stand schief und dann auch noch direkt neben einem Grabstein. Nein, vielmehr schien es, als wollten sich die Sargträger nur kurz von den Strapazen erholen, denn deutlich sah Immanuel, wie sich einer der Männer die Arme ausschüttelte. Dann nahm man den Sarg wieder auf, doch was genau man damit anstellte, das konnte er nicht erkennen, da ihm die Trauergäste die Sicht versperrten. »Nee, dat geiht nich. Weer torügge!«, hörte er jemanden rufen.

Er setzte sich nun wieder in Bewegung. Was für eine Sauerei. Die Mohn-Gasse schien jetzt noch verschlammter. Immanuel versuchte, auf Stellen zu treten, die nicht ganz so stark aufgeweicht waren, was sich jedoch als höchst schwierig erwies, da der Mond sich gerade hinter einer schwarzen Regenwolke verborgen und die Gasse in fast gänzlicher Dunkelheit zurückgelassen hatte. Endlich erreichte er die Alraunen-Straße, erblickte den majestätischen Giebel des Schreihöft-Werkes. Immanuel musste an die Scheibe des Pförtnerhäuschens klopfen, bevor der alte Hartmann ihn bemerkte, um dann erschrocken aufzufahren.

»Ja, Herr S., was machen denn Sie noch hier? Und wie schauen Sie denn aus?«

»Das ist eine lange Geschichte, Herr Hartmann«, erwiderte er und warf einen Blick hinauf zum zweiten Stock des Gebäudes, wo zwei der Fenster noch beleuchtet waren. »Ich müsste dringend noch Herrn Schreihöft sprechen. Meinen Sie, dass er noch im Hause ist?«

»Nun ja, im Hause sein wird er ja wohl schon, aber ...«, entgegnete Herr Hartmann, Immanuel von oben bis unten musternd, dabei auf den Hosenbeinen verweilend, die trotz aller Vorsicht etliche Schlammspritzer abbekommen hatten. Immanuel entging der Blick des Pförtners nicht.

»Nein, werter Herr Hartmann«, sagte er in beschwichtigendem Tonfall, »das hat nichts zu sagen. Das hat alles seinen guten Grund, den ich jederzeit bereit bin, Herrn Schreihöft in aller Ausführlichkeit zu erläutern. Seien Sie also ganz unbesorgt.« Er nickte dem Mann auf der anderen Seite des Schiebefensters zu und eilte nun zum Eingang, hielt dort jedoch nochmals inne. Konnte er es wirklich wagen, in diesem Aufzug vor Herrn Schreihöft zu treten? Eine ganze Weile stand er da und betrachtete kopfschüttelnd die Schlammspritzer auf seiner Hose. Aber natürlich konnte er, *musste* er. Besser in verunreinigter Kleidung erscheinen als den Ruf der Zuverlässigkeit, mithin sein väterliches Erbe, einbüßen. Er trat sich also so gut als möglich die Schuhe ab und wischte mit der Hand einige Schlammspritzer von der Hose. Und schon war er im Treppenhaus, war an der doppelflügeligen Glastür, die zu den unteren

Büroräumen führte, schon fast vorbeigeeilt, als er mit einem Male innehielt.

»Patricia!«, rief er aus. Ein Zweifel war ausgeschlossen, zu gut nur kannte er das marineblaue Kleid, das sie noch während ihrer letzten Begegnung getragen hatte. Einen kurzen Augenblick nur hatte er sie gesehen, als sie durch die Tür am anderen Ende des Raumes auf den Gang entschwand. Er riss die Tür auf und eilte an Schreibtischen und Schreibpulten vorbei auf die Tür zu. »Patricia!«, rief er erneut, als er auch die hintere Tür aufgerissen hatte. Er spähte nach rechts, nach links, konnte sie aber nirgends entdecken. Er lief nach links dem zur Alraunen-Straße führenden Ausgang zu, fand diesen jedoch verschlossen. Also machte er kehrt auf den anderen Ausgang zu, der auf den Hinterhof des Gebäudes führte, über den man direkt auf die Venus-Straße gelangte. Diese Tür nun war geöffnet. »Patricia!«, rief er ein weiteres Mal und spähte in die regennasse Nacht. Auf dem Hof hatte sich leichter Bodennebel gebildet., der jedoch längst nicht hoch und dicht genug war, einen Menschen zu verbergen. Verflixt, sie musste bereits auf der Venus-Straße sein. Kurz erwog er, ihr nachzulaufen, doch dann schüttelte er den Kopf und wandte sich wieder ins Innere des Gebäudes. Zurück ging es durch das Büro, das eine Art Großraumbüro darstellte, an das auf der von hinten gesehen linken Seite zwei separate Büros angeschlossen waren, die man durch zwei riesige Fenster vollständig einsehen konnte. Immanuel atmete schwer, als er den Treppenabsatz erreichte, doch weiter ging es und da nun stand er vor der doppelflügeligen Tür, die, wenn man so wollte, ins Allerheiligste des Gebäudes führte. Von der Putzfrau fehlte dieses Mal jede Spur. Einen Augenblick verweilte er, um wieder zu Atem zu kommen, fasste dabei in die Innentasche seiner Jacke und nickte. Noch einmal atmete er tief durch, kontrollierte zur Sicherheit noch sein Schuhwerk, obwohl er draußen doch sehr gewissenhaft gewesen war. Dann öffnete er die Tür und lauschte. Stille. Nur sein noch immer nicht zur Ruhe gekommenes Herz meinte er unter dem Umschlag mit dem Angebot hektisch pochen zu hören. Er ging an dem Empfangstresen vorbei zur Tür von Herrn Schreihöfts Büro. Und wieder lauschte er. Schon hatte er die Hand gehoben und wollte gerade anklopfen, als er von innen eine Stimme vernahm. Es war Herr Schreihöft. Und gleich darauf eine Erwiderung. Von einer anderen Stimme, die er nicht kannte. Er stieß die Luft hörbar durch die Nase aus und schwang die geballte Faust. Dann wandte er sich um und nahm auf dem Stuhl neben dem Sessel Platz. Und wie er so saß und wartete, ging ihm wieder die Frage durch den Kopf, zu wem diese zweite Stimme wohl gehören mochte. Er war sich ziemlich sicher, dass es nicht die von Herrn Wonnig war, mit dem er sich schon des Öfteren unterhalten hatte. Aber wer war es dann? Von der Unterhaltung war kaum etwas zu verstehen. Wohl drangen bisweilen vollständige Worte zu ihm, ein Sinn zusammenreimen ließ sich aus ihnen aber auch bei aller Phantasie nicht. Er verfiel in dumpfes Brüten, fand aber kaum die Konzentration, auch nur einen Gedanken zu Ende zu bringen. Dann zählte er die Rillen im Fußboden, versuchte, aus der Maserung Gesichter und Tiere zu formen, als er plötzlich seinen Namen hörte. Er schreckte auf. Einen Augenblick später fiel dann der Name Rohrmann und gleich darauf drang schallendes Gelächter aus dem Büro, in dem sich beide Stimmen zu einem ununterscheidbaren Ganzen vereinten. Immanuel spürte, wie ihm das Blut ins Gesicht schoss, und er errötete, während das Gelächter langsam wieder verebbte und in eine gedämpfte Unterhaltung überging. Lachte man also über ihn? Gehörte die zweite Stimme also doch einem Mitbewerber, dem es nicht Triumph genug war, dass er sein Angebot vor ihm eingereicht hatte, sondern der ihn auch noch demütigen musste, indem er ihn auslachte? Ihn hielt es nun nicht länger auf seinem Stuhl. Mit hochrotem Kopf sprang er auf und war schon an der Tür. Er presste das Ohr an das polierte Eichenholz und lauschte, doch die Unterhaltung wurde nun, wie es schien, im Flüsterton geführt. Na, das wäre es natürlich, wenn nun jemand herauskäme und ihn beim Lauschen ertappte! Er presste das Ohr so fest an die Tür, dass es schmerzte. Ha, wie würden sie wohl lachen, wenn sich nun die Tür öffnete und er mit Gepolter ins Büro gestolpert käme! Er ging in die Knie und versuchte, durch das Schlüsselloch zu spähen, doch der Schlüssel steckte und versperrte ihm die Sicht. Einen leisen Fluch durch die Zähne ausstoßend kehrte er zu seinem Stuhl zurück und setzte sich. Ja, da mochten sie lachen, wie der Vater und die Verlobte hier auftauchten und händeringend erklärten, der Sohn beziehungsweise der Verlobte sei unglücklicherweise verschwunden und mit ihm auch das Angebot, das Herr Rohrmann mit solcher Sorgfalt und unter Berücksichtigung der hervorragenden Beziehungen zwischen den Unternehmen Rohrmann und Schreihöft verfasst habe. Ob man denn nicht …? - Ja, aber wo ist er denn, der verlorene Sohn? - Ja, wenn man das nur wüsste! - Und hat man denn keine Abschrift des Angebotes angefertigt, die man nun vorlegen könnte? Immanuel blickte auf. Hatte Herr Rohrmann denn keine Abschrift für die eigenen Unterlagen angefertigt? Nun, man war in Eile, in großer Eile gewesen. Erst spät hatte man von der Ausschreibung erfahren. Aber trotzdem … ? Und wieder versank Immanuel in dumpfes Brüten, während ein unbestimmtes Stimmengewirr aus dem Büro in den Empfangsraum drang, dem nie mehr als einzelne Wortfetzen zu entnehmen waren.

***

Zum Teufel, sollte er schon wieder eingeschlafen sein? Immer monotoner, einschläfernder, ja, gar hypnotisierend wie die Flöte eines Schlangenbeschwörers war es geworden, das Stimmengewirr, das aus dem Büro zu ihm gedrungen war. Ja, es bestand wohl kein Zweifel. Er war eingeschlafen. Er ließ sich zurückfallen, richtete sich aber gleich wieder auf und verspürte ein Schwindelgefühl. Dann schlug er die Augen auf. Das Bett, die weißen Wände, der Spind, zur Hölle, selbst der grauenvolle Pyjama war derselbe! Er ignorierte den Schwindel und schwang sich aus dem Bett. Wie lange mochte er geschlafen haben? Nicht allzu lange, denn er fühlte sich müde und zerschlagen. Der Spind. Jacke, Hemd, Hose, Schuhe, alles war da. Sauber. Trocken. Das Angebot? Auch da. Zum Nachdenken fühlte er sich zu erschöpft. Ein Gedanke allein war es, der seinen Geist durchdrang, ohne dass er sich hätte sagen können, worin diese Aufdringlichkeit begründet lag. Er musste zu Herrn Schreihöft. Und zwar schnell. Bevor irgendein Mitbewerber dort vor ihm eintreffen konnte. In rasender Eile zog er sich um, dann auf den Gang. Nach rechts. An den Türen vorbei. Was für ein Farbton! Man konnte wahrlich Kopfschmerzen davon bekommen. Und dieses Bild! Zum Donnerwetter, das Ding hing ja immer noch schief! Kurz angehalten und es gerade gerückt. Dann weiter. Der Doktor, der Dichter. Ach, sie konnten ihm gestohlen bleiben. Wieder nach rechts. Weiter, weiter! Nimmt der Gang denn nie ein Ende? Endlich! Die Tür. Herrlich frische Luft, sein Geist klarte sich ein wenig auf. Hört dieser unselige Regen denn nie auf? »Ha, du hast gut lachen, du alter Schlawiner«, rief er aus, den Blick zum Mond erhoben, der blass durch die Wolkendecke schimmerte. »Du holst dir keine nassen Füße dort oben.« Und weiter. In die Neptun-Straße. Warum wird's plötzlich so kühl und feucht auf dem Kopf? Hatte er seinen Hut schon wieder vergessen? Er blickte zum Krankenhaus zurück. Egal. Weiter. Rechts ab in die Gasse. Oder lieber geradeaus? Nein, in die Gasse. Weiter. Und links ab in die Mimosen-Straße. Wo waren bloß all die Leute? Ach, soll sie der Teufel holen! Und ihm blieb der Atem weg, als hätte er einen Schlag in die Magengrube bekommen.

Gänzlich regungslos stand er da und starrte. Sollte es möglich sein? Wohl war die Straße gänzlich unbeleuchtet, doch vom Grundstück seiner Tante drang genügend Licht herüber. Wie konnte er es zuvor nie bemerkt haben? Aber es bestand kein Zweifel. Er war weg. Der Kirschbaum im Garten von Herrn Radtke war verschwunden. Immanuel spürte, wie sein anfänglicher Schrecken in Zorn und endlich in blanke Wut umschlug. Wer, um alles in der Welt, kam auf die Idee, den Kirschbaum zu fällen! Er sah die blanke Schärfe auf sich niederschwingen und fühlte, wie mit jedem Hieb ein Stück aus seinem eigenen Fleisch geschlagen wurde. Ach, der liebliche Duft der Meerschaumpfeife, die Kirschen, die verträumten Stunden unter den Ästen des Baumes, mit dem Blick den Schäfchenwolken folgend, die träge unter der Junisonne dahinglitten. Lehrte nicht jeder neue Tag schon die Vergänglichkeit alles Schönen und Erhabenen, auch ohne dass man das letzte Refugium zerstören musste, in dem man sich, wenn für Minuten auch nur, der Illusion von einem Dasein jenseits der Sorgen und Kümmernisse eines Fakturisten hingeben konnte? Ach, es war zum Auswachsen, und Immanuel spürte, wie ihm eine heiße Träne des Zorns und der Wehmut über die Wange lief. Und noch eine andere Erinnerung drängte sich ihm auf. Die Erinnerung an die Geschichte des alten Herrn Radtke, die er, wie ihm erst jetzt so richtig bewusst wurde, nie gehört hatte. Der Onkel hatte es erwähnt, als er noch lebte. Auch Herr Radtke selber. Zwei Menschen hatte er im Krieg das Leben gerettet, war sogar verletzt worden. Recht schwer verletzt. Und nie hatte er auch nur die geringste Anerkennung für seine Heldentat erhalten, wie man es doch eigentlich hätte erwarten sollen. Einmal hatte Immanuel ihn gefragt, wem er denn das Leben gerettet hatte und auf welche Weise und was es denn mit der Verletzung auf sich habe. Doch Herr Radtke hatte nur den Kopf geschüttelt und es schien, der Undank, den seine Tat geerntet hatte, verdrieße ihn so sehr, dass er von der ganzen Sache nichts mehr wissen wollte. Immanuel war nicht weiter in ihn gedrungen, doch hatte ihn die Geschichte fortan nicht mehr losgelassen, und je öfter er darüber nachgegrübelt, desto bunter und phantastischer waren die Einzelheiten, mit denen er sie sich ausmalte, geworden. Nun schüttelte auch er den Kopf und setzte sich dann wieder in Bewegung.

»Alles in Deckung, Infanterieangriff!«, kam es polternd aus dem Garten der Tante. »Oder ist es ein feindlicher Aufklärungstrupp? Nein, kein Trupp, sieht mir mehr nach einem Versprengten aus. Haben wohl im Gelände die Orientierung verloren, wie? Na, das kann schon einmal vorkommen, wenn man unter Beschuss liegt. Unsere Jungs von der Artillerie haben euch aber auch ganz schön eingeheizt, was! Hahahah. Aber nun kommen Sie doch mal näher, Sie Versprengter. Wir können Sie ja gar nicht richtig sehen.«

Wäre ich nur auf der Neptun-Straße geblieben, ging es Immanuel durch den Kopf. Ich hätte doch auch in die Raben-Straße abbiegen können, von dort aus wäre ich ja auch zum Rosenplatz gelangt. Konnte er es jetzt noch wagen, die Straßenseite zu wechseln? Wohl kaum. Man hatte ihn ja schon gesehen. Und außerdem musste er doch der Tante berichten, dass er schon auf dem Weg zu Herrn Schreihöft sei. Er blieb also stehen und öffnete die Pforte.

»Na, nun kommen Sie schon. Nicht so schüchtern«, ermutigte ihn die polternde Stimme des Doktors. Immanuel schritt um eine Pfütze, die die gesamte Breite des zum Haus führenden Pfades einnahm, und trat näher. Und ich dachte, sie hätten das grauenvolle Sofa längst zu Brennholz verarbeitet, wunderte er sich. Das hatte man offensichtlich nicht, denn nun rekelte sich der Doktor behaglich darin und blickte dem Gast mit einem schelmischen Grinsen entgegen. Und grauenvoll war das Sofa in der Tat. Wohl war der Bezug noch in bester Ordnung, was jedoch in erster Linie darauf zurückzuführen war, dass kaum einmal jemand für längere Zeit darauf gesessen hatte, da die Sitzfläche so hart und unbequem war. Schlimmer noch als die Polsterung aber war der orange Farbton des Sofas, der nun, da der Bezug vom Regen durchnässt war, noch schreiender wirkte als in der warmen Wohnstube, wo er einst gestanden. Den Doktor aber schien all dies nicht zu stören. Wen wundert's, dachte Immanuel, du hast ja auch schon genug Polsterung mit hierher gebracht. »Kommen Sie nur näher.« Der Doktor winkte ihm zu. »Ich hab' ja nur Spaß gemacht. Ich habe Ihrer Frau Tante und Ihrem Cousinchen gerade von den 75 Millimeter Sprenggranaten erzählt.« Er wies auf die beiden, die auf je einem Küchenstuhl knapp einen Meter vor dem Sofa saßen.

»Hallo, Immanuel«, begrüßte ihn Sophie. »Wie geht's dir denn heute?«

»Danke, Sophie. Mir geht's gut.«

»Waren ja wirklich teuflisch tückische Dinger, diese 75er Sprenggranaten«, nahm der Doktor seine Erzählung wieder auf. »Gerade für die unerfahrenen Soldaten. Denn was wussten die Pimpfe denn schon? In der Grundausbildung hatten sie vielleicht gelernt, wie man marschiert und vorschriftsmäßig grüßt, aber was nutzt einem das schon an der Front? Überhaupt nichts. Wenn die großen Dinger angedonnert kamen, die 150er oder 185er, da hat sich alles sofort in den Dreck geschmissen und die Arschbacken zusammengekniffen. Aber die Granaten mit dem großen Kaliber, die waren ja im Grunde gar nicht so schlimm. Die haben zwar einen Höllenlärm gemacht, aber die hatten so viel Schwung drauf, die sind meistens noch ein paar hundert Meter geflogen, bevor sie eingeschlagen sind. Viel gefährlicher waren da die kleinen, die 75er zum Beispiel, die hat man nämlich kaum gehört. Das war wie so ein Pfeifen.« Er spitzte die Lippen und versuchte, das Geräusch einer sich nahenden Granate zu imitieren.

Das Ergebnis hörte sich nach einem aufgeregten Fliegenschwarm an. »Nein, nicht so ganz«, verbesserte er sich. »Eher so.« Er versuchte es erneut und nun klang es nach dem Schnaufen einer fernen Lokomotive. »Ja, ja, ganz genau so. Und wenn dann auch noch Gefechtslärm herrscht, wie soll man die kleinen Biester dann hören? Und wenn einer von den Grünschnäbeln sie hört, dann sagt er sich, na, was soll mir der Piepmatz schon anhaben, bis ihm der Piepmatz dann ganz gehörig in den Hintern pickt. Teuflisch hinterhältige Biester, kann ich Ihnen sagen. Jeden Tag haben wir mindestens ein Dutzend von diesen Grünschnäbeln ins Lazarett bekommen. Granatsplitter im Bein, im Arm, die Hüfte weggefetzt. Dann doch lieber gleich in den Schädel. Wenn die armen Schweine so einen Kopftreffer überlebt haben, dann haben sie davon zumindest nicht viel mitbekommen, da brauchte man meistens gar kein Morphium. Aber was meinen Sie wohl, was das für ein Geschrei war, wenn wir dann amputieren mussten. Morphium hatten wir häufig gar nicht. Stock zwischen die Zähne und los ging's. Und mit den Instrumenten stand's ja auch nicht gerade zum Besten. Die Sägen und so konnten wir ja auch nicht jeden Tag schärfen lassen bei dem Betrieb. Ja, so war das. Nach der Schlacht herrschte bei uns Hochbetrieb, davor in den Tischlereien. Denn mit den Särgen konnte man ja schließlich nicht bis nach der Schlacht warten. Wie da gehobelt und gehämmert wurde. Die Jungs hatten ständig Schwielen an den Händen und sonstwo. Und dann war da natürlich noch das Problem mit dem Nachschub an Holz. Na, das waren Scherereien, kann ich euch sagen. Die meisten Wälder an der Front waren vom ständigen Granathagel ja fast alle zerfetzt und verwüstet. Wo sollte man also das Holz für die Särge herbekommen? Ich kann euch sagen, die Logistik ist letztendlich entscheidend. Denn wie soll man einen Krieg führen, wenn keine Kanonen und kein Holz für die Särge an die Front geschafft werden können? Aber das kennen Sie ja«, wandte er sich hier an Immanuel, »Sie sind ja schließlich selber in der Logistik tätig. Na ja, die Holzbeschaffung wurde jedenfalls immer schwerer und man musste die Bretter eben schmaler zuschneiden, damit man Holz sparen konnte, und gegen Ende des Krieges, da waren sie kaum dicker als Streichhölzer. Ha, und wenn dann einer in dem Sarg lag, dann musste man ihn ganz vorsichtig anheben, da die Dinger bei der kleinsten unvorsichtigen Bewegung sofort auseinandergebrochen sind! Na, schöne Zustände waren das. Aber was soll's. Wir haben jedenfalls immer in Dritteln gerechnet. Ein Drittel kehrt halbwegs heile wieder zurück, ein Drittel landet bei uns im Lazarett, das letzte Drittel in den Särgen. O, das konnte natürlich auch variieren, es gab auch Tage, da ist kaum einer wieder zurückgekommen. Damit musste man immer wieder rechnen. Aber alles in allem kam das mit den Dritteln hin. Wenn eine Kompanie aus, sagen wir mal, 210 Mann bestand, dann mussten also mindestens 70 Särge her. Das war natürlich eine ganze Menge. Und die meisten, die dann gefallen und in den Särgen gelandet sind, das waren natürlich die Grünschnäbel, die zum ersten Mal unter Feuer standen.«

»Warum sind die denn in Särge gekommen, wenn sie hingefallen sind?«, fragte Sophie und blickte den Doktor mit verständnisloser Miene an.

Dieser lachte auf. »Na, das sagt man eben so, mein liebes Kind. Ein Soldat, der fällt eben in der Schlacht und dann kommt er halt in einen Sarg. Natürlich nur, wenn genügend Holz da ist, hahaha!«

Sie sah den Arzt nachdenklich an, schien nun zu verstehen. »Dann ist das also so wie in der Geschichte von König Kasimir und König Willibald, nur eben umgekehrt. Dort sind nämlich die Blätter gefallen, und zwar von den Bäumen, und haben sich dann in Soldaten verwandelt.«

»Donnerschlag, die Blätter haben sich in Soldaten verwandelt?« , rief der Doktor aus und klatschte mit der Hand auf seinen fetten Oberschenkel.

Sophie nickte. »Aber ja doch. Ihr müsst die Geschichte doch kennen. Die kennt doch jedes Kind. König Kasimir und König Willibald, die herrschten nämlich über zwei Reiche, die genau nebeneinander lagen. Und jedes Jahr, da haben die beiden gegeneinander Krieg geführt. Sie waren nämlich beide in die Prinzessin Elfriede verliebt, die in einem dritten Königreich lebte, das ganz in der Nähe lag. Die Prinzessin wurde im Laufe der Jahre runzlig und zahnlos, und eigentlich hatte keiner der beiden Könige mehr Interesse an ihr, aber sie hatten sich mittlerweile so an ihre jährlichen Kriege gewöhnt, dass sie nicht mehr darauf verzichten wollten. Aber bald wurde es immer schwerer, in den Königreichen noch Soldaten zu finden, da die meisten ja im Krieg abgemurkst wurden. Da hatte König Kasimir eine Idee. Es gab da nämlich einen Zauberer, der hieß Holdarius, der lebte mal in Kasimirs Königreich, mal in dem vom Willibald. Und die beiden Könige versorgten ihn mit allem, was er zum Leben so brauchte, und es ging ihm wirklich gut. Da ging der Kasimir also zum Willibald und sagte: Also, jahrein, jahraus füttern wir den Burschen hier mit durch. Jetzt soll er sich doch einmal nützlich machen und uns aus der Patsche helfen. Sie ließen den Zauberer Holdarius also kommen und erzählten ihm von ihrem Problem. Dass sie nämlich kaum mehr Soldaten für ihre jährlichen Kriege hatten. Der Holdarius, müsst ihr wissen, der war ein höchst weiser und kundiger Zauberer. Er musste nur kurz überlegen, da wusste er schon, wie er den beiden Königen helfen konnte. Er führte sie in einen Wald, der ganz in der Nähe von der Stelle war, wo sie immer ihre Kriege machten. Dort nimmt er seinen Zauberstab, denn als Zauberer hatte er natürlich auch einen Zauberstab, er nimmt also den Zauberstab, wedelt mit dem einige Male umher, sagt dazu noch ein paar Zaubersprüche auf und schon ist der ganze Wald verzaubert. Als jetzt nämlich die Blätter von den Bäumen fallen, es ist nämlich gerade Herbst, müsst ihr wissen, und da fallen ja ständig Blätter von den Bäumen. Also, die Blätter fallen von den Bäumen und als sie unten am Boden ankommen, da verwandeln sie sich doch tatsächlich in Soldaten! Und zwar in Soldaten, die schon vollständig ausgerüstet sind, also richtig so mit Schwertern und Helmen und so. Die beiden Könige sind natürlich überglücklich und überhäufen den Zauberer mit Gold und Silber. Dann aber teilen sie die Soldaten unter sich auf, bilden aus ihnen zwei Armeen und können jetzt wieder ihren

Krieg führen. Na, da haben sich die beiden alten Knacker aber gefreut, als sich ihre Soldaten da so richtig verdroschen und abgemurkst haben, kann ich euch sagen. Aber das Beste kommt ja erst noch: Wann immer ein Soldat abgemurkst wurde, dann ist aus seiner Leiche ein Baum gewachsen, und wenn dieser Baum im nächsten Herbst seine Blätter verloren hat, dann sind daraus wieder neue Soldaten entstanden, die dann sofort im nächsten Krieg kämpfen konnten. Die Probleme der beiden Könige waren jetzt also gelöst, denn das ist ja ganz logisch: Je mehr Soldaten in einem Krieg abgemurkst wurden, desto mehr Soldaten konnten dann im nächsten Krieg kämpfen, weil aus jedem toten Soldaten dann ja gleich ein paar hundert neue entstanden sind.«

»Großartig!«, rief der Doktor aus. »Na, solche Bäumchen hätten wir im letzten Krieg auch gut brauchen können. Und so praktisch ist das Ganze, weil man sich ja das Holz für die Särge sparen kann. Aber die Bäume müssen ja furchtbar schnell gewachsen sein, wenn sie im nächsten Herbst schon Blätter hatten, die abfallen konnten.«

»Natürlich sind sie schnell gewachsen«, erwiderte Sophie. »Die Soldaten wurden ja schließlich schon im nächsten Herbst gebraucht.«

»Das ist richtig. Und wie ist die Geschichte ausgegangen?«

»Eines Tages ist König Kasimir beim Kacken ins Plumpsklo gefallen und dort ersoffen.«

»Sophie!« rügte die Tante.

»Aber was kann ich denn dafür? So ist es nun einmal passiert. Und König Willibald wurde so von

Gram zerfressen, weil er keine Kriege mehr machen konnte, dass er kurz darauf auch gestorben ist.«

»Und was war mit der Prinzessin?«, fragte der Doktor.

»Die ist als alte verschrumpelte Jungfer gestorben.«

»Das ist hart. Als die Könige tot waren, hätte doch der Zauberer um sie werben können.«

»Um eine verschrumpelte alte Jungfer?«

Der Doktor zuckte mit den Achseln. »Auch wieder wahr.«

Es trat nun eine Pause ein, dann nahm der Doktor seine Erzählung wieder auf. »Aber ich war ja noch nicht fertig. Richtig, die Sache mit der Amputation muss ich euch noch erzählen. Ha, na, das war ein Spaß! Also, da war so ein Bursche, dem mussten wir gleich beide Arme amputieren. Von hier ab.« Er zeigte auf seinen Ellenbogen. »Wird wohl 'n Schrapnell gewesen sein. So genau konnte man das nicht mehr erkennen.« Immanuel glaubte eine Träne über die Wange der Tante rinnen zu sehen, doch dann erkannte er, dass es lediglich einer der Regentropfen war, die sich in ihrem Haar sammelten und dann von Zeit zu Zeit auf die Stirn, die Nase, die Wangen fielen. »Aber ein lustiger Bursche war's«, lachte der Doktor auf. »Mit einem goldenen Humor, und tapfer war er noch dazu. Hatte zwei Kameraden noch vor dem sicheren Tod gerettet, bevor es ihm selber die Arme wegfetzte. Eines Tages erschien dann der Oberst von seinem Regiment bei uns im Lazarett, wollte ihn auszeichnen mit einer Tapferkeitsmedaille. Na, ich kann euch sagen, so einen Oberst in all seiner Pracht sieht man ja nicht jeden Tag bei uns.

Er geht also zum Bett des Helden und heftet ihm die Medaille an die Brust. Doch irgendwie hatte der gute Oberst wohl den Überblick über die Verletzten in seinem Regiment verloren, er wusste jedenfalls nicht, dass dem Soldaten beide Unterarme amputiert worden waren, und konnte das auch gar nicht sehen, weil ihm die Bettdecke bis über die Brust reichte. Tja, und da hält der Oberst ihm also die Hand hin, um ihn zu beglückwünschen. Der Soldat will natürlich nicht unhöflich sein und streckt ihm also den verbundenen Armstumpf entgegen. Ha, da hätten Sie mal das Gesicht von dem Oberst sehen sollen! Aber so ein weltgewandter Mann, der weiß natürlich Rat. Er reicht ihm also die andere, die linke Hand, und der Soldat, na, der streckt ihm nun natürlich den anderen Stumpf hin! Ha, na, das war ein Spaß! Aber es kam ja noch besser. Jetzt hat der Soldat nämlich eine Idee. Er zieht sein rechtes Bein unter der Decke hervor und streckt dem Oberst nun dieses entgegen. »Melde, Herr Oberst, frisch gewaschen und maniküŕt!« Der Doktor lachte auf und schlug sich auf die Oberschenkel. Bald jedoch ging sein Lachen in einen Hustenanfall über und er klopfte sich mit der Faust auf die Brust. Als der Husten schließlich vergangen war, wischte er sich eine Träne aus dem Gesicht und zog dann sein Zigarrenetui aus der Innentasche seiner Jacke. Nachdem er dem Etui umständlich eine Zigarre entnommen und diese in den Mund gesteckt hatte, holte er ein Streichholzheftchen hervor, musste aber feststellen, dass es gänzlich vom Regen aufgeweicht war, und warf es verärgert auf den Rasen. »Ach, es ist doch ein Kreuz mit uns Gelehrten«, rief er aus. »Da sitzen wir jahrelang in Hörsälen und über Büchern, schnippeln und sezieren, aber wie man bei Regen eine Zigarre anzündet, das hat uns keiner beigebracht. Da könnten wir schon bei unseren Jungs in den Schützengräben in die Lehre gehen. Das war eins der ersten Sachen, die die dort gelernt haben.« Er schüttelte den Kopf und steckte das Etui wieder in die Jackentasche. »Na ja, so ganz beisammen war er also nicht mehr, unser Kriegsheld. Und ganz besonders hat ihm zu schaffen gemacht, dass er jetzt ohne Hände nicht mehr ... na, Sie wissen schon, was ich meine.« Er bildete mit Daumen und Zeigefinger einen Kreis und ließ die Hand dann auf und ab fahren, dabei sein polterndes Lachen ausstoßend. »Sie wissen schon, was es damit auf sich hat, mein altes Mädchen«, sagte er zur Tante mit einem Augenzwinkern, lehnte sich vor und schlug mit der Hand dann auf deren Knie, und Immanuel sah, wie einige Tropfen von dem Rock zu Boden fielen, als sich die fleischige Hand um das schmale Knie der Tante schloss und dieses einige Male hin und her schüttelte. »Na, und da hatten wir doch so eine Schwester im Lazarett. Bestimmt kein Backfisch mehr, aber auch noch nicht gänzlich eingetrocknet. Die hatte natürlich so ihre Erfahrung und wusste, wie's um den tapferen Krieger stand. Und stellen Sie sich vor, eines Nachts, da kommt sie an sein Bett und ...« Doch an dieser Stelle wurde er von einem Schrei unterbrochen, der aus Richtung des Rosenplatzes zu kommen schien. »Na, schau einer an!«, rief der Doktor mit erhobenem Zeigefinger. »Da hat unsere Artillerie wohl wieder hingelangt.« Er griff umständlich nach seiner braunen Ledertasche und hievte sich aus dem Sofa. »So, Tantchen, Sophie, ihr seht, die Pflicht ruft. Vielleicht haben wir ja einen neuen Fall von ... na, ihr wisst schon.« Er wiederholte die Handbewegung und wandte sich dann ab. »Kommen Sie, junger Mann«, sagte er zu Immanuel. »Das wollen Sie sich ja wohl nicht entgehen lassen.« Immanuel wollte noch fragen, wer den Kirschbaum gefällt habe, aber dann schüttelte er nur den Kopf und folgte dem Doktor.

»Mach´s gut, Immanuel«, rief ihm Sophie nach, als er bereits an der Pforte war.

Als sie das Ende der Mimosen-Straße erreicht hatten, schrie es ein weiteres Mal.

»Und überhaupt sind solch lange Friedenszeiten höchst ungesund für einen Volkskörper«, stellte der Doktor fest, als sie in die Rosen-Straße einbogen. »Glauben Sie mir, und das gilt insbesondere für die Jugend. Aus ´nem Burschen wird nie ein richtiger Mann, wenn er nicht einmal unter Feuer gelegen hat. Man sieht's doch an der trägen und lahmarschigen Jugend von heute. Keim Mumm, kein Schneid, nichts. Dabei will ich nichts gegen Sie gesagt haben. Sie hatten nun einmal das Pech, in so eine unselige Friedenszeit hineingeboren zu sein. Ja, und man sollte das ganze Politikerpack gleich füsilieren, das seine Jugend um diese Gelegenheit bringt, sich im Granathagel zu bewähren. Sie wissen ja gar nicht, was Ihnen da entgeht. Und schauen Sie sich nur diesen ganzen Pazifistenseich an, der uns hier umgibt. Da wird in die Moraltrompete geblasen, bis einem die Ohren dröhnen, und dann wundern sich diese Schlauberger, wenn unsere Jugend in Suff und Schlendrian endet und die Welt aus allen Nähten platzt, denn wo wären wir wohl heute ohne Kriege, in denen der Bevölkerungsüberschuss abgebaut werden kann. Wie die Affen würden wir übereinander hocken und hätten nicht einmal genug Platz, um uns zu kratzen.«

Ein Stück hinter dem Café hatte sich eine Menschenmenge versammelt, die bis weit auf den Rosenplatz reichte. Man unterhielt sich. Immanuel sah eine Zigarettenspitze aufglühen. »Otto, du alte Kampfsau! Na, das ist ja eine Überraschung«, rief der Doktor plötzlich aus und eilte zu dem Vordach des Cafés, unter dem die drei alten Männer bei einem Schoppen Bier saßen. Der mit Otto angesprochene Mann erhob sich mühsam von seinem Stuhl und streckte dem Doktor die Hand entgegen. Es war Herr Radtke.

»Gotthold, alter Knochenbrecher, sieht man dich auch mal wieder.« Die beiden schüttelten einander lange und herzlich die Hände. Auch die beiden anderen Greise, die noch an dem Tisch saßen, schienen den Doktor zu kennen, denn sie winkten ihm mit einem breiten Lächeln zu, dabei einige schwarze Zahnstummel entblößend, und er reichte auch ihnen die Hand.

»Das ist aber ein Zufall«, sagte der Doktor. »Gerade habe ich unserem jungen Freund von den guten alten 75ern erzählt, und wen treffen wir da? Den Experten für 75er schlechthin!« Die beiden Greise an dem Tisch waren offensichtlich im Bilde, denn sie lachten auf, und Immanuel bemerkte, dass der eine von ihnen ein Stück Kautabak im Mund hatte, an dem er sich nun fast verschluckte und zu husten begann. Auch Herr Radtke lachte auf, machte aber eine wegwerfende Handgeste, als wolle er von dem Thema nichts hören. »Na, nun komm schon!«, drängte ihn der Doktor. »Gewissermaßen stehen wir doch in der Pflicht unserer Jugend gegenüber, der Mars nicht das Glück beschert hat, zu Kriegszeiten jung sein zu dürfen.« Herr Radtke zierte sich noch immer und winkte ab. »Das sind doch alles olle Kamellen.«

»Die ollen Kamellen schmecken am besten«, erwiderte einer der Greise.

»Ja, besonders, wenn man so kauen kann wie wir«, fügte der andere hinzu und alle drei stießen ein meckerndes Lachen aus, das sich deutlich von dem Gepolter des Doktors abhob. In das Lachen mischte sich das *Jei jei jei ja!*, das der Rollstuhlfahrer, der ein Stück weiter hinten saß, ausstieß und dabei in die Hände klatschte. Neben ihm saß der Mann mit der Zeitung in dem grauen Anzug an einem der Tische. Und hier nun bemerkte Immanuel, dass dieser ein exakt zum Anzug passendes graues Paar Schuhe trug. Kurz schaute der Mann auf, als er das Lachen hörte, dann wandte er sich wieder seiner Lektüre zu.

»Das habt ihr doch alle schon gesehen.«

»Wir schon, aber unser junger Freund nicht. Na, nun mach schon«, drängte der Doktor ein weiteres Mal, und nun endlich machte Herr Radtke eine resignierende Handbewegung und zog seine Jacke aus. Umständlich schob er die Hosenträger über die schmalen Schultern und knöpfte die Hose auf. Und als er sie hinunterließ, kamen zwei Beine, kaum dicker als die Oberarme des Doktors und von der Last der Jahre leicht gekrümmt, zum Vorschein, die so weiß wie Fischbäuche waren. Immanuel erkannte sogleich, wovon die Rede war, auch wenn der Doktor ihn nicht aufgefordert hätte, näherzutreten, um besser sehen zu können. Obschon gänzlich verwachsen war die Narbe noch deutlich genug zu erkennen, wie sie, gut fünf Zentimeter über dem linken Knie beginnend, in einem Winkel von 45 Grad etwa zehn Zentimeter schräg nach oben verlief. Und in andächtigem Schweigen, das einzig von den Stöhngeräuschen ein Stück weiter hinten unterbrochen wurde, betrachteten die Männer das Andenken aus der guten alten Zeit der Schützengräben und des Schlachtenlärms. Und Immanuel beobachtete, wie sich eine schwere Herbstfliege, wohl angelockt von dem Geruch, träge auf der gelblich-weißen Unterhose niederließ, müde über eine Falte im Stoff krabbelte, sich dann schwerfällig wieder in die Luft erhob und in der Dunkelheit verschwand.

»Na, das reicht dann ja wohl«, sagte Herr Radtke endlich und zog die Hose wieder hoch. »Wird wirklich kühl am Hintern.«

»75 Millimeter«, sprach der Doktor fast ehrfürchtig und hob dabei den Zeigefinger. Dann wandte er sich an Immanuel. »Sehen Sie, junger Mann, so war das mit den 75ern.« Dann zog er sich einen Stuhl heran und setzte sich zu den anderen an den Tisch. »Aber jetzt erzähl uns doch einmal, wie das war; wir kennen die Geschichte ja schon, aber unser junger Freund hat von solchen Sachen doch höchstens aus Büchern gelesen. Das ist ja nun längst nicht dasselbe, als wenn man es von einem Veteran selbst hört. Komm, setz dich und erzähl.«

Herr Radtke schüttelte den Kopf und machte eine weitere wegwerfende Handbewegung, doch seine beiden Kameraden schlugen sich auf die Seite des Doktors und drängten ihn, die Geschichte noch einmal zu erzählen. Schließlich wandte er sich an Immanuel. »Sie haben nicht gedient?«, wollte er wissen, und Immanuel fragte sich, ob er nicht einem oder zwei Schoppen zu viel zugesprochen hatte, wenn er nicht mehr wusste, dass er nie bei der Armee gewesen war. Er schüttelte den Kopf, und Herr Radtke nickte. »Na schön denn«, sagte er und nahm wieder auf seinem Stuhl Platz. Immanuel fasste an die Stelle seiner Jacke, wo der Umschlag mit dem Angebot steckte, während der Alte auf seinen Schoppen starrte und sich anscheinend für seine Geschichte sammelte. Schließlich nahm er einen ausgiebigen Schluck und wischte mit dem Ärmel das Bier weg, das ihm über das Kinn lief. Endlich rückte auch Immanuel einen Stuhl an den Tisch und setzte sich.

»Also, das war ungefähr eine Woche vor der großen Offensive«, begann Herr Radtke dann. »Schnaps. Es war schon eine Ewigkeit her, dass wir was zu schlucken gehabt hatten, und als die da plötzlich mit 'ner ganzen Kiste voll Schnaps ankamen, da wussten wir natürlich, dass da irgendwas im Busch war. Na, und in der nächsten Nacht ging's dann auch schon los. Wir waren nicht einmal dazu gekommen, die Hälfte von dem Zeug wegzusaufen. Na, jedenfalls die ganze Nacht hat unsere Artillerie drauflosgeballert, was das Zeug nur so hielt. Und im Morgengrauen ist es dann losgegangen. Zuerst lief auch alles glatt. Unsere Artillerie hatte die Stacheldrahtverhaue fast alle zerfetzt und das ganze Gelände war schon ein einziges Trichterfeld. Wir stürmen also los von Trichter zu Trichter, haben auch kaum Verluste. Der Detering ist wohl liegengeblieben mit 'nem Bauchschuss, vermutlich von 'nem Scharfschützen, aber ansonsten: Mit Hurra ging's von Trichter zu Trichter. Wir waren schon fast bis auf Handgranatenwurfweite an die feindlichen Stellungen heran, da schlägt's doch mit einem Mal bei uns ein! Meine Fresse, wo kam das Ding jetzt her? Und das war 'n großes Geschoss, bestimmt 150 Millimeter. Wir hatten gar nicht gewusst, dass die solche gewaltigen Dinger hier vorne hatten. Und dann sollen die die auch noch so kurz vor den eigenen Stellungen einsetzen? Da war doch was faul. Und gleich im nächsten Augenblick hör' ich's schon wieder pfeifen. Man bekommt ja 'n Ohr für die Dinger. Das geht ganz automatisch. Aber das, was war denn das? Das hatte ich noch nie gehört. Und im nächsten Moment wusste ich auch, warum ich das Geräusch noch nicht gehört hatte: Das Ding kam nämlich aus unserer Richtung! Ja, ganz recht, wir wurden da von unserer eigenen Artillerie beschossen. Kein Wunder, dass ich das Geschoss vorher noch nicht gehört hatte. Aber die Rohre waren ja schon so ausgeschossen, die feuerten ja überall hin, wo sie gerade lustig waren. Und ich hatte ganz richtig geschätzt, das war tatsächlich 'ne 150 Millimeter-Granate, die war eigentlich für unseren Nachbarsektor bestimmt, wo der Angriff etwas später angerollt war und unsere Jungs noch nicht so weit vorgerückt waren. Na, und da hättet ihr mal unseren Leutnant sehen sollen. Eben stürmt er noch vor, und im nächsten Moment ist er auch schon seine Birne los. Und ihr werdet's nicht glauben, aber der ist noch drei oder vier Schritte weitergestürmt, bis er gemerkt hat, dass er tot ist und so langsam doch mal umfallen müsste. Na, das nenn' ich mal 'ne Dienstauffassung! Und du wirst nicht glauben, was das für ein glatter Schnitt war«, wandte er sich da an den Doktor. »Ich glaube nicht, dass du jemals so einen sauberen Schnitt hinbekommen hast wie diese Granate. Ich habe den Kopf ja gesehen, der ist ja nur ein paar Meter von mir entfernt gelandet. Keine Ausfransungen, nichts, glatt wie eine Eisfläche.« Er schabte sich das mit grauen Bartstoppeln übersäte Kinn und schüttelte den Kopf. »Also, das ist schon seltsam. Dass der noch weitergelaufen ist, meine ich. Aber das wird wohl so wie mit den Hühnern gewesen sein. Wenn man denen die Rübe abhaut, dann fliegen die ja auch manchmal noch zehn, zwanzig Meter, bevor sie dann Ruhe geben. Ich glaube, das hat irgendwas mit den Nerven zu tun. Na ja, wie auch immer. Der Angriff ging jedenfalls weiter. Wir stürmen wieder los, und da müssen die irgendwo 'n Maschinengewehr in Stellung gebracht haben. Wir haben das Ding wohl die ganze Zeit bellen gehört, aber von woher? Stellt euch das gar nicht so einfach vor, ein MG zu lokalisieren. Bei dem ganzen Lärm, das hat ja überall geknallt. Ich habe nur gesehen, dass es da einen nach dem anderen von uns umgehauen hat. Den Müller, den Sandrock, dann den Neuhaus. Die waren alle in meiner Gruppe. Umgemäht, einer nach dem anderen. Die halbe Kompanie war da wohl schon über 'm Jordan, und das so kurz vor dem Ziel. Und wir konnten das Aas einfach nicht entdecken!

Vielleicht hat es auch irgendwann 'nen Stellungswechsel gemacht. Und das Gewehrfeuer ist auch immer stärker geworden. Whum, Bauchschuss. Und ich seh' noch den Heßeding, der lag neben mir in 'nem Trichter, hebt gerade den Kopf, um zu sehen, was vorne los ist, nur 'n ganz kleines Stück, schon hat er 'nen Kopfschuss abgekriegt. Der Schuss muss ganz aus der Nähe gekommen sein, der schlug vorne in den Helm ein und kam hinten wieder raus. Und da hör' ich plötzlich die Pfeife. Rückzug. Ich weiß gar nicht, wer da gepfiffen hat, der Leutnant war ja schon tot. Aber egal. Wir also wieder zurück. Ich hatte schon gut dreißig Meter geschafft, aber dann kam, womit ich schon die ganze Zeit gerechnet hatte. Der Detering hatte am Vortag 'n Ferkel aufgetrieben, das haben wir natürlich gleich geschlachtet und gebraten. Der Müller hat uns noch gewarnt, wegen der Bauchschüsse. 'n Bauchschuss kann nämlich ziemlich unschön werden, wenn man auch noch den Magen voll hat. Aber was hat uns das gejuckt? Mann, was meint ihr, wie's da mit der Verpflegung stand an der Front! So 'n Ferkel, das war wie Weihnachten und Ostern auf einen Tag. Und wer wusste schon, ob er wieder zurückkommt. Nee, wenn wir schon krepieren sollten, dann wenigstens mit 'nem vollen Magen. Wir stechen das Ferkel also ab und braten es, da war unsere Artillerie schon am Ballern. Mann, war das ein Festmahl! Wir haben's uns mit acht Mann teilen müssen, aber das war 'n großes und fettes Ferkel, kann ich euch sagen. Aber als wir jetzt auf dem Rückzug waren, da hat's sich plötzlich gerächt. Mann, ging mir plötzlich der Kackriemen!« Und er stieß sein meckerndes Lachen aus, in das seine beiden Kameraden und der Doktor sofort einstimmten.

Immanuel fasste an die Stelle seiner Jacke, hinter der sich der Umschlag mit dem Angebot befand, und überlegte, ob er die Unterbrechung nutzen solle, sich zu entschuldigen. Doch dann blieb er. Wie oft schon hatte er von der Verletzung gehört und wusste noch immer nicht, auf welche Weise sie eigentlich zustande gekommen war. Herr Radtke fuhr sich mit der Hand über das stoppelige Kinn und versuchte anscheinend, sich zu erinnern, wo er stehengeblieben war. »Ach ja, der Kackriemen«, sagte er dann. »Und so plötzlich kam das. Tja, und wat nu? Sollte ich mir etwa die Hosen vollköteln? Na, wenn das später einer roch, der hätte doch gedacht, ich hätte mich vor Angst eingekackt. Nee, sagt' ich mir, sch... was auf den Krieg, ich geh' jetzt erst mal kacken. Ich lass' mich da also in einen Trichter rollen und runter mit der Hose. So, aber jetzt kommt's. Der Gegner hatte inzwischen 'nen Gegenangriff gestartet, das hatte ich gar nicht mitbekommen. Uns sind da zwar die ganze Zeit die Kugeln um die Ohren geflogen, aber ich dachte, die würden aus ihren Stellungen auf uns schießen. Aber denkst'e. Sprung auf, marsch, marsch, und uns hinterher. Und plötzlich steht da so 'n Bursche in meinem Trichter. Na, das Gesicht von dem hättet ihr sehen sollen, als er mich da so hocken sah mit heruntergelassener Hose! Der hat bestimmt ... na, weiß der Geier, was der gedacht hat. Aber jedenfalls legt er das Gewehr auf mich an. Ich mach' die Augen zu und sag' mir, na, das war's also. Beim Kacken erschossen, ist ja wirklich 'n ruhmreiches Ende. Aber da, in diesem Augenblick: Volltreffer! Und wenn ich Volltreffer sage, dann meine ich auch Volltreffer. Von dem Burschen ist wirklich nichts mehr heile geblieben. Hier 'ne Hand, da 'n Ohrläppchen, mir hing plötzlich was von seinen Eingeweiden um die Schultern. Ich war von dem Knall zuerst wie betäubt, dass ich erst mal 'ne Weile brauchte, bis ich so richtig kapiert habe, was da überhaupt passiert ist. Ich war noch am Leben, aber die arme Sau war tot. Und jetzt kommt das Beste, die Granate war gar nicht von uns gekommen, sondern von der anderen Seite! Die hatten doch tatsächlich ihren eigenen Kameraden zerfetzt, um mir das Leben zu retten! Und gleich im nächsten Moment kam da schon die nächste angeflogen, und ich bin mir ziemlich sicher, dass das eine 75er war. Ja, ganz bestimmt, und die erste, das war vermutlich auch eine. Aber das war ja nun egal, ich musste erst einmal sehen, dass ich überhaupt wieder in unsere Stellung kam. Denn inzwischen war da ein halber Zug an mir vorbeigestürmt, der mich zum Glück aber nicht gesehen hat. Ich liege da also in meinem Trichter und überlege, was ich nun tun soll. Bald fangen dann die Maschinengewehre aus unserer Stellung an loszubellen, ich konnte jetzt also unmöglich vorrücken. Und es war auch verdammt gut, dass ich zuerst geblieben bin, wo ich war, denn nachher habe ich erfahren, dass unsere MGs auf alles geschossen haben, was sich irgendwie bewegt hat, egal ob Freund oder Feind. Ihr müsst nämlich wissen, dass es in der Nacht davor wie Sau geregnet hat. Wir waren alle total vermatscht und an den Uniformen konnte man kaum erkennen, zu welchem Lager einer gehört hat. Unsere Jungs rennen also zu unserer Stellung zurück und bambambam, einer nach dem anderen wird niedergemäht. Als wenn wir nicht so schon genug Verluste gehabt hätten. Von den 137 Mann unserer Kompanie sind am Ende noch 29 übrig geblieben, bestimmt die Hälfte davon von unserer eigenen Artillerie und den eigenen MGs niedergemacht. Na ja, aber davon habe ich zuerst nichts mitbekommen in meinem Trichter. Der Gegenangriff wurde dann zurückgeschlagen und die Burschen kamen wieder an mir vorbei, jetzt aber längst nicht mehr so zahlreich wie zuerst. Ich hab' mich in den Dreck gewälzt und hab' mich tot gestellt. Das war bestimmt keine schlechte Idee, denn die hatten bestimmt reichlich schlechte Laune und wenn die mich erwischt hätten ... Na ja, die zogen jedenfalls vorbei und ich lag allein in meinem Trichter. Jetzt bei Tageslicht konnte ich mich da natürlich nicht heraustrauen. Ich bin also erst mal geblieben, wo ich war. So, und jetzt stellt euch nur vor, mit einem Male ...«

»Vielleicht sollte mal einer 'nen Arzt holen«, rief es da von weiter hinten.

»Am besten gleich 'nen Priester dazu«, fügte eine andere Stimme hinzu.

Der Doktor wandte sich um und schien sich nun zu entsinnen, weshalb er überhaupt hierhergekommen war. Er wirkte leicht konfus, als er sich nun wieder nach den drei alten Männern umdrehte. »Ich glaube, ihr müsst mich für einen Augenblick entschuldigen. Mich dünkt, ich werde gebraucht.« Das schien man einzusehen, denn einvernehmlich nickte es nun. Der Doktor nahm seine Tasche und erhob sich. Immanuel blieb noch einen Moment an dem

Tisch sitzen, blickte zu Herrn Radtke. Doch dieser schaute nun mit verträumtem Blick in sein Bierglas und schien seine Geschichte im Gedanken weiterzuerzählen. Schließlich erhob auch Immanuel sich und folgte dem Doktor. Als sie auf die Menschenmenge zutraten, bemerkte Immanuel, dass Gregor seinen Fuhrwagen bereits vorgefahren hatte, der nun ein Stück hinter der Unfallstelle stand. »Hmm«, bemerkte der Doktor und schabte sich das Kinn, als er auf den Mann in dem Clownskostüm hinabblickte, der mit offenem Mund auf dem Pflaster lag, das Gesicht hinter der im Regen verlaufenden Schminke und dem eigenen Blut kaum erkennbar. »Hmm«, wiederholte er und wandte sich um, erblickte dabei Gregor, der ein Stück abseits neben seinem Pferd stand, und winkte ihn herüber. »Gut, dass du hier bist«, sagte er zu ihm. »Den müssen wir ins Krankenhaus bringen. Ich glaube zwar nicht, dass … aber egal. Könnte vielleicht mal jemand mit anfassen?« Die Gestalten, die den Verletzten umstanden, wechselten verstohlene Blicke, rühren jedoch tat sich keiner. Schließlich trat Gregor vor.

»Ich mach's«, sagte er nur und fasste dem Mann unter die Schultern. Gregor war ein kräftiger Bursche, doch der Clown war stämmig und hatte durch die durchnässte Kleidung noch an Gewicht gewonnen. Mit einiger Müh zerrte er ihn also zu seinem Fuhrwagen, schaffte es dort aber auch mit aller Anstrengung nicht, ihn auf die Ladefläche zu schieben, zumal der Doktor kaum mehr als halbherzige Versuche unternahm, ihm zu helfen. Also begab Immanuel sich zu dem Wagen. Kurz zauderte er, dann atmete er tief durch und fasste die Beine des

Verletzten. Auch zu zweit bereitete es Probleme genug, des schweren Körpers Herr zu werden. Schließlich war es Gregor gelungen, den Oberkörper über den Rand der Ladefläche zu schieben; er stieg nun hinterher, während Immanuel weiterhin die Beine hielt, und zog ihn dann von oben her herauf.

Immanuel erwartete nun ein Wort des Dankes für die Hilfe, doch stattdessen traf ihn Gregors eisiger Blick, als er von der Ladefläche herabgestiegen war. »Sieht er nicht schön aus?«, zischte er ihm zu, als er an ihm vorbeieilte. »Fast wie Sophie damals, nicht wahr?«

Wie vom Blitz getroffen stand Immanuel da, während der Cousin sich, ohne auch nur einen einzigen Blick zurückzuwerfen, auf den Sitz des Wagens schwang und die Zügel ergriff. Und im nächsten Moment schon hörte man die Hufe auf das Pflaster schlagen, schwerfällig setzte das Gefährt sich in Bewegung und trug Gregor, Doktor und Clown hinfort in die regennasse Nacht. Endlich öffnete sich Immanuels Mund, doch zu mehr wollte es auch nicht reichen. Er stand einfach da und starrte dem Wagen hinterher. Irgendwann schloss er den Mund wieder, ohne dass ein einziger Laut auch nur sich ihm entrungen hätte.

Was, zum Teufel, hatte das denn nun wieder zu bedeuten! Erst ganz allmählich drang die Bedeutung von Gregors Worten in ihrem vollen Umfang zu ihm durch, und die Fassungslosigkeit ging in Empörung und endlich in heiße Wut über. Er stampfte mit dem Fuß auf. Sophie. Was musste er gerade jetzt die alte Geschichte wieder ausgraben! Das lag doch schon Jahrzehnte zurück. Eine Flut von Gedanken und

Empfindungen stürzte auf ihn herab, als er sich in Bewegung setzte, über den Rosenplatz schritt. Er war verwirrt. Sophie, seine Cousine. Schön hatte es in der Tat nicht ausgesehen. Damals. Aber was hieß hier: Fast wie bei Sophie damals! Die Nase hatte leicht geblutet, die Stirn sah etwas seltsam aus. Das kam doch schon einmal vor. Ganz bestimmt hatte sie nicht so schlimm ausgesehen wie der Clown. Und warum hielt er ihm die Sache gerade jetzt vor, wo er doch ganz andere Sorgen hatte? Fast ohne es zu bemerken, bog er in die Knospen-Straße ein und stampfte erneut mit dem Fuß auf. Nein, es war schon etwas Tolles mit der Verwandtschaft! Und was hatte er dafür gekonnt? Er war doch selber noch ein Kind gewesen, gerade einmal drei Jahre älter als seine Cousine. Und wenn jemand zu tadeln war, dann doch wohl viel eher die Tante, die ihm schließlich gestattet hatte, den riesigen Kinderwagen, der ihn fast um Kopflänge überragt hatte, durch das Haus zu schieben. Den riesigen Kinderwagen mit seinem winzigen Cousinchen darin. Ja, spaßig war es freilich schon gewesen. Anstrengend wohl, aber auch lustig. Den Flur entlang. Wie die kleinen Beine trippelten und stampften, die Arme und den Kopf vorgestreckt, die Händchen den Griff umfassend, die Augen vor Anstrengung geschlossen. Dann am Ende des Flurs, kurz vor der Garderobe, in die Bremse. Wenn er nur besser sehen könnte! Das Ding war aber auch wirklich wie ein Hochhaus gebaut! Wie sollte man da sehen, wohin man fuhr? Egal, weiter, nach rechts in das Wohnzimmer. Warum sagte Sophie denn gar nichts? Schlief sie etwa? Na, das wäre ja noch schöner! Er rackerte sich hier ab und sie verschlief den ganzen Spaß. Also mit Hurra gegen den Wohnzimmertisch, dass es nur so krachte! Whumm, und schon war das Cousinchen wach. »Pass auf mit dem Wagen!«, kam es aus der Küche. Na, dann geschwind mal in die Küche, um der Tante zu beweisen, was man kann. Also im Rückwärtsgang hinaus aus dem Wohnzimmer, wieder vorbei an der Garderobe und dann ... Immanuel hielt inne und blickte nach rechts in den zum Friedhof führenden Weg. Er schüttelte den Kopf. Nein, dann doch lieber den Umweg in Kauf nehmen, dachte er. Wenn ich jetzt alles brauchen kann, aber nicht den Küster. Er ging die Knospen-Straße weiter entlang in Richtung auf die Bahnhof-Straße. Ja, und dann. Was die Schwelle, fast zwei Zentimeter hoch, dort zu suchen hatte, das wusste wohl niemand. Wie oft war die Tante schon darüber gestolpert, wenn sie aus der Küche kam oder dort hineinging. Und hatte sie dem Onkel nicht schon wiederholt gesagt, er solle sie einebnen, bevor sich noch jemand dort den Hals breche? Gewiss hatte sie das getan. Und da nun mit einem Male war es geschehen. Noch deutlich spürte Immanuel den Ruck, als er mit den Vorderrädern des Kinderwagens an die Schwelle stieß. Was dann genau geschehen war, das wusste er nicht mehr. Irgendwie kippte der Wagen zur Seite und der Griff entglitt seinen Händen. Im nächsten Moment dann ein Poltern, als Sophie auf dem Boden aufschlug. Ein Schrei, der jedoch nicht von Sophie stammte, sondern von der Tante. Sophie aber hatte einfach dagelegen, während ein roter Rinnsal über ihre Bäckchen strömte, und Immanuel glaubte, dass sie wieder eingeschlafen sei.

Und dann hatte Gregor plötzlich neben ihm gestanden, der zwei Jahre älter als Immanuel war. Sein Blick war von der Schwester auf Immanuel gefallen und es schien, als wolle er sich auf diesen stürzen. »Du Irrer!«, hatte er dann ausgerufen und war zu Schwester und Mutter in die Küche gestürzt.

Und nun, nach all den Jahren, hielt er ihm die Sache wieder vor. Es war wirklich nicht zu glauben. Und vermutlich, so ging es Immanuel durch den Kopf, hat es die ganze Zeit in ihm gebrodelt. Die Empörung über die finanzielle Unterstützung der Großeltern, die nicht ihm, Gregor, zugekommen war, damit er so sein Geschäft ausbauen konnte, sondern eben seinen Eltern. Und nun ist womöglich noch der Auftrag dahin, von dem er sich so viel versprochen hat. Na, wenn das kein Grund ist, auch die Geister der Vergangenheit noch einmal zu beschwören! Er trat wütend nach einem Stein und hielt inne. Er blickte hinter sich, sah dann wieder nach vorne den Weg entlang und fasste sich an die Stirn. Ein weiteres Mal blickte er sich um. Ich muss falsch abgebogen sein, kam ihm da die einzig mögliche Erklärung in den Sinn, und trotz des Zorns, der eben noch in ihm gewallt hatte, lachte er auf. Aber natürlich, ich war dermaßen in Gedanken an diese leidige Angelegenheit vertieft, dass ich versehentlich in den Seitenweg eingebogen bin, der an dem alten Weiher vorbeiführt. Und er blickte in Richtung auf den Weiher und konnte in einiger Entfernung auch die Umrisse der drei Eichen sehen, die an dessen Ufer standen. Ja, so musste es gewesen sein. Er war in den Seitenweg abgebogen, unbewusst wohl in dem Glauben, es handele sich bereits um die Bahnhof-Straße. Dann war er dem Weg gefolgt, ohne zu bemerken, dass er nach einer Rechtsbiegung wieder in genau dieselbe Richtung ging, aus der er gekommen war. Als der Weg dann auf den zum Friedhof führenden Pfad traf, war er diesem, noch immer halb schlafwandelnd, gefolgt. Er schüttelte den Kopf und setzte sich wieder in Bewegung. Vor dem Eingang des Zeltes blieb er stehen. Die Tafel war unverändert. Auch jetzt thronte an deren Ende der Truthahn und verströmte seinen lockenden Duft, der bis nach draußen zu Immanuel drang.

Er blickte zur Seite und sah zwei Lichter aus der Dunkelheit auf sich zukommen.

Es war der Küster. Doch war er dieses Mal nicht alleine. Begleitet wurde er von Bilbus, seinem Schäferhund, der Immanuel hingegen kaum Aufmerksamkeit schenkte, sondern, geradewegs seiner Nase folgend, in das Zelt eilte. Der Küster nickte Immanuel kaum merklich zu und folgte seinem Hund in das Zelt.

Trotz des Ärgers und des Zorns empfand Immanuel einen zerrenden Hunger, und so betrat auch er das Zelt. Bilbus sah schwanzwedelnd und mit bettelndem Blick zum Küster, der dann auch bald ein Einsehen hatte und nach einem der mit Lachs belegten Brote griff.

»Na, hast es dir ja verdient nach all der Plackerei«, sagte er und warf ihm das Brot zu, das dieser geschickt aus der Luft aufschnappte und mit herzhaftem Appetit verschlang. Dann öffnete der Küster eine der Weinflaschen und nahm einen ausgiebigen Schluck. »Na, immer noch nicht genug?«, fragte er, als er den bettelnden Blick des Hundes bemerkte.

Ein weiteres Mal griff er nach den Broten und warf dem Hund eins zu, das dieser ebenso geschickt aufschnappte wie beim ersten Mal, während Immanuel in sich den Wunsch aufsteigen spürte, diesem einen kräftigen Tritt zu versetzen.

»Der Hund scheint aber sehr hungrig zu sein«, bemerkte Immanuel.

Der Küster nickte und riss einen Schenkel aus dem Truthahn, schwenkte diesen, den Hund neckend, einige Male hin und her, deutete gar an, er wolle ihn selber verspeisen, bevor er ihn dem Tier vorwarf. »Wann ist so ein Hund nicht hungrig«, sagte er. »Aber verdient hat er's sich ja allemal. Verdammte Sucherei. Ständig in der Wildnis, von morgens bis abends. Die halbe Stadt ist ausgezogen. Aber Sie haben ja gewiss davon gehört.« Immanuel verneinte, nein, er habe nichts gehört. »Na, aber das Mädchen doch«, sagte der Küster. »Den ganzen Wald nördlich der Stadt haben wir abgesucht. Und das ist ein Gebiet, sage ich Ihnen. Man sollt's gar nicht glauben, wenn man ihn nicht selber abgesucht hat. Und wie die Suche nach der Stecknadel ist das. Na ja, aber jedenfalls ...«

»Wo bleibt das Licht?«, kam da eine ungeduldige Stimme vom Friedhof her, die nur zu deutlich dem Pastor gehörte. Der Küster machte eine wegwerfende Handbewegung und riss dem Truthahn auch den zweiten Schenkel aus. Diesen jedoch warf er nicht dem Hund vor, sondern biss selber ein großes Stück ab.

»Man wird sich ja wohl noch stärken dürfen«, murmelte er, dann nahm er die Friedhofslichter, die er auf dem Tisch abgestellt hatte, und nickte Immanuel zu. Gemeinsam begaben sie sich aus dem Zelt, gefolgt von Bilbus, der mit bettelnden Jaullauten auch den zweiten Schenkel für sich einforderte, damit aber keinen Erfolg hatte, denn anscheinend lag die letzte Mahlzeit des Küsters schon einige Zeit zurück.

Als Immanuel aus dem Zelt trat, hörte er vom Friedhof her, wie etwas Hölzernes gegen einen Stein stieß. »Nu na vörn!«, forderte eine Männerstimme. Immanuel wollte noch fragen, wer denn nun dort eigentlich zu Grabe getragen werde, doch der Küster hatte sich schon ein ganzes Stück entfernt. Ein letztes Mal blickte er zurück zu der Tafel, dann setzte er sich in Bewegung, den Friedhofsweg entlang auf die Mohn-Gasse zu. Und während er so dahinschritt, verrauchte seine Erregung nach und nach. Das Regenwasser, das ihm aus den Haaren über das Gesicht rann, tat ihm wohl, schien ihn abzukühlen. Dieser Zustand hielt selbst noch an, als er sich in dem Matsch der Mohn-Gasse erneut das Schuhwerk gänzlich verdreckte. Erst als er in die Alraunen-Straße abbog und sich dem Schreihöft'schen Firmengebäude näherte, stieg die alte Unruhe in ihm auf, die er jedes Mal an diesem Ort verspürte.

Kurz nur blickte der alte Hartmann auf, als er den durchnässten Mann vor seinem Fenster bemerkte, dann wandte er seine Aufmerksamkeit wieder dem Zeitungsartikel zu, den er gerade las. Immanuel klopfe an die Scheibe und wieder sah der alte Mann auf.

»Was gibt's denn?«, fragte er mit kaum verhehltem Verdruss über die Störung.

»Herr Hartmann, ich grüße Sie«, begann Immanuel und schien plötzlich nicht mehr recht zu wissen, was er überhaupt wollte. »Ähm … Herr Schreihöft … ist der wohl noch zu sprechen?«

Herr Hartmann zog die Stirn in Falten und blickte Immanuel aus misstrauischen Augen an. Was wollen Sie zu solch später Stunde noch von Herrn Schreihöft, schien er fragen zu wollen. Schließlich hob er den Kopf und blickte zur zweiten Etage des Gebäudes empor, in dem noch zwei Fenster hell erleuchtet waren. Immanuel nickte und wandte sich schon zum Gehen, als er plötzlich innehielt und sich nochmals zu dem Fenster hinabbeugte. »Ach, sagen Sie, Sie haben nicht zufällig meine Verlobte hier gesehen?«

»Ihre Verlobte?«

»Na, Sie wissen schon, die Patricia.«

Der alte Mann schabte sich das Kinn und schien zu überlegen, dann blickte er Immanuel aus listigen Augen an. »Na ja, eine junge Frau ist da schon gekommen. In so einem blauen Kleid. In der Begleitung von Herrn K. ist sie gewesen …«

»Gregor?«, entfuhr es Immanuel.

»Ja, freilich, der Gregor K. hat sie hergebracht.«

Immanuel stampfte wütend mit dem Fuß auf, um seine mühsam zurückgewonnene Ruhe war es im Nu geschehen. »Sind Sie sich sicher, dass es der Gregor K. war?«, schrie er nun beinahe.

»Na, ich werde doch wohl den Herrn K. kennen«, erwiderte Herr Hartmann, ohne sich im Geringsten von Immanuels Ausbruch beeindrucken zu lassen. Immanuel stampfte ein weiteres Mal wütend mit dem Fuß auf und stürmte dann ohne ein weiteres

Wort ins Gebäude. Dutzende von Gedanken stürzten auf ihn ein, verflochten und verknoteten sich zu einem unentwirrbaren Knäuel, sodass er bald nicht mehr wusste, wo ihm der Kopf stand und er nicht einmal bemerkte, dass er dicke Schlammspuren auf dem Gang und auf der Treppe hinterließ. »Dieser hundsgemeine Kerl!«, rief er aus, als er den Treppenabsatz erreicht hatte, und blieb stehen. Und hier nun sah er ihn vor sich, den Blick, mit dem Gregor Patricia gemustert hatte, als Immanuel ihm diese vorgestellt hatte, damals in dem Café kurz nach ihrer Verlobung. Und Patricia, grübelte er nun weiter, was war mit Patricia? Hatte sie nach dem Treffen, so betont beiläufig, dass es schon wieder auffällig war, nicht angemerkt, welch attraktiver junger Mann Gregor doch sei! Und nun, da er den Rest der Treppe hinaufstieg, versuchte er, das gesamte Treffen Revue passieren zu lassen. Und je länger er grübelte, desto klarer drängte die Erinnerung sich auf. Zum Teufel, wie hatte er es damals nur übersehen können! Die Neckereien, wie man sie eben mit dem Cousin des Verlobten treibt, harmlos eben auf den ersten Blick. Doch ließ, bei genauer Betrachtung, nicht jede der Spötteleien auch genug Raum für eine Doppeldeutigkeit? Immanuel bebte, als er die zweite Etage erreichte und in das Vorzimmer stürmte. Der Tresen, der gesamte Raum war verlassen, und Immanuel bemerkte weder die Schlammspuren auf dem Boden noch seinen keuchenden Atem. Auch achtete er nicht auf die Stimmen, die leise aus dem Büro von Herrn Schreihöft drangen. Mit solcher Intensität und Ausschließlichkeit war sein ganzes Wesen von dem einen Verdacht, dass seine Verlobte hier irgendwo mit seinem Cousin steckte, durchdrungen, dass er keinerlei Platz für einen anderen Gedanken, eine andere Empfindung ließ.

»Patricia!«, rief er aus und eilte wie von Sinnen die Treppe wieder hinab. Doch halt, drang hier nun endlich ein klarer Gedanke in das Wirrwarr aus Empfindungen. Wie konnte Gregor hier im Gebäude sein, wo er ihn doch eben erst auf dem Rosenplatz gesehen hatte? Und nun, da er darüber nachdachte, fiel ihm ein, dass der alte Hartmann ja gar nicht erwähnt hatte, wann die beiden hier eingetroffen waren. Vermutlich waren sie also schon längst wieder verschwunden. Und wer wusste, wohin sie gegangen waren, nachdem sie erledigt hatten, wozu auch immer sie hierhergekommen waren. Er gelangte wieder ins Erdgeschoss und blickte durch die doppelflügelige Glastür in den riesigen Büroraum. Und er erstarrte.

Nur mit Widerwillen schien er die Hand von der Schulter zu nehmen, als er ihr die auf den Gang führende Tür öffnete. In der Rechten nämlich hielt er einen Regenschirm, sodass er für das Öffnen der Tür die andere, noch freie Hand benutzen musste. Vermutlich wünscht du dir jetzt noch eine dritte oder gar vierte Hand, ging es Immanuel durch den Kopf. Damit du sie nur weiterhin begrabschen und befummeln kannst, während du ihr die Tür aufhältst. O ja, ich bräuchte gar nicht deinen Blick zu sehen, um zu wissen, was du im Sinn hast. Welch Wunder nur, dass du nicht noch wie ein brünstiger Hund zu sabbern anfängst!

Die Tür schloss sich hinter den beiden. Immanuel stand einfach da und starrte.

Jedoch war der Mann nicht Gregor, es war Herr Wonnig, der Prokurist von Herrn Schreihöft.

Irgendwann löste sich Immanuels Starre und er riss die Tür auf. Was er tun würde, das wusste er nicht, doch der Umstand, dass seine Sinne sich schlagartig schärften und die Welt um ihn herum zu glühen begann, ließ ihn vermuten, dass er eh keine Wahl hatte. Das Licht der Petroleumlampe am Eingang schien zu explodieren und tauchte den Raum in ein solch gleißendes Hell, dass er die Augen zusammenkniff. Ohne recht zu wissen, was er tat, griff er einen Brieföffner auf einem der Schreibtische und stürmte zur hinteren Tür. Er riss sie auf, blickte nach rechts, nach links. Nach links zu der Tür, die zur Straße hinausging. Verschlossen. Also nach rechts. Er keuchte, den Brieföffner umfassend, als wolle er ihn zermalmen. Die Tür, der Hof. Zum Teufel, was für eine Waschküche hier! Es war doch auf der Alraunen-Straße nicht so nebelig gewesen. Er stampfte auf den Hof, durch den Nebel, den Namen der Verlobten brüllend, nach rechts, nach links blickend. Wo war das Pack? Er beginnt zu laufen, er keucht, er stöhnt, wie das Gebrüll eines verletzten Tieres schallt es *Patricia!* durch die Nacht. Dann ist er auf der Straße. Er schaut nach rechts, er schaut nach links. Die Straße liegt verlassen da, und Immanuel spürt, wie die Zornesglut verraucht und mit ihr scheint auch alle Lebenskraft den geschwächten und ermüdeten Leib zu verlassen. Langsam öffnet sich sein Griff und der Brieföffner gleitet ihm aus der Hand.

Mit hängenden Schultern, kaum etwas um sich herum wahrnehmend, schlich er über den Hof zum

Gebäude zurück, durch das Großraumbüro, die Treppe hinauf. Was er dort eigentlich wollte, das wusste er selber nicht. Er ging rein mechanisch, weil es ja wohl nun einmal so sein sollte. Ohne auf den Schlamm, den er zuvor hineingetragen hatte, zu achten, marschierte er an dem Tresen vorbei und ließ sich in den Sessel vor der Tür zu Herrn Schreihöfts Büro fallen. Kaum nahm er etwas von den Stimmen, die gedämpft aus dem Büro drangen, wahr und versank in dumpfes Brüten. Was mache ich überhaupt hier?, so ging es ihm durch den Kopf. Noch nie war ihm das Angebot, das dort irgendwo in seiner Jackentasche stecken musste, so belanglos erschienen. Welchen Unterschied machte es, ob er es abgab oder nicht? Welche Rolle spielte überhaupt irgendetwas? Irgendwann endlich spürte er, wie ihm die Lider schwer wurden. Er schreckte hoch und riss die Augen auf. Auf keinen Fall durfte er wieder einschlafen. Er sprang aus dem Sessel und marschierte in dem Raum auf und ab. An dem Tresen vorbei bis zur Eingangstür, wieder zurück bis zum Sessel, Wendung und wieder am Tresen vorbei. Bisweilen kratzten seine Schritte, wenn er in den noch feuchten Schlamm trat. Dann ging er ans Fenster und riss beide Flügel auf. Tief saugte er die frische Luft ein und spürte, wie sich sein Geist zumindest ein wenig belebte. Er ließ das Fenster auf und schritt wieder auf und ab, die Hände hinter dem Rücken verschränkt, den Blick zu Boden gerichtet. Dann ein Lachen aus dem Büro und er hielt inne. Zunächst lachte Herr Schreihöft, Immanuel erkannte ihn genau, dann sein Gesprächspartner. Kein Wort davor oder danach konnte er verstehen, einzig das

Lachen drang klar und deutlich zu ihm heraus. Worüber also lachten sie? Wieder über ihn? Na, über wen sonst! War er denn nicht auch ein einzigartiger Tor, über den man lachen musste? Zuerst verbummelt er das Angebot, sodass der Auftrag an die Konkurrenz vergeben wird, dann brennt seine Verlobte auch noch mit Schreihöfts Prokuristen durch! Wenn das nicht zum Lachen ist, was dann? »Hahaha«, stieß Immanuel aus. »Ja, lacht nur. Was schert es mich!«, und die Unterhaltung hinter der verschlossenen Tür verstummte auf einen Schlag, doch Immanuel kümmerte es nicht. Mochten sie doch herauskommen, ihn hier stampfend und fluchend umherlaufen sehen, den Schlamm, das geöffnete Fenster entdecken. Und schon wollte er zur Tür eilen, sie aufreißen, das Angebot aus der Tasche ziehen und in tausend Stücke zerfetzen, wollte Schreihöft entgegenbrüllen, er solle zusammen mit seinem Auftrag zur Hölle fahren! Was ihm denn einfalle, über ihn zu lachen! Ob er denn wisse, wen er da vor sich habe? Mit geballten Fäusten stand er da und schleuderte Blitze gegen die verhasste Tür, doch dann beließ er es bei einer wegwerfenden Handbewegung und marschierte wieder auf und ab. Auch hinter der Tür schien man zu spüren, dass die Gefahr vorüber war, denn die Unterhaltung wurde, wenn auch gedämpfter wohl als noch zuvor, wieder aufgenommen. Mit weiten Schritten stampfte er zunächst einher, doch schien der Zorn, statt ihn zu beleben, nun seine Kräfte zu verzehren. Er spürte, wie seine Glieder matter wurden, und er fragte sich, warum er denn nicht einfach nach Hause gehe, wo doch ein behagliches Bett auf ihn wartete. Aber bis

nach Hause war es noch so weit, und er setzte sich
erneut auf den Sessel, um ein wenig zu verschnaufen. Er lauschte auf die Unterhaltung, konnte aber
nie auch nur ein einzelnes Wort verstehen. Wie das
Summen eines Mückenschwarmes wollte es ihm
scheinen, das Summen an einem Sommernachmit-
tag, als er im Gras einer Wiese sich wälzend ver-
träumt den Schäfchenwolken nachsah …

***

Und als er auf die volle Mondscheibe blickte, die
träge über den Dächern der Stadt schwebte, da kam
Immanuel zum ersten Mal der Gedanke, dass er ja
möglicherweise tot sein könne. Eine Weile lag er so
da und starrte aus dem Fenster, dann kniff er sich in
den Arm und schrie auf. Aber das war ja alles
Unsinn. Kein Toter konnte sich so elend fühlen und
gleichzeitig einen solch nagenden Hunger verspü-
ren. Vielleicht sollte er einfach hier liegen bleiben
und auf das Frühstück warten. Doch dann kam ihm
ein anderer Gedanke. Der Arzt! Wenn ihm jemand
eine Erklärung geben konnte, dann doch wohl der
Arzt. Und wie stets, wenn ihm eine Idee gekommen
war, so regten sich auch nun mit einem Male seine
Lebensgeister und drängte alles in ihm danach, aus
der Idee nun Tat werden zu lassen. Er sprang aus
dem Bett, war schon an der Tür und wollte gerade
hinausstürzen, als ihm einfiel, dass er ja noch den
grauenhaften Pyjama trug. Er zog sich also um und
eilte auf den Gang. Er war leer. Immanuel lauschte
und hörte keinen Laut. Aber irgendjemand musste
doch hier sein. Zum Teufel, war das nun ein Krankenhaus oder nicht! Was wenn er tatsächlich krank
wäre und Hilfe bräuchte! Er schüttelte den Kopf und
ging nach rechts. Das Bild. Er war schon daran
vorbei, doch dann hielt er inne und stieß die Atem-
luft deutlich hörbar durch die Nase aus. Er eilte
zurück und rückte es gerade. Dann weiter. Als der
Gang sich gabelte, wandte er sich erneut nach rechts.
Das Büro des Arztes war auf der linken Seite, da war
er sich gewiss. Hinter welcher der grünen Türen der
Doktor verschwunden war, daran konnte er sich
nicht mehr erinnern, aber dass es auf der linken Seite

war, das wusste er noch genau. Als er etwa zwanzig oder dreißig Schritte getan hatte, klopfte er an die erste Tür auf der linken Seite und horchte. Nichts. Er drückte die Klinke hinunter, doch die Tür war verschlossen. Also zur nächsten. Ebenfalls verschlossen. In wachsender Ungeduld eilte er von Tür zu Tür, doch so verzweifelt er auch klopfte und lauschte, stets blieb der Einlass ihm verwehrt. Schließlich hatte er die Stelle erreicht, wo der Gang sich ein weiteres Mal gabelte, und da nun vernahm er von der rechten Seite her einen Laut, der sich eindeutig als Schmerzensschrei identifizieren ließ. Er blickte zu der Tür, von wo er den Schrei vernommen, und nun bemerkte er, dass er sich vor dem Zimmer des Dichters befand. Er horchte. Für einen Augenblick herrschte Schweigen, dann hörte er einen Knall, wie er beim Gebrauch einer Peitsche entsteht, und es folgte derselbe Schmerzensschrei, der, Immanuel war sich fast gewiss, nur von dem Dichter stammen konnte. Nach dem Schrei drang ein meckerndes Gelächter aus dem Zimmer, fast wie das eines Ziegenbocks, es trampelte und rannte, etwas wurde umgestoßen.

»Hallo?«, rief Immanuel und pochte an die Tür. *Herr Fritze* wollte er rufen, besann sich dann aber noch, dass Fritze doch nur die Kurzform von Friedrich sein könne. »Hallo, Herr Friedrich, was geht dort vor?« Ohne auf eine Antwort zu warten, drückte er die Klinke hinunter, fand die Tür aber verschlossen vor. Von drinnen drang nun wieder das meckernde Lachen, dann Friedrichs Flehen, man möge doch einhalten. »Wer immer dort drinnen ist«, schrie Immanuel geradezu, »ich gebiete Ihnen, unverzüglich einzuhalten und den Dichter Friedrich in Ruhe zu lassen!« Ein weiteres Mal hörte man die Peitsche knallen, ein weiteres Mal schrie der Dichter auf, dann herrschte Ruhe. Zwar hörte man für kurze Zeit noch des Dichters Schluchzen, aber offensichtlich hatte die Verfolgungsjagd nun ein Ende. »Herr Friedrich, hören Sie mich?«, fragte Immanuel, das Ohr ganz dicht an die Tür haltend. Von drinnen jedoch drang kein Laut. »So öffnen Sie doch die Tür oder sagen Sie zumindest etwas!«, drängte er, doch weder auf dem Gang noch in dem Zimmer hörte man das geringste Geräusch.

»Herr Friedrich?«

Wohl noch zwei Minuten stand er da, drückte bisweilen die Klinke hinunter, rief den Namen des Dichters oder lauschte ganz einfach. Dann schüttelte er den Kopf und setzte sich wieder in Bewegung. Wenige Schritte nur hatte er getan, da meinte er ein anderes Geräusch zu hören. Es kam aus dem Gang, der sich an diesen anschloss, von der linken Seite, und fast wollte ihm scheinen, als habe jemand gelacht. War er sich auch nicht sicher, ob er sich das Lachen nicht vielleicht nur eingebildet hatte, an den Schritten, die er nun vernahm, bestand keinerlei Zweifel. »Hallo?«, rief er und setzte sich sogleich in Bewegung. Am Ende des Ganges lief er links in die Richtung, aus der er die Schritte vernommen hatte. »Hallo?«, wiederholte er, spähte nach vorn und nach hinten, die Person, von der die Schritte stammten, aber konnte er nicht entdecken. Er spürte sein Herz vor Erregung pumpen, als er nun den Gang entlangeilte, vorbei an grünen Türen, die alle gleich aussahen. Dann hielt er inne und lauschte. Die

Schritte waren verstummt, und Immanuel stieß schnaufend die Luft durch die Nase aus. »Hallo?«, rief er erneut, drückte die Klinke der Tür, vor der er zum Stehen gekommen war, hinunter, fand aber auch diese verschlossen. Dann setzte er sich wieder in Bewegung, folgte dem Gang, der schließlich eine Rechtswendung beschrieb und nach dreißig Metern gut in einer Wand endete.

Auf der rechten Seite aber lehnte eine Leiter an der Wand. Aus Holz war sie gearbeitet und machte einen reichlich leidgeprüften Eindruck. Der grüne Lack war bis auf ganz wenige Reste abgeblättert, und deutlich sah man die Abdrücke, die jahrelanges Auf und Ab in die Sprossen gegraben hatten. Sieben oder achte Meter ragte sie empor und stand etwa fünfzig Zentimeter über den Rand hinaus, der eine Art Dachboden abzugrenzen schien, der von hier unten hingegen nicht einzusehen war. Lange stand er da und malte sich aus, wie es zu knarren und zu ächzen beginnen würde, als er das Ende der Leiter fast erreicht, wie die Sprossen endlich nachgeben und er mit lautem Geschrei hinabstürzen würde. »Ha!«, lachte er auf. Vielleicht gibt sich dann ja mal jemand die Ehre und kümmert sich um mich. Mutig setzte er den Fuß auf die unterste Sprosse, stieg zur zweiten und zur dritten empor und musste feststellen, dass die Leiter stabiler war, als sie sich den Anschein gab. Einmal hielt er inne und lauschte, denn wenn die Person, die für die Schritte verantwortlich schrieb, nicht hinter einer der Türen verschwunden war, so musste sie ebenfalls diesen Weg genommen haben. Doch er hörte nichts. Sprosse um Sprosse ging's hinauf, schon war der Rand erreicht.

Was sich hier nun vor ihm auftat, schien in der Tat eine Art Dachboden zu sein. Er sah verstaubte Kartons, einige Kisten, Stapel von Akten, die lieblos auf dem Boden abgelegt oder einfach dorthin geworfen waren, einige Feldbetten, ein Regal mit milchig verkrusteten Reagenzgläsern. Durch all das Chaos aber schlängelte sich, deutlich zu erkennen, ein Pfad, der zu einem hell erleuchteten Durchlass in der rechten Seitenwand führte. Behutsam darauf achtend, dass er nicht nach unten blicke, nahm er die letzten Sprossen und stieg auf den Boden.

Ohne auf den Unrat zu achten, folgte er dem Pfad zu dem Durchlass, und da nun erinnerte er sich, dass der Doktor den Chefarzt erwähnt hatte, der doch ebenfalls irgendwo in diesem riesigen Gebäude sein Büro haben musste. Und nun, da er darüber nachdachte, wollte ihm die Idee, mit dem spitzbärtigen Doktor zu sprechen, immer weniger gefallen. Nein, den Chefarzt musste er aufsuchen. Und wo sollte das Büro eines Chefarztes untergebracht sein, wenn nicht in dem Gang, der sich nun vor ihm auftat? Nicht nur war dieser Gang um ein Wesentliches breiter und höher als die im Erdgeschoss, zudem war er auf der linken Seite von einer Reihe von Säulen gesäumt, die von solch erlesener Bauart waren, wie er es noch nie zuvor gesehen hatte. Aus reinem Marmor schienen sie gehauen und waren oben durch geschwungene Architrave verbunden, die direkt unter der Decke abschlossen. Die genaue Musterung der Architrave ließ sich aus Immanuels Perspektive nicht erkennen, denn die Decke lag hier um einiges höher als im Erdgeschoss. Aber wunderschön sah es auf jeden Fall aus. Er trat an die vor-

derste Säule und fuhr mit der Hand über die glatte
Oberfläche. Irgendeine Inschrift war dort angebracht, die Immanuel aber nicht lesen konnte. Er
hielt sie für hebräisch. Weit klarer und heller als im
Erdgeschoss hallten seine Schritte durch den Gang,
und hier nun bemerkte er, dass nicht nur die Säulen,
sondern auch der Fußboden aus Marmor bestand.
Wieder und wieder ließ er den Blick empor zu den
Architraven wandern, während er den Gang ent-
langschritt. Weder auf der linken noch auf der
rechten Seite befanden sich Türen, doch dafür waren
an den Wänden in regelmäßigen Abständen Flach-
reliefs angebracht, die Immanuel zwar nicht zu deuten wusste, die aber von solcher Kunstfertigkeit und
Anmut waren, dass er alles um sich herum vergaß.
Ein Bild im Besonderen fesselte seine Aufmerksamkeit. Zwei Männer sah man dort, eine schweflig
gelbe Wolkendecke über ihnen, ein Stück vor einer
Felswand mit einer gewaltigen Höhle stehend, die
sich anscheinend steil abfallend ins Innere des
Felsens erstreckte. Beide waren sie in togaähnliche
Gewänder gekleidet, der eine, ein Stück vor seinem
Gefährten stehende, in ein weißes, der andere in ein
rotes. Es schien, als führe der Mann in dem weißen
Gewand den anderen, denn er wies mit der linken
Hand auf den Höhleneingang und gab offensichtlich
gerade irgendwelche Erklärungen ab, während der
andere halb schaudernd, halb hingerissen den Er-
läuterungen seines Führers lauschte und anscheinend nicht glauben konnte, an welchen Ort es ihn
verschlagen habe. Wer die Männer waren, dass
wusste Immanuel nicht, denn schließlich war er kein
Gelehrter, doch so viel erkannte auch er, dass sie

wohl geehrt und in hohem Ansehen gestanden haben mussten, denn beider Häupter schmückte je ein goldener Lorbeerkranz, die, vielleicht von einem unheiligen Licht aus den Wolkenmassen beschienen, einen Glanz ausstrahlten, der selbst noch in die Eingeweide der Höhle drang, dort aber bald von ewiger Finsternis verschlungen wurde.

Seid ihr wohl hineingegangen, in die Höhle?, ging es Immanuel durch den Kopf. Der mit dem roten Mantel macht mir eher den Eindruck, als wäre er jetzt lieber im trauten Heim bei Weib und Kind.

So stark hatte ihn das Bild gefesselt, dass er gar nicht den Kasten bemerkt hatte, der keine fünf Meter von ihm entfernt an der Wand stand. Als er nun näher trat, bemerkte er, dass dessen Vorderseite aus lauter Glasfächern bestand, an deren Unterseite je ein kleiner Bügel angebracht war, mit denen die Fächer geöffnet werden konnten. Vier Reihen waren dort untereinander angeordnet, jede aus fünf Fächern bestehend, und mit einem Schlage ward Immanuel bewusst, wie flau im Magen ihm die ganze Zeit doch schon war. Hinter dem ersten Fach in der ersten Reihe lag ein Riegel von Mausners Zartbitterschokolade, daneben Nuss- und Mandelschokolade. In der zweiten Reihe befanden sich Fruchtbonbons, darunter auch Immanuels Lieblingssorte: Doktor Pappens Früchtehappen, erhältlich in den Geschmacksrichtungen Erdbeere, Johannisbeere und Waldmeister. Er liebte Doktor Pappens Früchtehappen. Sein Vater liebte Doktor Pappens Früchtehappen und natürlich auch seine Schwester. Selbst auf dem Wohnzimmertisch der Großeltern lag ständig eine Tüte davon. Man konnte sie im Grunde immer essen. Und der Nachmittag kam ihm in den Sinn, da er zum ersten Mal mit den Früchtehappen in Berührung gekommen war. Es hatte sich um eine Kiste gehandelt, die die Spedition Rohrmann aus dem benachbarten W. zu einem örtlichen Lebensmittelgeschäft zu liefern hatte. Und auf dem Lieferschein, von dem stets eine Ausfertigung auf Immanuels Schreibtisch landete, war ein Früchtehappen aufgeführt, von dem weder er noch sonst jemand im Betrieb jemals zuvor gehört hatte: Doktor Pappens Früchtehappen. Zunächst hatte er nur den Kopf geschüttelt und es hatte noch gut drei Monate gedauert, bis er ihnen, mehr durch Zufall, in einer Bäckerei ein weiteres Mal begegnet war. Doktor Pappens schlaues Gesicht auf der Tüte, darinnen die Happen, so saftig und fruchtig. Immanuel erinnerte sich und musste sie kaufen. Erdbeergeschmack. Sie schmeckten so … aah... Und hier nun waren sie wieder, getrennt von ihm durch ein Glasfach. Er zog an dem Bügel des Faches, aber es ließ sich nicht öffnen. Er versuchte es beim Fach daneben, doch auch dieses war verschlossen. Dann zerrte er an den Bügeln der oberen Fächer, doch auch hier blieb sein Bemühen vergebens. Da nun entdeckte er an der rechten Seite des Kastens einen Schlitz, in den man Münzen einwerfen konnte. Er fasste an seine Jackentasche. Zum Teufel, nicht einmal seine Brieftasche hatte er dabei! Er fluchte und zerrte erneut an den Bügeln, schlug mit der Hand an die Seitenwand des Kastens und erschrak, als es scheppernd durch die Weite des Ganges hallte. Ein letztes Mal zog er an dem Bügel des Faches mit Doktor Pappens Früchtehappen, seufzte auf und wandte sich von dem Automaten ab. Irgendwann ging links von dem Säulengang ein anderer, weitaus schmalerer Gang ab. Dieser nun war weder von Säulen gesäumt, noch befanden sich irgendwelche Dekorationen an den Wänden, dafür aber war dort eine Tür, die sich so gänzlich von den Türen unterschied, wie er sie im Erdgeschoss gesehen hatte. Nicht grün war sie, sondern von einem dunklen Braunton, und Immanuel vermutete, dass sie aus massivem Eichenholz bestand. Auch hatte sie ganz andere Ausmaße als die anderen Türen, war mindestens doppelt so hoch und so breit wie diese, und Immanuel erkannte, dass wenn die Wirkungsstätte des Chefarztes sich auf dieser Etage befand, sie ohne allen Zweifel hinter dieser Tür zu suchen sei. Er ging also darauf zu und fuhr mit den Fingern über das edle Holz. Dann trat er nochmals einen Schritt zurück und blickte an der Tür empor, und da nun entdeckte er über dieser ein Schild, das so klein war, dass er es beim Nähertreten völlig übersehen hatte. *Chefarzt* stand darauf geschrieben, und sein Herz machte vor Freude einen Hüpfer. Er klopfte also an, und wie groß war sein Erstaunen, als er sogleich nach dem ersten Pochen von innen ein deutlich zu vernehmendes: »Immer herein in die gute Stube!« vernahm. Frohen Mutes also drückte er die schwere Klinke hinab und trat in einen nur schwach beleuchteten Raum, bei dem es sich um eine Art Vorzimmer zu handeln schien, an das ein weiterer, völlig unbeleuchteter Raum angeschlossen war. Immanuel schloss die Tür und erschrak, als mit dem Schwinden des von außen einfallenden Lichtes es fast gänzlich finster um ihn herum wurde. Einzig auf der rechten Seite, auf einer

Art Sockel abgestellt, brannte auf sparsamster Flamme eine Petroleumlampe, deren Schein hingegen nicht einmal hinlangte, auch nur den ersten Raum halbwegs auszuleuchten. Undeutlich erkannte Immanuel auf der linken Seite eine Reihe von Sockeln, auf denen wohl Büsten, vermutlich von berühmten Ärzten, ruhten. An der Wand meinte er einen Vorhang zu erkennen. »Hallo?«, rief er.

»Hallo!«, kam es aus dem hinteren Raum zurück, und Immanuel trat einige Schritte vor auf den Durchgang zu diesem zu.

»Ich bitte vielmals, mein Eindringen zu entschuldigen«, begann er. »Ich bin mir natürlich bewusst, dass es höchst ungewöhnlich ist, wenn ein Patient ohne jeden Termin hier bei Ihnen vorspricht. Ich bedaure das zutiefst, aber … Wie soll ich sagen? Ich brauche Hilfe. Wohl habe ich unten einen Arzt getroffen, doch würde ich lieber mit dem Chefarzt persönlich sprechen. Denn … nichts gegen Ihren Kollegen dort unten, aber er sagte ja selber, ich solle mich an den Chefarzt wenden. Sie … ähm … Sie sind doch der Chefarzt?«

»Natürlich«, kam es aus der Dunkelheit, und Immanuel atmete erleichtert auf. Sein Vertrauen zu dem Arzt mit dem Spitzbart war nicht sonderlich groß, wenn er ihm bisher auch nur ein einziges Mal begegnet war; wenn jemand in der Lage war, seine Fragen zu beantworten, so war dies gewiss einzig der Chefarzt. Immanuel trat also durch den Durchgang in den zweiten Raum, in dem er allerdings nur undeutliche Schemen erkennen konnte. Und so groß war seine Erleichterung, nun endlich jemanden gefunden zu haben, von dem er Antworten erwarten durfte, dass er auch die Marotte des Arztes, im Dunkeln zu arbeiten, mit einem nachsichtigen Lächeln hinnahm. Vielleicht, so ging es ihm durch den Kopf, grübelt der Doktor ja gerade über einige komplizierte Fälle nach, und bekanntlich grübelt es sich im Dunkeln ja am besten. »Entschuldigen Sie nochmals die Störung«, sagte er und stellte nun mit Erschrecken fest, dass seine Vorstellungen davon, was er denn nun eigentlich fragen wollte, doch reichlich wage und unbestimmt waren. »Wie soll ich sagen … es ist schon seltsam, aber ich weiß beim besten Willen nicht, wie ich überhaupt hierher gekommen bin. Ich bin in einem Bett unten im Erdgeschoss aufgewacht, aber mir fehlt jede Erinnerung, was davor passiert ist.«

»Seltsam«, bemerkte der Chefarzt, und nun erkannte Immanuel, dass sich dieser irgendwo im linken Teil des Raumes befinden musste.

»Ja, in der Tat«, stimmte Immanuel zu. »Dabei fühle ich mich keineswegs krank. Ich habe keinerlei Beschwerden, es tut mir gar nichts weh. Und daher verstehe ich nicht so recht … doch … nun ja, gewiss bin ich nicht ohne Grund hier, aber das wissen Sie natürlich viel besser als ich, Sie kennen ja bestimmt meine Akte. Sie wissen … nun ja, Sie wissen doch bestimmt, ob mir irgendwas fehlt.«

»Keineswegs«, kam die prompte Antwort, und Immanuel atmete erleichtert auf. Denn wenn er auch keinerlei Schmerzen verspürte, so hatte er doch schon von Krankheiten gehört, die zunächst mit keinerlei Symptomen und Beschwerden verbunden waren, die aber nichtsdestotrotz irgendwo im Inneren nagten. Doch so überzeugend und klar klang die

Antwort des Chefarztes, so ganz anders als die ominösen Andeutungen des Spitzbartes, dass Immanuels Befürchtungen und Zweifel mit einem Schlage hinweggefegt waren.

»Da bin ich aber froh«, sagte er. »Denn ich dachte schon ... obwohl ich mich ja völlig gesund fühle ... aber dennoch ist da noch etwas ... etwas Beunruhigendes. Also, zumindest beunruhigt es mich. Für Sie ist es gewiss ganz einfach zu erklären, aber für mich ... Wissen Sie, ich habe da einen Traum, einen seltsamen Traum, wie ich ihn noch nie zuvor gehabt habe. Es ist, als drehe sich alles darin und ... Ach, Sie müssen schon entschuldigen, ich bin ja kein Arzt und weiß gar nicht, wie ich mich ausdrücken soll, aber ...«

Doch bevor er weitersprechen konnte, hob der Chefarzt an und rezitierte:

>»Aus seinem Traum der Hans erwacht,
Wenn die Sonn´ am Himmel lacht,
Des Dunkels Schleier sie zerreißt
Und Satan in die Klöten beißt.«

Immanuel wiederholte die Verse, die mit feierlicher, wenn auch leicht heiserer und rauer Stimme vorgetragen waren, für sich und überlegte. »Dann meinen Sie, der Traum wird vergehen und ... es wird wieder alles gut?«

Hier nun schwieg der Arzt, und Immanuel stand schon im Begriff, die Frage zu wiederholen, doch dann überlegte er erneut. Was anderes denn hätten die Verse bedeuten können? Aber natürlich, es war eine dumme Frage, das sah Immanuel nun ein. »Natürlich, Sie haben vollkommen Recht. Aber da ist noch etwas, was ich nicht verstehe … ich meine, weshalb bin ich denn nun eigentlich hier? Mir will fast scheinen, als handele es sich hier um ein Missverständnis, denn Sie sagten ja selber, dass mir nichts fehlt. Was steht denn nun in der Akte, dass …«

»Scheinen.«

»Was? Ach, ich verstehe, Sie brauchen einen Lichtschein, um die Akte einsehen zu können. So warten Sie einen Moment.« Und der eilte in das Vorzimmer zurück und holte die Petroleumlampe. In den hinteren Raum zurückgekehrt, drehte er die Flamme höher und blickte sich um.

Dort stand ein verstaubter Schreibtisch, dessen eine Hälfte man mit einigen alten Lappen abgedeckt hatte. Dann waren dort Akten, ganze Berge. Manche nachlässig auf dem Boden verstreut, andere in Kartons verstaut. Zwischen den Kartons sah er eine Holzlokomotive, wie er sie einstmals zu Weihnachten geschenkt bekommen hatte. Daneben einiges Werkzeug, wie Maurer es verwenden. Eine Kelle, eine Richtschnur, auch ein Bottich zum Zementmischen stand dort. Man baut das Büro des Chefarztes also um, ging es ihm durch den Kopf. Und über all dem Gerümpel auf einem Regal mit Akten thronte ein Bauer. Und in dem Bauer saß ein Papagei mit grünem Gefieder und schwarzen Augen, die nun direkt auf Immanuel gerichtet waren und im Schein der Lampe zu glühen schienen. Er saß nun einfach da und sprach kein Wort. Ja, sie bauen das Büro um, dachte er und nickte. Der Chefarzt ist vorübergehend in ein anderes Büro gezogen, bis man hier fertig ist, und kommt dann wieder. Darum hat man auch das Schild über der Tür nicht entfernt.

Eine Weile noch stand Immanuel da und blickte den gefiederten Gesellen mit ausdrucksloser Miene an, dann drehte er sich um und ging in den vorderen Raum zurück. Und hier nun erkannte er, dass das, was er zuvor als Sockel genommen hatte, in Wirklichkeit einfache Betonpfeiler waren, die man wohl für irgendwelche Bauarbeiten benötigte. Und auch der Vorhang war kein Vorhang, sondern ein gewaltiges, mit Staub bedecktes Spinnennetz.

Er stellte die Lampe wieder ab und verließ den Raum. Kurz blickte er nach links, nach rechts, dann ging er weiter. Nach wenigen Metern kam er an eine aus acht Stufen bestehende Treppe, die jedoch nicht ins untere Geschoss führte, sondern den einzigen Zweck zu haben schien, den Gang um gut 1,50 Meter zu senken. Immanuel nahm diese Eigenwilligkeit des Architekten mit einem Kopfschütteln hin und marschierte weiter. Dann gabelte sich der Gang und er bog nach links ab. Dieser neue Gang war vermutlich etwas niedriger, unterschied sich ansonsten aber nicht von dem, aus dem er gerade gekommen war. Und weiter. Irgendwann gabelte sich auch dieser Gang. Ohne recht zu wissen, was er tat und wohin er eigentlich wollte, bog er dieses Mal nach rechts ab. Und dort, gar nicht weit entfernt, endete der Gang in einer Tür. Seltsam, dachte er, als er durch die Tür getreten war. Die Gänge müssen sich gesenkt haben, ganz sanft, sodass ich es gar nicht bemerkt habe. So musste es ohne Zweifel gewesen sein, denn was er dort vor sich sah, war nichts anderes als der zur Straße führende Pfad neben dem

Krankenhaus, den er mittlerweile schon viel zu oft entlangmarschiert war. Auf irgendeine Weise musste er also wieder ins Erdgeschoss gelangt sein.

Der Regen schien ihm etwas stärker. Auch die Wolkendecke war nun deutlich dichter, kaum dass ein matter Abglanz des Mondes sich durch die schwarzen Massen stahl und dessen Position verriet. Immanuel blickte sich um und sah, dass die Tür wieder ins Schloss gefallen war. Er zuckte mit den Achseln und setzte sich in Bewegung.

Als er von der Neptun-Straße in die Nebengasse abbog, beschloss er, sich dieses Mal direkt zu der Firma Schreihöft zu begeben und sich durch nichts aufhalten zu lassen. Denn schließlich erwartete man ihn dort, wartete auf das Angebot. So wechselte er denn in der Mimosen-Straße auf den linken Gehweg, der nicht direkt am Haus seiner Tante vorbeiführte, sondern auf der gegenüberliegenden Seite lag.

Und nicht das polternde Lachen des Doktors war es, dass ihn innehalten ließ, als er wider jeden Willen dann doch einen Blick auf die rechte Seite warf. Sollte eine Granate von der Art, über die Herr Radtke erzählte, hier eingeschlagen sein?, so schoss es ihm durch den Kopf, doch verwarf er den Gedanken sogleich wieder. Nein, von innen, so erkannte er nun, von innen her musste die Explosion erfolgt sein, von der Küche, doch wollte er auch an dieser Erklärung gleich wieder irre werden. Auf der rechten Seite war die Wand, hinter der sich die Küche befand, auf ganzer Höhe herausgerissen, von der linken Hälfte dagegen stand noch ein gutes Stück. Und fast wollte ihm scheinen, als hätten nicht blinde Gewalt und bloßer Zufall hier gewaltet, son-

dern als seien von geschickter Handwerkerhand die
Steine in just solcher Weise aus der Wand gehauen,
dass die verbliebenen, von der Mitte der Wand in
Richtung auf die Haustür ansteigend, die Form einer
Treppe bildeten. Wohl wäre es recht mühsam gewesen, die in einem Winkel von etwa sechzig Grad
hinaufführenden Stufen zu ersteigen, mit einigem
Geschick aber wäre ein solches Unterfangen durchaus möglich gewesen. Mehr noch als diese sonder-
bare Treppenform aber fesselte die Lage der Steine
Immanuels Aufmerksamkeit. Diese lagen nun keineswegs, wie bei einer Explosion zu erwarten, im
ganzen Garten verstreut, sondern befanden sich allesamt in dem dem Haus vorgelagerten Blumenbeet,
als habe sie eine lieblose Hand dort hingeworfen
oder als seien sie, vom Welten- und Jahreslauf erschöpft, einfach in sich zusammengebrochen. Auch
die Regenrinne, die wohl erschöpft das Haupt geneigt hatte und nun schlaff über den Steintrümmern
schwebte, aber noch völlig unbeschädigt wirkte,
sprach gegen eine Explosion, ebenso wie das Innere
der Küche, das völlig unversehrt schien. Lediglich
die Stromleitung musste einen Schaden erlitten haben, denn statt von elektrischen Lichtern wurde die
Szene nun einzig von einer Petroleumlampe auf dem
Küchentisch erleuchtet.

»Siehst du, so und so hat er gemacht!«, rief der
Doktor aus, der sich mit Sophie auf dem Rasen
wälzte und nun versuchte, dieser in den Hals zu
beißen. Schon wollte Immanuel sich hinzustürzen
und eingreifen, doch dann hörte er den Arzt lachen,
und auch Sophie wirkte eher empört als verängstigt.
Es schien sich wohl um ein Spiel zu handeln.

»Hör jetzt endlich mit dem Unfug auf, du Doktor!«, protestierte Sophie.

»Ich muss dir doch zeigen, wie er sie gewürgt und dann gebissen hat.« Und wieder versuchte er, seine Zähne in ihrem Hals zu versenken.

»Jetzt reicht's aber wirklich. Benimm dich endlich mal wie ein Erwachsener!«

»Du hast ja vollkommen Recht, junge Frau«, sagte der Doktor und ließ nun schließlich von ihr ab. »Du hast ganz Recht, ein Erwachsener sollte sich wirklich etwas vernünftiger benehmen. Aber manchmal überkommt es eben auch uns alte Säcke und wir führen uns wie die Kinder auf.« Nun erhob er sich und setzte sich neben die Tante auf das orangefarbene Sofa, das sonst immer im Wohnzimmer gestanden hatte, während Sophie, den Doktor kopfschüttelnd anfunkelnd, auf dem Stuhl ein Stück vor dem Sofa Platz nahm.

Seinen Vorsatz vergessend überquerte Immanuel die Straße, öffnete die Pforte und trat in den Garten. »Was ist da geschehen?«, fragte er, als er die drei erreicht hatte, die ungläubigen Augen auf die Öffnung in der Wand gerichtet.

»Was geschehen sei, fragen Sie!«, rief der Doktor aus. »Schnöder Mord, das ist geschehen, junger Mann.«

Die Tante, die Hände gefaltet auf dem Schoß gebettet, sah Immanuel aus verständnislosen Augen an, schien nachzudenken, den Mund mit den spröden Lippen halb geöffnet. Dann schüttelte sie kaum merklich den Kopf und starrte wieder vor sich auf den Boden.

»Hallo, Immanuel, wie geht's dir denn heute?«, fragte Sophie.

Immanuel nickte. »Danke, Sophie.«

»Ja, schnöder Mord«, wiederholte der Doktor wie zu sich selber, und hier nun drang ein Schrei zu ihnen, der vom Rosenplatz kommen mochte. Immanuel blickte verwundert in die Richtung, aus der der Schrei gekommen, doch dann verstand er. Er war ja dieses Mal nicht auf direktem Wege hierher gekommen, sondern hatte zunächst noch das Obergeschoss des Krankenhauses erforscht. Vermutlich war er also jetzt etwas später beim Haus seiner Tante angelangt. Der Arzt hingegen schien den Schrei gar nicht bemerkt zu haben.

»Schnöder Mord«, wiederholte er ein weiteres Mal und schüttelte noch den Kopf dazu. »Mit den bloßen Händen erwürgt. Ach, stellen Sie sich das nur vor, liebste Bärbel, wie sich die derben Mörderhände um ihren zarten Hals schlossen.« Und hier nun legte er die Hände um den Hals der Tante und deutete an, er wolle sie erwürgen. Die Tante rückte ein Stück von ihm ab, und sogleich nahm der Doktor die fleischigen Hände von ihrem Hals. »Aber natürlich, Sie haben vollkommen Recht«, versicherte er. »Wie unsensibel von mir. Wie muss schon der bloße Gedanke an eine solch grause Tat Ihr edles Gemüt mit Schrecken erfüllen.« Er zog ein Schnupftuch aus seiner Hosentasche und tupfte ihr die Regentropfen vom Gesicht, die unablässig von ihrem Haar herabtröpfelten. Als Nächstes wirst du ihr die Tropfen noch abküssen, dachte Immanuel mit einem Anflug von Ekel und schüttelte sich.

»Ja, nun stellt euch nur einmal die Kleine vor. Vor Entsetzen weit aufgerissen waren die Augen der Ärmsten, als man sie fand«, fuhr der Doktor dann fort. »Angestarrt haben muss sie ihren Mörder, als sich dessen Pranken um ihren zarten Hals legten. Zunächst wird sie ihn noch angebettelt haben, ihr noch so junges Leben doch zu verschonen – wie alt war sie noch? Zehn oder elf? –, aber bald schon schloss sich der Griff immer enger und enger, bis ihr Flehen zu einem Röcheln werden und endlich ganz verstummen musste, bevor die Bestie zu allem Überfluss dann auch noch ihre Zähne in den zarten Hals schlug. Ist das nicht eine riesige Sauerei? Und was wird in ihrem armen Geist vor sich gegangen sein, was wird sie geschaut haben? Wird sie noch gehofft haben, das Mörderherz mit ihrem Blick er-weichen zu können? Kann denn selbst die verkom-menste Seele so ganz unempfindlich für die kind-liche Unschuld sein, die in ihrem Blick gelegen ha-ben muss? Denn gewiss wird sich all ihr Hoffen an diesen einen letzten Trumpf gehaftet haben, dass ihr flehentlicher Blick an eine einsame Stelle in der Seele des Unholdes gelangen möge, an der nicht Dämo-nen, sondern der Mensch noch das Regime führte. Denn ein seltsam Ding ist doch das Hoffen. Welch Spektakel es doch bisweilen veranstaltet, bloß um die Schwingen des Todesengels zu übertönen.« Er blickte zur Tante, die wie abwesend zu Boden starrte. »Aber ich sehe, liebste Bärbel, diese Schilde-rung entsetzt Sie.« Und hier legte er ihr den rechten Arm um die Schultern. Wohl wich sie ein Stück von ihm weg, ließ es dann aber doch zu, dass er sie an seinen massigen Leib presste und mit seinen fleischi-

gen Fingern ihren Nacken kraulte. »Ja, fürwahr, es
ist eine grausame Zeit, in der wir leben«, fuhr er fort
und legte nun die linke Hand zwischen die Innen-
schenkel der Tante. »Da muss ich direkt an den Kerl
denken … wie hieß er noch? Na, ist auch egal, wer
will solch einem Monstrum schon durch Nennung
seines Namens neues Leben einhauchen. Lassen wir
ihn namenlos in der Hölle darben. Dieser Kerl jedenfalls, der hatte es ebenfalls auf kleine Mädchen abgesehen, und niemals schnappte er sie sich einzeln, o
nein, stets zwei oder drei mit einem Male. Eins der
Mädchen fesselte er und legte es in einen Sarg, den
er mit solch einer Sorgfalt abgedichtet hatte, dass
nicht das kleinste Lüftlein hinein- oder herauskam.
Das andere oder die anderen Mädchen mussten nun
zusehen, wie er sein erstes Opfer in den Sarg sperrte.
Er setzte sich nun auf den Sarg, blickte bisweilen das
andere Mädchen mit einem satanischen Grinsen an,
während sein Opfer mit den Fäustchen an die
Innenseite des Sarges hämmerte und ihn anflehte,
sie doch wieder herauszulassen. Und schließlich
wurde der Sauerstoff in dem engen Kasten rar. Das
Mädchen rang nach Atem, litt dazu vermutlich noch
an Platzangst, musste förmlich spüren, wie die Wände enger und enger zusammenrückten, während
ihre gequälte Lunge gierig jedes Quäntchen Luft
einsog, die mit jedem Atemzug stickiger wurde.
Können Sie sich das vorstellen, meine Liebste, was in
dem armen Kinde vor sich gegangen sein muss?
Aber nein, das können Sie nicht. Wie sollte ein edles
Gemüt wie das Ihrige imstande sein, sich solche
Schrecken auszumalen!« Und seine Hand fuhr wie
zum Troste noch etwas tiefer zwischen die mageren

Schenkel der Tante und begann, diese zu massieren. »Nein, und das andere Mädchen erst! Welche Schrecken muss dieses durchlitten haben, die Qualen ihrer Kameradin mit ansehen zu müssen und dabei zu wissen, dass ihr selber dasselbe Schicksal bevorsteht. Doch das Entsetzen, das das Scheusal auf diese Weise verbreitete, genügte noch nicht, seine teuflischen Gelüste zu befriedigen. Als die Schläge gegen die Innenseite immer schwächer wurden, das Mädchen kurz vor dem Erstickungstod stand, da setzte er sich eine Teufels- oder Dämonenmaske über, riss den Sargdeckel auf und wollte wohl den Eindruck hervorrufen, das Mädchen befinde sich bereits in der Hölle. Ach, und welch Entsetzen muss den Busen des armen Geschöpfes da zerrissen haben. Eben noch sog sie gierig die frische Luft ein, fühlte ihre Lebensgeister sich schon wieder regen, da steht plötzlich der Fürst der Unterwelt vor ihr und droht, sie zu verschlingen! So trieb er es dann noch mehrere Male, verriegelte den Sarg, öffnete ihn wieder, brüllte dabei und begann sie zu würgen, bis die armen Würmer vor Todesangst fast in den Wahnsinn getrieben wurden. Und erst wenn eine Steigerung des Grauens nicht mehr möglich schien, wenn die Leidensfähigkeit der armen Mädchen erschöpft war, dann drückten die erbarmungslosen Klauen ein letztes Mal zu und ließen nun nicht mehr von ihrem Opfer ab.«

Der Doktor stöhnte auf und presste die Tante noch fester an sich. Immanuel wartete noch einige Momente, ob der Doktor nicht doch noch dem Rufe des Verletzten folgen und sich erheben werde; doch dieser saß einfach da, drückte die Tante an sich und trieb mit der linken Hand, was immer er auch gerade treiben mochte. »Ich gehe dann mal«, sagte Immanuel und entfernte sich, ohne von der Tante oder dem Doktor eine Erwiderung erfahren zu haben.

»Mach's gut, Immanuel«, rief einzig Sophie ihm hinterher, als er bereits die Pforte erreicht hatte, und er hob die Hand.

Er versuchte, über die eingestürzte Wand und die Geschichte des Arztes nachzudenken, doch seine Gedanken verwirrten sich, kaum dass sie begonnen hatten, Gestalt anzunehmen, und er gab es auf.

Auf der Rosen-Straße kam ihm ein Pferdewagen entgegen. Schon von Weitem erkannte er die charakteristische, steif aufrecht sitzende Gestalt von Gregor. Immanuel trat einen Schritt zur Seite. Ohne ein Zeichen des Erkennens fuhr sein Cousin an ihm vorbei. Hinten auf dem Wagen war niemand außer dem Clown, dessen Beine schlaff von der Ladefläche baumelten. Er blickte dem Wagen nach, bis dieser in der Dunkelheit verschwunden war, dann ging er weiter. Vor dem Café und dem angrenzenden Gebäude hatte sich eine Menschenmenge angesammelt, die gut die Hälfte des Rosenplatzes einnahm. Man stand herum, wusste anscheinend nichts Rechtes mit sich anzufangen, nun, da der Clown abtransportiert worden war und es nichts mehr zu bestaunen gab. Unter dem Vordach des Cafés saßen Herr Radtke und seine beiden greisen Kameraden, doch waren sie dermaßen in die Betrachtung ihrer Biergläser vertieft, dass sie Immanuel gar nicht bemerkten. Einzig der Mann in dem Rollstuhl schien auf ihn aufmerksam geworden zu sein, denn er stieß nun sein

Jei jei jei ja! aus und klatschte dazu in die Hände. Immanuel kümmerte sich nicht weiter um sie und marschierte weiter über den Rosenplatz an der Menschenmasse vorbei auf die Knospen-Straße zu, dabei weder auf die Regentropfen achtend, die unentwegt von seinen Haaren in seinen Kragen liefen, noch auf das Kriegsgeschrei des Rollstuhlfahrers, das in regelmäßigen Abständen zu ihm herüberdrang. Er entschied, die Abkürzung über den Friedhof zu nehmen, sah bald schon den erleuchteten Umriss des Zeltes. Und da nun, als er sich diesem bis auf wenige Meter genähert hatte, trat aus dem Inneren ein Mann, den er hier am allerwenigsten erwartet hätte.

»Herr Doktor!«, rief Immanuel aus, denn um niemand anderes als den Doktor mit dem Spitzbart aus dem Krankenhaus handelte es sich. Dieser hingegen schien in keiner Weise überrascht, Immanuel gerade an diesem Ort zu treffen. Hundert Fragen wollten sich in Immanuels Kopf bilden, doch bevor auch nur eine konkrete Gestalt annehmen konnte, richtete der Doktor auch schon das Wort an ihn.

»Ich bedaure zutiefst, werter Freund, Sie bei diesem unwirtlichen Wetter hier begrüßen zu müssen«, sprach er frohgelaunt und streckte Immanuel zu dessen Überraschung die Hand entgegen. »Aber es gibt Dinge zwischen Himmel und Erde, über die nicht einmal ich zu gebieten vermag. Damit meine ich jetzt natürlich *uns*«, verbesserte er sich. »Uns, die Ärzteschaft.« Und Immanuel war, als durchfahre ihn eine elektrische Ladung, als er die Hand des Doktors ergriff. Doch werden ihm hier seine Sinne als Elektrizität vorgegaukelt haben, was in Wirklichkeit lediglich ein leichter Stich in seine Hand gewesen war, hervorgerufen durch eine spitze Kante des Ringes am Finger des Arztes. Dieser schien hingegen nicht zu bemerken, wie sich Immanuels Miene kurz vor Schmerz verzog, und wies nun auf den Friedhof, wo man nach wie vor verzweifelt damit bemüht war, den Sarg in die Grabstelle zu befördern. »Tja, und da haben wir noch so einen Fall. Ist es bis dahin erst einmal gediehen, muss selbst unsere Kunst die Segel streichen. Na ja, vielleicht ist es gar nicht so unbegründet, wenn man unseren Berufsstand den glücklichsten heißt, wo doch unsere Erfolge um die Welt gehen und uns Ruhm und Ehre bescheren, während unsere Misserfolge einfach begraben und vergessen werden.« Er lachte auf, wurde dann aber ernst und schüttelte den Kopf. »Doch im Grunde ist es doch ein Trauerspiel. Aber vielleicht sollte man dem alten Schlawiner nicht zu viel Ehre erweisen und es einfach mit dem Dichter halten:

> Hoffnungsfroh der Jugend Frische nach des
>   Lebens Gipfel strebt,
> Lasst mit Bacchus uns vergessen, was der Parzen
>   Hand gewebt.«

Dann wandte er sich an Immanuel. »Doch sehen wir uns das Schauspiel einmal aus der Nähe an. Gewiss wollen Sie endlich erfahren, wer da bei solch ungastlichem Wetter von uns Abschied nimmt.«

Sie bewegten sich also auf die Trauergemeinde zu. Der Küster war bereits zu dieser gestoßen, denn fröhlich hüpften dessen Lichter zwischen den Grabsteinen umher. Wie es schien, hatten die vier Sargträger den Weg verfehlt, der zu dem ausgehobenen Grab führte, und waren dabei zwischen zwei Grabsteine geraten, die sie arg beim Manövrieren behinderten. Nun aber im Schein der wenn auch nur matten Lichter waren die tückischen Ecken und Kanten der Grabsteine bald umgangen und gemeistert und man fand ohne Probleme auf den Weg zurück. Durch die Trauergäste hindurch konnte Immanuel von Zeit zu Zeit einen Blick auf den Sarg erhaschen und erkannte, wie klein dieser war. Ein Kind musste es sein, das hier zu Grabe getragen wurde. Zusammen mit dem Doktor bahnte er sich einen Weg durch die Menge und hatte bald freien Blick auf die zu beiden Seiten aufgeschichteten Erdmassen, in deren Mitte der schwarze Abgrund gähnte, der den kleinen Sarg nun also aufnehmen sollte. Im Schein von des Küsters Friedhofslichtern konnte man erkennen, dass es bereits zu dem einen oder anderen Sturz gekommen sein musste, denn deutlich sah man, dass die Hosen von zweien der Träger mit Erdreich beschmutzt waren. Doch nun, mit Hilfe der Lichter, schritt man sicher und mit Würde dahin. Schon hatte man das Grab erreicht, an dessen Kopfende Immanuel die hagere Gestalt des Pastors erkennen konnte. Wohl war dessen Gesicht nicht deutlich zu erkennen, doch wirkte er auf Immanuel verstimmt oder gar verärgert, wohl weil man so lange gebraucht hatte, die Lichter herbeizuholen. Ungeduldig fuchtelte er mit den Armen und versuchte, die Träger zu dirigieren. »Weiter nach rechts. Nach rechts! Nein, nicht so weit.« Vielleicht durch die Anweisungen des Geistlichen irritiert, vielleicht aus irgendeinem Grunde auch nur einfach unaufmerksam, jedenfalls geriet der vordere

Träger auf der rechten Seite zu nah an den rutschigen Rand, und schon war es geschehen. Mit einem Schrei, der über den ganzen Friedhof hallte, rutschte er ab und war im nächsten Augenblick in dem schwarzen Abgrund verschwunden, während der Sarg mit solchem Schwung auf den Rand krachte, dass der Deckel sogleich aus den Angeln brach und der kleine Leichnam auf den schmalen Streifen zwischen der Erdaufschüttung und dem Grab geschleudert wurde. Und noch während Immanuel durch die Menge stürzte, rempelte und stieß, weder die Weh- noch die Protestrufe wahrnehmend, hieb wie mit Keulenschlägen die Erkenntnis auf ihn ein, dass das weiße Kleidchen, erst am letzten Geburtstag mit Stolz präsentiert, nur einem Menschen gehören konnte. Hätten sie nicht wenigstens die Würgemale und den Gebissabdruck mit einem Schleifchen verdecken können!, dachte er noch schaudernd, bevor ihm die Sinne schwanden und er bewusstlos neben den erkalteten Körper seiner Schwester Emilia sank.

***

Wie lange mochte er ohne Bewusstsein gewesen sein? Vielleicht vergeht die Zeit ja schneller, dachte Immanuel, wenn man bewusstlos ist, als wenn man einfach schläft. Doch wie auch immer, allzu lange konnte er nicht ohne Bewusstsein gewesen sein, denn der Mond stand an derselben Stelle wie auch bei den letzten Malen. Auch die Trägheit, mit der er über den Dächern hing, schien noch ganz dieselbe zu sein. Und nun war Emilia also tot. Das weiße Kleid, in dem man sie zu Grabe getragen, würde ihr also noch in Jahren, in Jahrzehnten, bis in alle Ewigkeit passen. Oder zumindest so lange, wie der Wurm noch genügend Masse ließe, um die sich der spröde und modrig werdende Stoff würde legen können. Und er war nicht einmal dazu gekommen, am Grab um sie zu weinen. Sollte er nun weinen in diesem Zimmer mit den kahlen Wänden?

Doch statt Trauer fühlte er mit einem Male eine ganz andere Regung in sich wallen. Hatte Doktor Koch nicht in aller Ausführlichkeit von Emilias Ermordung gesprochen, während sein fleischiger Arm auf der Schulter der Tante geruht hatte? Hatten sie nicht beide, der Doktor wie die Tante, gewusst, dass er die Schwester verloren hatte? Und keiner hatte es für notwendig empfunden, ihm ein Wort des Trostes und des Mitgefühls zukommen zu lassen oder ihn überhaupt zu informieren! Geht man so unter Verwandten miteinander um?

Endlich spürte Immanuel, wie ihm doch noch eine Träne über die Wange lief, doch war es keine der Trauer, sondern eine des Zorns. Er sprang aus dem Bett und stampfte zu dem Spind. O ja, den Herrschaften würde er die Meinung sagen, und er legte sich bereits einige Sätze zurecht, von einer Schärfe manche davon, wie er nie in Erwägung gezogen hatte, sie gegenüber einem Verwandten oder sonst jemandem zu gebrauchen. Mit einem Wutschnaufen riss er die Tür auf, als er sich angezogen hatte, und verließ das Zimmer. Und irgendwo in seinem Inneren war er dankbar für seinen Zorn, der seine Gedanken zumindest von den Dingen ablenkte, über die man besser nicht nachdachte. Noch immer stampfend und bisweilen etwas murmelnd marschierte er den Gang entlang. Das Bild. Ach, es konnte ihm gestohlen bleiben! Sollte es doch so schief dort hängen bleiben bis zum Jüngsten Tag. Er ging weiter. Dann hielt er inne. Er schüttelte den Kopf, eilte wieder zurück und rückte das Bild gerade. Aber jetzt weiter, an grünen Türen vorbei. Da mit einem Male hielt er erneut inne. Hinter einer der Türen hatte er einen Laut vernommen. Wie ein Quietschen hatte es sich angehört. Immanuel blickte sich um und erkannte, dass es die Tür zur Stube des Dichters Friedrich war. Er lauschte, ob noch ein weiterer Laut von innen dringe, doch es blieb nun ruhig. Dann klopfte er an die Tür. Lange stand er da und wartete vergebens auf eine Antwort, schon stand er im Begriff, ein weiteres Mal zu klopfen, da hörte er von innen misstrauisch fragen: »Wer ist da?«

»Ich bin᾽s«, sagte er und öffnete die Tür.

Und da saß er, auf der Kante seines Bettes, der Dichter Friedrich, und blickte dem Eintretenden entgegen. Er war, wenn möglich, gar noch blasser als bei ihrer ersten Begegnung, die Ringe unter seinen Augen schienen noch tiefer. Sein Blick wirkte zunächst ähnlich misstrauisch wie seine Stimme zuvor, doch nun, da er Immanuel erkannte, hellten sich seine Züge auf, ein Lächeln gar huschte über seine Lippen, und für Augenblicke schimmerte durch die ausgebrannte Hülle seines Leibes der blühende Jüngling, der er einst gewesen. Dann erhob er sich und trat mit feierlichen Schritten auf Immanuel zu. »Wie schwillt der Busen mir vor Freude, dich sehen zu dürfen, Bruder«, sprach er und drückte ihm herzlich die Hand.

»Auch ich freue mich«, sagte Immanuel. Kurz überlegte er, dann entschied er, dem Manne, der ihm doch völlig fremd war, das dargebotene Du zu erwidern. »Ich war schon in Sorge um dich. Das letzte Mal, als ich an deinem Zimmer vorbeikam, hörte ich seltsame Geräusche. Fast schien es mir, als würdest du verfolgt und misshandelt.«

Der Dichter lächelte und tat den Vorfall mit einer Handbewegung als unbedeutend ab. »Hin und wieder verfolgen uns halt unsere Dämonen. Doch sollten wir sie nicht verfluchen. Was wäre ein Dichter wohl ohne sie.« Dann fasste er Immanuel näher ins Auge und sprach, noch bevor jener fragen konnte, was mit dem ominösen Ausspruch gemeint sei: »Doch Trübsinn lastet auf deinem Herzen, sehe ich doch genau, wie er dir das Gemüt verdunkelt. Was ist geschehen, Bruder?«

Immanuel wunderte sich nicht gering über die feinfühligen Sinne des Dichters, die diesem sogleich offenbarten, was ihm selber bei anderen gewiss verborgen geblieben wäre. Seine Zuneigung dem Manne gegenüber wuchs nochmals, und er vertraute ihm also alles an, was er am Grabe der Schwester hatte erleben müssen. Friedrich fasste ihn bei den Armen und sah ihn aus mitfühlenden Augen an. Dann ließ er ihn los und wandte sich dem Fenster zu, den Blick zum Mond erhoben, der sich gerade durch die Wolkendecke stahl, als wolle auch er Immanuel Trost spenden.

»Es gibt auf Erden wie im Olymp nichts Poetischeres als den Tod eines jungen Weibes«, so hob der Dichter endlich an. »Ich denke jetzt in erster Linie an die jugendliche Geliebte, die in der Blüte ihrer Schönheit und ihrer Lebenslust dahingerafft wird und dem sehnsuchtsvollen Blick des Geliebten auf Charons Fähre entschwindet. Doch auch der Tod der Schwester in solch zartem Alter gebietet über eine Kraft, die das Herz zerreißen oder aber auch in die Gefilde der Unsterblichen erheben kann. Ach, das Demütigendste an meinem müden Dahinwelken ist das Fehlen jedweder Erhabenheit und Größe, die dem eigenen Schwinden doch zumindest eine poetische Note noch verleihen könnte. Nein, glaube mir, Bruder, nie erblüht unsere Seele in solch zauberhaftem Farbenspiel, nie schlägt unser Herz in solcher Wahrhaftigkeit, sind wir so voll Leben, wie wenn wir mit jugendlicher Brust lieben oder um ein geliebtes Wesen trauern. Ach, welch zauberhafte Fügung der Natur, dass gerade dort, wo zum Menschen wir werden, unter Göttern doch wir wandeln dürfen. Ja, sei versichert, der Becher mit Tränen und Leid, den dir die Götter gesandt, dieser Trunk stammt aus den süßesten Gefilden des Elysiums. Koste ihn also, leere den Becher bis zur Neige, nicht einen Tropfen lass verschütten. Und möge dein Schluchzen sich mit den heiligen Hymnen des

Elysiums zu göttlicher Sinfonie vereinen.« Hier trat er auf Immanuel zu und schloss ihn in die Arme. Und nicht an des Vaters, nicht an der Mutter Brust vergoss er nun die Tränen um die geliebte Schwester, sondern in den Armen eines Mannes, den erst zum zweiten Male er jetzt sah. Und er weinte. Heiße Tränen flossen über seine Wangen, tropften in des Dichters ungepflegte Haar, auf dessen Schultern.

Irgendwann war der Strom der Tränen dann versiegt.

Die beiden Männer lösten sich aus der Umarmung. Schon fühlte Immanuel sich viel wohler ums Herz, Friedrich aber schritt mit nachdenklicher Miene vor seinem Tisch auf und ab, auf dem noch immer so manches Blatt Papier lag. Schließlich nahm er eins der Blätter und überflog die in schöner Handschrift verfassten Verse. »Sieh, auch mir ward ein geliebter Mensch entrissen. Nicht die Schwester, sondern die Verlobte.« Er zauderte, blickte von dem Blatt zu Immanuel. Dann nickte er und fuhr fort. »Es ist noch nicht vollendet, doch du sollst es lesen. Ja, deine edle Seele sei würdig, diese Verse in sich aufzunehmen.« Hiermit reichte er Immanuel das Blatt, dieser wischte sich eine letzte Träne aus dem Auge, dann las er:

»Schau, die Flamme uns'rer Liebe
Würde glühen immerfort,
Sich belebend durch den Zauber
Eines nie gesproch'nen Worts.

Sieh, der Sterne feurig' Atem
Muss am Ende doch vergeh'n,

Der Gebeine Staub und Asche
Sieht der Zeiten Sturm verweh'n.
In der Hochgelehrten Stuben,
Um der Dinge Grund zu seh'n,
Müht sich Geisteswitz mit Eifer,
Sich im Kreise nur zu dreh'n.

Denn das ew'ge Lied von Zweifel,
Hass, Vergehen, Neid und Mord
Kann zum Schweigen doch nur bringen
Jenes nie gesproch'ne Wort.

Deine Lippen wollten formen
An des Todes eis'gem Hort,
Mit vergeh'ndem Odem hauchen,
Hauchen jenes letzte Wort.
O, ihr Götter, rief ich flehend,
Herrn am lichten hohen Ort,
Habet Mitleid, lasst mich hören
Jenes längst vergess'ne Wort!

Deine Lippen aber formten,
hauchten niemals jenes Wort,
Schlossen leblos sich und schwiegen,
Ach, und schweigen immerfort.«

Als er es gelesen hatte, las er es erneut, doch auch
nach dem zweiten Male wusste er noch nicht recht,
was er davon zu halten habe. Vom Staub welcher
Gebeine war die Rede? Und was sollte das mit diesem nie gesprochenen Wort? Aber nach all der
Anteilnahme, die er vom Dichter erfahren, brachte er
es nicht über das Herz, nun Worte des Zweifels oder

gar des Tadels zu gebrauchen. »Es ist wunderschön«, sagte er also einfach.

Friedrich hatte währenddessen am Fenster gestanden, den Rücken Immanuel zugewandt, und wie entrückt in den wolkenverhangenen Himmel geblickt. Nun drehte er sich zu ihm um. »Du fragst dich, was es mit jenem Wort auf sich habe. Siehe, als ich am Totenbett der Geliebten kniete und ihr Antlitz mit meinen Tränen netzte, da schlug sie plötzlich die Augen auf und ihre Lippen bewegten sich, wollten noch ein letztes Wort an mich richten. Ich legte das Ohr an ihren Mund, lauschte, lauschte mit aller Hingabe, zu der mein blutendes Herz imstande war. Ach, wie sehnte ich mich nach diesem einen Wort, das meine vergehende Verlobte zu mir sprechen wollte. Doch ihre Lippen blieben stumm. Und schließlich wich der Glanz aus ihren Augen, ohne dass sie auch nur einen Laut noch von sich gegeben hätte.«

»Gewiss wollte sie dir sagen, wie sehr sie dich liebt«, versuchte Immanuel ihn zu trösten.

»Ja, gewiss. Dies und noch viel mehr. Ahnst du nicht, welch wundervolle Macht in dem letzten Wort der vergehenden Geliebten, das nie gesprochen worden ist, liegt?« Seine Augen wirkten nun wieder wie entrückt, während Immanuel ihn mit reichlich verständnislosem Blick musterte und schließlich mit den Schultern zuckte.

»Es muss der Schlüssel zu etwas so Wunderbarem sein, dass ich es unmöglich im Busen verborgen halten kann. So nimm es denn, es gehört dir. Trage es im Herzen als Andenken an einen alten Freund und weise ihm den Weg in die Welt.« Er reichte ihm

ein weiteres Mal die Hand und blickte ihm tief in die
Augen. Immanuel verstand sehr wohl, dass dies nun
der Abschied war. Er sann noch über einige Worte
nach, die die Verse in etwas herzlicherer Weise würdigen könnten, doch fürchtete er, sein Unverständnis damit nur noch offenkundiger zu machen. So
wandte er sich denn zur Tür, hatte diese bereits geöffnet, drehte sich dann aber nochmals zu dem Dichter um.

»So komm doch mit mir. Sieh, die Tür ist ja offen.
Und beschwerlich ist der Weg dort draußen, gerne
wüsste ich einen Begleiter an meiner Seite.«

Doch Friedrich lächelte nur ein betrübtes Lächeln
und schüttelte den Kopf. »Ich weiß sehr wohl, dass
der Weg schwer ist. Doch ich gehöre hierher, zwischen diese vier Wände. Mit Dämonen zu ringen,
das ist mir bestimmt, nicht mit der Welt.« Und fast
schien es, als schaudere ihn beim Anblick der
Schwelle. Immanuel blickte ihn einen Augenblick
verständnislos an, dann steckte er das Blatt mit den
Versen in die Innentasche seiner Jacke, nickte dem
Dichter zu und verschloss die Tür.

Während er die Gänge und dann den Pfad zur
Straße entlangging, waren seine Gedanken bei dem
Dichter und dem, was er soeben in dessen Zimmer
erlebt hatte. Und als er die Neptun-Straße erreichte,
da hatte er bereits ganz vergessen, was er eigentlich
tun wollte. Dann fiel es ihm wieder ein. Zur Tante
wollte er gehen. Doch war sein Zorn nun plötzlich
verraucht und mit ihm auch alle Entschlossenheit
und Kraft, die er in seinem Zimmer noch verspürt
hatte. Jeder Gedanke an Kampf war nun verschwunden, er fühlte sich nur schrecklich müde. Nein, der

Schlaf oder die Bewusstlosigkeit hat mir keinerlei Erquickung verschafft, ging es ihm durch den Kopf, und mit einem Male verspürte er nur den einen Wunsch noch, endlich wieder zu Hause zu sein. Ja, auf direktem Wege nach Hause würde er sich nun begeben, würde den Vater, die Mutter in die Arme schließen und gemeinsam mit ihnen ein zweites Mal Tränen um Emilia vergießen. Er machte also kehrt und ging nun die am Krankenhaus vorbeiführende Straße entlang. Und wie seltsam, mit einem Male, nun den elterlichen Herd vor Augen, belebten sich seine matten Glieder, er zog die frische Nachtluft tief ein und schritt beherzt aus. Kaum spürte er den Regen, der in sein Haar, seine Kleidung drang, und er fragte sich, weshalb ihm nicht schon längst die Idee gekommen sei, den Schritt nach dem einzigen Ort zu richten, wo er eigentlich hingehörte.

Mit frischem Mut bog er links in die Paracelsus-Straße. Bis zum elterlichen Haus war es ein ganzes Stück weiter als bis zur Tante, aber in gut zehn Minuten müsste er es erreichen können. Er konzentrierte sich auf den Weg. Alle Gedanken, welcher Art sie auch sein mochten, versuchte er von sich fernzuhalten. Zu Hause. Zu Hause würde er nachdenken. Dort würde er auch trauern. Doch mit einem Male erschrak er und blieb stehen. Was wenn seine Eltern nun auf dem Friedhof waren? Dort wo eigentlich auch die Tante hätte gewesen sein sollen. Doch egal, dann würde er eben von zu Hause aus zum Friedhof gehen und die Eltern dort treffen. Er ging also weiter, erreichte endlich die Kant-Straße, an deren Ende man links in die Straße einbog, in der sein Zuhause lag. Vielleicht war es der Gedanke daran, seine Eltern möglicherweise nicht daheim anzutreffen, der ihm plötzlich alle Kraft wieder raubte. Er hatte schon lange nicht mehr geschlafen, und auch gegessen hatte er nichts. Nie war es ihm zu Bewusstsein gekommen, wie lang die Kant-Straße eigentlich war. Noch befand er sich in dem heruntergekommenen vorderen Teil der Straße, der völlig im Dunkeln lag, und die erste Lampe, den etwas gepflegteren Teil einleitend, wollte und wollte nicht näherkommen. Doch vermutlich lag das an dem Dunst, der die gesamte Straße einnahm und es fast unmöglich machte, Entfernungen genau abzuschätzen. Immanuel beschloss, nicht mehr auf das Licht zu achten, sondern sich vielmehr auf den Gehweg zu konzentrieren, der mit allerlei Unrat übersät war, gegen den er in regelmäßigen Abständen mit dem Fuß stieß. Irgendwo krächzte eine Krähe. Vielleicht auch zwei. Wenigstens ist es hier nicht so morastig wie in der Mohn-Gasse, dachte er und stieß mit dem Fuß eine Puppe beiseite, die, wie er undeutlich meinte erkennen zu können, nur noch eins ihrer Beine hatte. Donnerwetter, dass ich die Feuerglocke gar nicht gehört habe, sagte er bei sich und blieb stehen. Die erste Lampe war mittlerweile nah genug, dass er die Überreste des Gebäudes zu seiner Rechten deutlich genug sehen konnte. Es war die Buchhandlung Strebermann, aus der er vor Kurzem doch erst ein Buch für den Vater abgeholt hatte. Das Dach war vollständig eingestürzt, und auf einem verkohlten Dachbalken, der auf die Seitenwand des Eingangsbereiches gefallen war, saßen auch die beiden Krähen, deren Ruf er vorhin vernommen hatte. Aus klugen und argwöhnischen Augen blickten sie auf

Immanuel herab, ob er es wohl wagen werde, das von ihnen nun in Beschlag genommene Terrain zu betreten. Und in der Tat krächzten sie sogleich verärgert auf, als er einen Schritt näher trat, um durch das gewesene Schaufenster einen Blick in das Innere der Ruine zu werfen. In diesem Moment jedoch hob von weiter vorne ein keifendes Geschrei an, und Immanuel wurde sich bewusst, dass dies das erste von Menschenmund verursachte Geräusch war, seit er das Krankenhaus verlassen hatte. Aus einer Gaststätte sah er nun einen Mann auf die Kant-Straße stürzen, verfolgt von einer wütend schreienden und schimpfenden Menge. Nun stürmten sie unter einer Straßenlampe dahin, sodass sich die Szene Immanuel in der schönsten Beleuchtung darbot. Und so sah er nun in aller Deutlichkeit, dass der Mann bis auf die Unterhose vollkommen nackt war. Auf und ab schwangen die Fettpolster, die in mehreren Schichten seinen massigen Leib umspannten wie fleischgewordene Rettungsringe. Schon glaubte er, es handele sich um Doktor Koch, doch dann bemerkte er, dass der Mann, anders als der glatt rasierte Arzt, einen ausufernden Oberlippenbart trug, der kaum seine Unterlippen freiließ.

»Dir werden wir's zeigen, alter Zechpreller!«, keifte eine Frau in einer weißen Küchenschürze, die dem Mann an Gewicht kaum nachstand, und klatschte ihm mit solcher Wucht auf den nackten Rücken, dass er vor Schmerzen aufheulte. »Wirst du wohl hier bleiben, du Saukerl!«, schrie sie und versuchte nun, ihm die Unterhose herunterzuziehen, glitt aber mit den Fingern von dieser ab. Der Schrei wie auch der Anblick der verrutschten Hose schien die nachfolgende Horde nur noch mehr in Aufruhr zu bringen. Und nun erkannte Immanuel, dass sich auch mehrere Männer darunter befanden, die Mienen vor wütender Entschlossenheit verzerrt. Einer von ihnen hielt eine Axt in den Händen und schwang diese unheilverkündend durch die Luft. Ein anderer hatte ein ansehnliches Küchenmesser, mit dem er bereits nun auf den Mann einzustechen versuchte, obschon dieser noch gut fünf Meter von ihm entfernt war. »Packt den Zechpreller!«, kreischte es von vorne, kreischte es von hinten. »Schlitzt den Halunken auf!« Mit weit aufgerissenen Augen stürmte der Gejagte dahin, hob die Hände gen Himmel, als wolle er den Mond um Beistand anflehen, der sich hingegen hinter einer Wolke verbarg und die ganze Szene gar nicht zur Kenntnis nahm. Doch so sehr sich der Mann auch mühte, die gewaltigen Leibesmassen ließen sich nur schwer aus ihrer natürlichen Trägheit locken. Schon klatschte es ein weiteres Mal auf den Rücken und langte es nach der Unterhose, und er stieß einen quiekähnlichen Laut aus, der gar das Gegröle noch übertönte. Wohl ein ganzes Dutzend war nun hinter dem Gehetzten her, der sich in Richtung auf Immanuel flüchtete, mit den Füßen auf dem Pflaster ganz ähnliche Geräusche hervorbringend wie die Hände auf seinem Körper. Und immer mehr Weiber und Kerle schlossen zu ihm auf, schlugen ihm auf den Rücken, langten nach seiner Unterhose, stießen mit Messern nach ihm, dabei kreischend und schimpfend, als hinge ihr Seelenheil davon ab.

Schon beim ersten Anblick des Bartes fühlte Immanuel sich an jemanden erinnert, dessen Bild er

wiederholt in der Zeitung gesehen hatte, doch erst
jetzt, da der Mann nur noch wenige Meter von ihm
entfernt war, erkannte er, dass es in der Tat der berühmte Philosoph Gerbenius war, von dem Doktor
Koch erzählt hatte, dass er sich das Leben nehmen
wollte, indem er seinen Lebenswillen mit Argumenten der spekulativen Philosophie davon zu
überzeugen versuchte, wie unsinnig es doch sei, mit
solcher Hartnäckigkeit am Leben festzuhalten. Wohl
war Immanuel ihm vorher noch nie persönlich
begegnet, doch es bestand für ihn kein Zweifel, dass
es der Philosoph war. Nun riss dieser den Mund auf,
entschied dann aber offensichtlich doch, weder Kraft
noch Sauerstoff auf einen Schrei zu verwenden, sondern lieber alles in ein möglichst schnelles Fortkom-
men zu investieren. Und gewiss tat er gut daran,
denn wieder und wieder klatschte es auf die nackte
Haut, gerade die Weiber schienen sich in einen re-
gelrechten Rausch zu schlagen und zu kreischen.
Immanuel sah, wie eine Frau einen ledernen Gürtel
von ihrer Taille schnallte und diesen durch die Luft
schwingen ließ. Der Philosoph sah weder Immanuel
noch die Buchhandlung oder die Krähen, schwer
nach Atem ringend wie ein tödlich getroffenes Walross stampfte er vorbei, die Augen panisch, aber fast
schon ergeben aufgerissen. Und Immanuel wollte
scheinen, als würden dessen Bewegungen bereits
schwächer, hätten die Hiebe dem Koloss schon die
Kraft geraubt, die er benötigte, die schweren Beine
zu heben und zu senken. Er blieb indessen nicht auf
der Kant-Straße, sondern flüchtete sich ins Dunkel
einer Gasse, die Meute hinter sich herziehend, die
die Schwäche ihrer Beute vermutlich bereits spürte

und nur umso erregter wurde. Dann waren sie Immanuels Blicken entschwunden und man hörte von Ferne nur noch das Klatschen und Kreischen.

Die beiden Krähen krächzten unwillig auf, wie um Immanuel zu ermahnen, dass es nun auch für ihn höchste Zeit sei, sich wieder auf den Weg zu machen. Er setzte sich also in Bewegung. Der Regen, so schien ihm, hatte etwas an Stärke zugenommen. Zum Teufel, hatte er den Hut denn schon wieder im Krankenhaus vergessen? Er versuchte, sich zu erinnern, ob er ihn in dem weißen Spind gesehen habe. Nein, da war kein Hut gewesen. Er schüttelte den Kopf und seine Gedanken schweiften zu dem Philosophen. Was hatte er eigentlich über ihn gelesen? Immanuel bemühte sich, sich dessen Lehre oder zumindest einen Teil davon ins Gedächtnis zu rufen. Tief in Gedanken versunken bog er nach links in die Straße, in der sein Elternhaus lag. Und wie wir bisweilen gewisse Sinneseindrücke wie das Summen einer Fliege oder das Bellen eines Hundes auf das Geschickteste in unser Traumleben einbauen, ohne dass zu bemerken wäre, dass sie dort eigentlich gar nichts zu suchen haben, ebenso marschierte auch Immanuel eine ganze Weile die Straße entlang, bevor ihm auffiel, dass die Sinneseindrücke, die er halb unbewusst aufnahm, ganz und gar nicht zu dieser Gegend passen wollten. Er blieb stehen und sah sich um. Sollte ich nach der Sache mit dem Philosophen in die falsche Richtung gegangen sein?, ging es ihm durch den Kopf. Ohne Zweifel habe ich mich umgedreht, als die Meute an mir vorbeigehetzt ist. Ist es möglich, dass ich, von dem Vorfall noch ganz überwältigt, dann in dieselbe Richtung gegangen bin, aus der ich gekommen war? Und in Gedanken versunken muss ich dann den ganzen Weg wieder zurückmarschiert sein, es ist ja nur zu gut bekannt, zu welchen Leistungen Schlafwandler in der Lage sind, an die sie nach dem Erwachen nicht mehr die geringste Erinnerung haben. Er blickte sich um. Es bestand kein Zweifel, das Haus zu seiner Rechten war nicht das seiner Eltern, es gehörte vielmehr seiner Tante. Auf dem Rasen vor der herausgebrochenen Wand standen noch das Sofa und auch der Stuhl, aber es saß niemand mehr auf ihnen. Immanuel trat einen Schritt näher an die Pforte und entdeckte in der Küche einen Schimmer, schwach nur wie von der, nun abgedeckten, Herdstelle stammend. Hin und wieder, vielleicht wenn ein Windstoß den Weg in den Herd fand, geriet der Schimmer in Bewegung und Immanuel glaubte, einen Schemen zu erkennen oder zu erahnen, doch gleich darauf war er schon wieder verschwunden. Schon wollte er sich abwenden, als wohl ein besonders kräftiger Windstoß in den Herd fuhr und im nächsten Moment der Umriss seiner Tante sichtbar wurde, die anscheinend am Küchentisch saß. Ja, da saß sie also, und auch der Doktor war gewiss nicht fern. Der Zorn, schon längst verraucht geglaubt, formte sich zu neuer Gestalt. Da also saß sie. Ja, gewiss ist es dir zu feucht geworden hier draußen im Garten, da ist es in der warmen Küche bestimmt behaglicher. Und während das Bild seiner toten Schwester vor seinem Auge auftauchte, die nun in einem klammen Grab ruhte oder gerade zu Grabe getragen wurde, öffnete er die Pforte und ging auf das Haus zu. Durch die Haustür zu gehen, das war ihm zu umständlich, er stieg einfach über die herabgefallenen Ziegel und den Wandrest. Seine Tante starrte auf den Küchenherd und bemerkte ihn erst, als er schon vor ihr am Küchentisch stand. Hier drinnen nun war die Sicht etwas besser, vermutlich hatte ihn draußen die ein Stück entfernt gelegene Straßenlampe geblendet, und so bemerkte er, wie die Tante erschrak.

»Wer sind Sie? Was machen Sie hier?«, rief sie aus, griff nach dem Kruzifix, das sie an einer Kette um den Hals trug, und streckte es Immanuel so ungestüm entgegen, dass die Kette riss. Er fuhr zusammen und alle Ungerechtigkeiten, die sich ihm mit diesem Haus verbanden, steigerten den Zorn in seinem Busen zu regelrechter Wut, die nun auch seine sonst so widerstandsfähigen Dämme nicht mehr zu bändigen wussten.

»So, für einen Unhold also, einen Dämon aus der Hölle gar hältst du mich, den es mit Zauberkraft zu bannen gilt! Ja, ein Dämon also bin ich dir, bin ich euch. Doch denke nicht, dass du mir damit etwas Neues mitteilen würdest. Schon lange ist mir bekannt, was ihr über mich, über uns denkt. Ja, stell dir vor, der Gregor, dein lieber Sohn, der hat's mir doch ganz direkt ins Gesicht gesagt. Ja, die Sophie, mit ihr hat ja alles angefangen. Ja, und wie bequem, nun alles auf mich schieben zu können. Zum Donnerwetter, ich war ein Kind, war es denn meine Schuld, dass ich den Kinderwagen nicht halten konnte und die Sophie herausgefallen ist? Ja, wollt ihr auch gar noch behaupten, ich hätte es mit Absicht getan? Trägst du nicht viel mehr Verantwortung als ich, da du mich ja schließlich nicht abgehalten hast, den Kinderwagen im Haus herumzuschieben!« Die Tante betrachtete die Kette, als verstehe sie nicht, wie diese habe zerreißen können. Schließlich legte sie die beiden losen Enden mehrfach umeinander und hängte die Kette wieder um ihren Hals. »Und wer sagt denn, dass ihre Anfälle überhaupt etwas mit dieser Sache zu tun haben? Wer sagt das? Etwa er, dein Doktor?« Er schrie nun und tobte regelrecht, durch das ganze Haus drang sein Fluchen, in den Garten, auf die Straße. Und dermaßen hatte er sich in Rage geredet, dass es nun kein Halten mehr gab. Den Neid auf die finanzielle Unterstützung der Großeltern hielt er der Tante dann als Nächstes vor. Ja, seinem Vater hätten die Großeltern das Geld gegeben, damit er das Haus habe kaufen und ausbauen können, statt dass sie es Gregor für eine Firmengründung überlassen hätten. Aber habe man dies ihm, Immanuel vorzuhalten? Habe er die Entscheidung der Großeltern beeinflusst? Ganz gewiss nicht! Und habe er Gregor nicht unterstützt, wo er nur konnte, ihm Aufträge vermittelt, wann immer es ihm möglich war? Und sei es eine reine Wohltat der Großeltern gewesen? Obliege es nun nicht vielmehr den Eltern, diese im Alter zu pflegen? Und dann endlich kam er auf den Punkt, der ihm den größten Verdruss bereitete. »Und da sitzt du nun hier, wärmst dich am Ofen, während meine Schwester, deine Nichte, zu Grabe getragen wird! O ja, sie ist tot. Ich habe sie gesehen, sie liegt jetzt mit ihrem weißen Kleid im Sarg. Vermutlich wird sie gerade wie auf einer Seereise bei Orkan durchgeschüttelt, weil die Trottel ohne Licht nicht den Weg zur Grabstätte finden. Und behaupte nicht, dass du nichts davon gewusst hättest. Der Doktor hat ja selber erzählt, wie sie ermordet worden ist.« Wie vorherzusehen war, hielt die so notdürftig geflickte Kette das Gewicht des Kruzifixes nicht und glitt mit diesem vom Hals der Tante auf deren Oberschenkel und fiel von dort zu Boden. Immanuel rang mit den Händen, stampfte mit dem Fuß auf und suchte nach weiteren Vorwürfen, die er hinausschleudern konnte, während die Tante die Kette mit dem Kruzifix vom Boden auflas, deren Enden wiederum einige Male umeinander legte und sie dann um ihren Hals hängte. Immanuel blickte zu der Tante, zum Kruzifix, das bereits wieder von deren Hals zu rutschen begann. Dann marschierte er vor dem Küchentisch auf und ab, hielt inne und blickte die Tante an, als wolle er etwas sagen, schüttelte aber nur den Kopf und marschierte dann weiter. Schließlich hielt er ein weiteres Mal inne und hob den Zeigefinger. »Aber es ist ja gar nicht das Geld für das Haus, es ist ja nur Sophie«, sagte er, und das Kruzifix schlug auf dem Fußboden auf. »Es ist ja nur Sophie, und es ist immer nur Sophie gewesen.« Seine Stimme bebte. Er ging nun wieder auf und ab, und während die Tante die Kette mit dem Kruzifix vom Boden aufnahm und deren Enden umeinander legte, tauchte der Kinderwagen vor seinen Augen auf, der winzige Körper, wie er auf dem Boden aufschlug, nur wenige Meter entfernt von der Stelle, wo er gerade stand. Der vorwurfsvolle Blick der Tante. Und wie damals setzte auch nun sein Herz für einige Schläge aus, weiteten sich seine Augen vor Schrecken. Und auch die Dämonen tauchten wieder auf, die ihn einstmals durch die Schluchten seiner Alpträume gejagt, ihm zugeschrien hatten, ob er denn wisse, was mit Jungen geschehe, die ihre kleinen Cousinen aus dem Kinderwagen werfen. »Ja, glaubst du denn, dass ich nicht gelitten hätte?«, rief er aus. »Weißt du, was ich durchgemacht habe, die Wochen, die Monate danach, die ganze Zeit? Glaubst du, dass ich danach auch nur noch einen Augenblick glücklich gewesen wäre?« Er hatte die Stimme erhoben, und die Tante blickte ihn einen Moment verständnislos an, bevor sie sich vorbeugte, um die Kette mit dem Kruzifix vom Fußboden aufzulesen. »Nicht einen Augenblick! Nicht einen. Ich habe gelitten, verstehst du das! Nicht einen Tag, wo ich nicht den Kinderwagen gesehen hätte, Sophie, wie sie auf dem Boden aufschlägt. Und als wenn das nicht reicht, musste ich jahrelang deinen vorwurfsvollen Blick ertragen. Jahrelang.« Und nun senkte sich seine Stimme fast zu einem Flüstern. »Jahrelang. Du hast mich lange genug büßen lassen. Jetzt musst du mir verzeihen. Ja, du musst mir verzeihen. Denn bin ich nicht von deinem Fleisch?« Er blickte sie flehend an, die Tante aber sah der Kette mit dem Kruzifix nach, wie sie von ihrem Hals auf ihren Oberschenkel rutschte und von dort auf den Boden fiel. »Du musst mir verzeihen, ich bitte dich«, flehte Immanuel, während ihm Tränen von den Wangen rannen. Er fiel auf die Knie und faltete die Hände. »Bitte, nach all den Jahren … Heute, heute musst du mir verzeihen. Wenn Gott mir schon nicht vergeben will, so musst wenigstens du es tun.«

Nun senkte er den Kopf und wartete. Ein leichter Windzug fuhr in den Herd, die Flammen loderten auf und warfen Immanuels Schatten an die Überreste der Küchenwand. Draußen stahl sich der volle

Mond für einen Augenblick durch die schwarze Wolkendecke, war im nächsten aber schon wieder verschwunden. Der Nieselregen, so schien es, war etwas dichter geworden. Immanuel blickte auf. Dann erhob er sich, ein junger Mann, dessen Jacke vom Regen durchnässt war. Lange stand er nun da und blickte an der Tante vorbei zur Rückwand der Küche, wo Sophies Wagen immer gestanden hatte, wenn die Familie ihre Mahlzeiten eingenommen hatte. »So geht das nicht«, sagte er endlich. »Du hast sie kaputt gemacht.« Er zeigte auf die Kette mit dem Kruzifix, die soeben vom Oberschenkel der Tante auf den Boden gefallen war. »Du hast sie zerrissen. Der Verschluss ist kaputt. Das bringt doch nichts, wenn du die Enden einfach umeinander legst. Du musst den Verschluss reparieren lassen.« Da nun ertönten nebenan Schritte auf der vom Obergeschoss nach unten führenden Treppe und es erschien eine Gestalt in der geöffneten Küchentür. Es war der Doktor. Sogleich überkam es ihn, auch diesen mit den heftigsten Vorwürfen zu überschütten, denn immerhin war er ja der Arzt auch seiner Schwester gewesen, warum also war er hier und nicht auf der Beerdigung? Doch da erkannte er, dass der Doktor einen schwarzen Anzug trug und in den Händen eine braune Mahagoni-Kiste hielt, und die Worte des Tadels verschwanden von seinen Lippen, noch ehe er sie hätte aussprechen können. Es war der Anzug, den der Onkel bisweilen alltags getragen hatte, denn eben diesem gehörte der Anzug, wie Immanuel nun erkannte. Der Onkel war um einiges größer und auch schlanker als der Doktor gewesen, sodass die Hände von Letzterem nun fast gänzlich in den Ärmeln verschwanden, die Hosenbeine sogar zweimal umgekrempelt werden mussten und an ein Zuknöpfen der Jacke gar nicht zu denken war. Mit einiger Feierlichkeit schritt er auf den Küchentisch zu und setzte die Kiste, Immanuel lediglich flüchtig zunickend, auf diesem ab. Und auch die Kiste erkannte Immanuel sogleich. Die Kiste mit den kunstvollen Verzierungen, auf deren Deckel die schönen Schmetterlinge eingraviert waren, die ihm stets wie Wesen aus einer fernen Märchenwelt hatten erscheinen wollen, wann immer er sie als Kind betrachtet hatte. Ja, wie Märchenwesen waren sie ihm, vielleicht von der Art, die die Seelen der Menschen in sich trugen und in den Himmel brachten. Er hatte da so Geschichten gehört. Sie hatte immer im Wohnzimmer gestanden, doch dann, nach der Beerdigung von Onkel Franz war sie plötzlich verschwunden gewesen. Ja, erinnerte er sich, das war damals das letzte Mal, das ich sie gesehen habe. Nach der Beerdigung, als die Tante zur Kaffeetafel geladen hatte. Danach hatte sie den schwarzen Schleier in die Kiste gelegt und diese dann mit solch feierlicher Miene verschlossen, fast als wäre es eine Art Ritual. Immanuel hatte immer noch fragen wollen, weshalb sie den Schleier in der Kiste verschlossen habe, aber dann hatte ihn doch immer wieder der Mut verlassen, wenn er an die feierliche Miene der Tante hatte denken müssen. An Onkel Franz, den Bruder der Tante und seines Vaters, erinnerte sich Immanuel nur verschwommen. Zur Beerdigung aber hatte man ihn mitgenommen, weil er eben der Neffe war und der Onkel zudem ganz in der Nähe gewohnt hatte. Wenige Schritte nur hinter der Tante hatte er gestanden, während man den Sarg in dem finsteren Loch hatte verschwinden lassen. Immer wieder hatte er zur Tante sehen müssen, die mit dem schwarzen Schleier, der ihr gesamtes Gesicht bedeckte, so fremd aussah, und er fragte sich, ob sie darunter überhaupt etwas sehen könne. Doch sehen hatte sie schon können müssen, denn kein einziges Mal auf dem Weg von der Kapelle bis zum Grab war sie ins Stolpern geraten. Da mit einem Male erfasste ein Windstoß den Schleier, trug ihn vom Kopf der Tante in die Höhe, ließ ihn umherflattern wie die Schmetterlinge auf der Kiste. Oder vielleicht Onkel Franzens Seele. Dann senkte er sich wieder, schwebte ganz langsam wieder zu Boden, und zunächst schien es, als wolle er auf der Erdaufschüttung neben dem Grab landen, doch da erfasste ihn ein letzter Windstoß, trieb ihn nochmals ein Stück empor und er kam direkt auf dem Sarg zur Ruhe, der von Immanuels Standpunkt aus gar nicht mehr einzusehen war, so tief lag er unter der Erde. Immanuel sah zur Tante, und zum ersten Mal fiel ihm auf, dass sie eine sehr schöne Frau war. Vielleicht sogar noch schöner als die eleganten Frauen in den Journalen, die in den teuren Kleidern abgebildet waren. Und Immanuel fragte sich, weshalb sie überhaupt einen Schleier trage. War es, weil sie die Herbstsonne blendete, die an jenem heiteren Tag zwar nicht mit voller Kraft, aber doch ungehindert vom Himmel schien? Doch hätte sie da nicht besser einen Sonnenschirm benutzen können? Während Immanuel diesen Gedanken nachhing, ergriff einer der Sargträger den Spaten, der in dem Erdreich neben dem Grab steckte. Er fasste ihn nicht am Griff, sondern am unteren Teil, beugte sich vor und beförderte den Schleier mit dem Griff wieder heraus. Die Tante hatte nur kurz genickt, als er ihn ihr zurückgegeben hatte, dann hatte sie ihn schweigend wieder über das Gesicht gezogen, obwohl sich doch gerade eine Wolke vor die Sonne geschoben hatte. Und nun stand sie hier auf dem Küchentisch, die Kiste, in der der Schleier damals verschwunden war nach der Beerdigung von Onkel Franz. »Sieh nur, Bärbel«, sagte der Doktor zur Tante. Er rieb sich kurz die Hände, dann entriegelte er den Verschluss der Kiste und öffnete den Deckel mit, wie es Immanuel scheinen wollte, etwas übertriebener Feierlichkeit. »Sieh nur«, wiederholte er und holte ein Stoffstück aus der Kiste, das hingegen nicht schwarz, sondern weiß war. Auch im Halbdämmer erkannte Immanuel deutlich, dass es ein Schleier war, aber war er eben nicht schwarz, wie ihn die Tante auf der Beerdigung getragen hatte, sondern weiß. Und als der Doktor sich anschickte, ihr den Schleier über das Haupt zu streifen, da richtete sie sich auf und ließ die Kette mit dem Kruzifix, die sie gerade aufnehmen wollte, auf dem Fußboden liegen. Nun setzte er ihr den Schleier auf den Kopf, der, wie damals bei der Beerdigung, ihr gesamtes Gesicht bedeckte. Nur dass er eben weiß war. Der Doktor betrachtete die Tante und nickte. Dann blickte er in die Kiste, hatte den Deckel schon ergriffen, um sie zu schließen, da hielt er inne und zog eine Photographie heraus, dessen Oberfläche Immanuel nicht erkennen konnte. Zunächst erschien er unschlüssig, sah zu Immanuel, dann zur Tante, die noch immer neben dem Tisch stand. Dann wandte er sich mit der Photographie zur Tante. »Wie macht der Stier? Muuuh!«, sagte er, während er der Tante die Photographie zeigte, und diese nickte. Dann legte er sie wieder in die Kiste und verschloss diese. Mit beiden Händen hob er die Mahagoni-Kiste nun an und hielt der Tante den angewinkelten Arm hin, in welchen diese sich dann auch willig einhakte.

»Wir haben uns heute nämlich vermählt«, sagte der Doktor wie sich rechtfertigend noch, während er mit der Tante im Geleit an Immanuel vorbeischritt. An der Tür hielt er inne und wandte sich nochmals Immanuel zu. »Sie sind gewiss der Herr Verlobte«, sagte er und schüttelte den Kopf. »Tja, zu bedauerlich. Und mein aufrichtiges Beileid.« Er drehte sich wieder um und führte die Tante aus der Küche. Kurz darauf hörte Immanuel, wie zwei Fußpaare schwerfällig die Treppe zum Obergeschoss hinaufstiegen. Er begab sich in den Flur und sah mit verständnislosem Blick dem Doktor nach, dessen Schemen neben dem der Tante durch die zum Schlafzimmer führende Tür glitt und verschwand. Dann schloss sich die Tür. Und hier nun bemerkte Immanuel einen sanften Lichtschimmer, der aus dem neben dem Flur gelegenen Wohnzimmer drang. Er folgte dem Schimmer, betrat das Wohnzimmer und erschrak.

Das Licht stammte von einem fünfarmigen Kerzenhalter, der am Kopfende des Wohnzimmertisches aufgestellt war. Zögernd nur schritt er an den Tisch und betrachtete die auf diesem liegende junge Frau, deren Hände auf der Brust gefaltet waren. Es war Sophie, die in ihr orangefarbenes Sommerkleid mit den Plüschärmeln gekleidet war, das sie auch im Garten getragen hatte. Immanuel schloss die Augen und atmete deutlich hörbar ein. Ein Gebet, ging es ihm durch den Kopf. Ich sollte ein Gebet für sie sprechen. Und er kniete vor dem Tisch nieder und faltete die Hände, doch ihm wollte kein Gebet einfallen. Bei Beerdigungen sprach man ein Gebet. Und dies war doch eine Art Beerdigung. Zumindest aber ein Abschied. Also sprach man ein Gebet. Lange Zeit kniete er einfach nur schweigend und versuchte, sich auf ein Gebet zu konzentrieren. Es war das Mindeste, was er für sie tun musste. Doch sein Kopf war wie leergefegt. Schließlich erhob er sich wieder. Keine Schuhe, dachte er. Warum haben sie ihr keine Schuhe angezogen?, und er schüttelte den Kopf. Dann wanderte sein Blick zu Sophies Gesicht und er schreckte ein weiteres Mal zusammen. Die Lippen! Ganz eindeutig hatte er gesehen, wie die Lippen zuckten, als wolle sie etwas sagen. »Sophie?«, sprach er, und wieder bewegten sich ihre Lippen, deutlicher noch als zuvor.

Mit pochendem Herzen eilte er aus dem Wohnzimmer, stürmte die Treppe hinauf und hämmerte mit der Faust gegen die Tür zum Schlafzimmer. »Doktor!«, schrie er. »Doktor! Jetzt machen Sie schon auf. Sophie ist ja gar nicht tot. Sie lebt!« Und wieder hieb er gegen die Tür, dass es im ganzen Haus widerhallte. Endlich öffnete sich die Tür und die Gestalt des Doktors erschien. Auch in dem Dämmerlicht war zu erkennen, dass er ein weißes Nachthemd trug.

»Was gibt's denn?«, fragte er.

»Sophie lebt!«, antwortete Immanuel und fasste den Arm des Arztes. »Sie lebt. Ich habe es gesehen. So kommen Sie doch!«

»Gemach, gemach, junger Mann. Und zupfen Sie bitte nicht so an meinem Nachthemd. Was sind denn das für Manieren!«

»Aber nun kommen Sie doch. Sie lebt!«

»Sie lebt nicht, da sie doch tot ist.«

»Ist sie eben nicht. Ich habe es gesehen.«

Der Doktor seufzte und schüttelte den Kopf, doch schließlich ließ er sich dann doch hinab ins Wohnzimmer führen.

»Die Lippen«, erklärte Immanuel. »Die Lippen haben sich bewegt. Ich habe es ganz genau gesehen.«

Der Doktor stand am Fußende des Tisches und betrachtete die junge Frau, die nun völlig regungslos dalag. »Der Wind«, sagte er endlich. »Der Wind hat in den Flammen der Kerzen gespielt. Was Sie gesehen haben, war nichts als ein Spiel von Schatten und Licht.«

»Das ist nicht wahr!«, protestierte Immanuel. »Das war kein Schatten. Die Lippen waren es, die sich bewegt haben.«

»Glauben Sie mir, unsere Sinne spielen uns oft seltsame Streiche«, sprach der Doktor und kicherte. »Ich könnte Ihnen da Geschichten erzählen, ha, Sie würden Ihren Ohren nicht trauen. Nein, sie ist tot, denn sehen Sie.« Und er zwickte in den großen Zeh von Sophies rechtem Fuß. »Sehen Sie? Nichts. Und das ist ein sicheres Zeichen, weil die Zeh-Nerven direkt ins Gehirn führen.« Die Sache schien für ihn damit erledigt und er wandte sich zum Gehen, doch da erschien die Tante in der Wohnzimmertür. Sie hatte erst den schwarzen Überrock abgelegt und stand nun im weißen Unterrock da. Noch immer fiel ihr das graue Haar in unordentlichen Strähnen über die Schultern.

»Stell dir vor, meine Liebe, welch tollen Streich unserem jungen Freund seine Sinne gespielt haben. Er glaubt, die Lippen der seligen Sophie hätten sich bewegt. Ist das zu glauben?«, sagte der Doktor und kicherte erneut. Die Tante sah ihn verständnislos an, dann fiel ihr Blick auf den Leichnam ihrer Tochter. Sie sagte nichts, sondern ging auf müden Füßen zu dem Sofa, das ein Stück neben der Tür an der Wand stand, und setzte sich.

»Ja, du solltest dich ausruhen. Die Treppen sind doch eine wahre Qual in unserem Alter.« Er setzte sich neben sie und tätschelte liebevoll ihre Wange. Immanuel nahm auf einem Sessel, der sich am Kopfende des Tisches befand, Platz und betrachtete seine Tante, und wieder wunderte er sich, wie alt sie doch aussehe, wenn sie das Haar offen trug.

»Ich meine, wir sollten ein Gebet sprechen«, sagte er.

»Das ist eine ausgezeichnete Idee«, erwiderte der Doktor und nickte.

In schweigender Eintracht saßen sie nun da, die Blicke auf den toten Körper vor ihnen gerichtet. Immanuel betrachtete das Muster des Kleides. Es waren Blumen. Manche vollständig mit Stil und Blüten, bei anderen waren nur die Blüten zu sehen. Dort am Ärmel, das konnte gut eine Tulpe sein. So genau war das nicht zu sagen, aber doch, es schien eine Tulpe zu sein, leicht geneigt, als sei sie gerade von einer Windböe erfasst. Vielleicht auf einer Wiese stehend. Doch im Grunde wollte der orange Farbton nicht recht zu dem Muster passen. Er war zu aufdringlich. Nicht nur für die Blumen, ganz allgemein für ein Sommerkleid. Plötzlich erhob sich der Doktor und verließ das Wohnzimmer. Nach einer kurzen Weile kam er mit seiner Ledertasche zurück und setzte sich wieder neben die Tante. Er öffnete die Tasche und holte eine Zeitung hervor. Es war eine Ausgabe des *Stadtanzeigers*. Er schlug sie auf und blätterte darin. »Schau nur«, sagte er an die Tante gewandt. »Philipp Friedels Trauer-Fibel. Die erscheint jeden Freitag. Für jeden Anlass ist etwas dabei. Für den Vater, den Sohn, den Schwiegersohn und hier, für die Tochter.« Er las in der Fibel, lächelte bisweilen, wischte sich einmal gar gerührt eine Träne aus dem Augenwinkel. »Sieh nur, das hier ist doch schön: Deine Seele ist zum Herrn entschwebt / In unseren Herzen sie für immer lebt.«

Die Tante wandte den Blick von ihrer Tochter ab und sah nun in die Ausgabe des *Stadtanzeigers*.

»Oder das hier: Weilst du nun auch an finst'rem Ort / Deine Erinnerung lebt auf ewig fort.«

Auch der Tante schienen die Verse zu gefallen, denn erstmals sah Immanuel nun den Anflug eines Lächelns auf ihren Lippen. Mit dem Ärmel wischte sie sich gar, wie ihr Gemahl zuvor, eine Träne aus dem Augenwinkel. Friedlich saßen sie nebeneinander und betrachteten die Verse in dem Zeitungsausschnitt. Immanuel saß grübelnd da und betrachtete das orangefarbene Sommerkleid seiner Cousine. Nach einer Weile rissen ihn die gleichmäßigen und tiefen Atemzüge von Tante und Arzt aus seinen Grübeleien. Beiden war das Kinn auf die Brust gesackt. Hin und wieder ging der Atem der Tante in ein leises Schnarchgeräusch über, das Immanuel an das Grummeln eines noch fernen Gewitters erinnerte. Schließlich erhob er sich und ging zur Tür. Dort hielt er inne und blickte nochmals zu seiner Cousine zurück. Er wirkte unsicher. »Vielleicht war es ja doch nur ein Schatten«, murmelte er schließlich. Dann verließ er das Wohnzimmer und ging in die Küche zurück. Er stieg über den Mauerrest nach draußen und ging zur Mimosen-Straße zurück. Kurz überlegte er, dann wandte er sich nach rechts. Als er in die zur Rosen-Straße führende Gasse eingebogen war, hörte er mit einem Male Schritte und im nächsten Augenblick trat der spitzbärtige Doktor aus dem Krankenhaus in den Lichtkegel, den eine auf der anderen Straßenseite gelegene Laterne warf.

»Na, wir laufen uns in der letzten Zeit aber auch ständig über den Weg«, sagte der Doktor im fröhlichen Plauderton, Immanuel aber erstarrte und spürte den alten Zorn in sich erwachen.

»Sie!«, rief er aus und wies mit dem Zeigefinger auf den Doktor. »Sie!«, wiederholte er, als er auf ihn zutrat, noch immer mit dem Finger auf ihn weisend, und eh dieser sich versah, da hatte Immanuel ihn schon mit beiden Händen am Kragen gepackt und schüttelte ihn bald vor, bald zurück, nach rechts und nach links.

»Sie wissen es!«

»Ich weiß was?«, erkundigte sich der Doktor, nachdem er sich endlich aus Immanuels Griff befreit hatte und nun seine Krawatte zurechtrückte. Er klang hingegen keineswegs erbost, sondern vielmehr amüsiert.

»Sie ... Sie ... ja, Sie wissen es ... alles ...«, stammelte Immanuel, der vor Zorn die Herrschaft über seine Zunge zu verlieren schien. »Alles wissen Sie ... ja ... ha, vermutlich stecken Sie sogar dahinter. Ja, Sie sind verantwortlich.«

»Sie sind aufgebracht, mein Freund, das verstehe ich«, erwiderte der Doktor mit einem nachsichtigen Lächeln. »Sie müssen hier durch den Regen laufen, sind schon ganz durchnässt, Sie Ärmster, und sind dann auch noch ohne Hut. Wo haben Sie denn nur Ihren Hut gelassen? Nein, so was, durchnässt und ohne Hut, wen brächte das nicht auf die Palme! Aber ich soll hinter all dem Ganzen stecken?«

»Jetzt tun Sie nicht so! Ich habe Sie gleich durchschaut. Sie wissen, warum das alles hier ... warum ... und dann Emilia ...«

»Ihre Schwester, ja, gestatten Sie mir, mein Freund, dass ich Ihnen zum Verlust Ihrer Schwester mein tiefstes Mitgefühl ausspreche«, sprach er mit solch aufrichtiger Anteilnahme, dass ein Teil von Immanuels Zorn verrauchte. »Noch so jung und ... aber das ist hier nicht der rechte Ort für Gemeinplätze. Sie fragen nach dem Warum und meinen, ich stecke hinter all dem? Ich befürchte, Sie überschätzen mich ganz gewaltig. Ich bin nur ein kleiner Angestellter.«

»Dann Ihr Chef«, entgegnete Immanuel. »Ihr Chef aus dem Krankenhaus, von dem Sie mir erzählt haben. Der steckt dann wohl dahinter.«

»Der Alte Herr treibt bisweilen seine Scherzchen. Aber wer wollte ihm das verdenken! Einfach nur Chef sein, das ist auf die Dauer doch reichlich langweilig. Doch denken Sie nicht, dass er nur seine Scherze liebt. Ein Vorgesetzter muss auch Milde walten lassen können. Sie fragen nach dem Warum, wollen wissen, warum Ihr Schwesterchen getötet wurde, wo sie sei? Vielleicht fragen Sie gar nach dem Wohin?« Er blickte Immanuel fragend an, dann zuckte er mit den Achseln. »Nun ja, so kommen Sie«, sagte er schließlich. »Vielleicht kann ich Ihnen ja doch helfen.« Er überquerte die Straße und forderte Immanuel mit einem Wink auf, ihm zu folgen. Er tat, wie ihm geheißen, und sie traten auf ein Haus zu. Wohl hatte Immanuel das Haus regelmäßig passiert auf dem Weg zu seinem Onkel und seiner Tante, doch gehörte es zu der Art von Gebäuden, an denen man auch täglich vorübergehen kann, ohne dass sie einen bleibenden Eindruck hinterließen. Wohl meinte Immanuel, sich verschwommen an einen der Vorbesitzer, einen Pfeife rauchenden älteren Mann, zu erinnern, ansonsten aber wusste er nichts darüber zu sagen, nicht einmal, ob es momentan überhaupt bewohnt sei. Sie gingen über einen schmalen Pfad, der halb mit Unkraut zugewachsen war, auf die Haustür zu. Licht war in keinem der Fenster zu sehen, doch der Doktor schien sich sicher, dass jemand zu Hause sei, denn ohne zu zögern, nahm er den an der Tür befestigten Klopfer und schlug ihn dreimal an die darunter angebrachte Messingplatte. Und sie warteten. Immanuel stellte sich auf die Zehenspitzen, um durch die kleine Glasscheibe im oberen Teil der Tür ins Innere des Hauses schauen zu können, sah dort aber nichts als Dunkelheit. Schon wollte er dem Doktor sagen, dass eh niemand öffnen werde, das Haus vermutlich gar nicht bewohnt sei, da öffnete sich mit einem Male die Tür und im Schein einer Kerze erkannte man das würdevoll blickende Antlitz eines etwa sechzigjährigen

Mannes mit weißem Haar und im Anzug eines Butlers. Dieser hielt die Kerze ein Stück vor, um erkennen zu können, wer dort geklopft habe.

»Sie wünschen?«, fragte er dann mit derselben Vornehmheit, von der auch sein Äußeres kündete.

»Wir möchten den Meister sprechen«, erwiderte der Doktor.

»Und in welcher Angelegenheit, wenn ich fragen darf?«

Der Doktor trat zwei Schritte vor und bedeutete dem Mann, der gut einen Kopf größer war als er, er möge sich zu ihm herabbeugen. Als dies geschehen, flüsterte der Doktor ihm etwas ins Ohr, was Immanuel nicht verstehen konnte. Und er flüsterte lang und ausgiebig, seine Worte bisweilen durch entsprechende Gesten mit der Hand untermalend, und als er geendigt, blickte der Mann zu Immanuel und nickte schließlich. »Wie Sie wünschen. Treten Sie bitte ein.« Und er führte die beiden durch einen Flur in einen Raum, der durch elektrisches Licht beleuchtet war. Ursprünglich anscheinend als Küche dienend, war der Raum nun als Wartezimmer eingerichtet, mit je einer Stuhlreihe an den beiden Längsseiten, die nun allerdings unbesetzt waren. An der rechten Breitseite gegenüber dem Fenster befanden sich eine bescheidene Küchenanrichte mit einem Spülbecken sowie ein Herd, in dem ein Feuer mit solchem Ingrimm prasselte, dass es Immanuel beim Eintreten heiß entgegenschlug. »Bitte«, sagte der Butler und wies auf die vordere Sitzreihe, dann durchquerte er den Raum und verschwand durch die Tür in der hinteren Längsseite.

»Na, aber schön warm ist es hier«, sagte der Doktor und rieb sich die Hände. »Tut Ihnen sicherlich gut nach all der Feuchte. Nun, dann wünsche ich Ihnen viel Erfolg.«

»Sie gehen?« Immanuel war sichtlich erstaunt.

»Dringende Geschäfte, Sie verstehen. Und außerdem ist das hier einzig Ihre Vorstellung.« Er deutete eine Verbeugung an und war im nächsten Augenblick bereits im Flur. Immanuel blickte ihm hinterher, wollte noch etwas sagen, doch da schloss sich auch schon die Außentür und der Doktor war verschwunden. Nur zu gerne hätte er noch erfahren, wo er überhaupt sei und was es mit diesem Meister auf sich habe. Er setzte sich hin und blickte sich um, doch viel außer den Stühlen, der Anrichte und dem Herd gab es hier nicht zu sehen. Dann sah er auf den mit braunen Kacheln belegten Fußboden. Er war peinlich sauber, nicht ein einziges Staubkorn entdeckte er. Und auch die Anrichte, so fiel ihm jetzt auf, war so gepflegt, als sei sie bisher lediglich geputzt, aber noch nie zum Kochen benutzt worden. Seltsam. Und was hat der Doktor dem Mann eigentlich ins Ohr geflüstert, was ich nicht hören durfte?, fragte er sich. Doch bevor er diese Frage durchgrübeln konnte, öffnete sich die Tür und der Butler trat herein.

»Wenn Sie mir nun folgen würden.« Und er führte Immanuel, noch immer mit dem Kerzenhalter in der Hand, durch einen weiteren Flur, dieser etwas länger als der erste, auf eine angelehnte Tür zu. Kurz vor der Tür blieb er stehen und forderte Immanuel mit einer Handbewegung auf, einzutreten. Er nickte noch mit dem ehrwürdigen weißen Haupt, dann begab er sich wieder in die Küche, zurücklassend nichts als Finsternis, die einzig durch einen schmalen Lichtschimmer gemildert wurde, der durch den Spalt zwischen Tür und Angel in den Flur fiel. Immanuel öffnete die Tür und auf tat sich vor ihm eine Art Laboratorium mit Regalen voll Büchern und Gläsern sowie wundersamen Instrumenten, wie sie Immanuel noch nie zuvor gesehen hatte. Er trat in den Raum und die Gerüche von Chemikalien schlugen ihm entgegen, die ihm ebenso sonderbar erschienen wie die Instrumente. Hauptquelle für die Gerüche schienen die Reagenzgläser auf einem Tisch in der Mitte des Raumes zu sein, aus denen es fröhlich zischte und brodelte. Er betrachtete nun die Gläser in dem Regal an der Rückwand des Raumes, in denen allerlei Getier untergebracht war, das teils in einer durchsichtigen Flüssigkeit schwebte, teils aber noch lebte und angestrengt die glatten Glaswände hinaufzuklettern versuchte, hierbei aber stets scheiterte und wieder zu Boden plumpste, was es aber keineswegs entmutigte und von dem nächsten Fluchtversuch abhielt. Dann fiel sein Blick auf ein besonders großes Glas, das am Rande des Tisches stand, und er fuhr erschrocken zusammen. In dem Glas nämlich stand ein kahlköpfiges Männlein, um die vierzig Zentimeter groß und bekleidet einzig mit einer Art Lendenschurz, das ihn mit grimmigem Blick musterte und dabei nicht mit obszönen Gesten und Grimassen sparte und Immanuel schließlich gar noch die Zunge herausstreckte.

»Bitte entschuldigen Sie sein ungebührliches Benehmen«, sprach eine nachsichtige Stimme von hinter einem Regal, das links neben dem Tisch aufgestellt war. »Besuch ist selten in diesen Hallen und irritiert unseren Freund.« Und hinter dem Regal trat ein Mann in einem dunkelblauen, mit Sternen durchsetzten Gewand hervor. Sein Haar war weiß wie das des Butlers, doch war es nicht ordentlich gekämmt wie bei diesem, sondern stand wild nach allen Seiten vom Kopf ab. Nun musterte er Immanuel über den Rand seiner Brille hinweg und ermutigte ihn mit einem milden Lächeln, doch näherzutreten. Und so wundersam ihm die Erscheinung des Mannes wie auch die ganze Umgebung dünken mochte, so erkannte Immanuel doch mit der Schärfe und Klarheit einer Eingebung, dass wenn er in dieser vertrackten Komödie jemandem Vertrauen schenken durfte, es dieser Mann war. Nicht dem in so vieler Hinsicht zwielichtigen Doktor, auch nicht dessen Chef, der wo auch immer seinen Sitz haben mochte, nein, dieser Mann war es, dem er sein Heil anvertrauen, der ihn irgendwie aus dieser Sache herausholen würde. Woher diese Gewissheit stammte, das wusste Immanuel nicht. Vielleicht war es die Sanftheit seines Lächelns, vielleicht die Brille, die ihn so gelehrt und weise erscheinen ließ. Doch das war ja auch gleichgültig. Immanuel trat also näher an den Tisch, den Blick keinen Moment von dem alten Meister lassend. Eine Weile standen die beiden nun einfach da und blickten einander an. »Die Antworten auf gewisse Fragen können schmerzvoll sein«, sprach der Alte dann. »Sind Sie sicher, dass Sie für die Antworten wirklich gerüstet sind?«

Nur zu gerne hätte Immanuel gewusst, um welche Fragen genau es denn gehe. Der Doktor hatte draußen auf der Straße ja gleich eine ganze Anzahl davon aufgeworfen. Von der Bedeutsamkeit all dieser Fragen aber war Immanuel vollends überzeugt, und so nickte er denn mit Nachdruck. »Ja, ich denke schon, dass ich das bin.«

Auch der Alte nickte, und gleichzeitig begann das Männlein, zornig gegen die Innenseite des Glases zu schlagen, und forderte, man möge doch den Verschluss öffnen. Der Alte tat es und beugte sich über die Öffnung, und das Männlein stellte sich auf die Zehenspitzen und bedeutete ihm, er solle den Kopf noch ein Stück weiter senken. Als dies geschehen, flüsterte er ihm aufgeregt etwas ins Ohr, dabei immer wieder mit den Armen gestikulierend und auf Immanuel weisend. Der Meister nickte wiederholt, erwiderte bisweilen ein beschwichtigendes *ja* oder *gewiss doch*, worauf das Männlein regelmäßig noch aufgebrachter mit den Armen herumfuchtelte. »Ja, ich danke dir, mein Freund«, sprach er endlich und verschloss das Glas wieder, was das Männlein nur noch zorniger machte, das nun dem alten Meister gar mit der Faust drohte und auf diesen einzuschimpfen begann, wovon allerdings nichts nach draußen drang, da das Glas offensichtlich schalldicht verschlossen war. Der Alte ging nun um das Glas mit dem schimpfenden Gesellen herum zu einer Glaskugel, die ein Stück neben diesem auf dem Tisch platziert war, und forderte Immanuel auf, zu ihm zu treten.

»Was sehen Sie?«, fragte er ihn.

Immanuel blickte konzentriert in die Kugel, die vollständig aus durchsichtigem Glas zu bestehen schien. Am Rand desselben war das Spiegelbild des Alten zu erkennen, ansonsten aber sah man lediglich die hellbraune Oberfläche des Tisches, auf dem die Kugel stand. »Ich sehe … also im Grunde … im Grunde sehe ich gar nichts«, antwortete Immanuel.

Der Alte zog die Augenbrauen hoch, doch ließ sich seiner Miene nicht entnehmen, ob ihn die Antwort erstaunte, enttäuschte oder was auch immer. »Hmm«, äußerte er nur und schabte sich das glatt rasierte Kinn. »Nun ja, wollen doch mal sehen«, sagte er dann und begab sich zu dem Regal an der rechten Seitenwand, in dem, wie Immanuel nun erkannte, nicht nur Bücher in wunderschönen Ledereinbänden aufgereiht waren, sondern auch eine ganze Anzahl von Akten unterschiedlichen Umfangs. Er fuhr mit dem Finger über die Rücken der Akten, während er die Aufschriften auf diesen studierte. Als er an das Ende der Reihe gekommen war, ohne das Gesuchte gefunden zu haben, äußerte er ein weiteres *hmm* und begann von Neuem. »Ist das die Möglichkeit!«, sagte er, als auch der zweite Durchgang erfolglos abgeschlossen war. »Verdammte Weiberwirtschaft«, murmelte er und ging auf die Tür in der Rückwand zu. »Kommen Sie, kommen Sie«, forderte er Immanuel auf. »Ich muss da mal was klären.« Sie traten also durch die Tür in einen weiteren Flur, und das Männlein in dem Glas ließ es sich nicht nehmen, Immanuel ein weiteres Mal die Zunge herauszustrecken, als dieser sich umdrehte, um die Tür hinter sich zu schließen. Dieser Flur nun, der durch je eine Reihe von Wandleuchten auf jeder Seite erhellt war, war etwa ebenso breit wie die beiden vorherigen, aber um einiges länger und Immanuel fragte sich, wie er sich von außen dermaßen über die Größe des Hauses habe täuschen können. Weder auf der rechten noch auf der linken Seite führte es zu irgendwelchen weiteren Zimmern, lediglich am Ende des Flurs befand sich eine Tür, die der Alte nun aufstieß, um Augenblicke später in einem Dickicht aus schwefelfarbigem Nebel verschwunden zu sein. Einen Moment zauderte er, dann trat auch er hinaus, und eine zweite Hitzewelle schlug ihm entgegen, diese jedoch nicht trocken wie in der Küche, sondern feucht und stickig. Beim ersten Atemzug begann er zu husten und beschloss, fortan nur noch durch die Nase und ganz flach zu atmen. Er sah, wie sich der Alte einem Licht näherte, grell geradezu und aufdringlich verglichen mit dem sanften Kerzenschein im Flur. Und nun erkannte er, dass das Licht unter einer Tür hervordrang und den Schwaden, die wohl ebenfalls von unter der Tür herstammten, die schwefelfarbige Tönung verlieh. Immanuel spürte, wie ihm das Atmen schwer und schwerer ward, und seine Atemnot verstärkte sich nochmals, da er erkannte, dass das Licht kein stetiges war, sondern vielmehr flackerte, als rühre es von einem offenen Feuer her. »Meister!«, rief er mit erstickender Stimme. »Meister!«

Der alte Mann hielt inne und drehte sich zu ihm um. »Fürchten Sie sich vor dem Feuer?«

Immanuel versuchte in seiner Miene zu lesen, was mit der Frage gemeint sei, und er musste an Sophie denken. Bevor jedoch er noch antworten konnte, begann es hinter der Tür zu poltern und zu rumoren. Er hörte eine Stimme. Eine Frauenstimme. Eine weitere Stimme erwiderte etwas, jemand lachte auf, und im nächsten Moment flog die Tür auf und heraus traten drei Frauen, schnatternd und lachend, jede mit einem Wäschekorb unter dem Arm und in der Kleidung einer Waschfrau.

»Na, was machst du denn hier, du alter Zausel?«, fragte die Vordere der Frauen, als sie den Meister erblickte. Sie war die mit Abstand kräftigste von den dreien und übertraf den Angesprochenen an Leibesumfang locker um das Zweifache. Die Frau neben ihr war dagegen eher noch schlanker als der alte Mann, überragte ihn dafür aber in der Größe fast um Kopflänge und wirkte durch dieses Ungleichgewicht zwischen Breite und Länge reichlich schlaksig. Die Dritte schließlich war die an Körpermaßen Ausgewogenste. Sie war etwas kleiner noch als die erste und vermutlich auch ein wenig schlanker als die zweite Frau, und gerade diese Wohlproportioniertheit ließ bei ihr elegant und gar graziös scheinen, was bei jener etwas plump, bei dieser eher kantig und ungelenk wirkte. Verstärkt wurde dieser Eindruck noch durch die Leichtigkeit und Geschmeidigkeit der Bewegungen, die eher an eine Ballerina als an eine Waschfrau erinnern wollten. Und nun, da Immanuel die drei Frauen näher betrachtete, fiel ihm auf, dass trotz aller Unterschiede der Leibesmaße eine Ähnlichkeit in den Gesichtszügen nicht zu verkennen war; ja, so auffällig war, selbst durch die Nebelschwaden hindurch, diese Ähnlichkeit, dass Immanuel keinen Zweifel hegte, die drei müssten Geschwister sein.

»Willst uns wohl gar hinterherspionieren«, wandte sich nun die zweite Frau an den Meister.

»Mitnichten, meine Damen, mitnichten«, erwiderte dieser mit aller Würde, die ihm zu Gebote stand. »Mein Anliegen ist weitaus ernsterer Natur.«

»Weitaus ernsterer Natur!«, ahmte die erste Frau die leicht nasale Sprechweise des Alten nach, tat dies aber in solch humorvoller Weise, dass es weder anmaßend noch beleidigend wirkte. »Nun hört euch an, wie geschwollen er heute wieder faselt.«

»Ja, und wie er wieder herumläuft«, pflichtete ihr die zweite bei. »Schaut euch mal bloß seine Socken an. Und wie die stinken, pfui Teufel! Hättest du sie uns nicht bringen können, bevor wir den Kessel angeschmissen haben?«

»Darum geht's doch jetzt nicht. Ich bin aus einem ganz anderen Grund hier.«

»Na, so wichtig wird's ja wohl nicht sein«, versetzte die Dicke. »Da du schon mal hier bist … und jetzt runter mit den Maukenwärmern.« Und hier nun setzte sie den Korb ab und fasste den rechten Fuß des Meisters mit solchem Schwunge, dass es diesen fast von den dürren Beinen geholt hätte.

»Was fällt dir ein! Hör sofort auf!«, protestierte dieser und wollte davonhumpeln, wurde aber sogleich von der zweiten von hinten gefasst, sodass ihre Schwester zuerst die Pantoffeln, dann die Socken von den Füßen streifen konnte.

»Aber glaub' ja nicht, dass ich die jetzt noch wasche. Wirst dich schon bis zum nächsten Mal gedulden müssen«, sagte die erste und verschwand mit den Socken in dem Raum hinter der Tür, bei dem es sich allem Anschein nach um eine Waschküche handelte, und mit einiger Erleichterung sah Immanuel, dass die Flammen lediglich aus dem Kessel stammten, der den Wäschebottich beheizte.

»Ich kann doch nicht ohne Socken hier herumlaufen!«, beschwerte sich der Alte, während er seine bloßen Füße betrachtete und diese dann in seinen Pantoffeln verschwinden ließ.

»Wirst dir schon keinen dabei abbrechen«, erwiderte die Lange in gemütlichem Tonfall.

»Gebt mir wenigstens ein neues Paar.«

»Geht nicht, die müssen erst noch getrocknet werden«, meldete sich nun erstmals die Graziöse zu Wort und wies auf den Korb mit der feuchten Wäsche, und Immanuel fragte sich, wem nur all die Kleidung gehören mochte, die hier gewaschen wurde.

»Nanu, wer ist denn der Heringsbändiger?«, fragte die Dicke, die soeben aus der Waschküche getreten war und nun erstmals Immanuel erblickt hatte.

Nun wandten auch die beiden anderen Frauen ihre Aufmerksamkeit Immanuel zu und traten etwas näher, um ihn besser sehen zu können. »Na ja, etwas schmächtig ist er ja schon, aber irgendwie sieht er ja doch ganz niedlich aus«, urteilte die Lange, nachdem sie Immanuel ausgiebig gemustert hatte.

»Also mir ist er zu dünn«, beharrte die Dicke, neben der Immanuel in der Tat wie ein Hering neben einem Walross wirkte. »So schmale Backen hat er«, stellte sie fest und kniff ihm wie zur Probe mit Daumen und Zeigefinger in die rechte Wange. Hierbei nahm Immanuel deutlich den Dunst von Branntwein wahr, der von der Frau ausströmte.

»Jetzt lasst endlich einmal den jungen Mann in Ruhe«, fuhr nun der Alte einigermaßen energisch dazwischen. »Seinetwegen bin ich doch hier. Nun kommt mal her. Na, nun kommt schon.«

Widerstrebend lösten die drei sich von Immanuel, insbesondere die Lange schien aufrichtiges Gefallen an ihm zu finden, und gingen zu dem Alten. Als sie sich im Halbkreis um ihn versammelt hatten, beugte er sich vor und begann, ihnen etwas zuzuflüstern. Und er flüsterte mit Nachdruck, hob zur Unterstreichung seiner Worte regelmäßig den rechten Zeigefinger oder ruderte gar mit dem ganzen Arm. Bisweilen hörte man von den Frauen O- und A-Laute, die Lange verstand des Öfteren nicht und bat, der Alte solle es wiederholen. Als dieser seinen Bericht beendet hatte, stürmten die drei zu Immanuel.

»Nein, das tut mir leid mit dem Heringsbändiger«, entschuldigte sich die Dicke. »Das hab′ ich wirklich nicht so gemeint. Du bist mir doch nicht böse, mein Süßer?« Und ein weiteres Mal fuhr ihre Hand zu seiner Wange, nun jedoch nicht, um sie zu kneifen, sondern um sie liebevoll zu tätscheln. Und ein weiteres Mal schlug Immanuel der Dunst von Branntwein entgegen.

»Es tut mir wirklich aufrichtig leid«, versicherte auch die Lange, wobei sie offen ließ, was denn nun ihr Mitleid erregt hatte. Alles Schelmische oder gar Kokette war jetzt aus den Mienen der Frauen gewichen und hatte dem Ausdruck eines tiefen Mitgefühls Platz gemacht, der Immanuel fast mehr noch beunruhigte als der Anblick des schwefelfarbigen Nebels. Die dritte Frau hielt sich etwas abseits, aber auch ihr Gesichtsausdruck kündete von demselben tiefen Empfinden wie bei ihren Schwestern.

»Und was ist jetzt mit der Akte?«, fragte der Alte.

»Was soll damit sein?«, fragte die Dicke zurück.

»Irgendwo muss sie doch sein. Habt ihr vielleicht … na, ihr mit eurem Putzfimmel, da würd's mich nicht wundern …«

»Nun hör aber mal auf!«, fuhr ihn die Dicke mit einiger Schärfe an. »Ohne uns wärst du doch schon im Dreck erstickt. Und die Akte hast du wahrscheinlich selber verschlampt oder dein Wurzelzwerg hat sie gefressen.«

»Das verbitte ich mir!«

»Vielleicht ist sie ja im Archiv«, schlug da die dritte der Schwestern vor und aller Blicke hafteten sich auf sie. Der Alte wirkte plötzlich sehr nachdenklich.

»Das Archiv. Also eigentlich sollte ja … aber auf der anderen Seite …«

»Hör auf zu räsonieren. Wir sehen einfach mal nach, dann wissen wir Bescheid«, entschied die Dicke und fasste Immanuel bei der Hand. »Und du bleibst bei mir, ich pass' schon auf dich auf.« Hiermit setzte sich die Gruppe in Bewegung. Und da nun erkannte Immanuel, dass der Raum, in dem sie sich befanden, die Form eines Halbkreises hatte, von dem auf der linken und der rechten Seite je ein Gang wegführte. Sie folgten dem auf der linken Seite. Die Nebelschwaden aus der Waschküche reichten noch ein Stück bis in den Gang hinein, dann wurde die Sicht klar und man erkannte im Schein der Wandleuchten eine Wendeltreppe, die in etwa zwanzig Metern Entfernung ins Obergeschoss und ins Untergeschoss des Gebäudes führte. Immanuel fragte sich, was es denn wohl mit der Akte auf sich haben mochte, nach der man so verzweifelt suchte, und welche Antwort wohl darin zu finden sei. Schon wollte er die Frau an seiner Seite, die noch immer mütterlich seine Hand hielt, danach fragen, doch dann entschied er sich doch dagegen. Den Antworten, so spürte er, würde er sich noch früh genug stellen müssen. Fürs Erste genügte ihm die Geborgenheit, die er in der Gesellschaft dieses seltsamen Trupps erstmals wieder empfand, seit er das Krankenhaus verlassen hatte.

Sie begaben sich ins Obergeschoss, und der Aufstieg über die steile Wendeltreppe machte der Dicken sichtlich zu schaffen. Bald schon prustete und ächzte sie, hielt aber weiterhin tapfer Immanuels Hand und fand gar noch den Atem für aufmunternde Worte. »Ist ja nicht mehr weit, mein Kleiner. Sind ja bald da«, sagte sie, als sei Immanuel es, der panisch nach Atem rang. Schließlich hatten sie das Obergeschoss erreicht, und die Frau an Immanuels Seite nutzte die kurze Pause, die man nun machte, dazu, sich mit einem Schluck aus einer flachen Flasche zu stärken, die sie verstohlen hinter ihrer Waschschürze hervorgeholt hatte. Sie befanden sich nun auf einem Gang, nicht unähnlich dem im Erdgeschoss, der nach zwanzig Metern etwa in einer doppelflügeligen Tür, mehr schon einem Tor, endete. Sie schien aus massivem Eichenholz zu bestehen und überragte die vier um mehr als zwei Meter. Ohne anzuklopfen riss der Alte die beiden Flügel auf und sie traten ein. Und was Immanuel hier erblickte, erinnerte ihn zunächst an das Großraumbüro in der Firma Schreihöft. Doch war dieser Raum nicht nur bedeutend größer, auch ging es hier weitaus betriebsamer zu als dort. Es rannte und pfiff, schrieb und wirkte bunt durcheinander und wollte Immanuel geradezu an einen Bienenstock erinnern. Doch wie in einem Bienenstock das Chaos nur ein scheinbares ist, in Wirklichkeit aber alles einer festen Ordnung unterliegt, so war auch hier, wie Immanuel bald erkannte, jede Handlung und auch die Anordnung der Einrichtung wohl durchorganisiert und gehorchte einem peinlich durchdachten Plan. Die Schreibtische, an denen jeweils zwei Schreiber mit blütenweißen Hemden und orangefarbenen Ärmelschonern saßen, waren keineswegs willkürlich ausgerichtet, wie es auf den ersten Blick scheinen mochte, sondern vielmehr auf zwei Zentren hin, die das mittlere und das hintere Drittel des Raumes in zwei jeweils genau gleich große Hälften teilten. Und die Zentren bildeten nun zwei grüne Schreibtafeln, etwa drei Meter lang und zwei Meter hoch, vor denen je ein Mann in einem dunklen Talar stand und geschäftig aus einer Pergamentrolle abschrieb, die ihm ein Schreiber, vielleicht ein Lehrling, hinhielt. Bei genauem Hinsehen erkannte man, dass die Talare nun keineswegs genau gleich waren, der des Mannes im mittleren Drittel vielmehr tiefschwarz, der desjenigen im hinteren Drittel dagegen von einem dunkelblauen Farbton war. Auf diese beiden Männer also, in denen wir ohne Zweifel Vertreter der Gelehrtenzunft zu sehen haben, waren sämtliche Tische ausgerichtet. Rechts von jeder Tafel und jedem Gelehrten waren jeweils zwei Tische parallel zur Breitseite des Raumes aufgestellt, an denen jeweils ein Mann saß, die ebenfalls Talare trugen, jedoch waren diese nicht dunkelblau oder schwarz, sondern vielmehr von einem schmutzigen Braunton, der fast identisch mit dem des Fußbodens war. Ihnen gegenüber im Abstand von etwa sieben oder acht Metern begann nun die erste von insgesamt fünf Tischreihen, die aus jeweils drei Tischen bestanden, an denen die Schreiber mit den orangefarbenen Ärmelschonern saßen. Zwei weitere Reihen mit je drei Tischen schließlich befanden sich, parallel zur Längsseite des Raumes ausgerichtet, im Abstand von gut fünf Metern vor den Tafeln und den Gelehrten. Auch an diesen saßen Schreiber in blütenweißen Hemden, die mit Eifer auf Pergamentrollen von der Tafel vor ihnen abschrieben, doch waren deren Ärmelschoner nicht orange, sondern karmesinrot. Im vorderen Drittel des Raumes endlich, ein Stück nur vor einer doppelflügeligen Tür, durch die man in einen Nebenraum gelangte, befanden sich einmal zwei Tische mit allerlei Kannen und Dosen, vor denen etliche junge Frauen, auch sie in weißen Hemden, aber ohne Ärmelschoner, herumstanden, die sich auf Pfiffe eine Dose oder Kanne griffen und dann wie der Blitz durch den Raum stürmten. Ein Stück links von den beiden Tischen aber stand ein weiterer Schreibtisch, der sich von den übrigen auffällig unterschied. Nicht nur war er um einiges größer als diese, auch war er weitaus üppiger ausgestattet. Während die gewöhnlichen Schreiber nur eine Pergamentrolle und ein Tintenfass vor sich hatten, befanden sich hier nicht nur ordentlich der Größe nach ausgerichtet ein Lineal, ein Zirkel, ein Rechenschieber sowie ein Instrument, das Immanuel

nicht kannte, sondern außerdem noch, an einem
Holzstab befestigt in einer Vase stehend, ein Wind-
rad, das sich vermutlich drehte, wenn man dagegen-
blies, sowie ein Stapel Akten, der so hoch aufge-
richtet war, dass er beinahe vollständig den hageren
Mann verdeckte, der dahinter über ein Schriftstück
gebeugt saß, in dem er mit einem graufarbenen
Federkiel irgendwelche Unterstreichungen vor-
nahm.

Und so eifrig werkelte und rannte es in dem
Raum umher, dass niemand die Eintretenden bemerkte, bis sich der Alte dezent räusperte. Hier nun
blickte der Mann hinter dem Aktenberg auf, und so
groß war sein Schreck, dass er bei dem Versuch, von
seinem Stuhl aufzuspringen, ausrutschte, mit dem
Kinn auf die Tischplatte krachte und im nächsten
Moment ganz unter dem Tisch verschwunden war.
Der hierbei entstehende Radau weckte nun auch die
Aufmerksamkeit der anderen, und kaum drastischer
hätte die Reaktion sein können, als man die Neuankömmlinge erblickte. Alles sprang von seinen
Plätzen auf, manch ein Schreiber gar mit solchem
Ungestüm, dass er dabei Feder und Tintenfass vom
Tisch fegte, dann nahm man, selbst die Gelehrten
vor den Tafeln, nahezu militärische Haltung an und
verneigte sich. Irgendwann tauchte auch der Mann
wieder auf, rieb sich das Kinn und tat es seinen
Kollegen dann gleich. Diese Ehrerbietung schien
sowohl dem Alten als auch den Frauen zu gelten,
denn erst als alle vier den Anwesenden zugenickt
hatten, nahm man wieder zivile Haltung an und
machte sich erneut an die Arbeit.

Der Alte ging derweilen auf das Männlein hinter dem Aktenberg zu und bedeutete diesem, er möge sich ein Stück zu ihm vorbeugen, dann begann er, diesem etwas ins Ohr zu flüstern. Und hier nun bemerkte Immanuel, dass der Mann als Einziger in dem Raum eine Weste trug. Derweilen hatte man den allgemeinen Betrieb wieder aufgenommen. Ein Pfiff gellte durch den Raum, der von einem der beiden Männer in den braunen Talaren stammte, die seitlich von dem Gelehrten an der Tafel im mittleren Drittel saßen. Sogleich griff eine der Frauen nach einer Kanne und eilte mit dieser so schnell sie konnte, ohne deren Inhalt zu verschütten, zu dem Mann in dem braunen Talar. Dieser blickte kaum auf, als die Frau eine dampfende Flüssigkeit in einen Becher auf dessen Tisch goss, sondern las weiter in der Pergamentrolle vor sich. Obwohl der Mann sie nicht beachtete, unterließ es die Frau dennoch nicht, sich zu verbeugen, bevor sie sich mit der Kanne wieder entfernte. Und bei dieser Gelegenheit fiel Immanuels Blick auch auf die Tafel, auf die der Gelehrte mit höchster Konzentration aus dem Pergament abschrieb, die ihm ein Bursche vorhielt. Auch wenn Immanuel die Schule schon vor etlichen Jahren verlassen hatte, so erkannte er doch sogleich, dass der Gelehrte bald lateinische, bald griechische Wörter an die Tafel schrieb, die er wohl fast alle lesen, jedoch nur in den wenigsten Fällen übersetzen konnte. Dort las er das Wort *animus*, dort *fortitudo*, der Rest aber blieb ihm fremd. Doch fanden sich auf der Tafel nicht nur geschriebene Wörte, sondern auch Zeichen, an die sich Immanuel vage aus dem Mathematik-Unterricht meinte erinnern zu können.

Dort am rechten Rand der Tafel etwa erkannte er ein Wurzelzeichen, unter dem hingegen keine Zahl, sondern vielmehr ein Bild oder Symbol stand, das er noch nie gesehen hatte. Weiter links sah er das bei der Integralrechnung verwendete Zeichen, doch war rechts davon keine Funktion aufgeführt, vielmehr folgten wiederum irgendwelche Symbole, aus denen Immanuel nicht schlau werden konnte. Da nun hielt der Gelehrte inne, verglich das Geschriebene mit der Vorlage auf der Pergamentrolle und nickte. Dann steckte er Zeigefinger und Daumen zwischen die Lippen und stieß einen Pfiff aus, und Immanuel bemerkte, dass sich dieser Pfiff in der Tonhöhe deutlich von demjenigen unterschied, den zuvor der Mann in dem braunen Talar ausgestoßen hatte. Wie zuvor so eilte auch jetzt eine der Frauen zu einem der Tische, doch ergriff diese nun keine Kanne, sondern eine der Dosen und stürmte mit dieser zu dem Gelehrten. Dieser hatte inzwischen seinen rechten Ärmel hochgekrempelt und langte nun, da die Frau sich diensteifrig vor ihm aufgebaut hatte, mit den Fingern der linken Hand in die Dose und zum Vorschein kam eine gelbliche Salbe, die er nun auf seine Schreibhand bis zum Gelenk auftrug und anschließend einmassierte. Die Schreiber an den Tischen direkt vor der Tafel beendeten derweilen ihre Abschrift dessen, was der Gelehrte an die Tafel geschrieben hatte, und verglichen daraufhin Abschrift und Original. Sobald ein Schreiber nun diese Kontrolle abgeschlossen hatte, steckte er seinerseits Zeigefinger und Daumen zwischen die Lippen und stieß einen Pfiff aus, und Immanuel erkannte, dass dessen Pfiff sich wiederum von denjenigen des Gelehrten und des Mannes in dem braunen Talar unterschied. Und auch die Folge war eine andere. Nun nämlich eilten die Frauen weder zu den Kannen noch den Dosen, sondern begaben sich geradewegs zu den Schreibern, die eben gepfiffen hatten. Hier nun nahmen sie die beschriebenen Pergamentrollen entgegen, und zwar, wie Immanuel interessiert zur Kenntnis nahm, ohne vor dem Weggehen ihren Respekt durch eine Verbeugung bezeugt zu haben. Die Pergamentrollen brachten sie nun zu den Männern in den braunen Talaren im hinteren Drittel des Raumes, die ihnen mit einer unwirschen Handbewegung zu verstehen gaben, wo genau auf dem Tisch sie die Rollen zu platzieren hatten.

Der alte Meister flüsterte derweilen noch dem Mann in der Weste ins Ohr und wies nun mit dem Finger auf Immanuel. Der Mann nickte und hörte sich mit deutlichem Unbehagen an, was der Alte weiter zu sagen hatte, rang mit den Händen, warf immer wieder nervöse Blicke zu den drei Frauen, stammelte dann etwas, und Immanuel meinte, das Wort V17-Formular verstanden zu haben. In der Zwischenzeit pfiff und rannte es unvermindert weiter, und je länger Immanuel dem Treiben zuschaute, desto besser glaubte er, das System hinter dem Ganzen zu durchschauen. Bald schon bestand keinerlei Zweifel mehr für ihn, dass die Pfiffe ganz unterschiedliche Funktionen hatten, je nachdem welche Tonhöhe sie aufwiesen. Den Gelehrten vor den Tafeln standen zwei Pfeiftöne zu Gebote; mit dem einen konnten sie sich das Getränk aus einer der Kannen, mit dem anderen die Salbe zum Einschmieren der Hände bringen lassen. Die Männer in den brauen Talaren dagegen pfiffen in drei Tonhöhen, mit zweien davon bestellten sie wie die Gelehrten Getränke und Salben, mit dem dritten aber beorderten sie eine Frau herbei, die eine der Pergamentrollen, die sich auf seinem Tisch anhäuften, zu dem Gelehrten brachte, welcher daraufhin deren Inhalt auf die Tafel übertrug. Die Schreiber an den Tischen vor den Tafeln schließlich pfiffen nur in einer einzigen Tonlage, und bei Ertönen dieses Pfiffes eilte eine der Frauen zu ihnen, um ihre fertig geschriebene Rolle zu einem der Männer in den braunen Talaren in dem jeweils anderen Raumdrittel zu bringen. Und durch diese Pfiffe und Wege erschloss sich ihm dann auch zumindest halbwegs das System, das dem Getriebe dieses Büros zugrunde lag, und nicht ohne Stolz durfte Immanuel sich rühmen, dass seine analytischen Fähigkeiten, die ihn in der Schule zu einem wenn auch nicht brillanten, aber doch immerhin passablen Mathematiker gemacht hatten, noch nicht eingerostet waren. Demnach sah es so aus, dass die Gelehrten in beiden Dritteln von einer Pergamentrolle Lehrsätze oder dergleichen an die Tafeln schrieben, die er zwar nicht verstand, an deren Gewichtigkeit zu zweifeln er aber keinerlei Grund sah. Diese Lehrsätze wurden von den Schreibern an den Tischen vor den Tafeln abgeschrieben und die entsprechenden Pergamentrollen dann an die Männer in den braunen Talaren im jeweils anderen Raumdrittel weitergegeben, die sie wiederum durchsahen und dann ein Exemplar an den Gelehrten in ihrem Drittel weitergaben, der dessen Inhalt dann an die Tafel schrieb. Unklar blieb ihm lediglich, nach welchen Gesichtspunkten die Männer in den braunen

Talaren die Rolle auswählten, die sie dann an den Gelehrten weiterreichten, denn immerhin kamen bei ihnen insgesamt zwölf solcher Rollen an, auf denen im Prinzip dasselbe stehen musste. Auch konnte er nur Mutmaßungen anstellen, welche Funktion die Schreiber mit den orangefarbenen Ärmelschonern an den Tischen seitlich von der Tafel ausübten. Auch deren Feder war ständig in Bewegung, doch schienen sie nicht, oder zumindest nicht nur von der Tafel abzuschreiben. Wohl schauten sie immer wieder dorthin, schielten daneben aber auch regelmäßig zu ihren Nachbarn, als beabsichtigten sie zu spicken.

»Sie kennen die Vorschriften, Meister, ohne V17-Formular kann ich Sie nicht vorlassen«, erklärte der Mann in der Weste, immer noch stehend, immer noch mit ängstlichen Seitenblicken auf die Frauen.

»Aber wo soll ich jetzt ein V17-Formular herbekommen?«, erwiderte der Alte.

»Ich könnte Ihnen ja ein V17-Formular geben, aber dann ...«

»Jetzt hab´ ich aber die Faxen dicke!«, explodierte da die dicke Frau und stampfte mit geballten Fäusten auf das Männlein zu, das zurückweichend gegen seinen Bürostuhl stieß und beinahe gestürzt wäre. Alles Pfeifen und Traben verstummte mit einem Schlage und alle Augen waren auf die wutschnaubende Frau gerichtet. »Ihr Bürohengste mit euren Formularen! Selbst wenn man auf den Donnerbalken will, wollt ihr einem noch so einen Wisch andrehen. Jetzt hör mir mal gut zu, du Früchtchen, der junge Mann dort drüben ...« Sie wies auf Immanuel. »Jetzt komm schon her.« Sie langte über den Schreibtisch und zog den Mann an der Krawatte zu sich heran, dann flüsterte sie ihm etwas ins Ohr, dabei bisweilen wohl schnaufend und fauchend, nie aber die Stimme erhebend, dass Immanuel ein Wort verstanden hätte.

»Aber, meine Dame, ich bitte Sie, Sie zerknittern mir ja meine Krawatte«, winselte der Mann, der inzwischen noch blasser geworden zu sein schien, doch die Dicke griff nur umso fester zu. »Ich zerknittere dir gleich noch ganz was anderes, wenn du jetzt nicht zuhörst!« Und wieder flüsterte sie ihm etwas ins Ohr, was weder Immanuel noch einer der anderen verstehen konnte. Wie gebannt starrte alles im Raum zu der Szene am Schreibtisch; eine der Frauen hielt einem der Schreiber geistesabwesend eine Dose mit Salbe hin, nach der einer der Männer in den braunen Talaren gepfiffen hatte, der Gelehrte im hinteren Drittel tauchte seine Finger in den Becher mit dem dampfenden Getränk, das ihm soeben eingegossen worden war, und zog sie sogleich mit einem Schmerzensschrei wieder heraus.

»So, und nun bewegt deinen Hintern und gib uns dieses dämliche Formular für das Archiv!«, schloss die Dicke ihren Vortrag und ließ die Krawatte des Mannes los.

»Gewiss, gewiss, wenn Sie sich einen Moment gedulden würden«, stammelte dieser, rückte seine Krawatte zurecht und riss dann eine der Schubladen seines Schreibtisches auf. Diese durchwühlte er auf das Sorgfältigste und mit zunehmender Nervosität, bis er schließlich eingestehen musste, dass das Gesuchte sich nicht dort befinde. »Einen Moment noch.« Und er riss die nächste Schublade auf, und schon bildeten sich die ersten Schweißperlen auf seiner blassen Stirn, da zog er endlich ein Formular aus der Schublade hervor und schwenkte es triumphierend durch die Luft. »Ich wusste doch, dass ich noch eins habe!« Nun griff er zu seiner Schreibfeder und begann, das Formular, das auf beiden Seiten eng bedruckt war, auszufüllen. Hin und wieder flüsterte er dem Alten etwas zu, woraufhin dieser etwas zurückflüsterte, was das Männlein dann gewissenhaft auf dem Formular vermerkte. Und schließlich war es vollbracht. Aus einer weiteren Schublade beförderte er eine Kerze und eine Stange Siegelwachs hervor, siegelte das Formular und unterschrieb es. »Es ist zwar nicht ganz vorschriftsgemäß, aber angesichts der Dringlichkeit ...«

»Jetzt quatsch keine Arien und gib den Wisch endlich her!«, unterbrach ihn die Dicke, und der Mann in der Weste überreichte dem Alten das Formular.

Sie durchquerten nun den Raum auf das hintere Drittel zu, und welchen der Schreiber immer sie passierten, der erhob sich und verbeugte sich vor dem Alten und den drei Frauen, und auch die Männer in den Talaren senkten devot die Häupter. Am Ende des Raumes befand sich eine Tür, und hinter dieser gelangten sie nun auf einen Gang, an dessen Ende Immanuel eine weitere Wendeltreppe erblickte, die aber nur nach unten führte. Als sie dort angekommen waren, fügte es sich, dass Immanuel und die dritte, die grazile Frau die Letzten waren, die die Treppe hinabstiegen. »Könntest du vielleicht meine Hand nehmen?«, fragte sie und hielt ihm mit einem scheuen Lächeln die Hand hin. »Ich bin kurzsichtig.« Immanuel spürte, wie sein Herz einen

Schlag aussetzte, und ergriff die dargebotene Hand. Sie nickte ihm zu, fasste mit der freien Hand das Geländer und begann, jeweils eine Stufe vor Immanuel, den Abstieg. Bald zeigte sich, dass ihr Ersuchen wohl kein bloßer Vorwand war, sie in der Tat nur mit Schwierigkeiten abschätzen zu können schien, wo sie den Fuß aufzusetzen habe. Keinen Moment ließ sie das Geländer los, und als sie schließlich unten angelangt waren, befanden die anderen sich bereits an ganzes Stück voraus. Sie gingen nun einen weiteren Gang entlang, der um einiges schmaler war als der im Obergeschoss und auch spärlicher beleuchtet. »Du fragst dich bestimmt, warum ich keine Brille trage«, sagte die Frau neben ihm.

»Na ja«, druckste Immanuel, der nicht recht wusste, was er darauf sagen sollte.

Sie lachte auf. »Vermutlich sind wir Frauen alle etwas eitel.«

»Tatsächlich?«

»Ja. Aber ich bin nicht die Einzige mit einem Gebrechen. Lachesis da vorne etwa ist schwerhörig«, und sie zeigte auf die Lange, »und Klotho kann so gut wie nichts riechen.«

»Sie kann nicht riechen?«

»Nein. Aus dem Grund wäscht sie auch immer die Socken von dem Alten.«

Das klang für Immanuel nur plausibel. »Ihr drei seid wohl Geschwister«, erkundigte er sich dann.

»Ja.«

Und aus irgendeinem Grund verspürte Immanuel den Drang, das Gespräch im Gange zu halten. »Aber was hat es denn nun eigentlich mit diesem Archiv auf sich?«, fragte er also.

Sie lächelte. »Das wirst du ja gleich sehen.«

Und sie marschierten weiter den Gang entlang, der alte Mann voran, bis sie an eine Weggabelung gelangten. »Hier müssen wir nach rechts«, verkündete der Alte mit feierlicher Stimme, und so bogen sie also nach rechts ab. In unregelmäßigen Abständen befanden sich auf beiden Seiten Türen, und vor einer von diesen blieb ihr Führer stehen und öffnete sie. Was immer sich dahinter befunden haben mochte, das Archiv war es anscheinend nicht, denn sogleich schloss er sie wieder und ging weiter. Irgendwann machte der Gang dann eine Wendung nach rechts und endete dort in einer Wand, die weder eine Tür noch ein Fenster besaß.

»Ich denke, du kennst den Weg«, sagte Klotho in leicht ungeduldigem Tonfall.

»Das tu ich auch«, erwiderte der Alte. »Wir hätten an der Gabelung links abbiegen müssen.«

»Ich meine eher, dass wir an der Treppe noch eine Etage tiefer hätten gehen müssen.«

»Nein, das Archiv befindet sich auf dieser Etage. Ich weiß doch wohl noch, wo das Archiv ist«, entgegnete der Alte leicht gereizt, machte kehrt und ging in die Richtung zurück, aus der sie gekommen waren. Die Frauen murmelten etwas Unverständliches vor sich hin, folgten ihm dann aber. Wieder bei der Gabelung angekommen, gingen sie nun geradeaus, und hier wurde der Gang jetzt bald schmaler und auch niedriger, was den Alten aber in keiner Weise zu verdrießen schien. »Ja, gleich sind wir da«, versicherte er und unterstrich seine Siegeszuversicht noch dadurch, dass er nun zu pfeifen anfing.

Auf der rechten Seite dieses Ganges war ein vereinzeltes Fenster in die Wand eingelassen. Ohne das geringste Arg trat Immanuel auf das Fenster zu, spähte hindurch und fuhr zusammen, mit Müh und Not nur einen Schrei unterdrückend. Lange Sekunden starrten sich die beiden Erscheinungen aus weit aufgerissenen Augen an, die jenseits des Glases, so wollte es Immanuel dünken, womöglich noch erschrockener als diejenige diesseits davon. Dann lachte er auf. Wie er aber auch aussah. Mit den regenfeuchten Haaren, die ihm wild auf der Stirn klebten, bot er aber auch wahrlich einen schauderhaften Anblick. Wie groß und abstehend seine Ohren wirkten, wenn die Haare so dicht an seiner Kopfhaut klebten. Wenn er doch wenigstens einen Kamm bei sich hätte. Er blickte zu den anderen, die ein Stück vorgegangen waren und glücklicherweise nichts mitbekommen hatten. Was hätte nur die Grazie von ihm gedacht, wenn er sich vor seinem eigenen Spiegelbild erschreckte! Er kämmte sein Haar mit den Fingern, so gut es eben ging, dann folgte er den anderen.

Der Gang machte schließlich einen Knick nach links und in einiger Entfernung sah man eine weitere Wand, auch sie ohne Tür oder Fenster. »Ich weiß doch wohl noch, wo das Archiv ist, hohohoho!«, äffte Klotho den Alten nach, doch dieser ignorierte sie. Denn immerhin befanden sich hier auf beiden Seiten etliche Türen, und hinter jeder von diesen konnte sich ja theoretisch das Archiv versteckt halten. Der Alte versuchte es bei der zweiten

Tür auf der linken Seite, fand diese jedoch verschlossen vor, ebenso die zweite. Immanuel, der nun ein Stück hinter den anderen ging, probierte sein Glück auf der rechten Seite und tatsächlich: gleich die erste Tür öffnete sich spielend leicht und er trat, wie ihm schien, in einen vollständig dunklen Raum. Er ging einige Schritte vor, schaute nach rechts und nach links, und da nun bemerkte er, dass er sich keineswegs in einem Raum, sondern vielmehr im Freien befand. Er hörte, wie hinter ihm die Tür ins Schloss fiel und drehte sich um. Er suchte nach einer Klinke, doch vergebens, es schien sich um eine ähnliche Sicherheitstür zu handeln wie im Krankenhaus. Er klopfte also an, rief, man möge ihm öffnen, trommelte dann mit der Faust an die Tür, doch niemand öffnete. Er fluchte und versuchte, sich zu orientieren. Nun da sich seine Augen halbwegs an die veränderten Sichtverhältnisse gewöhnt hatten, meinte er die Konturen von einigen Büschen, weiter hinten den Umriss eines Gebäudes zu erkennen. Vermutlich befand er sich an der Rückseite des Gebäudes. Er folgte also der Wand und am Ende der Rückseite, als er die Längsseite des Gebäudes einsehen konnte, erkannte er die zur Rosen-Straße führende Gasse. Durch kniehohes Gestrüpp eilte er also zur Vorderseite des Hauses und schlug mit dem Klopfer auf die Messingplatte, wie der Doktor es zuvor getan hatte. Er wartete einen Augenblick, dann klopfte er erneut, doch niemand öffnete. Er fluchte ein weiteres Mal und sah zum Himmel. Der Regen schien dichter geworden zu sein. Er schlug den Kragen seiner Jacke hoch und setzte sich in Bewegung. Wie schon zuvor bog er von der Gasse nach links in die Rosen-Straße ein. In der Ferne konnte er bereits das Licht des Cafés erkennen und die Schemen der drei alten Männer, die wie gehabt in ihre Biergläser starrten.

Die drei Männer erkannten ihn nicht, als er in einiger Entfernung vom Café auf den Rosenplatz marschierte. Auch der Mann in dem Rollstuhl wie auch der ein Stück neben diesem sitzende Zeitungsleser in dem grauen Anzug bemerkten ihn nicht. Kurz erwog er, sich zu ihnen zu begeben. Doch was sollte er sagen? Würden sie ihn überhaupt erkennen? Er schüttelte den Kopf und marschierte weiter, mehr einer Gewohnheit als einem Plan folgend. Mehr als die Hälfte des Rosenplatzes war nun mit Leuten gefüllt. Sie standen herum und wussten anscheinend nichts Rechtes mit sich anzufangen. Vermutlich hatte man den verletzten Clown bereits abtransportiert. In die Knospen-Straße, dann in den zum Friedhof führenden Weg. Auch auf dem Friedhof war niemand mehr. Also weiter. Erst als er die Mohn-Gasse erreicht hatte, fiel ihm ein, dass er ja das Grab seiner Schwester hätte besuchen können. Er blieb stehen und blickte zurück. Nein, er ging weiter. In die Alraunen-Straße, und da nun sah er den mächtigen Giebel des Schreihöft-Unternehmens.

Herr Hartmann bemerkte Immanuel erst, als dieser an seinem Häuschen vorüberging. Er blickte von seiner Zeitung auf und Immanuel nickte ihm zu, hielt aber nicht an, sondern ging geradeaus zu der Eingangstreppe und setzte sich auf die zweite Stufe. Herr Hartmann sah ihm verwundert nach und schob das Fenster vor sich zur Seite. »Kann ich Ihnen vielleicht helfen, mein Herr?«, fragte er in deutlich misstrauischem Tonfall.

»Ach, lieber Herr Hartmann«, erwiderte Immanuel. »Sie sind ein guter Dienstmann, sind immer auf Ihrem Posten, sind immer zuverlässig. Nein, sehen Sie, ich habe einen langen Weg hinter mir und bin jetzt sehr müde. Gestatten Sie also, dass ich mich hier ein wenig ausruhe.«

»Aber Sie können sich doch nicht einfach da auf die Treppe setzen. Was ist, wenn dort jemand hinein- oder hinauswill?«

»Schauen Sie, ich setze mich doch ganz an den Rand von der Stufe. Es bleibt genügend Platz, wenn jemand an mir vorbeimöchte. Seien Sie also so gut und lassen Sie mich hier sitzen.«

Er sah aus müden Augen zu dem alten Mann, und dieser sah ihn wohl reichlich verwundert an, verzichtete aber auf weitere Einwendungen. Guter alter Herr Hartmann, dachte Immanuel und starrte auf das Pflaster der Straße, das sich feucht und schmutzig vor ihm ausbreitete. Dann griff er in seine Jackentasche und holte den Umschlag mit dem Angebot hervor. Zusammen mit dem Umschlag zog er ein Blatt heraus und betrachtete es mit einigem Erstaunen. Dann erinnerte er sich. Richtig, die Verse des Dichters. Fast hätte er das Blatt vergessen. Er steckte es wieder in die Jackentasche und besah dann den Umschlag mit dem Angebot, las wieder und wieder die Adresse, den Absender, geschrieben in Herrn Rohrmanns sauberer, leicht nach rechts geneigter Schrift. Dann schweiften seine Gedanken ab, kehrten zu dem Haus, zu den drei Frauen und dem Alten zurück. Mochten sie ihn jetzt noch suchen? Hatten sie ihn überhaupt gesucht? Und was hatte es mit diesem Archiv auf sich?

»Entschuldigen Sie«, rief da Herr Hartmann aus seinem Häuschen. »Aber woher kennen Sie eigentlich meinen Namen?«

Immanuel blickte ihn lange aus betrübten Augen an. »Ein Bekannter«, sagte er schließlich. »Ein alter Bekannter von mir hat einmal hier gearbeitet, und der hat mir von Ihnen erzählt.«

Der alte Mann nickte. Die Erklärung schien ihn zufriedenzustellen. Und Immanuel starrte wieder auf das Pflaster vor sich. Er versuchte über das Archiv, die Akte nachzudenken, doch bald schon begannen seine Gedanken, sich zu verwirren, und er wusste, dass es zwecklos war, sich weiter abzumühen. So saß er einfach da und starrte auf das Pflaster. Die Treppe war hart, aber er spürte es schon gar nicht mehr. Es wurde ihm wirr und wirrer im Kopf und selbst das bloße Betrachten der Pflastersteine bereitete ihm bald Mühe. So ergab er sich denn und schloss einfach die Augen.

***

Und wenn ich nun einfach hier liegen bleibe?, ging es ihm durch den Kopf, doch bevor er noch den Gedanken weiterführen konnte, war ihm klar, dass er dies nicht machen würde. Er stieg also aus dem Bett, zog sich um und verließ das Zimmer. Vor der Tür des Dichters blieb er stehen. Er pochte an die Tür. Was er eigentlich von ihm wollte, das wusste er selber nicht. »Herr Friedrich«, rief er und pochte erneut, erhielt jedoch keine Antwort. Er drückte wohl noch die Klinke hinunter, fand die Tür jedoch, wie er vermutet hatte, verschlossen.

So verließ er denn das Krankenhaus. Als die Tür hinter ihm zuschlug, fiel ihm ein, dass er das Bild gar nicht gerade gerückt hatte. Er zuckte mit den Achseln und ging weiter, folgte den vertrauten Wegen und hielt beim Haus der Tante inne. Leer und verlassen lag es da. Noch immer war der Großteil der Küchenwand niedergerissen, stand das Sofa im Garten, doch drang nun kein Schimmer mehr aus der Stätte, und nur der Schein einer Straßenlaterne ließ die Umrisse der Ruine erkennen, die einst das Heim seiner Tante gewesen war. Ohne dass er es gemerkt hätte, näherte sich ein Schatten aus dem Dunkel. »Na, ein Wetter haben wir heute wieder«, sprach der Schatten. Ohne jede Verwunderung erkannte Immanuel, dass es der spitzbärtige Doktor aus dem Krankenhaus war.

»Könnte schlimmer sein«, erwiderte Immanuel.

»Da haben Sie allerdings Recht.« Er stellte sich neben Immanuel und betrachtete das Haus. Dann fiel sein Blick auf ein Veilchen, das einsam und verlassen nahe der Hecke wuchs, die das Grundstück der Tante von dem des Nachbarn trennte.

Welch wundersamer Zufall es gerade dorthin verschlagen hatte, das war nur schwer zu sagen. Weder war ein Beet dort angelegt noch wuchs irgendeine andere Blume in der näheren Umgebung. Lediglich eine winzige Fläche Muttererde war es, der es die Existenz verdankte. »Auch ein Bekannter von mir, ein wahrhaft größer und berühmter Philosoph, hatte ein Veilchen in seinem Garten«, sagte der Doktor. »Über Stunden und Stunden konnte er sich in dessen Betrachtung versenken. Er studierte die Anordnung der Blätter, den Wuchs des Stängels, die Beschaffenheit des Stempels, die Beziehung der Blütenblätter zueinander, analysierte die Farbschattierungen der Blätter und der Blüte, er war, so kann man sagen, auf der Suche nach dem Wesen des Veilchens, mithin nach dem Veilchen an sich. Und mit einem solchen Feuereifer war er in seine Kontemplation vertieft, dass es ihn fast in den Wahnsinn getrieben hätte.« Er schüttelte den Kopf und trat ein Stück näher an den Zaun heran. »Aber es ist doch schon ein wundersam Ding mit diesem Veilchen«, fuhr er in nachdenklichem Ton fort. »Da steht es so in seiner Einfalt und achtet weder der Zeiten Lauf noch der Vergänglichkeit allen Seins«, und hier wies er auf die Trümmer vor dem Haus. Dann öffnete er die Pforte und betrat den Garten. »Kommen Sie«, forderte er Immanuel auf und ging zu der Blume. Und gerade hatte der Doktor sich in die Hocke gesetzt, da brach der volle Mond durch die Wolkendecke und breitete sein kaltes Licht über den Garten, die beiden Männer und das Veilchen, dessen Blüte nun geradezu zu glühen schien. »Ich danke dir, mein Freund«, sagte der Doktor mit Blick auf den Mond. »Schauen

Sie«, wandte er sich dann an Immanuel, der nun direkt neben ihm stand. »Schauen Sie den Stängel, die Blüte, dieses satte Violett. Nie war das Veilchen so schön, nie wieder wird es so schön sein wie in diesem Augenblick. Wissen Sie, welches einmalige Wunder uns gewährt wird, dass wir beide heute Abend in diesem Garten unter dem Schein unseres lieben Freundes beisammen sein und dieses Veilchen schauen dürfen? Doch kommen Sie, kommen Sie in die Hocke.« Und Immanuel tat, wie ihm geheißen. »Betrachten Sie diese wundervoll geformten Blütenblätter, tauchen Sie in dieses herrliche Purpur ein, lassen Sie Ihre Sinne gefangen nehmen, werden Sie eins mit ihm und spüren Sie, wie das Getriebe der Welt mit einem Mal still steht, wie aller Schlachtenlärm verstummt und alle Ewigkeiten in diesen einen Augenblick zusammenschmelzen, da Sie diese Blüte betrachten. Und riechen Sie.« Der Doktor lehnte sich vor und sog mit genießerischer Miene den Duft in sich ein. Dann tat Immanuel es ihm gleich. »Nehmen Sie den Duft in sich auf, verbinden Sie ihn in Ihrem Geist mit dem Bild der Blume und spüren Sie, wie alle anderen Gerüche dahinschwinden. Und nun lauschen Sie. Nein, nicht mit Ihren Ohren! Lauschen Sie mit Ihrer Seele. Lauschen Sie. Hören Sie die göttliche Musik, die sie nur für Sie spielt? Hören Sie sie? Es ist eine Sinfonie. Es ist die Sinfonie des Augenblicks, die die Ewigkeit mit dem Hier und Jetzt verschmilzt. Sie spielt nur jetzt. Hören Sie genau hin, denn im nächsten Moment kann sie schon verklungen sein. Hören Sie hin! Sie hören sie doch?« Er hatte je länger, desto eindringlicher gesprochen und blickte ihn nun geradezu flehend an. Doch ehe Immanuel noch etwas erwidern konnte, da verschwand der Mond wieder hinter einer Wolke, und nur noch der matte Schein der Straßenlampe ein Stück entfernt erhellte den Garten.

Ich wusste gar nicht, dass er romantisch ist, dachte Immanuel. Oder sentimental. Doch vielleicht ist er ja auch nur senil. »Ja«, erwiderte er, denn es schien ihm angebracht, nun auch etwas zu sagen. »Das kenne ich wohl. Wir hatten einmal eine Kiste mit Veilchen-Parfüm aus L. geholt. Für die Firma Schulthess. Die ist aber kaputt gegangen, als der Wagen durch ein Schlagloch gefahren ist. Der ganze Wagen hat nach Veilchen gerochen.«

Der Doktor maß ihn mit einem Blick, den er nicht zu deuten wusste. »Schade«, sagte er dann und erhob sich. Auch Immanuel stand wieder auf und sie verließen den Garten. »Kommen Sie, gehen wir ein Stück.«

Sie gingen die Mimosen-Straße entlang und kamen irgendwann auf die Rosen-Straße. »Welch lustiger Geselle«, rief der Doktor aus, als sie das Café erreicht hatten. Und in der Tat sah man dort den Clown, wie er gerade vor dem Mann im Rollstuhl und dem Zeitungsleser in dem grauen Anzug mit drei Bällen jonglierte. Der Rollstuhlfahrer klatschte begeistert in die Hände und stieß dabei sein *Jei jei jei ja!* aus, während die Masse auf dem Rosenplatz jede Bewegung des Jongleurs aufmerksam beobachtete. Und Immanuel verstand: Noch nie zuvor hatte er den Rosenplatz so früh erreicht; weder hatte er sich bei der Tante noch im Haus des alten Zausels aufgehalten oder versucht, sein eigenes Zuhause zu erreichen. Der Clown war also noch nicht vom Dach gesprungen. Unter Verbeugungen und allerlei Grimassen verschwand er im Inneren des Cafés. Die drei Greise schauten dem seltsamen Gesellen nach, dann wandten sie sich wieder um und dabei nun fiel Herrn Radtkes Blick auf Immanuel. Er wirkte misstrauisch, als habe er einen Eindringling ertappt, der hier nichts zu suchen hatte, vielleicht gar einen feindlichen Späher, der sich hinter die gegnerischen Linien vorgewagt hatte. Doch dann wünschte der Doktor den drei Männern mit ausgesuchter Höflichkeit einen wunderschönen Abend und das Misstrauen schwand aus Herrn Radtkes Blick. Sie nickten und erwiderten den Gruß, der Doktor aber wies auf den Nachbartisch und die beiden setzten sich. Hin und wieder blinzelten die drei noch zu ihnen herüber, dann aber starrten sie in ihre Biergläser.

»Ach ja«, ließ sich einer der drei Greise vernehmen.

»Ja, so ist das«, erwiderte sein Nachbar.

»Ja. Ja.«

Dann herrschte wieder Schweigen und die drei starrten in ihre Gläser.

»Jetzt erzähl mal was«, wandte sich der erste Greis an Herrn Radtke.

Dieser zuckte mit den Achseln. »Ich weiß auch nicht«, antwortete er dann mit müder Stimme.

»Ja, erzähl mal was«, forderte nun auch der andere Greis.

»Was soll ich denn erzählen?«

Die beiden anderen sahen sich an, zuckten mit den Achseln.

»Erzähl irgendwas.«

»Erzähl von den Ballermännern.«

»Ja, erzähl von den Ballermännern und wie du den beiden das Leben gerettet hast.«

Immanuel horchte auf. Sollte es sich hier um die Heldentat von Herrn Radtke handeln, die so sehr seine Phantasie beschäftigt, die er aber nie gehört hatte? Herr Radtke schabte sich derweilen das Kinn, wiegte sich hin und her, als könne er sich nicht entscheiden. Schließlich aber nickte er und erzählte. »Also, das Kaff lag gut zehn Kilometer hinter der Front und der Schmitzke, das war ʼn Kamerad von mir, der hatte natürlich schon alles ausgekundschaftet, obwohl wir gerade einmal zwei Tage da waren. Den ganzen Tag hat er uns in den Ohren gelegen, dem Dehling und mir. Der Dehling hatte keine Lust, der hatte nur Fressen und Pennen im Kopf, aber ich sagtʼ mir, das könntʼ wohl interessant werden, so wie der Schmitzke das erzählte. Na, und die Gelegenheit war günstig an dem Abend. Unser Spieß war gar nicht da, wir wussten auch nicht, wo er hin war, und mein Wachtmeister, der Braunschild, der war spätestens um zehn Uhr besoffen. Mit ʼnem Appell musste man also nicht rechnen. Wir waren da in so ʼner Art Lagerhalle untergebracht, die etwas außerhalb von dem Ort lag. Na, ihr könnt euch ja vorstellen, wie das war, hier und da ʼn paar Säcke aufgehängt als Trennwände und schon war ʼne Baracke fertig. So gegen elf Uhr sind wir dann durch eins der Fenster gestiegen, damit der UvD uns nicht sieht, und dann ab durch die Mitte!« An dieser Stelle lachte er meckernd auf bei dem Gedanken daran, wie er der Aufsicht von UvD und Wachtmeister entkommen war. »Wir mussten ungefähr zwei Kilometer laufen, und das war natürlich nicht so ganz ungefährlich, weil man ja ständig mit irgendwelchen Patrouillen rechnen musste, und was hätten wir dann erzählen sollen? Ha, na, aber egal, wir sind ja ungesehen angekommen. Das Ganze war in 'nem kleinen Bauernhaus untergebracht. Wir schleichen uns also ran, können aber nichts hören oder sehen, denn natürlich hatten die alles abgedunkelt, falls da doch mal 'ne Patrouille vorbeikommt, versteht sich ja. Hinein ging's durch 'nen Seiteneingang und der Schmitzke klopft also an. Es dauert 'ne ganze Weile, da geht die Tür endlich auf und so 'n Bursche streckt die Nase raus, war wahrscheinlich 'n Knecht oder so was. Zuerst hat er sich dumm gestellt, tat so, als ob er nicht kapiert, was wir überhaupt wollten, und das hat man ihm auch ohne Probleme abgenommen, denn allzu helle sah er wirklich nicht aus. Aber dann hat er den Schmitzke erkannt, der ihm auch gleich ein paar Scheine in die Hand drückt. Das ändert natürlich alles und er lässt uns herein. Wir waren jetzt in einem Raum, in dem etliche Milchkannen und Eimer standen, und links war 'ne Tür ... und, na ja, was hinter der Tür war, das konnte ich natürlich nicht sehen, aber den Geräuschen zufolge, die da zu hören waren, da konnte man sich schon denken, was dahinter gerade getrieben wurde. Ich dacht' mir, ist vielleicht unhöflich, aber ich konnte einfach nicht widerstehen und schieb' die Tür ein Stück auf. Und wen seh' ich da? Den Gefreiten Krafft, wie er's gerade so 'ner Dorfschönheit besorgt. Ha, der alte Bock hatte also auch schon von dem Laden gehört!« Und die drei Greise stießen ihr meckerndes Lachen aus. »Und was seh' ich da noch?

Auf 'nem Tisch gleich neben dem Bett, da stand ein Korb mit 'nem Kleinkind, war vielleicht das Kind von der Dorfschönheit. Und das Kind, das hat da einfach in aller Seelenruhe gepennt. Na ja, ich hab' mich nicht weiter darum gekümmert und bin den anderen nachgegangen. Der Bursche hat uns geradeaus geführt zu 'ner anderen Tür, und noch bevor er die aufgemacht hat, konnte man sich denken, was da kam, denn deutlich konnte man hören, wie ein Grammophon spielte. Schmitzke und ich haben uns angeschaut und gegrinst, ja, und dann macht der Bursche die Tür auf und was sehen wir … hoho, ich kann euch sagen: Solche Ballermänner! So 'ne richtig dralle Dorfschönheit war das. Sie hat wahrscheinlich erst kurz vor unserem Eintreten die Hüllen fallen lassen, dann fing alles an zu grölen, dass man die Musik gar nicht mehr hören konnte. Und das Ganze war auf der Diele untergebracht, in die man 'n paar Reihen Stühle gestellt hat und dazu noch so 'ne Art Bühne aufgebaut hat, auf der die Schönheit da gerade ihre Reize vorgeführt hat. Der Bursche führte uns zu zwei Stühlen in der letzten Reihe, die noch frei waren, und ich setze mich gerade hin, wen seh' ich da vorne in der ersten Reihe? Unseren Spieß! Na, da ist mir doch die Kinnlade runtergeklappt. Aber zum Glück war der gerade völlig auf die Blondine auf der Bühne konzentriert und hat uns nicht bemerkt. Ich stoße Schmitzke an und zeig' auf den Spieß, doch der lacht nur. Na und, sagt er, meinst du, dass der uns zur Meldung bringt! Und da hatte er natürlich Recht, der hing ja schließlich genauso mit drin wie wir. Wir setzen uns also hin und gucken uns an, wie Blondie ihre Dinger hüpfen lässt.

Die hat da so 'ne Art Tanz aufgeführt, aber das wollte natürlich keiner sehen, zumal die da rumgetrampelt hat wie 'n Brauereipferd mit Schluckauf. Nee, wir wollten sehen, wie die auch noch die restlichen Klamotten fallen lässt, denn die trug ja immer noch so 'ne Art Milchschürze unten herum. Schürze runter!, Schürze runter!, grölten da auch schon die Ersten, aber davon wollte sie nichts wissen. Die hat nur dämlich gegrinst und ihren Regentanz aufgeführt, aber die dämliche Schürze hat sie nicht einmal angefasst. Das Gegröle wurde jetzt immer lauter. Denn, meine Fresse, wir hatten da über 'n Monat im Schützengraben gelegen, war's da zu viel verlangt, dass die uns alles zeigt? Und schließlich hatten wir ja bezahlt. Schürze runter! Schürze runter! Aber sie grinst nur und hüpft. Schürze runter! Und ich dachte schon, gleich springt einer auf die Bühne und hilft 'n bisschen nach … doch da in diesem Augenblick …«

»Jei jei jei ja! Jei jei jei ja!«, wurde er hier von dem Mann in dem Rollstuhl unterbrochen, der zu seinem Kriegsgeschrei noch begeistert in die Hände klatschte und sich gar nicht mehr beruhigen wollte. Neben dem Mann stand der Clown und starrte Herrn Radtke an. Er war gerade aus dem Café getreten, als Herr Radtke das Liebesabenteuer des Gefreiten Krafft erwähnte. Seitdem stand er regungslos da, den Blick auf den alten Mann gerichtet.

»Na, was gaffst'e denn so, alter Faxenmacher?«, fragte Herr Radtke ihn reichlich missgelaunt, als er dessen Blick bemerkte. Dieser aber starrte ihn unentwegt an, dabei die Augenbrauen zusammenziehend, als brüte er über einem schwierigen Rechenrätsel. Da mit einem Male zog er die Brauen hoch, als habe er des Rätsels Lösung nun gefunden.

»Herr Unteroffizier«, sagte er in halb fragendem, halb konstatierendem Ton. »Unteroffizier Radtke!«, nun mit völliger Gewissheit.

Herrn Radtkes Mund war leicht geöffnet und auch auf seiner Miene deutete sich nun etwas wie Erkenntnis an. »Krafft?«

»Jawoll, Herr Unteroffizier!« Der Clown nahm militärische Grundstellung ein und salutierte. »Gefreiter Krafft meldet sich zur Stelle!«

Nachdem Immanuel das Erstaunen über diesen wundersamen Zufall überwunden hatte, beschlich ihn ein anderes, wie nämlich Herr Radtke und der Clown gemeinsam hatten im Schützengraben liegen können und somit etwa gleich alt sein mussten. Doch als er den Clown nun näher betrachtete, bemerkte er, dass die Schminke den Lauf der Zeit wohl notdürftig hatte übermänteln, keineswegs aber ungeschehen machen können. Tiefer noch als bei Herrn Radtke hatten sich die Tränensäcke unter den Augen gesenkt, schlaff hing das Fleisch von den Wangenknochen herab und gerade einmal ein brauner Zahnstummel zierte noch den eingefallenen Mund. Und der Rücken, eben bei der Einnahme militärischer Haltung noch zwanghaft gestreckt, beugte sich haltlos vor, als er nun rührte und wieder eine zivile Stellung einnahm. Und doch glaubte Immanuel in den müden Augen, die sich beim Anblick des alten Kameraden mit neuem Lebensgeist zu füllen schienen, durch Raum und Zeit hindurch noch einen Anflug des jungen Bocks aus der Kriegszeit zu erkennen.

»Tatsächlich, es ist Krafft«, stellte Herr Radtke fest und erhob sich mühsam von seinem Stuhl. Die beiden Männer reichten sich die Hände und blickten einander an. Der alte Clown grinste bald dümmlich, bald verlegen und schien nicht zu wissen, was er nun sagen solle. Doch endlich erlöste ihn der Mann im Rollstuhl aus seiner Verlegenheit, indem er in die Hände klatschte und sein *Jei jei jei ja!* ausstieß.

»Und sehen Sie, wen ich kürzlich getroffen habe«, sagte er und wies auf den Rollstuhlfahrer. »Kommen Sie, Herr Unteroffizier, kommen Sie.« Er führte ihn zu dem Mann. »Schauen Sie nur, das ist Heinz-Hugo. Sie wissen doch, der kleine Heinz-Hugo. Sie haben uns beiden doch damals das Leben gerettet, da in dem Bauernhaus.«

»Heinz-Hugo? Heinz-Hugo also heißt du.« Er trat einen Schritt näher und wollte ihm die Hand reichen.

»Davon möchte ich abraten«, warnte der Begleiter, von seiner Zeitung aufblickend, während Heinz-Hugo bereits versuchte, mit beiden Händen Herrn Radtkes ausgestreckte Hand zu ergreifen. »Wenn er einmal eine Hand ergriffen hat, lässt er sie nicht mehr los, und er hat einen festen Griff. Wie eine englische Bulldogge benimmt er sich manchmal.«

Herr Radtke zog die Hand wieder zurück und Heinz-Hugo schrie enttäuscht auf.

Und so standen und saßen sie also wohl eine ganze Minute da und blickten sich an, Herr Radtke, der Clown und der Mann im Rollstuhl. »Sie haben uns das Leben gerettet. Ohne Sie wären wir jetzt nicht hier«, stellte der Clown fest und entblößte seinen Zahnstummel, als er den alten Kameraden nun

angrinste. »Aber Sie haben damals doch gar keine
Auszeichnung bekommen. Hat man das später noch
gemacht, nach dem Krieg, meine ich?« Und Herrn
Radtkes Blick, der eben noch wie entrückt auf
Heinz-Hugo geruht hatte, wurde starr, seine Miene
verfinsterte sich. »Ach, komm mir bloß nicht damit.
Nicht mal einen Händedruck von unserem Alten hat
es gegeben.« Und deutlich war die Verbitterung aus
seiner Stimme zu hören, die offensichtlich auch der
Lauf der Zeit nicht hatte mildern können.

»Rührend!«, rief der Doktor aus und sprang von
seinem Stuhl. »Einfach rührend«, wiederholte er,
während er auf die Gruppe zuschritt. »Famos natürlich auch, aber in erster Linie doch einfach rührend«,
und Immanuel bemerkte, wie er sich verstohlen eine
Träne aus dem Augenwinkel wischte. Dann wandte
er sich an Herrn Radtke. »Verzeihen Sie, bitte, verzeihen Sie mir, verehrter Herr Unteroffizier Radtke,
dass ich mich hier so ungefragt einbringe, und verzeihen Sie auch, dass wir Sie soeben belauscht haben, aber so ergreifend war Ihre Rede, so aufrichtig
ist Ihre Empörung über den Undank der Welt, dass
wir gar nicht anders konnten, als Ihnen unsere ganze
Aufmerksamkeit zu schenken.« Und hier wies er auf
Immanuel, der sich ebenfalls zu der Gruppe begeben
hatte und Herrn Radtke nun zunickte. »Sollte man es
denn für möglich halten, dass Sie diese beiden wun-
derbaren Leben vor dem sicheren Vergehen ret-
teten«, und hier zeigte er auf Heinz-Hugo den Rollstuhlfahrer und den Clown, »damals vor undenk-
barer Zeit in den Wirren des Krieges, dass Jahrzehnte verstrichen, ohne dass man Ihnen den ge-
bührenden Dank gezollt hätte, und gerade heute an

222

diesem wunderschönen Abend führt Sie das Schicksal in unserem charmanten Städtlein wieder zusammen. Ach, man möchte auf die Knie fallen und den Schicksalsgöttern danken! Aber es kommt ja noch weit besser, denn heute, werter Herr Unteroffizier, soll Ihnen endlich Gerechtigkeit widerfahren. Glauben Sie an die göttliche und daher ewige Gerechtigkeit, die das gesamte Universum durchströmt und den Weltenlauf dirigiert? Aber gewiss tun Sie das. Unser Friedrich hat übrigens ein himmlisches Gedicht über die göttliche Gerechtigkeit verfasst«, wandte er sich da an Immanuel. »Bei Gelegenheit werde ich es Ihnen einmal vortragen. Aber nun wollen wir zunächst die Gerechtigkeit walten lassen. Denn sehen Sie, aus zuverlässiger Quelle weiß ich, dass just in diesem Augenblicke der ehrenwerte Richter H. in dem nicht weniger ehrenwerten Klub hier nebenan weilt. Wir wollen uns also direkt zu ihm begeben und ihn bitten, das längst fällige Recht in Ihrer Sache zu sprechen, Herr Unteroffizier. Kommen Sie mit, kommen Sie alle mit, denn womöglich wird man Ihre Zeugenaussage benötigen. Auch Sie, mein Herr«, wandte er sich an den Begleiter des Rollstuhlfahrers. »Sind Sie ein Verwandter des werten Heinz-Hugo?«

»Nö«, erwiderte der Begleiter in dem grauen Anzug und den grauen Schuhen und blickte den Doktor mit dümmlicher Miene an. »Ich bin der Rudolph, ich kümmere mich um den Heinz-Hugo.«

»Und dafür sind wir Ihnen alle zutiefst verbunden. Folgen Sie mir also bitte.«

Und tatsächlich kamen alle seiner Aufforderung ohne Widerspruch nach. Auch die beiden greisen

Kameraden von Herrn Radtke erhoben sich und
folgten dem Doktor in das Café. Die Masse draußen
verfolgte all dies mit großer Aufmerksamkeit,
machte aber keinerlei Anstalten, das Café ebenfalls
zu betreten. Immanuel war noch nie hier gewesen,
der Doktor aber schien mit allem bestens vertraut,
nickte dem Wirt zu, begrüßte einige der Gäste und
führte seinen Trupp durch das Café direkt zu einer
Tür in der Seitenwand des Raumes, der direkt an
den daneben gelegenen Klub angrenzen musste. Er
öffnete die Tür, und auch der Salon, in den sie nun
traten, war Immanuel gänzlich fremd. An den Wänden waren Kanapees unterschiedlicher Größe und
Art aufgestellt, auf denen in elegante Abendgarde-
robe gekleidete Herren mit ihren weiblichen Beglei-
terinnen saßen, die meisten gelangweilt an einer Zigarre ziehend oder an einem Sektglas nippend. Ein
Herr schien die Kerzen an dem Kronleuchter in der
Mitte des Raumes zu zählen, ein recht korpulenter
Mann las mit ernster Miene in einer Ausgabe des
Stadtanzeigers. Jedoch nicht für alle war eine Sitz-
möglichkeit gegeben, einige Paare standen einfach
herum, was ihnen hingegen nicht weiter Verdruss
zu bereiten schien. Und zwischen der Gesellschaft
schlenderte ein Bursche in einer roten Uniform mit
einem Tablett umher, leere Sektgläser aufnehmend
und volle austeilend. Auf einem Kanapee an der
Rückwand des Salons saß ein Mann in einem
schwarzen Frack. Er trug eine Brille mit einem Gold-
rand und war dermaßen in die Lektüre eines Zei-
tungsartikels vertieft, dass er seine Umgebung gar
nicht wahrzunehmen schien. Ohne jeden Zweifel
handelte es sich bei dem Mann um einen Gelehrten,

womöglich um einen Universitätsprofessor, denn so vergeistigt wirkte der ganze Mensch, dass Immanuel glaubte, die Wand durch ihn hindurchschimmern zu sehen. Und als er ihn etwas näher besah, erkannte er, dass es sich bei dem Mann um niemand anderen als den Philosophie-Dozenten Philipp Friedel handelte, dessen Bild er schon des Öfteren im *Stadtanzeiger* gesehen hatte. Ein Stück neben Friedel stand ein Herr und fingerte in einem Etui herum, in dem er anscheinend etwas suchte. Dominiert aber wurde der Raum, so schien es, von einem ganz besonders prachtvollen Kanapee aus karmesinrotem Stoff unterhalb des Kronleuchters, auf dem ein Herr in einem schwarzen Talar saß, in dem Immanuel sogleich den ehrenwerten Richter H. vermutete. Gerade nahm dieser eine Zigarre, die in einem Aschenbecher vor ihm auf dem Tisch lag, und steckte sie in den Mund. Eine neben ihm auf dem Kanapee sitzende Dame entzündete daraufhin ein Streichholz und wollte damit die Zigarre entzünden, doch kurz bevor die Flamme die Zigarrenspitze erreichte, lehnte sich ein hinter dem Richter sitzendes Männlein vor und blies das Streichholz aus. Immanuel hatte ihn zuvor hinter der massigen Gestalt des Richters gar nicht bemerkt, so schmächtig war er, und er vermutete, dass es sich bei diesem um den Arzt des Richters handele. Der Richter aber besah kurz seine noch immer kalte Zigarre und legte sie dann in den Aschenbecher zurück. »Und wohl bemerkt, meine Dame«, durchschnitten seine Worte dann die Stille in dem Salon, »wohl bemerkt, es handelt sich hier um einen Schluss a posteriori, nicht aber um einen a priori, und schon die Altvorderen haben sich gefragt, und ich denke hier in erster Linie an den vorzüglichen Aristoanulus von Athen, ob ein solcher Schluss gestattet sei, wenn ...«

Und hier begann Heinz-Hugo der Rollstuhlfahrer, der offenbar großen Gefallen an dem prächtigen Kronleuchter empfand, begeistert in die Hände zu klatschen und sein *Jei jei jei ja!* auszustoßen. Der Richter hielt in seinem Vortrag inne und musterte Heinz-Hugo und die ihn begleitende Truppe. Bevor er jedoch sein Erstaunen über die Störung und die doch reichlich unpassende Garderobe der Neuankömmlinge hätte äußern können, ergriff der Doktor das Wort. »Meine sehr verehrten Damen und Herren, ehrenwerter Richter H., ich bitte Sie vielmals, unser ungebührliches Eindringen zu entschuldigen. Ich bin mir natürlich vollkommen bewusst, dass allein schon unsere Garderobe es uns verbieten müsste, dass wir uns in Ihre erlauchte Gesellschaft mischen, und niemand bedauert es mehr als ich, dass wir Ihre geistsprühenden Unterhaltungen stören müssen. Allein es handelt sich, ja, so möchte ich sagen, um einen Notfall, und gewiss werden Sie bald vollstes Verständnis für unsere verzweifelte Lage beweisen, sollte der ehrenwerte Richter H. uns gestatten, unseren Fall hier zu präsentieren.« Und hier wandte er sich dem in dem Talar gekleideten Herrn auf dem Kanapee in der Mitte des Raumes zu, bei dem es sich also in der Tat um den Richter H. handelte. Hatte dieser zunächst ein wenig konsterniert gewirkt, so schienen ihn die gewählten Worte des Doktors doch einigermaßen positiv beeindruckt zu haben. Er schabte sich das Kinn und gab dann mit einer Handbewegung zu verstehen, der Doktor möge den Fall vorstellen.

»Ich danke Ihnen, Herr Richter«, sagte der Doktor und deutete eine Verbeugung an. »Ihre Weisheit und Ihr Sinn für Gerechtigkeit sind im ganzen Land wohlbekannt, und ich wusste, dass ich in dieser ehrwürdigen Halle nicht auf verschlossene Ohren stoßen würde. Schauen Sie hier, der Unteroffizier Radtke, ein Soldat mit jeder Fiber seines Leibes und ein treuer Diener seines Vaterlandes.« Er forderte Herrn Radtke mit einer Handbewegung auf, näherzutreten. Dieser wirkte zunächst etwas eingeschüchtert durch die imposante Persönlichkeit des Richters, besann sich dann aber wohl doch auf seine soldatischen Tugenden und trat entschlossen vor. Der korpulente Zeitungsleser blickte kurz über den Rand seines Blattes, verschwand im nächsten Moment aber wieder dahinter. »Treu und ergeben hat er im Großen Krieg gedient«, fuhr der Doktor fort. »Tag für Tag hat er die Entbehrungen des Schützengrabens ertragen, hat an der Seite seiner Kameraden Durst und Hunger gelitten und den Launen des Wettergottes getrotzt, hat nicht nur beständig sein Leben riskiert, sondern hat zudem, und hier komme ich zu meinem eigentlichen Anliegen, hat zudem zwei vortrefflichen Menschen das Leben gerettet. Und hiermit meine ich einmal den Gefreiten Krafft hier und außerdem unseren guten Heinz-Hugo dort drüben im Rollstuhl. Ja, er hat ihnen das Leben gerettet. Aber hat er für seine Heldentat Ruhm und Ehre geerntet? Ist er befördert worden, hat er zumindest einen Orden, eine Auszeichnung erhalten? Nein, Herr Richter, nicht einmal ein Wort der Anerkennung hat man an ihn gerichtet! Ist dies, so frage ich Sie, meine Damen und Herren, der Dank, den das Vaterland seinen Helden und Dienern zollt? Hat unser Unteroffizier nicht Genugtuung verdient, und sei es auch erst nach Jahrzehnten des Grams und der Verbitterung?« Hier hielt er inne und blickte fragend in die Runde. Heinz-Hugo war ganz hingerissen von den Worten des Doktors und vergaß sogar sein *Jei jei jei ja!* Die Dame neben dem Richter spielte mit der Streichholzschachtel, entzündete aber keins der Hölzer. Der Richter nickte und räusperte sich.

»Nun ja, ich denke, wir stimmen alle überein, dass wir zunächst Näheres über den Fall erfahren müssen, bevor wir zu einem fundierten Urteil kommen können. Herr Unteroffizier, wenn Sie uns nun im Detail schildern könnten, was sich damals zugetragen.«

»Eine vorzügliche Idee, Herr Richter«, erwiderte der Doktor und forderte Herrn Radtke mit einer Handbewegung auf, näherzutreten. Dieser leistete der Aufforderung Folge und begann also seine Geschichte. Er sprach fließend und man spürte, dass er die Ereignisse schon oft erzählt haben musste. Heinz-Hugo stieß einige Male sein *Jei jei jei ja!* aus. Draußen vor den drei großen Fenstern an der rechten Seitenwand des Salons hatte sich derweilen ein ganzer Haufe versammelt und starrte auf den Redenden. Die Leute schienen durch die geöffneten Oberlichter verstehen zu können, was drinnen gesprochen wurde, denn wann immer Heinz-Hugo sein *Jei jei jei ja!* ausstieß, so starrten sie von Herrn Radtke zu diesem. Herr Radtke hingegen ließ sich weder von den Zwischenrufen noch von den Zuschauern vor oder hinter den Fenstern stören. Er erzählte, wie sie von der Front in das Dorf verlegt worden waren, beschrieb den Lagerschuppen und das Bauernhaus, in dem die Vorführung stattgefunden hatte, erwähnte den Gefreiten Krafft und die Dorfschönheit wie auch das Kleinkind, das in dem Korb geschlafen hatte, und als sei mit der Erwähnung des Kindes sein Stichwort gegeben, sprang hier nun der korpulente Herr mit der Zeitung auf, und mit nicht geringem Erstauen erkannte Immanuel nun, dass es sich bei diesem um niemand anderen als Bürgermeister F. handelte.

»Ich danke Ihnen, mein Herr, dass Sie dieses durchaus wichtige Thema zur Sprache gebracht haben«, wandte sich der Bürgermeister freudestrahlend an Herrn Radtke. »Sie alle wissen, dass, seit ich meine bescheidenen Kräfte in den Dienst dieser Stadt stelle, ich nicht müde werde hervorzuheben, dass die Familie den Pfeiler darstellt, auf dem unsere Gesellschaft beruht.« Er drehte sich nach rechts und nach links, seine Zuhörerschaft ins Auge fassend, bemerkte dabei die Menschen an den Fenstern und drehte sich zu diesen um. Die meisten von ihnen hielten die Münder halb geöffnet, und Immanuel fragte sich, ob vor Überraschung, dass sie ihr Stadtoberhaupt hier sprechen hörten, oder ob sie einfach verwirrt waren. Manche hatten sich so weit vorgelehnt, dass ihre Nasenspitzen an das Glas drückten und ihr Atem dieses beschlagen ließ. »Denn wo, so frage ich Sie, meine sehr verehrten Damen und Herren«, fuhr der Bürgermeister dann fort, »wo soll das Kind die Kraft und die Zuversicht für ein glückliches und der Gesellschaft nutzbringendes Leben schöpfen, wenn nicht innerhalb der eigenen vier Wände im Kreise der Menschen, die es lieben? Und bedenken Sie, dass es unsere Kinder sind, die unser aller Zukunft darstellen, und daher ist eine familienfreundliche Politik nicht einfach eine Forderung, die uns alleine schon unsere Menschlichkeit gebietet, nein, sie stellt vielmehr einen Imperativ dar, der unsere Existenz betrifft. Ich danke Ihnen für Ihre Aufmerksamkeit.«

Noch immer strahlend nickte er den Leuten am Fenster zu, wandte sich dann dem Richter und Herrn Radtke zu und bedachte auch diese mit einem herzlichen Nicken. Herr Radtke nickte zurück, deutete gar eine Verbeugung an, und gewiss tat er gut daran, denn sicherlich konnten die Ausführungen des Bürgermeisters nur zu seinem Gunsten ausgelegt werden.

»Schwabke!«, brüllte da der Richter, und das Männlein, das zuvor das Streichholz ausgeblasen und bisher hinter dem Richter auf einem Stuhl gesessen hatte, sprang auf. Er war um einiges älter als der Richter, wirkte noch gebrechlicher als Herr Radtke, bewegte sich nun beim Erschallen der Richterstimme aber mit einer Agilität, wie sie nur die Macht jahrzehntelanger Dienstbeflissenheit bewahren kann. Das längst ergraute Haar artig gescheitelt, den Rücken gekrümmt, zerrte er einen riesigen Reisekoffer aus braunem Leder neben das Kanapee und nickte dem Richter diensteifrig zu. Dieser bedeutete ihm mit zwei Handgesten, er solle den Koffer auf den Tisch stellen und öffnen, was der Alte mit einiger Müh und zitternden Händen dann auch zuwege brachte. »Den Codex, die Waage«, bestimmte er dann, und Schwabke holte einen riesigen, leicht verstaubten Wälzer mit braunem Einband aus dem Koffer und platzierte ihn andächtig auf den Tisch vor dem Richter. Dann brachte er noch eine goldene Waage mit zwei Schalen hervor und stellte sie neben den Codex.

Der Richter schlug den Codex auf, der nun, im aufgeschlagenen Zustand, mehr als die Hälfte der Tischplatte bedeckte, blätterte einige Male vor und wieder zurück und las dann in einer Passage. Und Immanuel, der von seinem Standpunkt aus deutlich die eng beschriebenen Seiten sehen konnte, wunderte sich, dass der Richter die kleine Schrift noch ohne Brille lesen konnte. Etwas schlug scheppernd auf dem Boden auf, und Immanuel sah, dass dem Herrn in der Nähe des Philosophie-Dozenten Friedel das Etui heruntergefallen war. Anscheinend war hierbei etwas aus diesem verloren gegangen, denn der Mann kniete nun nieder und suchte den Boden nach dem verlorenen Gegenstand ab. Er rutschte auf den Knien dahin, bis ihm eine Dame, der er sich von hinten genähert hatte, den Weg versperrte. Er hob den Saum des Kleides ein Stück an und setzte nun unter diesem seine Suche fort. Als er vollends unter dem Kleid verschwunden war, warf ihm Friedel einen flüchtigen Blick zu, wandte sich aber gleich wieder seinem Zeitungsartikel zu, der weit mehr sein Interesse zu finden schien. »Zunächst einmal danke ich Ihnen für Ihren Vortrag, Herr Unteroffizier Radtke«, begann der Richter dann, hielt aber gleich wieder inne. Er blickte ein weiteres Mal in den Codex und fast wollte es scheinen, als habe er vergessen, was er nun sagen wollte. Doch dann schien er sich zu besinnen. »Wir haben darüber zu befinden, um es kurz zu machen, ob der Herr Unteroffizier für die von ihm beschriebenen Taten eine Auszeichnung beanspruchen darf und, wenn ja, ob diese in Form des Verdienstordens der Klasse A, B oder C zu verleihen ist. Herr Unteroffizier, Sie waren während des betreffenden Zeitraums als aktiver Soldat tätig?«, wandte er sich dann an Herrn Radtke.

»Jawoll, Herr Richter, bei der zweiten Kompanie des Infanterieregiments 93.«

»Und in der Zeit, von der wir sprechen, befanden Sie sich also mit Ihrem Regiment im Kriegseinsatz.«

»Jawoll, das ist korrekt. Wir waren erst ein paar Tage zuvor aus den Schützengräben gekommen.«

»Und in den Tagen davor waren Sie noch in kriegerische Auseinandersetzungen verwickelt?«

»Ganz recht. Er war nochmal ziemlich zur Sache gegangen.« Schien er bei der ersten Antwort noch etwas nervös und sprach stockend, so kamen seine Worte nun flüssig und klar. Er schien jetzt Herr der Lage.

»Und danach kehrten Sie mit Ihren Kameraden wieder in die Schützengräben zurück?«

»Jawoll, eine Woche später ging's wieder zurück.«

»Sie waren also sowohl davor als auch danach in kriegerische Tätigkeiten verwickelt und haben auf Menschen geschossen?«

Und der Richter legte die Betonung auf das Wort *geschossen*. Herr Radtke blickte unsicher nach rechts und nach links. »Na ja, ich denke schon.«

Mittlerweile bestand kein Zweifel mehr, dass die Menge vor den Fenstern die Worte im Inneren des

Salons hören konnte. Denn je nachdem, wer gerade sprach, wandten sich die Gesichter bald dem einen, bald dem anderen zu, und Immanuel musste an den Scheibenwischer denken, den er einst an einem Automobil gesehen hatte.

Der Richter musterte Herrn Radtke eine Weile, dann griff er nach der Zigarre. Die Dame neben ihm entzündete ein Streichholz und hielt es ihm hin, doch bevor sie damit die Zigarre entzünden konnte, lehnte sich das Männlein namens Schwabke vor und blies es aus. Der Richter betrachtete die Zigarre und legte sie in den Aschenbecher zurück. Der Mann ein Stück vor dem Philosophie-Dozenten Friedel tauchte unter dem Kleid der Dame hervor auf, schien das Gesuchte aber noch nicht gefunden zu haben. »§ 148, Absatz 19b des Gesetzes zum Gebrauch von Schusswaffen durch Minderjährige besagt, dass es Jugendlichen, die das achtzehnte Lebensjahr noch nicht vollendet haben, untersagt ist, Geschosse abzufeuern, deren Treibladung die in § 119, Absatz 14 desselben Gesetztes festgelegte Menge an Explosivstoffen überschreitet und deren Durchschlagskraft über dem in § 95, Absatz 9 bestimmten Höchstwert für Kleinkalibergeschosse liegt, weiterhin ist hier der Zusatzartikel ...«

»Entschuldigen Sie, Herr Richter«, unterbrach ihn hier der Doktor. »Verzeihen Sie vielmals, aber es scheint mir nicht überflüssig, an dieser Stelle darauf hinzuweisen, dass der Unteroffizier Radtke zum betreffenden Zeitpunkt bereits volljährig war. Das ist doch richtig, Herr Unteroffizier, oder?«

Herr Radtke nickte. »Ganz recht, ich war schon 21 Jahre alt, als ich eingezogen wurde.«

Der Richter blickte vom Doktor zu Herrn Radtke, als habe er dessen Anwesenheit völlig vergessen. Die Unterbrechung schien ihn aus dem Konzept gebracht zu haben, und er wirkte müde. Dennoch fuhr er fort. »§ 18, Absatz 123c des Gesetzes zum Gebrauch von Schusswaffen außerhalb von geschlossenen Gebäuden besagt, dass es nicht gestattet ist, Schusswaffen, seien diese nun nach § 11, Absatz 19a des Schusswaffenklassifizierungsgesetzes als Kleinkaliber- oder nach § 11, Absatz 19b desselben Gesetzes als Großkaliberwaffen zu klassifizieren, abzufeuern, wenn die Sichtverhältnisse eine Ausschließung der Gefährdung anderer Personen gemäß § 23, Absatz 13c des Gesetzes zum Schutz der körperlichen Unversehrtheit ausschließt. Absatz 123c des § 18 des Gesetzes zum Gebrauch von Schusswaffen außerhalb von geschlossenen Gebäuden wurde vom Landesgericht zu W. anlässlich eines Jagdunfalles erlassen, der sich im selben Jahre in einem Wald in der Nähe von S. zugetragen hatte. Eine Gruppe von Privatpersonen, die mit Jagdgewehren, die nach § 11, Absatz 19b des Schusswaffenklassifizierungsgesetzes als Großkaliberwaffen zu klassifizieren waren, bewaffnet waren, hatte sich in besagten Wald begeben zu dem Zwecke, wie besagte Personengruppe bei einer späteren Anhörung zu Protokoll gab, den Wildschweinbestand, der im vorherigen Quartal den in § 24, Absatz 36 des Gesetzes für Großwildpopulationen in heimischen Wäldern vorgegebenen Index um den Wert 11,43 überschritten hatte, auf den gesetzlich vorgeschriebenen Bestand zu reduzieren.«

»Und an dieser Stelle erlaube ich mir, nochmals auf die Bedeutung einer gesunden Ernährung hinzuweisen«, sagte hier der Bürgermeister, der nun seine Zeitung beiseite legte, sich wieder erhob und an die Zuschauer vor den Fenstern gewandt fortfuhr. »Eine eingehende Studie des Institutes für Gesundheit und Hygiene, deren Ehrenvorsitz von mir, wie ich mich rühmen darf, seit nunmehr acht Jahren eingenommen wird, hat ergeben, dass eine falsche Ernährungsweise gerade in den ersten fünf Lebensjahren zu Schäden in der geistigen wie körperlichen Entwicklung führt, die erst im frühen Erwachsenenalter in ihrem vollen Ausmaß erkannt werden können. Ich bitte Sie, diesen Umstand nie außer Betracht zu lassen und sich im Zweifelsfall an das Institut für Gesundheit und Hygiene zu wenden. Ich danke Ihnen für Ihre Aufmerksamkeit.«

»Die Personengruppe«, fuhr jetzt der Richter fort, »begab sich also mit den als Großkaliberwaffen zu klassifizierenden Jagdgewehren in den Wald der direkt an eine Siedlung angrenzte die nach § 13, Absatz 9 des Ortschaftenklassifizierungsgesetzes als mittelgroßes Dorf zu klassifizieren war da es neben einem eigenen Schulgebäude und einem eigenen Kirchturm zudem über einen Kinderkarten und ein Rathaus verfügte somit im juristischen Sinne als selbständige Gemeinde gelten konnte und ... ja und dann ...« Hier hielt er inne und blickte die Dame neben sich an. »Wie habe ich denn jetzt den Satz angefangen?«

»Sie sagten, dass sich die Jägersleut mit ihren Schießgewehren in den Wald begaben«, half ihm der Doktor.

»Ja, genau, ich danke Ihnen«, sagte der Richter. »Die Personengruppe begab sich also mit den als Großkaliberwaffen zu klassifizierenden Jagdgewehren in den Wald.« Etwas schlug scheppernd auf dem Boden auf, und Immanuel sah, dass dem Herrn in der Nähe des Philosophie-Dozenten Friedel das Etui heruntergefallen war. Anscheinend war hierbei etwas aus diesem verloren gegangen, denn der Mann kniete nun nieder und suchte den Boden nach dem verlorenen Gegenstand ab. Er rutschte auf den Knien dahin, bis ihm eine Dame, der er sich von hinten genähert hatte, den Weg versperrte. Er hob den Saum des Kleides ein Stück an und setzte nun unter diesem seine Suche fort. Als er vollends unter dem Kleid verschwunden war, warf ihm Friedel einen flüchtigen Blick zu, wandte sich aber gleich wieder seinem Zeitungsartikel zu, der weit mehr sein Interesse zu finden schien. »Zunächst einmal danke ich Ihnen für Ihren Vortrag, Herr Unteroffizier Radtke«, begann der Richter dann, hielt aber gleich wieder inne. Er blickte ein weiteres Mal in den Codex und fast wollte es scheinen, als habe er vergessen, was er nun sagen wollte. Doch dann schien er sich zu besinnen. »Wir haben darüber zu befinden, um es kurz zu machen, ob der Herr Unteroffizier für die von ihm beschriebenen Taten eine Auszeichnung beanspruchen darf und, wenn ja, ob diese in Form des Verdienstordens der Klasse A, B oder C zu verleihen ist. Herr Unteroffizier, Sie waren während des betreffenden Zeitraums als aktiver Soldat tätig?«, wandte er sich dann an Herrn Radtke.

»Jawoll, Herr Richter, bei der zweiten Kompanie des Infanterieregiments 93.«

»Und in der Zeit, von der wir sprechen, befanden Sie sich also mit Ihrem Regiment im Kriegseinsatz.«

»Jawoll, das ist korrekt. Wir waren erst ein paar Tage zuvor aus den Schützengräben gekommen.«

»Und in den Tagen davor waren Sie noch in kriegerische Auseinandersetzungen verwickelt?«

»Ganz recht. Er war nochmal ziemlich zur Sache gegangen.« Schien er bei der ersten Antwort noch etwas nervös und sprach stockend, so kamen seine Worte nun flüssig und klar. Er schien jetzt Herr der Lage.

»Und danach kehrten Sie mit Ihren Kameraden wieder in die Schützengräben zurück?«

»Jawoll, eine Woche später ging's wieder zurück.«

»Sie waren also sowohl davor als auch danach in kriegerische Tätigkeiten verwickelt und haben auf Menschen geschossen?«

Und der Richter legte die Betonung auf das Wort *geschossen*. Herr Radtke blickte unsicher nach rechts und nach links. »Na ja, ich denke schon.«

Etwas schlug scheppernd auf dem Boden auf, und Immanuel sah, dass dem Herrn in der Nähe des Philosophie-Dozenten Friedel das Etui heruntergefallen war. Anscheinend war hierbei etwas aus diesem verloren gegangen, denn der Mann kniete nun nieder und suchte den Boden nach dem verlorenen Gegenstand ab. Er rutschte auf den Knien dahin, bis ihm eine Dame, der er sich von hinten genähert hatte, den Weg versperrte. Er hob den Saum des Kleides ein Stück an und setzte nun unter diesem seine Suche fort. Als er vollends unter dem Kleid verschwunden war, warf ihm Friedel einen flüchtigen Blick zu, wandte sich aber gleich wieder seinem Zeitungsartikel zu, der weit mehr sein Interesse zu finden schien. »Zunächst einmal danke ich Ihnen für Ihren Vortrag, Herr Unteroffizier Radtke«, begann der Richter dann, hielt aber gleich wieder inne. Er blickte ein weiteres Mal in den Codex und fast wollte es scheinen, als habe er vergessen, was er nun sagen wollte. Doch dann schien er sich zu besinnen. »Wir haben darüber zu befinden, um es kurz zu machen, ob der Herr Unteroffizier für die von ihm beschriebenen Taten eine Auszeichnung beanspruchen darf und, wenn ja, ob diese in Form des Verdienstordens der Klasse A, B oder C zu verleihen ist. Herr Unteroffizier, Sie waren während des betreffenden Zeitraums als aktiver Soldat tätig?«, wandte er sich dann an Herrn Radtke.

»Jawoll, Herr Richter, bei der zweiten Kompanie des Infanterieregiments 93.«

»Und in der Zeit, von der wir sprechen, befanden Sie sich also mit Ihrem Regiment im Kriegseinsatz.«

»Jawoll, das ist korrekt. Wir waren erst ein paar Tage zuvor aus den Schützengräben gekommen.«

»Und in den Tagen davor waren Sie noch in kriegerische Auseinandersetzungen verwickelt?«

»Ganz recht. Er war nochmal ziemlich zur Sache gegangen.« Schien er bei der ersten Antwort noch etwas nervös und sprach stockend, so kamen seine Worte nun flüssig und klar. Er schien jetzt Herr der Lage.

»Und danach kehrten Sie mit Ihren Kameraden wieder in die Schützengräben zurück?«

»Jawoll, eine Woche später ging's wieder zurück.«

»Sie waren also sowohl davor als auch danach in kriegerische Tätigkeiten verwickelt und haben auf Menschen geschossen?«

Und der Richter legte die Betonung auf das Wort *geschossen*. Herr Radtke blickte unsicher nach rechts und nach links. »Na ja, ich denke schon.«

»Entschuldigen Sie, wenn ich Sie unterbreche, Herr Richter«, fuhr hier der Doktor dazwischen. »§ 18, Absatz 123c des Gesetzes zum Gebrauch von Schusswaffen außerhalb von geschlossenen Gebäuden besagt in der Tat, dass draußen nur geschossen werden darf, wenn eine Gefährdung anderer Personen wegen der Sichtverhältnisse ausgeschlossen werden kann. Das ist vollkommen richtig. Doch wenn Sie diesen Paragraphen auf den Fall von Herrn Radtke anwenden wollen, so sollten wir auch Absatz 123f desselben Paragraphen betrachten. Und dieser Absatz besagt, dass der Schusswaffengebrauch auch bei widrigen Sichtverhältnissen gestattet ist, wenn der Schütze über eine eingehende Ausbildung an der Waffe verfügt. Und Herr Radtke hatte eine ganz vorzügliche Schießausbildung hinter sich, als er in den Schützengraben geschickt wurde. Das sehe ich doch richtig, Herr Radtke, oder?«

Und Herr Radtke bestätigte, dass dies in der Tat der Fall sei.

»Sie sehen also, Herr Richter«, fuhr der Doktor fort, »dass Herr Radtke keineswegs gegen § 18 des besagten Gesetzes verstoßen hat.«

Der Richter sah den Doktor an, dann blickte er auf den vor ihm liegenden Codex. Er wirkte müde. Der Vortrag über den Schusswaffengebrauch schien ihn erschöpft zu haben. »Das mag ja alles sein«, gab er dann mit matter Stimme zu. »Aber Sie wollen doch nicht abstreiten, dass er mit seinem Gewehr auf andere Menschen geschossen hat und dabei billigend in Kauf nahm, dass diese verletzt oder gar getötet werden konnten. Und § 25, Absatz 11b des Codicis besagt ganz eindeutig, dass die Gefährdung oder Auslöschung eines Menschenlebens oder auch nur die billigende Inkaufnahme einer Gefährdung oder Auslöschung als moralisch höchst verwerflich zu beurteilen ist. Und hier spielen Sichtverhältnisse und Ausbildung nicht die geringste Rolle.«

»Moral! Was hat man unter Moral zu verstehen?«, meldete sich hier der Philosophie-Dozent Friedel zu Wort. Er erhob sich, blickte zu dem Richter, dann zu den Leuten an den Fenstern, und hier nun bemerkte er, dass ihm einige der umherstehenden Paare die Sicht versperrten, und so stellte er sich auf das Kanapee, auf dem er eben noch gesessen. Mit sichtlicher Genugtuung stellte er fest, dass sämtliche Gesichter nun in seine Richtung schwenkten, und er nickte seiner Zuhörerschaft zu. »Moral. Was besagen Moral und Ethik? Ich darf Ihnen versichern, meine sehr verehrten Damen und Herren, dass die Philosophen aller Zeiten, die Metaphysiker, die Existenzphilosophen, die Alchemisten, die Psychologen von Platon, Aristoteles über Schopenhauer und Paracelsus bis hin zum Turnvater Jahn diese Frage mit Feuereifer diskutiert und keinen Aspekt der transzendentalen wie der intranszendentalen Problematik unerörtert gelassen haben. Sie können dies alles in meinem heutigen Artikel im *Stadtanzeiger*: *Moral und Ethik leicht gemacht. Keine Angst vor großen Namen* nachlesen.« Und hier hielt er die Zeitung gut sicht-

bar in die Höhe. »Ein Knabe stibitzt einen Pfann-
kuchen aus der Speisekammer und bestreicht diesen
dann, sagen wir, mit Pflaumenmus. Ist diese Misse-
tat unter ethischen Gesichtspunkten zu betrachten?
Oder nehmen wir einen anderen Knaben, der seine
Großmutter vom Nachttopf schubst. Stehen wir hier
vor einem ethischen Dilemma? Ich kann Ihnen an
dieser Stelle bereits sagen, obwohl die Problematik
in aller Ausführlichkeit in meinem Artikel beschrieben ist, dass wir uns weder in dem einen noch in
dem anderen Fall auf einer ethischen Ebene befinden, sondern vielmehr auf einer moralischen.
Denn die Ethik, sehen Sie, bewegt sich, wie ich meinen Studenten ohne Unterlass predige, auf einer
weitaus höheren Ebene als die Moral, wenn Sie so
wollen, auf einer Metaebene. Das Vom-Nachttopf-
Schubsen an sich, das ist eine ethische Frage, daran
besteht kein Zweifel, aber sollen wir deswegen auch
den einfachen Schubser im trauten Familienkreis
eine ethische heißen?«

»Das ist ein überaus wichtiger Punkt, den Sie da
zur Sprache gebracht haben«, unterbrach ihn hier
der Bürgermeister. Er legte seine Ausgabe des *Stadtanzeigers* beiseite, erhob sich und wandte sich den
Leuten an den Fernstern zu. »»Sie alle wissen, dass,
seit ich meine bescheidenen Kräfte in den Dienst
dieser Stadt stelle, ich nicht müde werde hervorzuheben, dass die Familie den Pfeiler darstellt, auf dem
unsere Gesellschaft beruht.« Er drehte sich nach
rechts und nach links, seine Zuhörerschaft ins Auge
fassend, und bemerkte dabei die Menschen an den
Fenstern. Die meisten von ihnen hielten die Münder
halb geöffnet, und Immanuel fragte sich, ob vor

Überraschung, dass sie ihr Stadtoberhaupt hier sprechen hörten, oder ob sie einfach verwirrt waren. Manche hatten sich so weit vorgelehnt, dass ihre Nasenspitzen an das Glas drückten und ihr Atem dieses beschlagen ließ. »Denn wo, so frage ich Sie, meine sehr verehrten Damen und Herren«, fuhr der Bürgermeister dann fort, »wo soll das Kind die Kraft und die Zuversicht für ein glückliches und der Gesellschaft nutzbringendes Leben schöpfen, wenn nicht innerhalb der eigenen vier Wände im Kreise der Menschen, die es lieben? Und bedenken Sie, dass es unsere Kinder sind, die unser aller Zukunft darstellen, und daher ist eine familienfreundliche Politik nicht einfach eine Forderung, die uns alleine schon unsere Menschlichkeit gebietet, nein, sie stellt vielmehr einen Imperativ dar, der unsere Existenz betrifft. Ich danke Ihnen für Ihre Aufmerksamkeit.«

»Das will ich Ihnen gerne eingestehen«, erwiderte der Doktor an den Richter gewandt. »Doch müssen hier noch ganz andere Umstände berücksichtigt werden. Wie Sie trefflich bemerkt haben, Herr Richter, zählt der Codex das Auslöschen eines Menschenlebens zu den moralisch verwerflichsten Taten überhaupt oder auch den ethisch verwerflichsten Taten überhaupt. Die genaue Unterscheidung werden wir dem Herren dort drüben überlassen müssen.« Er wies auf den Philosophie-Dozenten Friedel, der jedoch bereits wieder in seinen Zeitungsartikel vertieft war und ihn gar nicht zu hören schien. »Nun ja, jedenfalls könnte kein moralisch oder ethisch verantwortungsbewusster Erdenbürger an der Wahrheit dieser Feststellung zweifeln. Und ich will jetzt gar nicht das abgegriffene Argument bemühen, Herr

Radtke habe nur unter Befehlszwang gehandelt, oder was sonst noch an krausem Zeug in diesen Fällen so gerne vorgebracht wird. Nein, der Herr Unteroffizier Radtke hat geschossen. Das müssen wir als gegeben hinnehmen. Punkt und Schluss. Doch ist es nicht überflüssig, in diesem Zusammenhang noch eine weitere Feststellung des altehrwürdigen Codicis zu zitieren, ich meine die unter § 2, Abschnitt 13b aufgeführte, nämlich dass *dulce et decorum est pro patria mori.*« Der Richter blätterte nun in dem Codex. »Diese Feststellung, meine Damen und Herren«, fuhr der Doktor fort, »auch wenn sie nur durch einen Schluss a posteriori begründet ist, ist in ihrer Tragweite doch gar nicht zu überschätzen, erhebt sie unser armseliges Erdendasein doch in Gefilde, die die Dichter besingen und die wir schon als göttlich bezeichnen müssen. Süß und ehrenhaft ist es, für das Vaterland zu sterben, lassen Sie sich diesen Satz auf der Zunge zergehen und entscheiden Sie, ob der Mensch zum Menschen nicht erst wird, wo er sich über sich selbst erhebt und mit einem Begriff verschmilzt, der eine der erhabensten und edelsten Errungenschaften bezeichnet, deren sich die Menschheit rühmen darf: dem Vaterland! Ach, zu welch göttlichen Versen hat dieser Begriff unsere Dichter inspiriert, welch erhabene Regungen weckt er in jeder empfindsamen Brust. Ja, mit gutem Recht können wir behaupten, dass mit dieser Feststellung des *dulce et decorum est pro patria mori* erst die Forderung erfüllt wird, die der Codex an anderer Stelle erhebt, dass nämlich ein Dasein zum Leben erst werde, wo es ein würdevolles ist. Denn wo, so frage ich Sie, kann ein Dasein in Würde erblühen, wenn nicht an der Stätte, die wir unser Vaterland heißen? Und bedenken Sie weiter, dass unser Codex nicht nur für unsere Nation gilt, sondern ein universelles Gut ist, das auch der Feind von gestern und der Freund von morgen für sich beanspruchen darf. Wenn nun unser Unteroffizier Radtke im Gefecht geschossen und auch getroffen und getötet hat, hat er damit seinem Gegner nicht die Möglichkeit gegeben, in die Gefilde einzugehen, in denen einfaches Dasein erst zum Leben wird? Zum Leben erst werden kann, das eines Menschen würdig ist?«

Der Richter schien nicht überzeugt. Griesgrämig schüttelte er den Kopf, und Immanuel musste an einen Elefanten denken, der lästige Fliegen verscheucht. »Aber das ändert doch nichts daran, dass er gegen § 25, Absatz 11b verstoßen hat«, sagte er schließlich.

Der Doktor zog die Augenbrauen hoch. »Ich sehe schon, so kommen wir nicht weiter. Wenn es Ihnen recht ist, lassen wir einfach die verehrten Herrschaften darüber abstimmen.«

Der Richter wiegte sich einige Male hin und her, schließlich nickte er.

»Ich danke Ihnen. Also, meine Herrschaften«, wandte sich der Doktor dann an die Anwesenden. »Wer der Ansicht ist, dass der Unteroffizier Radtke im Schützengraben moralisch verwerflich gehandelt hat, der hebe seine Hand.«

Der Bürgermeister las in seiner Zeitung, der Philosophie-Dozent ebenfalls, der Herr ein Stück vor diesem untersuchte wieder sein Etui, einem Mann, der seine Nase gegen das mittlere der drei Fenster drückte, rann Speichel aus dem halb geöffneten

Mund. Eine erhobene Hand ließ sich nicht entdecken. »Und wer ist der Ansicht, dass der Unteroffizier Radtke moralisch nicht verwerflich gehandelt hat?«

Wieder blickte der Doktor in die Runde, doch auch dieses Mal erhob sich nirgends eine Hand. Schwabke blies ein Streichholz aus, mit dem die Dame die Zigarre des Richters anbrennen wollte.

»Nun ja«, wandte sich der Doktor an den Richter. »Zumindest liegt keine eindeutige Verurteilung des Unteroffiziers Radtke vor.«

Der Richter jedoch schien nun jedes Interesse an der Sache verloren zu haben. Er hatte sich der Dame an seiner Seite zugewandt und setzte seinen Vortrag fort, den er beim Eintreffen des Trupps gerade gehalten hatte. Der Doktor drehte sich zu Herrn Radtke um und zuckte resignierend mit den Achseln. Das Zeichen zum Aufbruch gab Heinz-Hugo mit einem freudigen *Jei jei jei ja!*

Durch das Café hindurch begab sich die Gruppe wieder nach draußen. Heinz-Hugo schien ausgezeichneter Stimmung und stieß in einem fort sein *Jei jei jei ja!* aus. Herr Radtke und seine beiden Freunde setzten sich an ihren Tisch, Heinz-Hugos Begleiter schob den Rollstuhl an die Stelle zurück, an der er auch zuvor gestanden hatte, und nahm seine Zeitungslektüre wieder auf. Die drei Greise schwiegen sich an, und auch Heinz-Hugo gab irgendwann Ruhe. Da bemerkte Immanuel, wie der Doktor zum Dach des nebenstehenden Gebäudes sah, er folgte dessen Blick und erschrak. Er hatte ganz vergessen, dass sich der Clown ja nun bald von dem Dach stürzen würde.

»Er wird sich vom Dach stürzen!«, rief Immanuel aus.

»Es scheint, er wird sich vom Dach stürzen«, stimmte Herr Radtke zu.

»Ja, er wird sich wohl vom Dach stürzen«, pflichtete einer der beiden anderen Greise bei.

»Wir müssen etwas tun!«, forderte Immanuel.

»Was sollen wir tun?«, fragte der Doktor und schabte sich das Kinn. Dann blickte er Immanuel an. »Was können wir da nur tun?«

»Wir müssen zu ihm hinauf«, erwiderte Immanuel, und der Doktor schlug ihm anerkennend an den Oberarm. »Das ist eine fabelhafte Idee, mein Freund. Also, dann los.«

Sie eilten durch das Café in den Salon zurück und Immanuel sah, wie die Dame ein Zündholz anbrannte und die Zigarre des Richters anzünden wollte. Kurz bevor sie das Zündholz aber an die Zigarrenspitze halten konnte, lehnte sich Schwabke vor und blies es aus. Gerade wollte Immanuel fragen, wie man auf das Dach gelange, doch da bemerkte er an der Rückwand des Salons eine offenstehende Tür und nickte dem Doktor zu. Sie eilten also auf die Tür zu und gelangten dann auf einen Gang, der an einer Reihe von verschlossenen Türen vorbeiführte. An dessen Ende sahen sie eine in die Obergeschosse führende Treppe. Im Laufschritt bewegten sie sich also zu der Treppe, stiegen ins erste und ins zweite Obergeschoss. Dort angekommen entdeckten sie auf der rechten Seite eine offene Tür, die zu einer Art Dachboden zu führen schien. Sie betraten den Raum, der sich in der Tat als Dachboden herausstellte, und sahen eine Leiter, die an den Rand einer Luke gelehnt war, durch die man auf das Dach gelangte. Der Doktor, den das Treppensteigen in keiner Weise angestrengt zu haben schien, stieg als Erster hinauf, dicht gefolgt von Immanuel. Oben entdeckten sie dann den Clown am Rande des Daches stehend, ihnen den Rücken zugekehrt. Er lachte, mit drei Bällen jonglierend, den Blick bald auf die Menge unten vor dem Gebäude gerichtet, bald auf seine Bälle, die Menge die starren Blicke zu dem Clown auf dem Dach erhoben.

Langsam traten sie auf den Mann zu. Plötzlich hörte Immanuel, wie noch jemand die Treppe hinaufstieg. Es war der Begleiter des Rollstuhlfahrers, der sich als Rudolph vorgestellt hatte. Auch er ging auf den Clown zu. Ein Stück hinter diesem blieben sie stehen, von wo aus sie gerade den Vorplatz des Gebäudes einsehen konnten, der Doktor rechts, Rudolph links und Immanuel in der Mitte. Der Clown aber achtete gar nicht auf sie, lachte und jonglierte mit den Bällen.

»Wenn er springt, wird er auf den Tisch fallen«, sagte Rudolph nach einer Weile und wies auf einen runden Holztisch unter ihnen, der noch zum Café gehörte und etwa drei Meter von der Außenwand des Gebäudes entfernt stand. Hier nun hielt der Clown inne und drehte sich zu den drei Männern um. Er schien nicht zu verstehen.

Der Doktor aber wirkte nachdenklich. »Nicht unbedingt«, sagte er schließlich. »Das hängt von dem Schwung ab, mit dem er springt. Wenn er etwas Anlauf nimmt, dann wird er vermutlich hinter dem Tisch auf dem Pflaster landen.«

»Aber er nimmt doch gar keinen Anlauf«, wandte Rudolph ein.

»Aber wenn er Anlauf nähme. Doch ist es gar nicht notwendig, dass er mit Anlauf springt, es würde auch schon reichen, wenn er mit Armen und Beinen Schwung holt. Seine Fallkurve ähnelt einer halben, nach unten geöffneten Parabel. Wie diese genau aussieht, das hängt vom Schwung, vom Gewicht und der Windstärke ab. Es gibt da eine mathematische Formel, mit der man das genau berechnen kann.«

»Wir haben doch gar keinen Wind, und von Parabeln versteh´ ich nichts. Von Mathematik auch nicht.«

Der Doktor nickte und schien nun die Stelle zu berechnen, an der der Clown bei Windstille aufkommen musste.

»Nein, von Parabeln versteh´ ich nichts«, wiederholte Rudolph. »Aber wir sollten kein Risiko eingehen und ein Stück nach links gehen.«

»Da haben Sie vollkommen Recht«, stimmte der Doktor zu, und die beiden fassten den Clown an den Armen und führten ihn ein Stück nach links zu einer Stelle, wo sich einzig blankes Pflaster unter ihm auftat, was der Clown auch willenlos mit sich geschehen ließ. Er lächelte, schien aber immer noch nicht zu begreifen, worum es ging. Eine Weile standen die Männer nun schweigend da und starrten auf den Rosenplatz hinab.

»In der Zeitung wird beschrieben, wie sich ein Elefant das Leben genommen hat«, bemerkte Rudolph dann. »Er ist mit dem Kopf immer wieder gegen einen Baum gerannt, bis er tot umgefallen ist.

Es heißt, dass er sich so gegrämt hat, weil sein Junges gestorben war.«

Der Doktor blickte auf. »Er ist mit dem Kopf gegen einen Baum gerannt?«

»So steht's in der Zeitung, im *Stadtanzeiger*.«

»Immer wieder, bis er tot umgefallen ist?«

»Genauso steht's geschrieben.«

Der Doktor wirkte nachdenklich. »Und wenn Sie sagen, dass sein Junges gestorben sei, meinen Sie dann, dass es sich um einen Elefantenbullen oder um eine Kuh gehandelt hat?«

»Ist das denn von Bedeutung?«

»Aber selbstverständlich. Ein Bulle wird sich kaum um ein Junges grämen, höchstens ein Weibchen. Doch unabhängig davon frage ich mich, wie er, oder eben sie, wiederholt mit dem Kopf gegen einen Baum rennen konnte. Erstmal müsste das schon ein sehr stabiler Baum gewesen sein, ansonsten wäre er nämlich schon beim ersten Aufprall umgefallen. Und angenommen, es war ein stabiler Baum, dann müsste der Elefant doch nach dem zweiten oder dritten Mal so benommen gewesen sein, dass er die Besinnung verloren hätte, bevor er sich hätte umbringen können. War es eigentlich ein indischer oder ein afrikanischer Elefant?«

»Wieso? Haben indische Elefanten härtere Schädel als afrikanische, oder afrikanische härtere Schädel als indische?«

»Das weiß ich nicht, aber wir dürfen keine Fakten unberücksichtigt lassen.«

»Keine Ahnung. Im *Stadtanzeiger* stand nur, dass es ein Elefant war.

»Und wenn es ein afrikanischer Elefant war, war es dann ein Rundohrelefant oder ein Steppenelefant?«

»Ja, was weiß denn ich«, entgegnete Rudolph nun leicht ungeduldig. »Ich sagte doch, dass in der Zeitung nur steht, dass es ein Elefant war.«

Der Doktor schüttelte den Kopf. Nach einigem Nachdenken wandte er sich an Immanuel. »Glauben Sie, dass ein Elefant in der Lage ist, sich umzubringen?«

Immanuel sah ihn an, als verstehe er nicht. »Ich weiß nicht«, sagte er dann.

Der Doktor hob den Zeigefinger, als habe er genau diese Antwort erwartet. »Sehen Sie, ich nämlich auch nicht. Und das ist doch die entscheidende Frage, die sich hier stellt. Ist ein dumpfes Tier wie ein Elefant in der Lage, sich das Leben zu nehmen?«

»Wie kommen Sie darauf, dass ein Elefant dumpf ist?«, fragte Rudolph hier in deutlich vorwurfsvollem Ton. »Sie scheinen mir ein wenig voreingenommen. Ein Elefant ist ein durchaus sensibles Lebewesen.«

»Das will ich auch gar nicht bestreiten, mein Herr«, erwiderte der Doktor in beschwichtigendem Ton. »Aber es stellt sich doch die Frage, ob er zu einem Selbstmord imstande sei. Bei einem Philosophen geht das wohl an. Sokrates hat ohne Zögern den Schierlingsbecher gelehrt, und der berühmte Philosoph Gerbenius hat gar versucht, sich einzig durch die Kraft des Geistes umzubringen.«

»Gerbenius? Das ist doch der mit der Suppe«, warf Rudolph ein.

»Mit der Suppe?«

»Ganz recht, der mit der Suppe. Der hat so einen großen Oberlippenbart, dass dieser ihm ständig die Suppe vom Löffel wischt, wenn er versucht, diesen zum Mund zu führen. So steht's in Philipp Fiedlers Philosophen-Fibel, davon wird jede Woche ein Ausschnitt im *Stadtanzeiger* veröffentlicht.«

»Dann kann er also nie seine Suppe aufessen?«, fragte der Doktor sichtlich interessiert.

»Ganz recht, er hat noch nie einen Bissen oder eben einen Schluck Suppe zu sich genommen. Und dann benutzt er auch noch ständig verfaulte Äpfel.«

»Verfaulte Äpfel? Ja, wozu denn das?«

»Das inspiziert ihn. So steht's in Philipp Fiedlers Philosophen-Fibel. Wenn er sich verfaulte Äpfel in den Schreibtisch legt, dann kann er besser denken.«

»Das ist ja ein Ding. Aber vermutlich kann er die Äpfel eh nicht essen. Wegen des Bartes.«

»Das weiß ich auch nicht. Davon steht nichts in der Fibel.«

»Na ja, das ist alles höchst interessant, aber wir kommen doch etwas vom Thema ab. Wir haben ja schließlich über den Selbstmord gesprochen. Denn sehen Sie, es ist doch ein seltsam Ding mit dem Leben. Da haben wir die zwei Räder, die das Getriebe der Welt bewegen, den Trieb, das eigene Dasein zu erhalten, und den Trieb, neues Leben zu erschaffen. Und so machtvoll greifen diese beiden Räder ineinander, dass sich ihnen kaum jemand entziehen kann, wenn er nicht gerade über ein philosophisches Gemüt verfügt oder aber Hoffnung auf eine bessere Alternative im Busen trägt.«

»Mir scheint, dass Sie doch reichlich voreingenommen sind gegenüber den Elefanten«, erwiderte

Rudolph. »Und was heißt denn hier philosophisches Gemüt? Schauen Sie ihn doch an, unseren Clown. Was soll denn da philosophisch daran sein an den Faxen und an dem Jonglieren. Und dann jongliert er doch nur mit drei Bällen, da kann doch ein Elefant viel bessere Kunststücke.«

»Vielleicht sind Sie da aber jetzt ein wenig voreilig«, gab der Doktor zu bedenken. »Wissen wir denn, was dort im Busen von unserem Herrn Clown alles brutzelt und gedeiht? Gewiss hast du im Krieg nicht nur die Damenwelt beglückt«, wandte er sich an den Clown. »Hast doch gewiss auch im Schützengraben neben deinen Kameraden gelegen und geschossen?«

Der Clown blickte ihn an. Zunächst schien es, als verstehe er nicht, doch dann breitete sich das gemalte Grinsen um seine Lippen. »Jaah!«

»Na, sehen Sie?«, sagte er, nun wieder an Rudolph gewandt. »Und erwartet die gefallenen Krieger nicht Odins Walhalla, wo sie sich auf das letzte Gefecht vorbereiten? Und sollten dort hinter den dunklen Regenwolken nicht schon die Walküren warten, um unseren Helden aufzunehmen?«

»Von Walhalla und Walküren versteh' ich nichts«, erwiderte Rudolph.

Immanuel hatte der Unterhaltung bisher mit reichlichem Unverständnis zugehört und ergriff nun, da der Doktor nachdenklich den Clown beobachtete, die Gelegenheit, einmal selber das Wort zu ergreifen. »Aber vielleicht besteht ja gar keine Notwendigkeit, dass Sie sich hier vom Dach stürzen. Und wenn ich's mir recht überlege, vielleicht wollen Sie das ja auch gar nicht.«

Der Doktor wandte sich hierauf ihm zu und hob den Zeigefinger, um auszudrücken, dass er Immanuels Äußerung für durchaus bedeutsam hielt. »Ganz recht, mein Freund, das sollten wir zunächst klären. Denn stellen wir uns vor, lieber Clown, du hüpfst hier vom Dach und am Ende gibt's gar keine Walhalla und keine Walküren. Was machen wir dann? Doch was meinen Sie, gibt es dort oben irgendwo hinter den Wolken eine Walhalla?«, fragte er Immanuel.

Dieser zuckte mit den Achseln. »Keine Ahnung.«

»Und Sie, Rudolph?«

»Ich hab' doch schon gesagt, dass ich nichts von Walhalla und Walküren verstehe.«

»Verstehe.« Der Doktor, den die Frage nach Walhalla und Walküren mächtig zu faszinieren schien, schabte sich das Kinn und dachte nach. »Also, wenn alle Krieger, die in der Schlacht fallen, in die Walhalla einziehen, dann folgt daraus, dass alle, die nicht in der Schlacht fallen, nicht in die Walhalla einziehen. Und nun schauen wir uns unseren jonglierenden Freund an. Wie wir wissen, ist er nicht in der Schlacht gefallen, und da er hier vor uns steht, ist er also nicht in die Walhalla eingegangen. Er stellt somit den lebenden Beweis für die Richtigkeit meines eben gemachten Syllogismus dar und somit auch für die Existenz der Walhalla, da er diese ja voraussetzt.«

»Ich versteh' nichts von Sollygismus«, versetzte Rudolph und verschränkte die Arme in Protesthaltung vor der Brust.

»Na schön, na schön«, sagte der Doktor resignierend. »Ich sehe schon, mit Ihnen ist nicht zu dis-

kutieren. Lassen wir also die Münze entscheiden.«
Und hier griff er in seine Hosentasche und holte eine
Münze hervor. »Kopf, es gibt eine Walhalla, Zahl, es
gibt keine.« Und er wirbelte die Münze durch die
Luft, fing sie geschickt mit der rechten Hand auf und
schlug sie auf den Rücken seiner linken. Er besah die
Münze, nickte und steckte sie wieder in die Tasche.
Dann trat er ein Stück vor und stieß den Clown vom
Dach.

»Was haben Sie getan!«, rief Immanuel aus, während der Schrei des Fallenden noch durch die Nacht
hallte, und stürzte an den Rand des Daches, von wo
aus er eben noch sehen konnte, wie der Clown auf
dem Pflaster aufschlug.

»Es war Kopf«, erwiderte der Doktor.

»Aber das gilt nicht«, wandte Rudolph ein. »Sie
haben ihn geschubst.«

»Aber natürlich habe ich ihn geschubst. Wie sollte
er in die Walhalla eingehen, wenn er nicht in der
Schlacht gefallen ist? Selbstmord gilt bei den Walküren als Feigheit vor dem Feind.«

»Ich hab' doch schon gesagt, dass ich nichts von
Walküren verstehe.«

Die drei Männer standen am Rande des Daches
und blickten auf den Clown hinab. Die Menge hatte
einen Halbkreis um ihn gebildet und starrte statt
zum Dach nun auf den am Boden Liegenden. Auch
Heinz-Hugo schien ihn bemerkt zu haben, denn er
stieß ein freudiges *Jei jei jei ja!* aus. Deutlich sah man,
auch von Immanuels Standpunkt aus, wie sich das
Blut aus einer Kopfwunde auf dem Pflaster ausbreitete.

»Ich glaube, wir sollten jetzt gehen«, sagte der Doktor. »Es wird feucht hier oben.«

Weder im Salon noch im Café schenkte man den dreien irgendwelche Aufmerksamkeit.

Schwabke blies gerade ein Streichholz aus.

Ein Mann im Café gähnte.

Der Wirt trocknete Gläser ab.

Nachdem der Mann gegähnt hatte, nahm er den Bierkrug vor sich und setzte zum Trinken an, überlegte es sich anders und stellte ihn wieder ab.

Heinz-Hugo aber stieß ein freudiges *Jei jei jei ja!* aus, als er Rudolph erblickte, und klatschte in die Hände.

Rudolph setzte sich auf seinen Platz; kurz blickte er zu Immanuel, dann nahm er seine Zeitung, die noch an derselben Stelle auf dem Tisch lag, und begann zu lesen.

Die drei Greise saßen auf ihren Stühlen.

Sie starrten in ihre Biergläser.

Die Menge vor den drei Fenstern des Salons starrte auf den Clown.

Ein Stück weiter hinten auf dem Rosenplatz entdeckte Immanuel Gregors Fuhrwagen. Er versuchte sich zu erinnern, wann er wohl hier vorfahren werde, schaffte es aber nicht. Ach, zum Teufel, er musste sich wirklich einmal richtig ausschlafen, dann könnte er sich auch wieder konzentrieren. Nach ein oder zwei Minuten setzte der Wagen sich dann in Bewegung, obschon niemand Gregor ein Zeichen gegeben hatte. Einmal hatte der Clown sich gerührt, es hatte geschienen, als wolle er die Hand heben, und Immanuel fragte sich, ob der Doktor, der Hausarzt der Tante, wohl noch einmal hier auftauchen werde. Doch dann fiel ihm ein, dass ja noch ein Arzt hier war, der aus dem Krankenhaus nämlich. Er blickte sich um, schaute ins Café, konnte ihn aber nirgends entdecken. »Haben Sie gesehen, wo der Doktor geblieben ist?«, fragte er die Greise, doch diese starrten ihn nur verständnislos an. »Sie wissen schon, der im Salon eben so gewählt gesprochen hat.«

»Wer?«, fragte einer der beiden Kameraden von Herrn Radtke. Es schien ihm Mühe zu bereiten, dieses eine Fragewort auszusprechen.

»Sie wissen schon, der ...«, begann Immanuel, doch dann brach er ab. »Ach, es ist nichts. Entschuldigen Sie bitte.«

Ohne auf einen der Männer vor dem Café zu achten, fuhr Gregor vorüber, die Masse bewegte sich zäh auseinander und schuf eine schmale Passage für den Wagen; auf Höhe des verletzten Clowns hielt er. Immanuel blickte hinauf zu dem wolkenverhangenen Himmel und stellte seinen Kragen hoch. Dann setzte er sich in Bewegung. Zum Friedhof würde es wohl gehen, dann zur Firma Schreihöft. Wohin auch sonst. »Kann mal einer mit anpacken?«, hörte er Gregor rufen, als er in die Knospen-Straße einbog, und hielt inne. Wollte er ihn nicht noch zur Rede stellen? Wegen Sophie, wegen des ungerechtfertigten Vorwurfs. Und der Kerl hatte es gerade nötig. Der trieb sich hier auf dem Rosenplatz herum, während seine Schwester tot im Wohnzimmer lag! Immanuel blickte sich um, konnte Gregor aber unter all den Leuten nicht entdecken. Er machte eine wegwerfende Handbewegung und setzte seinen Weg fort. Der Nieselregen war stärker geworden, und als er den Friedhof erreichte, spürte er, wie ihm erste Tropfen über Stirn und Wangen rannen. Er hatte die Trauergemeinde bereits passiert, da blieb er mit einem Male stehen. Mussten nicht auch seine Eltern hier sein? Aber natürlich. Wie hatte er bisher nie daran denken können! Er spürte, wie Erschöpfung und Überdruss von ihm wichen, mit frischer Energie eilte er auf die Trauergäste zu. Der Küster mit dem Licht war noch nicht da, aber seine Augen hatten sich inzwischen an die Dunkelheit gewöhnt und er konnte zumindest die Umrisse der Gestalten ausmachen. Als er sich der Gruppe auf wenige Schritte genähert hatte, hielt er Ausschau nach zwei Schemen, die auf seinen Vater und seine Mutter passen konnten. »Entschuldigen Sie, sind Sie vielleicht Herr S.?«, fragte er einen Herrn von der Größe seines Vaters.

»Heh?«

»Entschuldigung.«

Er suchte weiter, fragte, drängte sich durch die Menge, von seinen Eltern aber fehlte jede Spur. Er befand sich nun ganz in der Nähe der vier Sargträger und hatte das Problem auch bald erkannt, mit dem diese sich seit geraumer Zeit zu plagen hatten. Wie er schon vermutet hatte, waren die Träger zu früh von dem Hauptweg nach rechts abgebogen. Als sie ihren Irrtum bemerkt hatten, versuchten sie, den Sarg wieder zu wenden, und waren dabei zwischen zwei recht nahe nebeneinander liegende Gräber geraten. Zunächst gingen sie ein Stück zurück, dann marschierten sie wieder nach vorne, wobei die beiden vorderen Träger ein Stück nach links schwenkten, bis sie in einen Buchsbaum gerieten, der auf das

Grab auf der linken Seite gepflanzt war. Hierauf schwenkten die beiden hinteren Träger nach rechts in dem Versuch, den Sarg zu wenden, stießen mit diesem jedoch bald an einen ziemlich hohen Grabstein. Um an diesem vorbeizukommen, schoben sie den Sarg nach vorne, drückten hierbei allerdings ihre Kollegen vorne noch weiter in den Buchsbaum hinein. »Nee, dat geiht nich. Weer torügge!« Daraufhin ging man ein Stück zurück, schwenkte den Sarg nach links, bis er wieder parallel zum Weg war, und versuchte es erneut. Doch wieder krachte man mit dem Sarg an den Grabstein, sodass ein hohles Dong über den Friedhof hallte. »Nu na vörn!«, rief einer der hinteren Träger und man schob den Sarg wieder nach vorne, was zur Folge hatte, dass die vorderen Träger erneut in den Buchsbaum gerieten. »Nee, dat geiht nich. Weer torügge!« Und der Vorgang wiederholte sich ein weiteres Mal und erneut hörte man Holz auf Stein schlagen.

»Haben Sie denn keine Ehrfurcht!«, brach es da aus Immanuel hervor, dem es schon das Herz hatte brechen wollen, als er zum ersten Mal den Sarg seiner Schwester gegen den Grabstein schlagen gehört hatte. »So geht das doch nicht. Sie müssen erst ein Stück weiter nach vorne gehen und dann herumschwenken, damit ihnen der Buchsbaum und der Grabstein nicht im Wege sind. So seien Sie doch vorsichtig, Sie zerbrechen ja den Sarg!«

Einen Moment hielten die Sargträger inne und blickten schweigend in die Richtung, aus der die Ermahnung gekommen war. Dann schwenkten sie den Sarg erneut herum, bis er parallel zum Weg war, und Immanuel hoffte, dass sie nun erst ein Stück nach vorne gehen würden, wie er geraten hatte, doch stattdessen schwenkten sie sogleich wieder nach rechts herum, bis der Sarg ein weiteres Mal gegen den Grabstein schlug.

»Ja, zum Teufel nochmal, habt ihr Ochsen denn nicht gehört, was ich gesagt habe!«, brüllte Immanuel, der kaum noch an sich halten konnte.

»Wer flucht hier auf meinem Friedhof!«, dröhnte da die Donnerstimme des Pastors über die Grablandschaft und die Sargträger erstarrten.

Lange Sekunden hörte man nun keinen Laut. »Dem Mann ist nicht wohl«, sagte dann eine Frau, die ein Stück neben Immanuel stand.

»Ja, ihm ist nicht wohl«, stimmte eine Männerstimme zu.

»Man sollte ihm ein Glas Wasser bringen«, riet eine Frauenstimme.

»Ja, ein Glas Wasser. Oder vielleicht etwas Branntwein.«

Immanuel stand da und starrte verloren auf den Sarg seiner Schwester. Dann drehte er sich um und ging. Von fern sah er den Küster mit dem Licht. Nein, ein weiteres Mal wollte er nicht erleben, wie seine Schwester aus dem Sarg geworfen wurde. Er beschleunigte seinen Schritt und war bald verschwunden auf dem Weg, der zur Mohn-Gasse führte.

Ohne recht zu wissen, was er denken, was er tun sollte, ging er seines Weges, und da mit einem Male, als er sich bereits auf der Alraunen-Straße befand, blieb er stehen. Über seine Wangen spürte er plötzlich ein Gewässer rinnen, das, aus den tiefsten Gründen seiner Seele quellend, weitaus heißer und leidenschaftlicher brannte als der himmlische Erguss, der auf ihn niederging, seit er das Café verlassen hatte. Er drehte sich um und blickte in Richtung auf den Friedhof, der hinter Hecken und Bäumen längst verborgen lag, sodass nichts von dem Licht, das der Küster jetzt schwenken mochte, zu ihm drang; dorthin, wo man den Sarg mit seiner Schwester nun ein letztes Mal gegen den Grabstein rammen würde, bevor ungeschickte Hände ihn fallen und seinen leblosen Inhalt in den Schmutz rollen lassen würden. Und da brach es aus ihm heraus. Er stampfte mit dem Fuß auf und schrie seinen Schmerz, seine Verzweiflung in die Nacht, schrie hinaus, was viel zu lange sich schon angestaut. Musste das Schauspiel auf dem Friedhof ihm nicht das Herz zerrissen haben? Er weinte und schrie, nicht um sein eigenes Unglück, das er wohl selber nicht verstand, sondern um seine Schwester, die grausam hingemordete, die ihm in diesem Augenblick nicht nur Schwester war, sondern mit seinem eigenen Leben so untrennbar verschmolz, wie sie es zu Lebzeiten nie vermocht hätte. Und wie eine Offenbarung überfiel ihn die Erkenntnis, die er ebenso wenig verstand wie den Alptraum, in dem er gefangen, deren Wahrheit ihn aber bis in die letzte Fiber durchdrang und keinen Platz für Zweifel ließ, die Erkenntnis, dass seine aufrichtigen Tränen der einzige Schutzschild gegen die Mächte waren, die ihn zu verschlingen drohten. Und so ließ er ihnen freien Lauf, ließ sie wie Ambrosia auf seiner Zunge zergehen, weinend, wie er noch nie zuvor in seinem Leben geweint. Und wieder stampfte er mit dem Fuß, brüllte er auf wie ein verwundeter Tiger, dass Herr Hartmann in seinem

Häuschen erschrocken aufsah. Und der Fuß, der eben noch aufgestampft, schnellte nun vor und traf einen Stein, der polternd über das Pflaster schoss. »Zum Teufel, es war doch nicht meine Schuld!«, schrie er. »Ich war ein Kind. Ich war nicht einmal so groß wie dieser verfluchte Kinderwagen. Durfte man denn ein Bürschlein wie mich einen so großen Wagen schieben lassen? Verflucht noch mal, nein! Es war nicht meine Schuld. Wenn dann war meine Tante verantwortlich, weil sie mich doch den Wagen schieben ließ. Und jetzt kommt diese Kanaille und macht mir Vorwürfe! Mir! Und bestimmt hat er es von der Tante gehört, dass ich daran schuld sein soll, und er glaubt es natürlich. Und er hat es gerade nötig, wo er doch meiner Verlobten nachstellt. Ja, das weiß ich nämlich bestimmt. Und dann treibt er sich auch noch irgendwo in der Weltgeschichte herum, während seine Schwester tot im Wohnzimmer liegt! Es ist doch wirklich zum Verrücktwerden mit der ganzen Verwandtschaft. Im Mondschein begegnen kann mir das Pack mal!«

Er schritt vor dem Häuschen des gänzlich verdutzt dreinblickenden Herrn Hartmann auf und ab, immer wieder Anschuldigungen und Verwünschungen gegen den Cousin, gegen die Tante ausstoßend, hin und wieder gegen einen Kieselstein tretend, der ihm zufällig vor die Füße kam. Dann endlich wurde er ruhiger, und schließlich versiegte der Strom der Zornestränen. Er setzte sich auf die mittlere der Stufen der Eingangstreppe und saß einfach da, vor sich hin starrend und nicht auf Herrn Hartmann achtend, der ihn noch immer verwundert anblickte, sich aber anscheinend nicht aus seinem Häuschen traute, sondern noch wartete, ob das Gewitter denn nun vorüber sei. Wohl ganze zwei Minuten saß er so da, dann hob er den Kopf und blickte zu den Fenstern im Obergeschoss, wo noch Licht brannte. Er fühlte sich nun wieder völlig gefasst. Ja, er war sich gewiss, dass er sich nun so weit wieder beruhigt hatte, um Herrn Schreihöft vor die Augen treten zu können. Und irgendwie fühlte er sich nach dem Ausbruch nun innerlich befreit. Ja, nun fühlte er sich besser, und geradezu beschwingt erhob er sich also und betrat das Gebäude. Schon war er in dem Gang, wollte gerade die erste Stufe der Treppe zum Obergeschoss nehmen, da hörte er plötzlich eine Stimme. Sie war nur gedämpft zu vernehmen und kam anscheinend aus dem Großraumbüro. Er ging einige Schritte zurück und gewahrte nun ein Licht, das er zuvor übersehen hatte. Es kam nicht von der Lampe im Großraumbüro, sondern aus dem vorderen der beiden Büros mit den großen Fenstern, die an dieses angeschlossen waren. Zudem hörte er nun eine Art Pochen, so als kippele ein unruhiger Schüler mit seinem Stuhl vor und zurück, dabei die Vorderbeine des Stuhles im regelmäßigen Takt auf den Boden schlagend. Er öffnete die Tür zu dem Großraumbüro und sein Herz machte einen freudigen Hüpfer. Sein Vater! Sein Vater war es, der dort mit ruhiger Stimme zu jemandem sprach. Immanuel konnte ihn durch das Fenster sehen, doch bewegte er sich ständig vor und zurück, sodass er immer wieder fast vollständig hinter dem rechten Rand des Fensters verschwand, um im nächsten Moment wieder aufzutauchen. Offensichtlich stammte das Pochen also von seinem Vater, der anscheinend die Rückenlehne eines Stuhles umfasst hielt und diesen beständig vor und zurück wippen ließ. Immanuel lächelte, denn genau derselben Gewohnheit ging der Vater auch zu Hause in der Küche nach, wenn er vor oder nach den Mahlzeiten einen Vortrag vor der versammelten Familie hielt.

»Und von daher kann ich den Vorstoß von Bürgermeister F. nur begrüßen«, hörte er den Vater sagen. »Er war überfällig, und alle Bedenken, die auf irgendwelche antiquierten Vorstellungen zurückgehen, sind vollkommen unangebracht, ja, angesichts der Bedeutung sogar verantwortungslos.«

»Ich stimme vollkommen mit Ihnen überein, aber ...«, erwiderte ein Mann, dessen Stimme Immanuel bekannt vorkam, den er aber nicht sehen konnte, da er hinter der Tür stand, die lediglich angelehnt war.

»Kein Aber, werter Herr Wonnig«, erwiderte der Vater, und Immanuel zuckte zusammen. »Die Sache ist doch klar und ohne Weiteres verständlich. Wenn gewisse Herren es vorziehen, ehelos zu bleiben, so mag man das meinetwegen akzeptieren. Aber soll dann Hunderten von Frauen die Möglichkeit verwehrt bleiben, zu heiraten und Kinder zu bekommen? Nein, Herr Wonnig, das können Sie nicht verlangen. Wenn die Idee, die der Herr Bürgermeister im Sinn hat, Gesetzesform annimmt und es fortan jedem Mann gestattet ist, zwei Frauen zu heiraten, so würde allein in unserer Stadt mehr als fünfzig Frauen die Gelegenheit gegeben, Kinder zu bekommen, die ansonsten als alte Jungfern enden müssten. Bedenken Sie nur: fünfzig Frauen! Mit den Knaben, die diese fünfzig Frauen zur Welt bringen, könnte man eine ganze Infanteriekompanie aufstellen. Und jetzt rechnen Sie das mal auf das ganze Land hoch, das wären ganze Divisionen! Ganze Divisionen, die dem Vaterland fehlen, nur weil einige Kleingeister ihre altertümlichen Vorstellungen nicht überwinden können.«

»Ich stimme vollkommen mit Ihnen überein«, versicherte Herr Wonnig ein weiteres Mal. »Was ich noch anmerken möchte, ist, dass es mit dem einen Gesetz nicht getan sein wird. Was wir außerdem brauchen, ist ein Gesetz zur Stärkung der Manneszucht. Jawoll, wir brauchen wieder Disziplin, gerade unter den Jugendlichen. Ach, Sie glauben ja gar nicht, wie verweichlicht und weibisch unsere Jugend geworden ist, um nicht zu sagen: lahmarschig. Das sehen Sie doch ebenfalls so?«

„Jawoll", erwiderte der Vater mit Überzeugung.

»So wichtig die Menge an Menschenmaterial für unsere Armee auch ist«, fuhr Wonnig fort, »entscheidend ist doch die Qualität. Denn wie sollen unsere Generale Kriege mit Weicheiern gewinnen, die nach einem Kilometer Fußmarsch schon zusammenbrechen! Ich bitte Sie, die Ausbildung kann die Armee alleine nicht bewerkstelligen. Da muss Vorarbeit geleistet werden. Die K-schen Jugendbünde sind eine gute Einrichtung, aber die müssten gefördert werden, und vor allem müsste es für alle Eltern verpflichtend gemacht werden, ihre Kinder spätestens ab dem zwölften Lebensjahr dort anzumelden.«

»Am besten noch früher«, sprach nun der Vater. »Ja, ich stimme Ihnen ohne Wenn und Aber zu. Unsere Jugend muss bereits vor dem Wehrdienst körperlich gestählt und diszipliniert werden, damit die Armee sich später auf die rein technische Ausbildung beschränken kann. Wenn ich einen Sohn hätte, ich würde ihn schon mit zehn Jahren in einen K-schen Jugendbund schicken. Und diese müssten dann auch einen Teil der Erziehung übernehmen, denn wenn ein Mann zwei Frauen versorgen muss und sich dann auch noch um den Lebensunterhalt zu kümmern hat, da bleibt für die Erziehung nicht viel Zeit. Und den Weibern überlassen darf man das natürlich nicht. Dazu ist die Sache zu wichtig.«

Anscheinend sah dies auch Herr Wonnig so, denn er widersprach nicht. Lediglich das Pochen des Stuhles war nun noch zu hören, und Immanuel trat einige Schritte an die angelehnte Tür heran und blickte durch den Spalt in das Büro. Sein Vater, so erkannte er nun, hatte den braunen Anzug mit der schwarzen Krawatte an, den er auch sonntags in der Kirche zu tragen pflegte. Seine Miene wirkte konzentriert, anscheinend dachte er noch über die Idee von Bürgermeister F. und die Jugendbünde nach. Allerdings war nicht er es, der die Rückenlehne des Stuhles umfasst hielt, sondern Immanuels Verlobte Patricia, die sich im Takt mit dem Vater vor und zurück bewegte und dabei die Vorderbeine des Stuhles anhob und wieder zu Boden fahren ließ. Poch, poch, poch, poch. Eine halbe Minute noch gut drang das Pochen durch das Büro, dann waren sie fertig. Patricia schob ihr blaues Kleid hinunter, der Vater zog die Hose hoch, die von einem etwas dunkleren Farbton war als die Jacke und, wie die Mutter schon wiederholt beklagt hatte, nur schlecht zu dieser passen wollte. Nun ging die Tür auf und

Herr Wonnig kam zum Vorschein. Er wollte aus dem Büro treten, bemerkte dabei aber, dass seine Hose noch heruntergelassen war. Er zog sie hoch und ließ Patricia und dem Vater den Vortritt beim Hinausgehen.

Vater und Verlobte nickten Immanuel zu und gingen dann auf den Hinterausgang des Großraumbüros zu.

»Sie kommen gewiss wegen der Bewerbung«, sprach Herr Wonnig zu Immanuel, nachdem er ihn einen Augenblick gemustert hatte, und reichte ihm die Hand. »Ja, ich entsinne mich … ja, ganz recht. Aber heute ist es unpassend. Wir sind sehr beschäftigt, und eigentlich habe ich Sie auch erst morgen erwartet. Wenn Sie also so freundlich wären, morgen, sagen wir gegen 10 Uhr, nochmals vorzusprechen. Und vergessen Sie Ihre Unterlagen nicht.« Hiermit nickte er ihm zu und folgte dann den beiden anderen, die an der Tür auf ihn warteten.

Immanuel ging zum nächstgelegenen Schreibtisch und setzte sich vor diesem auf einen Stuhl. Als die Hintertür des Büros zuschlug, wurde ihm bewusst, dass er doch sehr müde war.

***

Als Immanuel aus seiner Ohnmacht, Bewusstlosigkeit, seinem Schlaf oder was auch immer erwachte, da fasste er einen Entschluss: Er würde einfach hier liegen bleiben, bis … Ja, bis wann, das wusste er noch nicht, aber liegen bleiben, das würde er. Kurz nur schlug er die Augen auf, um sich zu vergewissern, dass er tatsächlich dort war, wo er vermutete. Der Spind, die Tür, die weißen Wände. Ja, er befand sich in seinem Krankenzimmer. Er schloss die Augen wieder, zog sich die Bettdecke über den Kopf und hüllte sich in Trost spendende Finsternis. Und für eine geraume Zeit gelang es ihm in der Tat, zumindest einen gewissen Trost aus dem Umstand zu schöpfen, dass er nun weder etwas sehen noch etwas hören musste. Keine Stimmen. Kein Pochen. Leere nur und wonnig Ruh. Doch wie so oft, wenn unsere äußeren Sinne jeder Nahrung entbehren, quellen aus den tiefsten Gefilden unseres Busens Stimmen und Bilder hervor, die hartnäckiger und aufdringlicher noch sind als alles Donnertosen und Feuerwerk am Firmament. Immanuel kniff die Augen zu und hielt sich die Hände an die Ohren. Doch es tuschelte, es flüsterte, es stöhnte. Und es pochte. Poch, poch, poch.

»Na, immer noch in den Federn, alter Langschläfer?«, fragte eine gemütliche Stimme. Immanuel zog die Decke vom Kopf und blickte auf. Es war der Doktor. Er lächelte Immanuel schelmisch zu, als er an dem Bett vorbei an das Fenster trat. Draußen drang der Mond gerade durch die dunklen Regenwolken und schwebte träge über den Dächern der Stadt. »Ha, alter Schlawiner«, rief der Doktor aus. »Ob du wohl wirklich so gelangweilt bist, wie du immer tust? Manchmal glaube ich, dass du dich da oben ganz köstlich amüsierst und über uns lachst, wenn du uns hier unten kreuchen und scheuchen siehst. Meinen Sie nicht auch?«

Doch Immanuel starrte einfach zur Tür und sagte kein Wort.

»Verstehe, Sie sind verstimmt«. Der Doktor nickte verständnisvoll. »Es ist ja auch wirklich ein Kreuz mit den Weibern.«

Hier nun blickte Immanuel ihn an. »Was wissen Sie denn davon?«, fragte er mit einiger Schärfe.

»O, man hört so das eine oder andere«, erwiderte der Doktor in beiläufigem Tone. »Aber im Grunde können Sie es ihr ja nicht verdenken, denn Ihr Herr Vater liegt vermutlich vollkommen richtig. Dass die Frauen nämlich ein gewisses Recht auf Nachkommenschaft haben und hin und wieder sogar so etwas wie Verlangen danach entwickeln. Soll's ja alles schon gegeben haben. Und wenn man bedenkt, dass Sie neuerdings hauptberuflich damit beschäftigt sind, einen Umschlag mit einem Angebot durch die Gegend zu tragen und ...«

»Halten Sie den Mund!«, fuhr Immanuel ihn an, und der Doktor machte eine beschwichtigende Handbewegung.

»Bitte verzeihen Sie. Ich wollte Ihnen nicht zu nahe treten. Ich bin untröstlich.« Etliche Augenblicke schwiegen die beiden Männer sich nun an. »Und nun?«, fragte der Doktor schließlich. »Was gedenken Sie jetzt zu tun?«

»Ich will gar nichts tun«, erwiderte Immanuel, und die Erregung war so rasch aus seiner Stimme geflohen, wie sie gekommen war. Sie klang jetzt nur noch matt. »Ich will einfach nur hier liegen bleiben. Und das es endlich vorbei ist.«

»Sie wollen, dass es vorbei ist? Und Sie meinen, dass es einfach vorbei geht, wenn Sie hier im Bett liegen bleiben? Als Fakturist sollten Sie doch eigentlich wissen, dass sich nichts von alleine regelt.«

»Was soll ich denn schon ändern?«, erwiderte Immanuel resignierend.

Der Doktor betrachtete ihn nachdenklich und schüttelte den Kopf. »Stehen Sie auf.«

»Ich will nicht.« Er klang nun nahezu bockig.

»Stehen Sie auf!« In der Stimme des Doktors lag nun eine Schärfe, die Immanuel völlig unbekannt an diesem war. Er blickte ihn verwundert an, der Doktor schlug die Bettdecke zurück. »Jetzt kommen Sie schon.«

Immanuel leistete der Aufforderung Folge und ließ sich von dem Doktor zu einem Wandspiegel neben dem Spind führen. »Schauen Sie hinein. Was sehen Sie?« Er fasste Immanuel an den Schultern und positionierte ihn so, dass er direkt vor dem Spiegel stand. Dann trat er hinter ihn, und Immanuel fragte sich, ob er wohl ein Spiegelbild habe. Aber er hatte eins, denn im nächsten Moment sah er die klugen Augen und den Spitzbart des Arztes über seiner Schulter. »Was sehen Sie?«, wiederholte er, und Immanuel sah ihn fragend an. Der Doktor drehte seinen Kopf in die vorherige Position zurück, sodass er wieder in seine geröteten Augen blickte.

»Ich sehe mich«, antwortete er schließlich.

»Eben«, bekräftigte der Arzt. »Und jetzt ziehen Sie sich an, ich möchte Ihnen etwas zeigen.«

Eine Weile schaute Immanuel ihn verständnislos an, doch dann gehorchte er, öffnete die Spindtür und kleidete sich an.

»Was wollen Sie mir denn zeigen?«, fragte Immanuel, als sie durch die Gänge des Gebäudes marschierten.

»Nicht so neugierig, mein Freund«, erwiderte der Doktor. »Das ist eine Überraschung.« Die Härte und Bestimmtheit waren nun aus seiner Stimme gewichen und er sprach in dem heiteren, unverbindlichen Tonfall, den Immanuel von ihm kannte.

Über den Pfad neben dem Krankenhaus ging es durch die altbekannten Straßen und Gassen in die Mimosen-Straße. Das Haus der Tante war nicht das Ziel der Reise. Nun ein Liedlein pfeifend, das Immanuel nicht kannte, marschierte der Doktor daran vorbei, ohne es eines einzigen Blickes zu würdigen.

»Da war ich doch schon. Was soll ich hier nochmal?«, fragte Immanuel, als sie auf den Pfad traten, der zu dem Haus des alten Zausels führte.

»Nur Geduld, nur Geduld. Sie werden es schon sehen. Und wer weiß«, fügte er mit einem Schmunzeln hinzu. »Vielleicht treffen Sie ja hier Ihre Grazie wieder.« Dann war er an der Tür und klopfte. Es dauerte eine geraume Zeit, bis endlich geöffnet wurde und der alte Butler auf die Schwelle trat. Wie schon zuvor beugte sich der Doktor nun vor und flüsterte dem Mann etwas ins Ohr.

»Könnten Sie nicht vielleicht laut reden, dass ich es auch verstehe!«, protestierte Immanuel. »Schließlich geht die Sache ja in erster Linie mich an.« Doch der Doktor mahnte ihn lediglich mit einer Handgeste zu Geduld und flüsterte weiter. Dann reichte er dem Butler die Hand und ging an Immanuel vorbei den Pfad zurück zur Straße.

»Sie gehen?«, rief Immanuel ihm nach.

»Sie brauchen mich nicht mehr«, rief der Doktor zurück. »Sie sind ja nun in den besten Händen.«

Immanuel blickte ihm nach, bis er in der Dunkelheit verschwunden war, dann wandte er sich kopfschüttelnd dem Butler zu. Wie bei seinem ersten Besuch in diesem Haus so wurde er auch jetzt durch einen Flur in das Wartezimmer geführt. »Man wird sich sogleich um Sie kümmern«, versicherte der Butler und war im nächsten Moment wieder verschwunden. Immanuel setzte sich auf denselben Stuhl wie beim ersten Mal und wartete. Nach einer Weile begann er, die Blumen in dem Tapetenmuster zu zählen. Zunächst die blauen mit den kurzen Stilen, dann die gelben, deren Stile etwas länger waren. Irgendwann begannen die Blüten zu verschwimmen, er wurde unkonzentriert, vergaß, wie viele Blumen er bereits gezählt hatte. Dann schloss er die Augen. Vielleicht konnte er ja ein wenig schlafen. Ja, Schlaf war gut. Gewiss würde er dann wieder besser nachdenken können, die Dinge würden sich klären. Auf gewisse Weise.

Wie lange er so vor sich hingedämmert hatte, das wusste er nicht. Irgendwann öffnet sich die zweite Tür des Raumes, doch war es dieses Mal nicht der Zausel, der eintrat, sondern wiederum der alte Butler. Er führte Immanuel durch das Laboratorium auf den dritten Flur. Als sie diesen durchschritten hatten, ging es nun allerdings nicht nach links zu der Wendeltreppe, sondern in die entgegengesetzte Richtung den rechten Gang entlang. An dessen Ende öffnete der Butler eine Tür auf der linken Seite und bedeutete Immanuel einzutreten. »Man wird sich sogleich um Sie kümmern«, versicherte er, schloss die Tür und ließ Immanuel alleine in dem Raum, der annähernd quadratisch war und an den Seiten gute zwanzig Meter maß.

Am Ende der Seitenwände waren zwei weitere Türen eingelassen, die Wände selber waren von einem matten Weißton und völlig ungeschmückt. Beleuchtet wurde der Raum von einigen Fackeln, die in unregelmäßigen Abständen in an den Wänden befestigten Halterungen steckten, und möbliert war er einzig durch drei Tische und insgesamt acht Stühle, die recht genau in dessen Mitte in der Form des Buchstabens U angeordnet waren. An dem Tisch an der Basis des U stand lediglich ein Stuhl, an den beiden anderen waren es jeweils drei. Der letzte Stuhl schließlich befand sich gut zehn Meter vor dem mittleren Tisch und war deutlich von den übrigen Sitzgelegenheiten abgesondert. Immanuel nahm auf dem abseits stehenden Stuhl Platz.

Wie lange er nun dort wartete, das konnte er unmöglich auch nur abschätzen. Fast schien es ihm, die kahlen Wände würden die Zeit, zumindest aber jedes Zeitempfinden verschlingen. Endlich aber öffnete sich die Tür auf der rechten Seite und herein traten die drei Frauen, die er bereits bei seinem ersten Besuch kennen gelernt hatte. Es waren Klotho, Lachesis und seine Grazie, deren Namen er nicht kannte. Diese hingegen nahmen keinerlei Notiz von ihm und schritten geradewegs auf den rechten Tisch zu und setzten sich an diesen. Sie sprachen kein Wort. Sie saßen einfach da und starrten zu der Tür auf der linken Seite, als erwarteten sie, dass von dort jemand eintrete. Die Beleuchtung lässt aber auch wirklich zu wünschen übrig, dachte Immanuel. Sie werden mich gar nicht gesehen haben.

Bald öffnete sich dann in der Tat auch die linke Tür, und herein traten drei weitere Frauen, die sich deutlicher von jenen kaum unterscheiden konnten. Waren Klotho, Lachesis und die Grazie wie beim letzten Male in Kleidern angetan, wie man sie von Waschfrauen erwarten mochte, so trugen die drei Neuankömmlinge Gewänder aus zartestem Stoff, er konnte wohl Seide sein, der in sanften Wellen an ihren schlanken Leibern hinabglitt. Ihre Haare, wie die Gewänder von tiefstem Schwarz, waren streng zurückgekämmt und hinter dem Kopf von mehreren Nadeln zusammengehalten. Vielleicht, wahrscheinlich sogar war es diese Haartracht, die das Profil der drei Frauen so stark hervortreten ließ und diesem nahezu das Gepräge von Raubvögelköpfen verlieh. Und nicht nur uns, auch Immanuel gemahnte das Profil an das eines Raubvogels, und verstärkt wurde dieser Eindruck noch durch das Lachen, das die mittlere der Frauen bei ihrem Eintreten ausstieß und das in der Tat an das Kreischen eines Adlers erinnerte. Doch sprechen taten sie kein Wort, sondern warfen ihren Gegenüber lediglich verächtliche Blicke zu und setzten sich dann an den linken Tisch. Die Geringschätzung, die sich nur zu offensichtlich auf den Mienen der drei schwarzgekleideten Damen widerspiegelte, beruhte ohne Zweifel auf Gegenseitigkeit. Das Gesicht der Grazie verfinsterte sich, um die Mundwinkel von Lachesis zuckte es säuerlich, während Klothos Lippen schmal und schmaler wurden.

Doch allzu lange währte dieses Blickgefecht nicht, denn bald schon öffnete sich die Tür auf der linken Seite ein weiteres Mal und der Zausel mit dem zerzausten Haar kam herein. Wie zuvor schon trug er das blaue Gewand mit den aufgestickten Sternen, und wie die anderen auch sprach er kein Wort, sondern setzte sich einfach an den mittleren Tisch. Er blickte weder nach links noch nach rechts, sondern saß einfach da und schwieg.

Man schien auf etwas zu warten.

Der Zausel legte seine Hände auf den Tisch, begutachtete bald seine Handinnenflächen, bald seine Handrücken. Die Damen sahen nun davon ab, sich giftige Blicke zuzuwerfen, sondern schauten mal auf die Tischoberfläche vor sich, mal an die Decke oder zu dem Zausel. Einmal blickte die Grazie zu Immanuel, und er nickte ihr zu. Sie aber schien ihn nicht zu erkennen, sondern sah wieder auf die Tischoberfläche. Und Immanuel musste lächeln, da er sich erinnerte, wie schlecht sie ja sehen konnte. Welch Wunder also, dass sie ihn nicht erkannte. So ging es noch eine ganze Weile, bis sich mit reichlichem Gepolter von draußen etwas der linken Tür näherte. »Absetzen!«, hörte man eine Männerstimme kommandieren. Dann wurde die Tür geöffnet, ohne dass allerdings jemand eingetreten wäre. »Und … anheben!«, kam es dann, und wenige Augenblicke später trugen zwei Schutzmänner eine Bahre in den Raum, platzierten diese auf den Tisch des Zausels und stellten sich dann, ohne ein Wort des Grußes oder der Erklärung, vor diesen.

Und von der Bahre tropfte es rot auf den Fußboden.

Immanuel lehnte sich ein Stück vor und zuckte zusammen. Es bestand kein Zweifel, der Mann auf der Bahre war der Clown. Er schien benommen, aber doch halbwegs bei Bewusstsein, denn deutlich hörte Immanuel sein Stöhnen.

Nachdem der Zausel den Mann vor sich von vorne bis hinten gemustert hatte, erhob er sich, und Immanuel rückte seinen Stuhl ein Stück nach rechts, denn der links positionierte Schutzmann versperrte ihm die Sicht.

»Angeklagter, haben Sie etwas zu Ihrer Verteidigung vorzubringen?«, rief der alte Mann nun in den Raum. Immanuel blickte von diesem zu den Damen auf der rechten, dann zu denen auf der linken Seite, denn ihm war nicht klar, wer mit Angeklagter gemeint war.

»Wie lautet der Name?«, fragte er dann, und einer der Schutzmänner griff in die Innentasche seiner Uniformjacke und zog einen Zettel heraus.

»Krafft, Franz Krafft, Beruf: Clown.«

Der Zausel nickte und setzte sich wieder. Mit einem Male bemerkte Immanuel ein Flackern hinter dem Alten an der Wand, aus dem heraus sich ein schwarz-weißes Bild zu gestalten begann und schließlich fertig vor ihm stand. Zu sehen waren zwei Gestalten auf einem Weg, der zu einem Schulhof führte. Nun rückte der Alte seinen Stuhl herum, um das Bild sehen zu können, und kaum hatte er dies getan, da ward diesem auch schon Leben eingehaucht und die beiden Gestalten begannen, sich zu bewegen. Und Immanuel glaubte, dass hier einer dieser Kinematographen eingesetzt werde, wie sie in gewissen Lichtspielhäusern zu finden waren. Er blickte sich um, konnte eine solche Apparatur aber nirgends entdecken. Als er wieder zur Wand schaute, zuckte er zusammen, denn eine der beiden Gestalten, die nun auf ihn zukamen, war Emilia. Sie trug dasselbe hellgrüne Kleid, das sie auch anhatte, als er sie zum letzten Mal gesehen hatte. Zudem die graue Strickjacke, die sie nun mit einem leichten Schaudern zuknöpfte, denn anscheinend war es kühl. Und sie hatte ihr dunkelbraunes Haar zu zwei Zöpfen geflochten ebenso wie an dem Tag, da er sie zum letzten Mal gesehen hatte. Auch das andere Mädchen, eine Schulfreundin, hatte Immanuel schon gesehen, wusste aber nicht, wie es mit Namen hieß. Nun ist Emilia alleine. Sie geht am Schaufenster einer Bäckerei vorbei. Auch wenn es kühl ist, so scheint doch die Sonne, denn deutlich sieht man ihren Schatten auf dem Pflaster. Auf der gegenüberliegenden Straßenseite hat sich eine Gruppe von Kindern um einen Clown versammelt, der mit drei Bällen jongliert. Einige der Kinder scheinen Gefallen an den Kunststücken zu haben, andere scheinen sich zu fürchten und halten etwas Abstand zu dem Clown. Das gemalte Lachen um dessen Lippen breitet sich. Emilia zögert ein wenig, dann überquert sie die Straße. Der Clown hält Emilias Hand. Sie gehen einen Weg entlang. Der Clown sagt etwas, erzählt vielleicht von einem lustigen Kunststück. Emilia lacht. Der Clown hält ihr nun eine Tüte mit Süßigkeiten hin. Sie zögert. Dann nimmt sie einen Bonbon. Emilia liegt tot neben einem Baum. An ihrem Hals sind Würgemale und der deutliche Abdruck eines Gebisses zu sehen.

»Mörderbube!«, schrie Immanuel hier und sprang von seinem Stuhl auf. »Du Halunke also warst es! Du hast sie ermordet!« Und schon stürzte er auf den Tisch mit der Bahre los, während die voll Entsetzen aufgerissenen Augen seiner Schwester von der Wand verschwanden, doch die beiden Schutzmänner traten ihm sogleich mit drohenden Mienen entgegen, fassten ihn und zerrten ihn auf seinen Stuhl zurück.

»Mörder! Mörder!«, schrie er noch ,als sich nun der Alte mit Zornesfalten auf der Stirn erhob.

»Ich ersuche Sie, sich gebührlich zu benehmen, oder ich lasse Sie aus dem Saal entfernen oder in Haft nehmen«, sprach er, Immanuel böse anfunkelnd. »Es besteht kein Grund, hier einen derartigen Spektakel zu veranstalten.«

»Kein Grund?«, entgegnete Immanuel nicht minder erregt. »Der Bursche hat meine Schwester ermordet und Sie sagen, es gibt keinen Grund, sich aufzuregen!«

»Beruhigen Sie sich«, ermahnte ihn der Alte, während die drei in schwarz gekleideten Damen Immanuel mit zunehmendem Interesse musterten. »Und wer sind Sie denn nun eigentlich?«, fragte der Alte dann.

»Wer ich bin? Ich sagte doch, dass ich der Bruder von dem Mädchen bin, das der Halunke da vorne ermordet hat.«

»Da ist noch lange kein Grund, ausfallend zu werden. Achten Sie also bitte auf Ihre Wortwahl und unterbrechen Sie die Verhandlung nicht.«

Er setzte sich nun wieder hin. Der Clown schien von Immanuels Ausfall nicht allzu viel mitbekommen zu haben. Wohl wendete er den Kopf kurz in die Richtung, aus der das wütende Geschrei kam, zeigte ansonsten aber keinerlei Reaktion.

»Wir sollten ihn in Stücke reißen und seinen Schatten dann in die unterste Ecke des Tartaros werfen«, forderte nun die mittlere der drei schwarzen Damen.

»Nein, das geht zu schnell«, widersprach die Dame zu ihrer Linken. »Wir sollten ihn an einen Felsen binden und seine Leber täglich von einem Adler wegfressen lassen.«

»Ja, ja, Zerfetzen und Auffressen, das ist das Einzige, was euch in solchen Fällen einfällt«, entgegnete hier Klotho und stemmte die Fäuste auf den Tisch. »Die Welt muss wahrlich schön sein, wenn man mit solcher Einfalt auf sie hinabblicken kann!«, fügte sie mit sarkastischem Ton hinzu.

»Du wagst es, uns einfältig zu nennen, du Lumpen-Liese!«, fuhr die mittlere der schwarzen Damen auf, und schon schien es, als wollten sich alle drei auf ihre Gegenüber stürzen, und vermutlich hätten sie es auch getan, hätte der Alte nicht mit solcher Wucht auf seinen Tisch geschlagen, dass der ganze Raum zu beben schien.

»Ruhe!«, brüllte er. »Machen Sie sich bitte bewusst, wo Sie sich hier befinden, meine Damen!«

Widerstrebend und zwischen den Zähnen Verwünschungen ausstoßend nahmen die drei wieder Platz. Lachesis schien nur die Hälfte verstanden haben und fragte bei der Grazie nach, die sich nun vorbeugte und, dieser fast ins Ohr schreiend, das Wesentliche wiederholte. Hierauf zeigte diese sich ähnlich erregt wie Klotho neben ihr und schwang

drohend die Faust in Richtung auf die drei Kontrahentinnen.

»Wir sind hier heute zusammengekommen«, begann dann der Alte, der anscheinend nur mühsam
seinen Ärger über die Damen überwinden konnte,
»um darüber zu entscheiden, ob in diesem Fall ein
Frevel gegen die göttliche Weltordnung vorliegt
oder ...«

»*Ob* ein Frevel vorliegt?«, fuhr Immanuel an
dieser Stelle dazwischen. »Sie fragen, ob hier ein Frevel vorliegt! Zum Teufel, er hat meine Schwester
ermordet!«

»Ich habe Sie bereits ermahnt, dass Sie sich hier
gebührlich zu benehmen haben!«, fuhr der Zausel
ihn an. »Wollen Sie sich das jetzt bitte merken!«

Immanuel stieß den Atem schnaufend durch die
Nase aus und umkrallte mit den Händen die Armlehnen seines Stuhles, als wolle er diese zermalmen.

»Ich möchte die letzte Szene noch einmal sehen«,
meldete sich die Grazie zu Wort. »Ich bin mir nicht
sicher, ob das Mädchen wirklich tot war.«

»Du bist dir nicht sicher, ob sie tot ist?«, fuhr
Immanuel sie hier trotz der Ermahnung des Alten
an. »Toter kann man gar nicht sein. Sie wird jetzt
gerade beerdigt und in wenigen Minuten wird man
ihren Leichnam durch den Schmutz rollen. Ich hab's
mit eigenen Augen gesehen.«

»Man wird den Leichnam durch den Schmutz
rollen?«, erkundigte sich hier die mittlere der
schwarzgekleideten Damen mit sichtbarem Interesse.

»In der Tat. Einer der Sargträger ist so ungeschickt
und fällt versehentlich in das Grab, dabei schlägt der

Sarg auf den Boden und meine Schwester rollt heraus.«

»Und Sie haben gesehen, wie das passieren wird?«, fragte nun Klotho mit deutlicher Betonung des Wortes *wird*.

»Ja, das habe ich«, antwortete Immanuel nur und fühlte nun sieben vielsagende Blicke auf sich ruhen.

»Nun ja, schauen wir uns die Szene noch einmal an«, sagte der Alte lediglich, ohne auf Immanuels Bemerkungen einzugehen, und drehte seinen Stuhl wieder herum.

Und ein weiteres Mal sah man die kleine Emilia neben dem Clown einen Weg entlanggehen. Der Clown lächelt und hält ihr eine Tüte mit Bonbons hin. Sie zögert, scheint skeptisch. Nun wird der Clown eingeblendet, wie er ein Geschäft betritt. Er spricht etwas zu dem kahlköpfigen Verkäufer hinter dem Tresen. Dieser lächelt, holt von hinter dem Tresen eine Tüte mit Fruchtbonbons hervor. Es sind nicht irgendwelche Fruchtbonbons, es sind Doktor Pappens Früchtehappen, die Fruchtbonbons in den Geschmacksrichtungen Erdbeere, Johannisbeere und Waldmeister. Nun sieht man wieder Emilia. Sie greift in die Tüte, steckt sich einen von Doktor Pappens Früchtehappen der Geschmacksrichtung Erdbeere in den Mund und schließt genießerisch die Augen. Von der Schlussszene wird dieses Mal eine erweiterte Version gegeben. Nach einer Nahaufnahme der Würgemale und des Gebissabdrucks wird noch für eine halbe Minute Emilias starrer, zum Himmel gerichteter Blick gezeigt.

Die Grazie schien sich auch dieses Mal nicht gewiss, was sie gesehen hatte, wenn sie denn überhaupt etwas gesehen hatte. Sie schüttelte den Kopf, schien Bedenken zu haben und teilte diese dem Alten mit. Die Gegenseite wendete ein, die Sache sei eindeutig, Klotho widersprach, nichts sei eindeutig, man habe sich vielmehr zu fragen, ob es in der Kindheit des Clowns gewisse Vorfälle gegeben habe und ob die Eltern ihrem Erziehungsauftrag gerecht geworden seien.

»Ach ja, jetzt kommt das alte Lied wieder«, entgegnete die mittlere der in schwarz gekleideten Damen. »Der Haferbrei war zu heiß, der Vater hat ihm die Ohren langgezogen, die Mutter hat ihn ohne Abendbrot ins Bett geschickt. Damit glaubt ihr dann alles erklären und entschuldigen zu können.«

»Das ist überhaupt nicht wahr!«, fuhr Klotho hier auf, während die beiden anderen schwarzen Damen ihrer Kollegin noch mit dem Kopf nickend beipflichteten. »Wir wollen überhaupt nichts entschuldigen, wir wollen uns lediglich ein Gesamtbild machen, und dazu muss man nun einmal auch die Vorgeschichte kennen.«

»Was hat sie gesagt?«, fragte Lachesis an die Grazie gewandt.

»Wir müssen uns erst ein Gesamtbild machen, bevor wir ein Urteil fällen«, schrie diese ihr ins Ohr, worauf Lachesis Klotho in aller Entschiedenheit zustimmte.

Die Damen in schwarz schienen dagegen weniger beeindruckt und reckten die raubvogelähnlichen Hälse in Richtung auf den Clown, als wollten sie auf diesen einpicken.

Der alte Zausel wirkte sehr nachdenklich. Bisweilen hatte er genickt, dann wieder den Oberkörper hin und her gewiegt und deutlich hörbar durch die Nase ausgeatmet. Er schien unentschlossen, blickte mal nach rechts, mal nach links. »Na schön«, sagte er schließlich und drehte sich um zur Rückwand, worauf Klotho ihrer Gegenüber die Zunge herausstreckte.

Ein weiteres Mal begann es an der Wand zu flackern und wurde aus dem Flackern allmählich ein Bild. Ein Mann ist zu sehen, um die vierzig Jahre alt, in einem abgetragenen Arbeitshemd mit einem deutlich sichtbaren Loch am rechten Ärmel. Er ist unrasiert und wirkt ungepflegt. Missgelaunt stochert er in einer Portion Kartoffelbrei herum, an dem er anscheinend nur wenig Geschmack findet. Rechts von ihm sitzt eine Frau in etwa demselben Alter, die gerade die Gabel zum Mund führt und dabei einen besorgten Blick zu dem Mann neben sich wirft. Sie wirkt abgehärmt, und ihre Haltung wie auch die Art, in der sie den Mann, der wohl ihr Gatte ist, anschaut, verraten nur zu deutlich, dass sie eingeschüchtert ist, sich womöglich gar vor diesem ängstigt. Schließlich sitzt noch ein Junge von acht oder neun Jahren an dem Tisch. Er ist wohl der Sohn der beiden Erwachsenen, und wir gehen wahrscheinlich nicht fehl, wenn wir in ihm den Clown in seinen Jugendjahren sehen. Er achtet weder auf den Vater noch auf die Mutter, sondern starrt auf seinen Teller, auch wenn der Kartoffelbrei wie auch das Spiegelei kaum sein Interesse zu erregen scheinen. Da mit einem Male läuft ein Mischlingshund in das Bild. Er setzt sich neben den Jungen, den Blick auf den Teller gerichtet. Dann stupst er den Jungen mit der Nasenspitze an, doch dieser ignoriert ihn. Eine

Weile sitzt der Hund nun einfach da und beschränkt sich darauf, mit bettelndem Blick zu dem Jungen und dem Teller zu schauen, dann stößt er ein weiteres Mal gegen das Bein des späteren Clowns. Und nun hat er dessen Aufmerksamkeit erregt. Er blickt zu ihm herab. Eine Weile sieht er ihn einfach mit ausdrucksloser Miene an, dann sticht er ihm mit dem spitzen Ende der Gabel in die Seite und der Hund schießt davon. Zwar werden die Bilder ohne Ton gezeigt, doch auch so lässt sich erkennen, dass das Tier vor Schmerz aufheult. Der Vater schreit etwas, weist auf den Hund, der inzwischen aus dem Bild verschwunden ist, langt dann mit der Hand in seinen Kartoffelbrei und wirft diesen seinem Sohn ins Gesicht.

Die Szene wechselte nun. Vater und Sohn befinden sich an einem Stand, der Vater in einem Badeanzug, der Sohn nur mit einer Badehose bekleidet. Der Vater steht bis zur Hüfte im Wasser und fordert den Sohn, der mit einer Plastikschaufel im Sand spielt, mit einer Handbewegung auf, ebenfalls ins Wasser zu kommen. Der Sohn scheint widerwillig, gehorcht dann aber doch zögernd und begibt sich ins Wasser. Der Vater redet auf ihn ein, will anscheinend, dass er ihm ins tiefere Wasser folge. Der Sohn zaudert, und schließlich kommt der Vater, nimmt ihn bei der Hand und zerrt ihn mit sich, bis ihm das Wasser bis zu den Schultern reicht. Er fordert ihn auf zu schwimmen, doch der Sohn signalisiert ihm, dass er nicht könne oder wolle. Die Miene des Vaters ist ernst, wird dann wütend, doch mit einem Male grinst er. Er packt den Jungen bei den Haaren und drückt ihn unter Wasser. Der Sohn strampelt, versucht, sich aus dem Griff des Vaters zu befreien, doch dessen Hand ist stark und fest. Schließlich zieht er den Kopf am Haarschopf wieder empor und der Sohn ringt panisch nach Atem, die Augen vor Entsetzen aufgerissen. Dann drückt der Vater den Kopf erneut hinab.

Das Bild des Vaters verschwimmt und zum Vorschein kommt der Sohn. Wo er sich jetzt befindet, das ist nicht zu entscheiden, aber jedenfalls ist er nicht mehr am Strand. Wie träumend betrachtet er ein Küchenmesser, das er gerade in einem Eimer voll Wasser abwäscht. Seine Hände sind mit irgendeiner Flüssigkeit beschmutzt, deren Farbe jedoch nicht zu erkennen ist, da die Bilder in schwarz-weiß gezeigt werden. Neben dem Jungen sieht man den Mischlingshund. Sein Hals ist von einem zum anderen Ende aufgeschlitzt.

Der alte Zausel wirkte sehr nachdenklich. Bisweilen hatte er genickt, dann wieder den Oberkörper hin und her gewiegt und deutlich hörbar durch die Nase ausgeatmet. Er schien unentschlossen, blickte mal nach rechts, mal nach links. »Na schön«, sagte er schließlich und drehte sich um zur Rückwand, worauf Klotho ihrer Gegenüber die Zunge herausstreckte.

Ein weiteres Mal begann es an der Wand zu flackern und wurde aus dem Flackern allmählich ein Bild. Ein Mann ist zu sehen, um die vierzig Jahre alt, in einem abgetragenen Arbeitshemd mit einem deutlich sichtbaren Loch am rechten Ärmel. Er ist unrasiert und wirkt ungepflegt. Missgelaunt stochert er in einer Portion Kartoffelbrei herum, an dem er anscheinend nur wenig Geschmack findet. Rechts von ihm sitzt eine Frau in etwa demselben Alter, die gerade die Gabel zum Mund führt und dabei einen besorgten Blick zu dem Mann neben sich wirft. Sie wirkt abgehärmt, und ihre Haltung wie auch die Art, in der sie den Mann, der wohl ihr Gatte ist, anschaut, verraten nur zu deutlich, dass sie eingeschüchtert ist, sich womöglich gar vor diesem ängstigt. Schließlich sitzt noch ein Junge von acht oder neun Jahren an dem Tisch. Er ist wohl der Sohn der beiden Erwachsenen, und wir gehen wahrscheinlich nicht fehl, wenn wir in ihm den Clown in seinen Jugendjahren sehen. Er achtet weder auf den Vater noch auf die Mutter, sondern starrt auf seinen Teller, auch wenn der Kartoffelbrei wie auch das Spiegelei kaum sein Interesse zu erregen scheinen. Da mit einem Male läuft ein Mischlingshund in das Bild. Er setzt sich neben den Jungen, den Blick auf den Teller gerichtet. Dann stupst er den Jungen mit der Nasenspitze an, doch dieser ignoriert ihn. Eine Weile sitzt der Hund nun einfach da und beschränkt sich darauf, mit bettelndem Blick zu dem Jungen und dem Teller zu schauen, dann stößt er ein weiteres Mal gegen das Bein des späteren Clowns. Und nun hat er dessen Aufmerksamkeit erregt. Er blickt zu ihm herab. Eine Weile sieht er ihn einfach mit ausdrucksloser Miene an, dann sticht er ihm mit dem spitzen Ende der Gabel in die Seite und der Hund schießt davon. Zwar werden die Bilder ohne Ton gezeigt, doch auch so lässt sich erkennen, dass das Tier vor Schmerz aufheult. Der Vater schreit etwas, weist auf den Hund, der inzwischen aus dem Bild verschwunden ist, langt dann mit der Hand in seinen Kartoffelbrei und wirft diesen seinem Sohn ins Gesicht.

»Da haben wir's ja!«, rief hier Klotho triumphierend aus. »Ein ganz klarer Fall von Kindesmissbrauch. Was für ein Vater ist das, frage ich euch. Welcher anständige Vater wirft seinem Sohn Kartoffelbrei ins Gesicht? Und wer weiß, was dieser Unmensch noch alles mit dem Jungen angestellt hat.«

»Das hat doch überhaupt nichts zu sagen«, widersprach die mittlere der schwarzen Damen. »Ein bisschen Kartoffelbrei, was ist das schon! Das tut doch nicht weh. Und vermutlich bist du inzwischen ebenso kurzsichtig wie deine Kollegin, denn andernfalls hättest du ja wohl sehen müssen, dass er die Strafe verdient hat. Was ist dem Bengel den eingefallen, dass er den armen Hund einfach mit der Gabel gestochen hat! Das zeigt doch wohl nur zu deutlich, dass er kein Opfer der Erziehung ist, sondern dass er das Böse von Anfang an im Leibe gehabt hat.«

Und hiermit fand sie lebhaften Beifall bei ihren beiden Kolleginnen. Klotho hingegen zeigte sich unbeeindruckt. »Ich kann bestimmt besser sehen als du«, keifte sie zurück. »Denn wenn du mal genauer hingesehen hättest, dann hättest du vielleicht auch gemerkt, dass er den Hund gar nicht verletzt hat. So ein kleiner Piekser, was ist das denn schon? Bei jeder Rauferei mit den Nachbarhunden wird er mehr abbekommen haben. Und womöglich wäre dir dann auch aufgefallen, was für ein verkommenes Subjekt der Vater war. Unrasiert und mit zerrissener Kleidung und 'ner Schnapsnase. Welcher anständige Mensch läuft denn so herum! Es ist doch wohl klar, dass er den Jungen auch früher schon misshandelt hat. Und da stellt sich doch die Frage, ob er sich überhaupt anders hätte entwickeln können, als er es dann getan hat.«

»Es stellt sich doch wohl eher die Frage, wie eine Schnapsdrossel über eine Schnapsnase urteilen will«, giftete die Dame in schwarz zurück.

Und auch wir müssen uns hier jetzt eine Frage stellen: Was, zum Teufel, geht hier überhaupt vor sich!

Haben wir es hier mit einer Gerichtsverhandlung zu tun? Gehen wir einmal davon aus, denn immerhin hat der alte Zausel den Clown ja als Angeklagten bezeichnet. Doch wenn wir hier Zeugen einer Gerichtsverhandlung sind, welche Funktionen haben dann die einzelnen Personen? Der Alte scheint der Vorsitzende und gleichzeitig der Richter zu sein, der Clown der Angeklagte. Doch wer sind die drei Damen in schwarz? Sind sie die Ankläger und repräsentieren mithin die Staatsanwaltschaft? Und ihre drei Kontrahentinnen? Sollen sie die Verteidigung darstellen? Und wenn ja, seit wann gibt es bei einer Gerichtsverhandlung drei Staatsanwälte und drei Verteidiger? Und wo, bitte schön, sind die Beisitzer? Und was hat Immanuel hier zu suchen? Ist er als Zeuge geladen? Oder als Nebenkläger? Nichts von alledem ist klar. Und wäre es nicht die Aufgabe und die Pflicht des Alten, sollte er denn als Richter fungieren, uns auf diese Fragen eine Antwort zu geben, statt uns einfach diesem Durcheinander zu überlassen, das mehr Ähnlichkeit mit einer Zirkusvorstellung aufweist als mit einer ordnungsgemäßen Gerichtsverhandlung! Und schauen wir uns nun einmal die beiden Weiberriegen etwas genauer an. Da haben wir zunächst einmal die drei *Damen* in schwarz, von denen wir angenommen haben, sie könnten die Staatsanwaltschaft repräsentieren. Diese forderten nun unmittelbar nach Vorführung der Mordszene lauthals, man solle den Angeklagten in Stücke zerfetzen und den Adlern zum Fraße vorwerfen, bevor die Anklage überhaupt expressis verbis formuliert und dem Clown auch nur die Gelegenheit gegeben worden wäre, sich zu dieser zu äußern! Und dann erst die Gegenseite. Was, so fragen wir uns, soll ein Angeklagter von einer Verteidigung halten, die aus einem Trupp von Waschfrauen besteht, von denen eine halb taub ist, die andere ohne ihre tägliche Ration an Hochprozentigem kaum in der Lage ist, geradeaus zu gucken, während die dritte über das Sehvermögen eines Maulwurfs verfügt, aber zu eitel ist, eine Brille zu tragen! Und was heißt hier eigentlich, man müsse die Kindheit des Clowns berücksichtigen, wie es die dickleibige Klotho fordert? Soll man jetzt jeden Mörder freisprechen, nur weil er in der Kindheit einmal eine Portion Kartoffelbrei ins Gesicht bekommen hat? Und so schlimm kann die Kindheit des Clowns ja wohl nicht gewesen sein, denn immerhin hat er es ja später noch zu einem tüchtigen Soldaten gebracht. Gewiss hätte man ihn nicht bei der Armee aufgenommen, wenn man einen künftigen Mörder in ihm gesehen hätte. Da scheint uns der Schutzmann auf der rechten Seite schon ein wesentlich besseres Urteilsvermögen zu haben, denn dieser hat nur den Kopf geschüttelt, als er Klothos Forderung gehört hat.

Doch wir wollen eingestehen, dass wir keine Experten sind. Um die Argumente und Gegenargumente, die nun wie Schrapnells durch den Raum gefeuert werden, zu beurteilen und die Frage zu beantworten, ob hier ein Frevel gegen die göttliche Weltordnung vorliege, dazu fehlt uns das nötige Fachwissen. Dies müssen wir den Juristen und Philosophen überlassen. Aber auch als Laien dürfen wir für uns beanspruchen, was man gemeinhin den gesunden Menschenverstand nennt, und dieser sagt uns, dass allein schon die äußeren Umstände diese *Gerichtsverhandlung* zu einer Farce machen. Und so können wir es unserem Immanuel auch nicht verdenken, dass er nun aufspringt und ein weiteres Mal versucht, auf den Clown loszugehen, und sich mit Händen und Füßen gegen die beiden Schutzmänner wehrt, bis diese ihn schließlich in den Schwitzkasten genommen und der Zausel ihm eine Injektion in die Halsschlagader verabreicht hat.

***

Als Immanuel erwachte, fühlte er sich leicht benommen. Vielleicht rührte es von der Injektion her, die der Zausel ihm in die Halsschlagader gepumpt hatte. Doch kurz nur währte die Benommenheit, dann stürzte wie auf ein geheimes Kommando die Erinnerung auf ihn ein. Sein Oberkörper schnellte empor. Ein Blick aus dem Fenster in den Nachthimmel, wo der Mond an derselben Stelle schwebte wie immer. Immanuel sprang aus dem Bett und zog sich um. Und schon war er draußen auf dem Gang. Das Bild. Immanuel schnaufte, funkelte es böse an, als nehme er es persönlich, dass es schon wieder schräg hing, und fast schien es, als wolle er es packen und hinfortschleudern. Doch dann fasste er es nur und rückte es gerade. Ohne einen weiteren Blick darauf zu verwenden, setzte er sich wieder in Bewegung. Und entlang ging es die Gänge, Tür um Tür flog an ihm vorbei, die er kaum wahrnahm. Und dann war er wieder draußen auf der Straße, sein Atem ging schwer. Zunächst flog es noch wild in seinem Kopf umher, doch schließlich kristallisierte sich aus all dem Wirrwarr ein Gedanke heraus, immer klarer werdend, bis er sein ganzes Wesen durchdrang und beherrschte. Mit geballten Fäusten eilte er am Haus der Tante vorbei, ohne diesem die geringste Aufmerksamkeit zu schenken, dann, kurz vor der zur Rosen-Straße führenden Gasse, trat auf der gegenüberliegenden Seite ein Schemen aus der Dunkelheit. »Aber wohin denn so eilenden Schrittes?«, fragte die gemütliche Stimme des Arztes.

»Sie schon wieder!«, schnaufte Immanuel ihn an.

»Na, wen haben Sie denn sonst erwartet?«, erwiderte der Doktor, als er ihn erreicht hatte. »Sie sind doch sicherlich erfreut, mich zu sehen. Aber gewiss sind Sie das. Doch wohin wollen Sie denn nun eigentlich?«

»Das wissen Sie doch ganz genau.«

»Ja, ich verstehe, Sie sind erregt. Sie haben mein vollstes Verständnis. Und Mitgefühl. Aber Sie sollten nichts übers Knie brechen. Nichts ist so ungesund wie übereilte Entscheidungen. Sie sollten sich entspannen. Kommen Sie, ich habe da etwas für Sie.« Er fasste ihn am Arm und führte ihn zu dem Haus, aus dem er doch eben erst gekommen war.

»Was soll ich da noch?«, fragte er. »Sie werden nicht ernsthaft erwarten, dass ich den Laden noch einmal betrete!«

»Auch hierin dürfen Sie meines vollsten Verständnisses gewiss sein. Ja, ich sehe ein, dass sich Ihnen mit diesem *Laden*, wie Sie es zu benennen pflegen, nicht die angenehmsten Erinnerungen verbinden. Aber seien Sie bitte nicht voreingenommen. Wo Schatten ist, da ist meist auch das Licht nicht fern. Kommen Sie mit, kommen Sie, ich bin mir sicher, dieses Mal werden Sie auf Ihre Kosten kommen.«

Zunächst noch widerstrebend ließ sich Immanuel schließlich doch zu der Haustür führen. »Hier, setzen Sie das auf«, sagte der Doktor und reichte ihm eine weiße Maske, die Augen und Nase bedeckte.

»Was ist das?«

»Das ist eine Maske. Eine weiße.«

»Das sehe ich selber. Was soll ich damit?«

»Aufsetzen. Vertrauen Sie mir. Sie wird Ihnen gewiss passen und Sie auf das Köstlichste kleiden.«

Immanuel schüttelte den Kopf, setzte die Maske dann aber doch auf, während der Doktor den schweren Klopfer griff und diesen auf die Messingplatte fahren ließ. Nach wenigen Augenblicken nur öffnete sich die Tür und es erschien der Butler, der, zu Immanuels nicht geringem Erstauen, eine genau identische Maske trug wie er selber. Fast schien es, als habe er sie erwartet, denn er nickte nur und bedeutete Immanuel dann mit einer Handgeste, er möge eintreten.

Der Butler führte ihn in das Wartezimmer, das sie hingegen nur durchquerten, um sich direkt über den angrenzenden Flur in das Laboratorium zu begeben; zu Immanuels Überraschung trug auch der Geselle in dem Glas eine Maske, die wie seine eigene und die des Butlers nicht das gesamte Gesicht bedeckte, sondern lediglich Augen und Nase. In eine bessere Laune schien ihn allerdings auch diese Verkleidung nicht versetzt zu haben, denn kaum hatten die beiden den Raum betreten, da begann er auch schon, ihnen mit der geballten Faust zu drohen und die obszönsten Grimassen zu schneiden. Der Butler schenkte ihm nicht die geringste Aufmerksamkeit, sondern öffnete die Tür und betrat den zu der Waschküche führenden Flur. Vor der Tür der Waschküche angekommen, in der momentan nicht gearbeitet zu werden schien, wies der Butler nach links in Richtung auf die Wendeltreppe und Immanuel folgte ihm. Und ein weiteres Mal stieg er die Stufen hinauf, ging den Gang entlang und befand sich endlich vor der doppelflügeligen Tür, die zu dem Großraumbüro führte, das er zuvor bereits mit dem Zausel und den drei Frauen betreten hatte.

Der Butler öffnete die Tür, und erschrocken, den Mund vor Entsetzen aufgerissen, wich Immanuel einen Schritt zurück.

Doch kurz nur währte der Schreck, denn ebenso plötzlich, wie ihn das Entsetzen überfallen hatte, änderte sich das Schattenspiel, das dieses hervorgerufen hatte, als sich der hagere Mann vor ihm nun ein Stück vorbeugte. Er trug eine Maske ganz ähnlich der von Immanuel und dem Butler, die die Augen und die Nasenflügel bedeckte und an den Augenbrauen eine deutliche Wölbung aufwies. Und auf solch kuriose Weise und nur für einen kurzen Moment muss das Licht der mehr als mannshohen Kandelaber an der Wand auf die Maske gefallen sein, dass es die Schatten der Wölbungen direkt in die Augenhöhlen warf und den Eindruck von zwei schwarzen Höhlen hervorrief, die dem ohnehin schon recht schmalen Gesicht das Aussehen eines Totenschädels verliehen. Doch nur für den Bruchteil einer Sekunde währte diese Wirkung, kaum hatte der Mann ein wenig den Kopf bewegt, da schwanden die Schatten und zum Vorschein kamen zwei blaue Augen, die Immanuel nun mit einigem Erstauen musterten. Immanuel ärgerte sich über seine Schreckhaftigkeit und stieß ein nervöses Kichern aus, während der Butler eine Verbeugung andeutete und sich dann auf dem Weg, auf dem er gekommen, wieder entfernte. Der Mann nickte Immanuel zu und forderte ihn mit einer Handgeste zum Eintreten auf, und nun meinte Immanuel in diesem den Mann zu erkennen, der bei seinem ersten Besuch hinter dem Schreibtisch gesessen und sich beim Anblick der drei Frauen solchermaßen erschrocken hatte, dass es ihn sogleich von den Beinen geholt hatte. Immanuel betrachtete ihn etwas näher, und, ja, es bestand kein Zweifel, es war derselbe blasse Bürokrat mit der Weste und der ordentlich gebundenen Krawatte. Immanuel nickte ihm gleichfalls zu und trat in den Raum. Und zum zweiten Mal innerhalb weniger Augenblicke drohte er von einem Sinneseindruck überwältigt zu werden. Hatte ihn soeben noch der vermeidliche Anblick des Todes in das höchste Entsetzen versetzt, so war es nun die von allen Seiten auf ihn einbrechende Pracht, die ihm den Atem verschlug und ihn sich verwundert umblicken ließ, dass er sich überzeuge, ob er sich tatsächlich an derselben Stätte befinde, an der vor Kurzem noch ein recht nüchternes Großraumbüro gewesen. Doch da bemerkte er an der linken Seitenwand eine doppelflügelige Tür, die nun zwar offen stand, aber ohne Zweifel dieselbe war, die er schon bei seinem ersten Besuch an genau derselben Stelle bemerkt hatte. Er befand sich also in demselben Raum, wenn auch gleich nichts mehr an diesen erinnerte. Mit offenem Mund schaute er sich um, und immer wieder blieb sein Blick an dem riesigen Kronleuchter haften, der in der Raummitte schwebend die Szenerie beherrschte und wie der geheime König dieser Festlichkeit auf seine Untertanen hinabblickte. Aus reinstem Kristall schien er gefertigt und erleuchtete mit einer Armee von Kerzen, deren Anzahl Immanuel nicht einmal zu schätzen wagte, das Treiben unter ihm. Geradezu bescheiden nahmen sich demgegenüber die beiden Reihen aus je vier Kandelabern aus, die an den Längsseiten aufgestellt waren und wie die Trabanten des großen Meisters am Firmament wirkten, die hier auf Erden ihren Dienst zu versehen hatten.

Dann immer wieder wanderte sein Blick zu der hinteren Längswand. Die Tafeln, vor denen die Gelehrten in den Talaren gestanden, wie auch die Tische und Stühle waren nun verschwunden, und nichts hinderte die Aussicht auf die Berg- und Tallandschaft, die sich endlos unter dem Betrachter zu erstrecken schien. Und mit solcher Perfektion und Detailfreude war das Wandgemälde gefertigt, dass die Illusion, man wandle auf dem Gipfel eines Berges oder gar auf einer Wolke und blicke auf die Landschaft unter sich, geradezu vollkommen war. Vom unteren Rand des Gemäldes, gazehaft sanft und beständig sich verdünnend, erstreckte sich die Wolkenschicht, die hingegen in regelmäßigen Abständen unterbrochen wurde und dann den Blick auf tiefer liegende Berggipfel und Wolkenschichten freigab sowie, in scheinbar unendlicher Ferne und wie zu einer anderen Welt gehörig, auf ein Tal, in dem man in Andeutungen die Hütten eines Dorfes erkennen konnte. Zunächst hatte Immanuel gedacht, auf der gegenüberliegenden Seite, wo er eben eingetreten war, befinde sich ein identisches Wandgemälde, doch belehrte ihn ein genauerer Blick, dass das, was er dort sah, lediglich das Spiegelbild der anderen Seite darstellte. Ja, in der Tat stellte die gesamte Wand nichts anderes als einen riesigen Spiegel dar, und lange Zeit betrachtete Immanuel den Mann mit dem zerzausten Haar ihm gegenüber, dessen schäbiger, leicht durchfeuchteter Anzug so gar nicht in diese erlauchte Gesellschaft passen wollte.

Doch schien man an seinem Aussehen keinen Anstoß zu nehmen. Hin und wieder nickte ihm jemand zu, die meisten der etwa sechzig oder siebzig Gäste aber standen plaudernd in kleinen Gruppen in der Nähe einer Bühne vor der rechten Breitseite des Raumes, die momentan allerdings noch hinter einem karmesinroten Vorhang verborgen lag, der auf irgendeine Weise an der Decke befestigt war und durch eine vor ihm errichtete Säule in zwei unterschiedlich große Teile gegliedert wurde. Und wie es schien, stand noch eine Vorführung an, denn vor der Bühne hatte man acht Reihen mit Stühlen aufgestellt, die bis auf wenige Ausnahmen hingegen noch unbesetzt waren.

Nun fasste Immanuel die Gäste etwas näher ins Auge, und nicht zum ersten Mal wanderte sein beschämter Blick an seinem abgetragenen Anzug hinab. Die Damen trugen an den Hüften eng anliegende Gewänder, die wohl unterschiedliche Farben aufwiesen, aber fast alle identisch geschnitten waren. Die Herren dagegen trugen togaähnliche Gewänder aus weißem Stoff mit einem oder mehreren roten Streifen am Kragen, über deren Bedeutung sich Immanuel keine Klarheit verschaffen konnte, doch wollte ihm scheinen, als handele es sich dabei um eine Art Rangabzeichen. Denn auch wenn das Alter wegen der Masken oft nur schwer abzuschätzen war, so wollte ihm doch scheinen, dass mit der Zahl der Jahre auch die der Streifen anstieg. Kaum einmal sah man schwarzes lockiges Jahr mit mehr als einem Streifen gepaart, während der alte Zausel, den Immanuel unter der Gesellschaft fast sofort entdeckt hatte, sich gleich mit sechs Streifen schmücken durfte. Und auch zwei weitere Bekannte waren nicht zuletzt ihrer Körpermaße wegen bald entdeckt. Nur wenige Meter entfernt bemerkte er die dicke der drei Frauen, Klotho mit Namen, die gerade angeregt mit einem jungen Mann schäkerte. Und interessanterweise war von der Ehrfurcht und Befangenheit, mit denen man die drei Frauen bei Immanuels erstem Besuch hier begegnet war, nun kaum etwas zu spüren. Völlig unbeeindruckt lachte und schäkerte der junge Mann zurück, wagte bei einer Gelegenheit gar, der Dicken in die Wange zu zwicken, was diese mit einem herzhaften Lachen quittierte und indem sie ihm scherzhaft am Ohrläppchen zog. Ihre Schwester Lachesis war in der Nähe der Bühne gerade in ein lebhaftes Gespräch mit einer anderen Frau vertieft und war auch aus der Entfernung nur schwer zu übersehen. Immanuels Blick wanderte weiter über die Gesellschaft, und wohl meinte er, in dem einen oder anderen der Gäste jemanden zu erkennen, den er auch bei seinem ersten Besuch bereits gesehen hatte, wie etwa den Gelehrten, der die kryptischen Zeichen an die vordere der beiden Tafeln geschrieben hatte, die eine grazile Gestalt hingegen vermochte er nirgends zu entdecken. Und wieder wurde ihm bewusst, dass er noch immer ihren Namen nicht kannte.

Wie von Geisterhand erloschen da mit einem Male die Lichter des Kronleuchters, und einzig die Kandelaber auf beiden Seiten erleuchteten noch den Raum, die freilich zu kaum mehr hinreichten, als die Szene in einen matten Dämmer zu tauchen. Das Verlöschen der Kerzen schien das Kennwort zu sein. Die Unterhaltungen plätscherten noch eine Weile dahin und verebbten dann allmählich, während man sich zu den Stühlen begab und dort Platz nahm. Immanuel setzte sich in die letzte Reihe, von wo aus er sowohl die Bühne als auch die vor ihm Sitzenden wohl im Blick hatte, und da nun endlich entdeckte er sie, ganz vorn in der ersten Reihe sitzend, graziöser noch in ihrem eleganten Gewand und schöner als bei den beiden Malen, da er sie zuvor gesehen hatte, und er spürte, wie es in seinem Inneren zu rumoren begann. Wer, zum Teufel, war der Kerl dort direkt neben ihr, der sich gebarte, als könne er jeden Besitzanspruch auf sie geltend machen? Scherzend und lachend lehnte er sich nun vor und flüsterte ihr etwas ins Ohr, worauf sie sich empört gab, aber gleichwohl in das lebhafteste Kichern ausbrach. Und da nun, Immanuel stand schon im Begriff, aufzuspringen und nach vorne zu stürmen, legte der Bursche doch tatsächlich so ganz beiläufig, als sei es das Natürlichste der Welt, den Arm um ihre Schultern, ja, fuhr dabei gar noch mit der Hand durch das lange braune Haar! Und wer mochte er wohl sein? Vermutlich einer der Schreiber, die blind kopierten, was die Gelehrten an die Tafeln schrieben. Allzu hoch konnte sein Rang nicht sein, denn gerade einmal einen roten Streifen an seinem Gewand konnte er aufweisen. Doch schien die Grazie sich hieran nicht zu stören, immer wieder sah man sie dem jungen Mann neben ihr Blicke zuwerfen, die wohl nicht allein Immanuel einzig als vielsagend bezeichnen konnte. Doch bevor Immanuels Verdruss sich zu schierem Zorn hätte steigern können, da baute sich plötzlich am rechten Rand der ersten Reihe ein alter Dienstmann in blauer Uniform auf und hielt dem dort sitzenden Herrn ein silbernes Tablett vor. Dieser holte daraufhin von unter seinem Gewand einen Beutel hervor, entnahm diesem eine Münze und legte diese auf das Tablett, woraufhin sich der Dienstmann devot verneigte und dann das Tablett dem Nächsten hinhielt. Immanuel erschreckte nicht gering, denn sogleich musste er an den Automaten mit den Fruchtbonbons im Krankenhaus denken und daran, dass er seine Brieftasche nicht dabei hatte. Mit wachsender Panik durchforstete er alle Taschen seiner Jacke und seiner Hose, denn wie peinlich müsste es werden, wenn er den Dienstmann einzig mit einem verlegenen Lächeln würde bezahlen können. Doch endlich, der Dienstmann befand sich nur noch zwei Plätze von ihm entfernt, da entdeckte er in seiner Gesäßtasche doch noch einen Groschen, und wenn die Gabe schon nicht von übertriebener Freigebigkeit zeugte, so platzierte er sie immerhin mit solcher Feierlichkeit auf das Tablett, dass der Dienstmann zwar kurz die Nase rümpfte, es sich dann aber doch nicht nehmen ließ, auch Immanuel mit einer Verbeugung zu beehren.

Als das Geschäftliche erledigt, da vernahm man von hinter dem Vorhang ein Geräusch, als trommele jemand mit einem Stock auf einen metallenen Gegenstand. Auch die letzten Unterhaltungen verstummten nun und alle Blicke richteten sich auf die Bühne. Als das Trommeln endlich vorüber war, tat sich eine ganze Weile nichts mehr. Schon sah man, wie sich manche der Gäste verwunderte Blicke zuwarfen, als sich plötzlich etwas hinter dem Vorhang zu regen begann. Jemand tastete den Vorhang ab

und es schien, als suche dieser Jemand einen Durchlass, den er schließlich auch ganz in der Nähe der
Säule fand, und zum Vorschein kam, zu Immanuels
nicht geringem Erstaunen, der Doktor aus dem
Krankenhaus. Immanuel erkannte ihn sofort, auch
wenn sein Gesicht rot geschminkt war und er an der
Stirn zwei Hörner trug, sich also offensichtlich den
Spaß erlaubt hatte, in dieser erlauchten Gesellschaft
im Kostüm des Teufels zu erscheinen. Mit einem
schelmischen Grinsen lugte er hinter dem Vorhang
hervor, dann trat er vollends vor diesen und
verneigte sich mit solchem Überschwange, dass er
mit der Nasenspitze beinahe den Boden berührt
hätte. Mit wohltönender Stimme hob er dann an:

>>Hat der hohe alte Meister,
Als er mich von sich gebannt,
Aus der Schar der finstr'en Geister
Sich zum Schelme nicht bekannt?
Drum, Ihr werten lieben Leut',
Sei's gestattet mir, dass heut',
Selbst in solch erlauchtem Kreis
Mir die Ehre man erweis'.

Nicht der Trieb, den Schalk zu geben,
Sonst mein schönster Zeitvertreib,
Ließ dem Schwefel mich entschweben,
Noch die Gier nach Seel' und Leib.
Vielmehr ein Leids euch nun zu klagen,
Kann länger ich mich nicht entsagen.
Und wenn fernab auch es gelegen,
Muss jedes Herz es doch bewegen.

Ist ein wundersam'res Wesen
Auf Gottes Erde je gewesen?
Oft einen Narren man ihn nennt,
Doch auch als Dichter man ihn kennt.
Was soll'n von einem Mann wir denken,
Den weder Ruhm noch Ehre lenken?
Den weder Gut noch Hof und Geld
Versöhnen könn'n mit dieser Welt?
Der in Schlachtenlärm und Leid
Erkennt den wahren Geist der Zeit
Und aus der Tränen heilig Kraft
Der Menschheit Epos sich erschafft.«

Hier nun hielt er inne, schüttelte betrübt den Kopf
und blickte zum rechten, dem kleineren Bühnen-
ausschnitt, und genau in diesem Augenblick wurde
der Vorhang eben dort zur Seite geschoben. Der
Raum, der nun zum Vorschein kam, war auf der
rechten wie der linken Seite durch eine Pappwand
begrenzt, in der rechten war ein Fenster eingelassen.
Dazwischen sah man einen jungen Mann an einem
Schreibpult sitzen, in der Hand eine Feder, vor sich
ein Blatt Papier, und Immanuel erschrak. Für einen
Augenblick hatte er gedacht, dass es der Dichter
Friedrich sei, der dort saß, doch nun, da er sich ihn
näher besah, erkannte er, dass er sich getäuscht
hatte. Wohl hatte der Mann auf der Bühne dieselben
langen ungepflegten Haare und wohl ähnelte auch
seine Statur der des Dichters, doch hier hörten die
Gemeinsamkeiten auch schon auf. Nein, es war nicht
Friedrich. Der Mann auf der Bühne hatte den Blick
gesenkt und nahm weder das Publikum noch den
Doktor wahr. Dieser fuhr nun fort:

»Seht, da sitzt er, grübelt wieder,
Gramerfüllt das Haupt danieder,
Seit die Götter, wie wir wissen,
Ihm das holde Weib entrissen.

Ach, wie hört man's knirschen, mahlen
Aus der peinerfüllten Brust,
Waren doch der Seele Qualen
Stets des Dichters höchste Lust.
Und spürt man nicht Apollos Stöhnen
Durch den Federkiel schon dröhnen,
Dass aus Leiden, Tod und Weh
Neuer Musenschmauz entsteh'?«

Und hier wandte er sich erwartungsfroh dem Dichter zu. Doch dieser saß einfach regungslos da und starrte das leere Blatt Papier vor sich an. Von Apollos Stöhnen war nichts zu vernehmen. Der Doktor gab sich erstaunt:

»O Jüngling, sprich, und gib uns kund,
Was heut' verschloss der Götter Mund!«

Hier nun endlich erhob der Dichter den Blick, sah aus müden Augen erst zum Doktor, dann zu den Zuschauern. Einige Male schüttelte er nun den Kopf, dann endlich hob er an:

»Schau, die Flamme uns'rer Liebe
Würde glühen immerfort,
Sich belebend durch den Zauber
Eines nie gesproch'nen Worts.

Sieh, der Sterne feurig' Atem
Muss am Ende doch vergeh'n,
Der Gebeine Staub und Asche
Sieht der Zeiten Sturm verweh'n.
In der Hochgelehrten Stuben,
Um der Dinge Grund zu seh'n,
Müht sich Geisteswitz mit Eifer,
Sich im Kreise nur zu dreh'n.

Denn das ew'ge Lied von Zweifel,
Hass, Vergehen, Neid und Mord
Kann zum Schweigen doch nur bringen
Jenes nie gesproch'ne Wort.

Deine Lippen wollten formen
An des Todes eis'gem Hort,
Mit vergeh'ndem Odem hauchen,
Hauchen jenes letzte Wort.
O, ihr Götter, rief ich flehend,
Herrn am lichten hohen Ort,
Habet Mitleid, lasst mich hören
Jenes längst vergess'ne Wort!

Deine Lippen aber formten,
hauchten niemals jenes Wort,
Schlossen leblos sich und schwiegen,
Ach, und schweigen immerfort.«

Hier nun stockte er und fuhr mit der Hand durch die
Luft, als wolle er von dort noch einen Vers greifen,
den ihm sein Geist vorenthielt. Immanuel aber
spürte, wie sich seine Hände zu Fäusten ballten. Natürlich hatte er sofort erkannt, dass es sich hier um

Friedrichs Verse handelte, die nun einfach vorgetragen wurden, ohne dass man den Namen des wahren Dichters genannt hätte.

Auch bei den anderen Zuschauern riefen die Verse kaum Wohlwollen hervor, was hingegen weniger durch die Urheberfrage bedingt war. »Was war denn das?«, fragte ein Mann zwei Reihen vor Immanuel.

»Die ersten und die dritten Verse reimen sich ja gar nicht!«, beschwerte sich seine Nachbarin.

»Ist bestimmt so was Neumodisches.«

»Wozu gibt's denn Reimlexika!«, hörte man den Zausel ganz vorne sich empören.

Auch dem Dichter auf der Bühne entging nicht, dass seine Darbietung nur mäßige Begeisterung hervorrief. Ein weiteres Mal fuhr er mit der Hand durch die Luft, ließ sie dann aber wie abwinkend wieder fallen. »Ach, hol's doch der Teufel!«, rief er mit zorniger Stimme aus.

»Schon zur Stelle!«, erwiderte der Doktor und eilte zum rechten Bühnenabschnitt. »Liege ich recht, mein junger Freund, dass Euch der passende Reim fehlt? Oder ist es etwa der Rhythmus, der Euch zu schaffen macht? Ach, es ist ja auch wahrlich zum Verzweifeln damit. Man sollte den Burschen, der diesen ganzen Metrikzauber erfand, in der Hölle grillen. Doch gewiss wollt Ihr zum Ausdruck bringen, dass Euch der Tod des holden Weibes nun das Herz beschwert, Euch aber die Worte fehlen, Euren Schmerz auch angemessen darzustellen. Wie wär's denn hiermit:

Will man der Liebsten Tod besingen,
Kann's einen in den Wahnsinn bringen,
Muss man das Metrum erst niederringen.

Nein, da stimmt etwas nicht. Kennt Ihr vielleicht ein anderes Wort für *Metrum*? Nein? Nun, dann versuchen wir's doch einmal hiermit: *Muss man mit Vers und Reim erst ringen.* Ja, das ist doch schon besser, und reimen tut's sich auch noch.«

Doch der Dichter schüttelte den Kopf. »Nein, nein, das ist es nicht. Es ist vielmehr … na, wie soll ich sagen …«

»Aha, dann ist's am Ende wohl die Kadenz, die Euch verdrießt. Aber das lässt sich ja beheben:

Besingt ein Dichter Leid und Tod,
Schreibt emsig bis zum Morgenrot …«

»Jetzt haltet schon ein mit Eurem Reimgetöse, ich werd' noch toll!«, unterbrach ihn der Dichter und sprang von seinem Stuhl auf. »Habt Ihr denn gar nicht gehört, was ich vorgetragen?«

»Nicht nur gehört, ich war geradezu hingerissen.«

»Na, so müsstet Ihr doch wissen, dass ich vom letzten Wort der Geliebten gesungen.«

»Das hingegen nie gesprochen ward.«

»Ganz recht.« Er wandte sich nun ab und blickte aus dem Fernster. »Kommt doch einmal her und seht.« Der Doktor tat, wie ihm geheißen, und stellte sich neben ihn. »Vom ungesproch'nen Wort will ich künden, will zum Ruhme der Liebsten und der Menschen ein Epos erschaffen, das die Welt mit neuem

Zauber füllt, und was seht ihr dort?« Er wies aus dem Fenster.

»Ein Huhn«, antwortete der Doktor.

»Ganz recht, ein Huhn.«

»Mögt Ihr kein Hühnchen?«

»Ich mag Hühnchen sehr, aber doch nicht hier und jetzt. Odin sandte seine beiden Raben Hugin und Munin aus zu den Menschen, ein anderer Dichter erhielt nächtlichen Besuch von einem Raben aus Plutos Gefilden. Auch so mancher Adler schwang schon seine Flügel zum Wohle der Menschen. Und was schickt man mir? Ein Huhn!« Von hinter der Bühne vernahm man nun ein wütendes Gegacker, als empöre sich das Federvieh über die geringschätzigen Worte des Dichters. Der Doktor aber hob den Zeigefinger.

»Jetzt sehe ich Euer ganzes Dilemma. Da fleht Ihr Apollo um den Gesang des Orpheus und der Sirenen an, Löwen wollt Ihr brüllen hören und vernehmt stattdessen das Gackern eines Huhns. Ja, das ist wahrlich was Tolles. Denn:

> Was soll von einer Welt man halten,
> In der des Seichtums Knechte walten?
> Wo des Sturmes Wut zerronnen,
> Noch bevor sie recht begonnen.
> Wo der Sturzbach müde schleicht
> Und des Weihers Plätschern gleicht.
> Wo Liebe nicht noch Zorneswut
> Erfüll'n die Brust mit ihrer Glut.
>
> Kann zum Himmel sich erheben,
> Was von Äther bloß muss leben?

Ja, glaubt mir, mein Freund, ich verstehe Euer Leid.«

»Gar nichts versteht Ihr. Um das letzte Wort meiner Geliebten geht es hier. Könnt Ihr Euch das vorstellen? Von Gram erfüllt kniete ich an ihrem Totenbett, netzte ihr Antlitz mit meinen Tränen, da schlug sie nochmals die Augen auf, blickte mich voll Sehnen an, ihre Lippen bewegten sich, sie wollten noch ein Wort formen, wollten mir von … ja, wovon auch immer künden, da mit einem Male erstarrte ihr Blick, das Wort blieb unausgesprochen. Kann es etwas Poetischeres geben, als das letzte Wort der entschwebenden Geliebten, das niemals gesprochen wurde?«

»Traun fürwahr, das ist kaum vorstellbar.«

»Eben! Das letzte Wort; versteht Ihr nicht, welch unermesslicher Zauber darin wohnen muss? Was sie mir da noch hat mitteilen wollen, es muss … ja, es muss …« Wieder fuhr er mit den Händen durch die Luft, rang aber vergebens nach dem Ausdruck, den er suchte. »Ach, und man schickt mir ein Huhn!«

»Ich glaube, am Ende verstehe ich Euch gar doch noch«, fiel hier der Doktor ein. »In jenem Wort, so meint Ihr, laufen alle Fäden des Lebens zusammen, ja, den Schlüssel zum Mysterium des Weltenlaufs seht Ihr gar in ihm oder, wie ein anderer Dichter es formulierte, den Schlüssel aller Kreaturen.«

»Das ist's!«, rief der Dichter begeistert und dankbar gleichermaßen aus. »Der Schlüssel zum Mysterium des Weltenlaufs kann doch nur sein, was zu solch feierlicher Stunde hätte gesprochen werden sollen.«

»Wahrlich ein Jammer. Und die Götter ließen sich nicht erweichen, Euch das Wort kundzutun?«

»Nein.«

Der Doktor schüttelte betrübt den Kopf, doch dann mit einem Male horchte er auf. »Was hör´ ich da?« Er trat an die Wand, die den kleinen von dem großen Bühnenabschnitt trennte, und legte das Ohr daran.

»Was hört ihr?«, fragte der Dichter.

»Ich weiß nicht.«

»Also, ich höre nichts.«

Der Doktor pochte mit den Fingerknöcheln gegen die Wand, und da nun fuhr auch der zweite Vorhang zur Seite und gab den Blick auf den linken Teil der Bühne frei. Dieser Teil war, wie gesagt, von dem rechten, in dem sich der Dichter und der Doktor befanden, durch eine Pappwand getrennt und war … vollständig leer. Leer bis auf zwei Mülltonnen, wie man sie in den meisten Hinterhöfen der Stadt wird finden können.

Sie standen einfach da.

Etwa in der Mitte des Bühnenabschnittes im Abstand von gut zwei Metern.

»Ist wohl ein modernes Stück«, hörte man es von weiter vorne tuscheln, als nun eine ganze Zeit vergangen war, ohne dass sich irgendetwas getan hätte. Da aber mit einem Male hob sich der Deckel der linken Mülltonne und hervor lugte ein alter Mann mit zerzaustem grauem Haar und blickte auf die Zuschauerreihen, als wisse er nicht recht, wo er sei und was er hier eigentlich verloren habe. Er streckte den Kopf nun etwas weiter empor, fasste mit der linken Hand den Deckel und lehnte ihn an die Tonne. Auf seiner Schulter lag eine Bananenschale, in seinem grauen Haar hatte sich ein Fischgeripppe verfangen, in der rechten Hand aber hielt er einen Blitz aus gelber Pappe gefertigt, den er nun betrachtete, als frage er sich, wie er wohl in dessen Besitz gekommen sei. So saß er also in seiner Tonne, blickte abwechselnd auf den Blitz und zum Publikum. Dann aber bemerkte er die Tonne neben sich, holte mit der linken Hand etwas aus dem Müll neben oder unter sich hervor, das sich als angefaulter Apfel herausstellte, und warf diesen gegen die andere Tonne, ohne dass dies hingegen irgendein Resultat gezeitigt hätte, sieht man davon ab, dass der Dichter und der Doktor nebenan nun aufhorchten.

»He, ist keiner zu Hause?«, rief jetzt der Alte in Richtung auf die andere Tonne. Nun endlich hob sich auch hier der Deckel und ein verschlafenes Gesicht gähnte dem Publikum entgegen. Dieses Gesicht wirkte wesentlich jugendlicher als das seines Nachbarn, wenn auch dessen Haarpracht sich in einem ähnlichen Zustand wie bei jenem befand. Auch er stellte nun den Deckel neben der Tonne ab, und jetzt erkannte man, dass er eine Leier in der rechten Hand hielt.

»Was is'n los?«, fragte er an den Alten gewandt, und nur zu deutlich hörte man, dass er über die Störung keineswegs erbaut war.

»Weiß auch nicht«, erwiderte der Alte. »Ich dachte, ich hätte was gehört.«

Nebenan hatte mittlerweile auch der Dichter das Ohr an die Wand gepresst und lauschte angestrengt, schien aber nichts verstehen zu können.

»Was hast'e denn gehört?«, fragte der jüngere Mann mit der Leier.

Der Alte hatte sich inzwischen abgewandt und starrte nun über das Publikum hinweg zur gegenüberliegenden Wand. »Weiß auch nicht. Mir war, als hätte ich was gehört.«

Der junge Mann schwieg einen Augenblick und schien nachzudenken. »Also, ich hab' nichts gehört.« Er schüttelte den Kopf.

Auch der Alte wirkte nun nachdenklich. »Na ja, vielleicht hab' ich mich ja getäuscht.«

Der andere nickte. »Ja, du wirst dich wohl getäuscht haben. Vielleicht war's ja 'ne Kakerlake. Die machen so widerwärtige Geräusche, wenn sie am Abfall nagen.«

Der Alte schien die Worte des Jüngeren wohl zu bedenken und wirkte überzeugt. »Ja, eine Kakerlake wird's gewesen sein.«

»Es war bestimmt eine Kakerlake.«

Eine Weile saßen sie nun einfach in ihren Tonnen und starrten über das Publikum hinweg zur gegenüberliegenden Wand. Dann nahmen sie die Deckel wieder auf und waren im nächsten Augenblick verschwunden. Einige Momente später schoben sich dann die beiden Vorhänge vor den großen und den kleinen Bühnenabschnitt.

Das Stück war vorüber.

Eine gefühlte Ewigkeit lastete nun das atemlose Schweigen über den Häuptern der Anwesenden. Weder auf der Bühne noch im Zuschauerraum regte sich jetzt der geringste Laut.

»Eine Unverschämtheit!«, erboste es sich da mit einem Male von ganz vorne.

»Eine bodenlose Frechheit!«, stimmte eine zweite empörte Stimme ein. Der Bann war nun gebrochen. Von allen Seiten fluchte und schimpfte es nun. Vorne in der dritten Reihe sah man Klotho drohend die Faust in Richtung auf die Bühne schwingen, der alte Zausel war aufgesprungen und schimpfte nun wie ein Rohrspatz, zwei andere taten es ihm gleich und gemeinsam schritt man nach vorne und schwang sich mit einiger Müh auf die Bühne. In wildem Zorn riss man den Vorhang zur Seite, doch der Dichter wie der Doktor waren verschwunden, und so gründlich man auch die Mülltonnen durchwühlte, auch die beiden anderen Burschen schienen bereits das Weite gesucht und gefunden zu haben.

Alles lief und fluchte nun wild durcheinander. Insbesondere auf den Doktor schien sich die allgemeine Wut zu richten, und gewiss wäre es ihm übel genug ergangen, hätte man ihn nun in die Finger bekommen. Doch er war nirgends aufzufinden, auch wenn der Kronleuchter inzwischen wieder für volle Beleuchtung sorgte und man jeden Winkel durchforschte. Schließlich gab man die Suche dann auf, und lange Zeit noch brodelte und fluchte es an allen Ecken und Enden, bis sich schließlich einige Dienstmänner in blauen Uniformen in den Raum wagten und die Stühle wegräumten und zudem unter reichlichem Stöhnen und Ächzen ein ansehnliches Piano auf die Bühne beförderten, genau dorthin, wo vor Kurzem noch die beiden Mülltonnen für Empörung gesorgt hatten. Der Anblick des edlen Musikinstrumentes schien die Wogen doch einigermaßen zu glätten. Wohl sah man hier und dort noch den einen oder anderen nach unten gezogenen Mundwinkel, immer öfter aber plauderte und scherzte es bereits wieder wie vor der unseligen Aufführung, und vereinzelt hörte man gar ein herzhaftes Lachen durch den Raum dringen. Und auch die letzten Zornesfalten verschwanden schließlich, als ein Knabe von vielleicht sieben oder acht Jahren von hinten die Bühne betrat und sich auf das Artigste und Anmutigste vor der Gesellschaft verneigte. Er trug eine weiße Perücke, verbarg das Gesicht aber hinter keiner Maske und tat gewiss auch gut daran, denn in erster Linie das schön und edel geformte Gesicht des Jungen schien es zu sein, das das größte Entzücken bei den Gästen hervorrief. Von allen Seiten hörte man nun bewundernde und anerkennende Worte, und nur zu offensichtlich war der Jüngling in diesem Kreise auf das Beste bekannt, was auch ein Grund für die Sicherheit gewesen sein mochte, mit der er hier auftrat. Nachdem er sich ausgiebig verneigt hatte, nahm er endlich auf dem vor dem Piano aufgestellten Schemel Platz und hieb ohne jede Vorrede munter auf die Tasten ein. Und erneute Laute der Bewunderung drangen durch den Raum, als man das beflügelte und erhabene Spiel des Wunderknaben hörte, das, wie selbst Immanuel erkannte, ohne jeden Zweifel ein Menuett darstellte. Es dauerte nun nicht mehr lange, bis sich der Großteil der Gesellschaft in der Raummitte zu einem Tanz formierte, dessen Prozedere Immanuel anfangs recht wundersam und verwirrend anmuten wollte, das sein analytischer Verstand dann aber doch recht bald durchschaut hatte. Und dies sah nun so aus, dass sich jeweils etwa zwanzig Damen und zwanzig Herren im Abstand von gut fünf Metern gegenüber in zwei Reihen aufstellten. Auf ein geheimes Zeichen hin, das Immanuel allerdings nicht erkannte, traten alle Damen und Herren gleichzeitig mit tänzelnden Schritten ihren jeweiligen Tanzpartnern entgegen, bis sie sich auf gut einen Meter genähert hatten. Hierauf machten beide einen Schritt zurück, gingen dann aufeinander zu und streckten einander die jeweils rechte Hand entgegen. An den Händen gefasst schritt man dann aneinander vorbei und beschrieb eine halbe Drehung, sodass man sich nun wieder direkt gegenüberstand. Daraufhin ließ man einander los, trat wieder einen Schritt zurück und wiederholte den Vorgang, nur dass man sich jetzt an den linken Händen fasste. Wenn man sich dann wieder direkt gegenüberstand, verbeugten sich beide voreinander, dann bewegte sich jeder rückwärts und wieder in tänzelnden Schritten an seinen Ausgangspunkt zurück. Dort angekommen verneigte man sich auf beiden Seiten vor seinem Nachbarn und wechselte mit diesem den Platz. Hierbei ging man, wie Immanuel bald herausfand, keineswegs willkürlich vor, denn entweder wechselte man stets mit dem rechten oder stets mit dem linken Nachbarn die Plätze. Auf diese Weise erreichte man, dass man sich in der Reihe stets nach rechts oder stets nach links bewegte, wodurch gewährleistet wurde, dass man bei jedem Tanz auf einen anderen Partner traf. Erst wenn man das Ende der Reihe erreicht hatte, musste man sich notgedrungen in die entgegengesetzte Richtung bewegen und traf dann irgendwann wieder auf den Tanzpartner, mit dem man begonnen hatte.

Zwar wollte ihm das System nicht schlecht gefallen, wohl nicht zuletzt, da es ihm mit solchem

Scharfsinn gelungen war, es zu enträtseln, allein an dem Treiben sich zu beteiligen, dazu verspürte er doch keinerlei Trieb. Der Umstand, dass er in eben diesem Hause von den genaueren Todesumständen seiner Schwester erfahren und zudem Zeuge jener unwürdigen Verhandlung hatte werden müssen, betrübte das Gemüt ihm doch gar sehr. Zudem ärgerte er sich noch über den Dichter, der hier einfach Friedrichs Verse vorgetragen hatte, ohne diesen auch nur mit einem Wort als deren Urheber zu erwähnen. Gewiss steckte der Doktor irgendwie dahinter. Und dann, wenn er sich dies auch nicht eingestehen wollte, war es gewiss auch noch der Flirt seiner Grazie mit dem jungen Burschen, der ihm gründlich die Stimmung verdarb. Endlich aber nickte ihm ein älterer, erschöpft wirkender Herr mit einigem Nachdruck zu und gab durch ein Handzeichen zu verstehen, er möge doch seinen Platz einnehmen, und sogleich erkannte Immanuel dessen Problem. Beide Reihen mussten aus einer geraden Anzahl von Tänzern bestehen, sollte das System funktionieren, da andernfalls ja einer oder eine nach dem Tanz ohne Nachbar bleiben musste, mit dem er den Platz tauschen konnte. Der alte Herr durfte also nicht einfach die Reihe verlassen, ohne einen Ersatz für sich gefunden zu haben. So nickte Immanuel denn widerwillig zurück und erlöste den Alten, was dieser auch mit einem freundschaftlichen Klaps auf Immanuels Schulter zu würdigen wusste. Und so galt es nun, in der Praxis zu erproben, was bisher nur graue Theorie gewesen.

Seine Tanzschritte wollten zunächst etwas linkisch wirken, auch war er solchermaßen darauf konzentriert, die Hand seiner ersten Tanzpartnerin nicht zu verfehlen, dass er dieser versehentlich auf den Fuß trat und hörte, wie sie zischend die Luft einzog. Ansonsten aber schlug er sich recht wacker, und nach dem vierten oder fünften Tanz bewegte er sich schon so sicher, dass er kaum noch störend auffiel. Bald schon erhielt er die dicke Klotho als Tanzpartnerin, die seine Hand mit solchem Überschwange drückte, dass er mit Leidensmiene aufstöhnte. Und irgendwann dann stand sie ihm gegenüber. Sie lächelte. Anders als bei der Verhandlung erkannte sie ihn nun offensichtlich sogleich. Immanuel dagegen hatte die Sache mit dem jungen Burschen anscheinend noch nicht vergessen und gab sich herzlich kühl. Reichlich steif tänzelte er ihr entgegen, vollzog das Folgende, als handele es sich um eine lästige Pflichtübung und ließ weder durch Miene noch auf sonst eine Art erkennen, dass er sie schon früher einmal gesehen habe. Die Grazie hingegen schien sein abweisendes Gebaren mehr zu amüsieren als zu empören, denn noch, als die Tanzpartner bereits zweimal gewechselt hatten, bemerkte er, wie sie zu ihm herüberschielte und ihm ein wissendes Lächeln zuwarf. Und so sehr brachte ihn das Lächeln aus dem Konzept, dass er während der Rückwärtsbewegung aus der Bahn geriet und dem Herrn neben sich, der bereits vor ihm an seine Ausgangsposition zurückgekehrt war, gegen das Schienbein trat. Dann war sie entschwunden und er musste einen ganzen Durchgang warten, bis er ihr endlich wieder gegenüberstand. Hier nun brachte er es nicht mehr über das Herz, sie gänzlich zu ignorieren. Er lächelte ihr zu. Sie lächelte zurück. Und er spürte, wie sich sein

Puls beschleunigte, als sie nach der zweiten Verbeugung seine Hand deutlich länger gedrückt hielt, als es der Tanzrhythmus eigentlich erfordert hätte. Und dann war sie erneut entschwunden.

Immer öfter geriet das Tanzvergnügen nun ins Stocken. Anscheinend wusste der Wunderknabe lediglich das erste Menuett flüssig zu spielen. Brachte er das Folgestück noch halbwegs unfallfrei zu Ende, so folgte im dritten Menuett ein Fehlgriff auf den anderen, bis er schließlich nurmehr aufs Geratewohl in die Tasten hieb und nur durch Zufall hin und wieder einen rechten Ton erwischte. Dann sah man einen Mann, auch er mit einer weißen Perücke, von hinten auf die Bühne eilen, womöglich der Lehrer des Knaben. Der Mann redete auf den Jungen ein, dieser wurde bockig, stampfte verärgert mit dem Fuß auf, musste es sich gefallen lassen, schmerzhaft am Ohrläppchen gezogen zu werden, und gewiss wäre auf der Tanzfläche über diese Darbietung alles wild durcheinander geschlagen, hätte die findige Klotho nicht die Melodie aufgegriffen und im Lalala-Text vorgesungen. So brachte man auch dieses Menuett halbwegs mit Anstand zuwege, bevor man den Knaben kurzerhand durch ein Grammophon ersetzte. Das Spiel wie der Tanz wurden nun wesentlich lebhafter, da nicht mehr einzig die Grundmelodie von einem Instrument gespielt wurde, sondern dieses noch durch andere wie Violine und Bratsche ergänzt wurde.

Das grundsätzliche Prozedere blieb bei allen Menuetts gleich, lediglich die Tanzschritte, mit denen man sich dem Partner näherte, änderten sich je nach dem Rhythmus der Musik, und zu Immanuels nicht geringem Erstaunen fand er sich ohne Probleme in die rechten Bewegungen, ohne dass er auf das Vorbild der anderen hätte achten müssen. Bald schwebte er förmlich dahin, vergessen waren die Schwester und die geraubten Verse, bewegte sich rückwärts mit derselben Sicherheit wie vorwärts, verschmolz dabei förmlich mit den Tönen, dabei stets dem Augenblick entgegenfiebernd, da er endlich wieder ihr gegenüberstehen würde. Doch lang und länger ließ dieser Augenblick schließlich auf sich warten. Er schaute nach rechts, er schaute nach links, konnte sie aber nirgendwo entdecken. Schon bildeten sich neue Zornesfalten auf seiner Stirn, glaubte er sich ein weiteres Mal von der Angebeteten verhöhnt, da entdeckte er sie schließlich vor der doppelflügeligen Tür an der linken Breitseite des Raumes. Sie hob die Hand und gab ihm zu verstehen, er möge ihr folgen, dann entschwand sie durch die Tür in den angrenzenden Raum.

Immanuel befand sich gerade fast genau in der Mitte der Reihe, diese jetzt einfach zu verlassen, das wäre schlecht angegangen. Er tanzte also mehr schlecht als recht und mit wachsender Ungeduld weiter, bis er endlich den linken Rand erreicht hatte. Zwar fand sich dort niemand, der seinen Platz hätte einnehmen können, doch verschwendete er an einen Ersatz nun keinerlei Gedanken, sondern eilte auf die Tür zu.

Und als er nun über die Schwelle schritt, da war es, als betrete er nicht lediglich einen neuen Raum, sondern als offenbare sich ihm gleichsam eine ganz andere Welt. Schimmerte in dem Saal mit der Bühne trotz aller Pracht doch noch in Ansätzen die

Nüchternheit des Großraumbüros durch, so schienen sich hier jedes Detail der Einrichtung, die Beleuchtung, ja, selbst der Geruch zu dem einzigen Zweck verschworen zu haben, die Sinne zu betäuben und zu verwirren und in Dimensionen zu entführen, die von grauer Alltagsnüchternheit so weit entfernt waren wie die Wonnen des Elysiums vom Wehklagen der gemarterten Seelen im Hades. Weder Spiegel noch Wandgemälde fand man hier, die gesamte rechte Längsseite des Raumes war mit einem karmesinroten Vorhang bedeckt, nicht unähnlich dem vor der Bühne, jedoch von einem etwas dunkleren Farbton. Die gegenüberliegende Seite war mit Wandteppichen von solcher Erlesenheit behangen, wie Immanuel sie nie zuvor gesehen hatte. Auf dem vorderen der Teppiche war ein junger Mann abgebildet mit einem Kranz aus Weinreben um das Haupt, der wohl den Dionysos darstellen sollte. Er eilte gerade auf einen Hain zu und war von einer Schar bocksfüßiger Satyrn umgeben, die allesamt recht unsicher auf den Beinen wirkten und dem Wein, den sie in großen Krügen bei sich trugen, wohl mehr zugesprochen hatten als sie vertrugen. Der Wandteppich daneben zeigte eine Gruppe von Nymphen in einem See, die Blicke zu einem Jüngling von strahlender Schönheit erhoben, der, halb zaudernd, halb sehnend, am Ufer stand und wie hypnotisiert auf die badenden Zeustöchter starrte. Schon schien er im Begriff, den Verlockungen nachzugeben, den Fuß zu heben, ihn ins Wasser zu setzen, doch gleichzeitig schien ihn etwas zu warnen, dass er dort nichts als sein feuchtes Grab finden werde. Wie gebannt starrte Immanuel zu dem Bild, und erst ein Lachen von weiter hinten riss ihn ins Hier und Jetzt zurück. Da nun bemerkte er, dass der Vorhang auf der rechten Seite keineswegs direkt an der Wand anlag, dass dazwischen vielmehr noch ein Freiraum von wohl einigen Metern liegen musste, denn das Lachen stammte von einer Frau, die gerade mit ihrem Begleiter durch einen Durchlass in dem Vorhang in jenen Freiraum verschwand, wenn er auch nicht erkennen konnte, wie dieser ausgestattet war. Allzu hell erleuchtet nämlich war dieser Raum nicht. Einen Kronleuchter gab es hier nicht, lediglich einige Kandelaber, die durch die Bewegungen im Raum unruhig aufflackerten, ließen die Schatten der Gäste geisterhaft über die Wände und den Vorhang tanzen.

Bereits auf seinem Weg hierher war Immanuel aufgefallen, dass der andere Raum bis auf die Tanzenden fast vollständig leer war. Nun wusste er, wohin es alle verschlagen hatte. Zwischen dreißig und vierzig Gäste saßen teils auf Diwanen, die vor dem Vorhang aufgestellt waren, teils standen sie paarweise oder in kleinen Gruppen auf dem freien Platz davor, plaudernd, scherzend, in gierigen Zügen die Becher mit Wein leerend, den einige Burschen im Kostüm des Dionysos eilenden Schrittes umhertrugen und einschenkten. Einer dieser Burschen baute sich unversehens auch vor Immanuel auf und musterte ihn aus Augen, die ihm gar zu finster, fast diabolisch dünken wollten, und schon fürchtete er, er werde ihn gleich fragen, was er in diesem scheußlichen Anzug in dieser erlauchten Gesellschaft zu suchen habe.

»Willkommen«, sagte er stattdessen und füllte einen fein verzierten Becher bis zum Rand mit Wein und reichte diesen Immanuel. »Willkommen. Kosten Sie vom Saft der Götter und treten Sie ein ins Reich des Dionysos.« Hiermit deutete er eine Verbeugung an und wandte sich ab einem Herren zu, der ihm seinen Becher entgegenhielt, dass er diesen aus seinem Kruge nachfülle. Immanuel sah dem Burschen nach und zweifelte keinen Augenblick, dass er es genau so gemeint, wie er es gesagt hatte. Dann betrachtete er die rötliche Flüssigkeit in dem Becher, und obschon grundsätzlich kein Freund des Rebensaftes, verspürte er mit einem Male das unwiderstehliche Verlangen, den Becher anzusetzen, den Wein durch die Kehle fließen zu lassen, ihn in sich hineinzuschütten, ja, sich bis zur Besinnungslosigkeit zu betrinken. Was für diesen plötzlichen Trieb verantwortlich schrieb, das wusste er nicht. Ob ihn der an Weihrauch erinnernde Duft in dem Raum betörte, der Gedanke an die Grazie oder das Bild mit dem Jüngling und den Nymphen. Wen interessierte das schon. Er setzte an, trank, trank, in einem Zug leerte er den Becher und spürte, wie es ihn mit süßer Feuerglut durchfloss, wie sich seine Sinne zu trüben und sich die Welt um ihn zu drehen begannen. Doch nicht unangenehm und Übelkeit erregend waren diese Empfindungen, wie er es ansonsten beim Alkoholgenuss zumeist verspürte. Nein, wenn sich ihm die Sinne auch leicht umnebelten, so schien dies doch nur für die äußeren Reize zu gelten, während er tief in seinem Inneren plötzlich Regungen verspürte, die er sich zwar nicht erklären konnte, die aber so rein und mächtig waren, dass es ihm gänzlich unbegreiflich war, dass sie so lange, ohne den Göttertrunk, hatten brachliegen können. Er atmete tief ein, inhalierte die weihrauchgeschwängerte Luft, ließ sich von dem Lebensquell durchdringen und fühlte, wie die mannigfachsten Keime in seinem Busen sprossen, von denen er zwar nicht wusste, welche Blüten sie hervorbringen mochten, die aber jetzt schon solch süßen Odem verströmten, dass sich doch unmöglich irgendein Arg darin verbergen konnte. Er sah sich um. Wo war sie? Sein Atem ging schwer. Er fand sie nicht. Die Musik. Wie laut und deutlich sie herüberdrang! Mochte es hier irgendwo einen versteckten Schallverstärker geben? Dann brach sie ab. Wo war nur die Grazie? Versteckte sie sich etwa schon wieder vor ihm? Dann wurde eine neue Platte aufgelegt. Es regte sich in dem Saal. Man erhob sich von den Diwanen, die Becher wurden auf einem Tisch am Kopfende des Raumes abgestellt, manch einer warf sein Trinkgefäß auch ganz einfach an die Wand, wo sie scheppernd zu Bruch gingen. Und die Musik füllte den Raum, drang in jede Ecke, jeden Winkel, durchströmte Immanuels Seele, ließ sie vibrieren, ließ sie blühen. Er hatte keine Ahnung, um was für eine Art Musik es sich handele, von welchen Instrumenten sie gespielt, aber sie war schön, so unendlich schön.

Und da nun stand sie vor ihm. Verheißend wie die aufgehende Sonne, die rehbraunen Augen glühend, ihn verschlingend. Sie streckte ihm die rechte Hand entgegen, er schleuderte den Becher hinfort, fasste sie mit beiden Händen, presste einen flammenden Kuss darauf, dann entschwebten sie. Bald umschlangen sie sich, bald drehten sie sich an den

Händen sich haltend. Was und wie er zu tanzen habe, daran musste er keinen bewussten Gedanken verschwenden, die Musik alleine schien seinen Muskeln zu gebieten, wann sie sich zusammenzuziehen, wann sie sich zu lösen hatten. Wie in einem Traum, geboren aus den Reben des Dionysos, glitten sie dahin, gewahrten nicht den Raum, nicht die anderen Paare um sie herum, nichts als die Musik und das pulsierende Leben des anderen. Er blickte in ihre Augen und die Verse des Dichters Friedrich kamen ihm in den Sinn:

> Denn das ew'ge Lied von Zweifel,
> Hass, Vergehen, Neid und Mord
> Kann zum Schweigen doch nur bringen
> Jenes nie gesproch'ne Wort.

Und ohne dass er es hindern oder auch nur den Grund hätte einsehen können, stand mit einem Male das Bild der darniederliegenden Sophie vor seinen Augen, wie ihre Lippen noch ein Wort formen wollten, es aber nicht vermochten. Ihm schauderte. Und als habe die Grazie seine Gedanken erraten, lachte sie plötzlich wie wissend auf. Auch ihre Lippen bewegten sich nun, doch konnte Immanuel nicht verstehen, was sie sagte.

»Was?«

Aber sie lachte lediglich auf und schlang ihn dann nur umso fester an sich. Immanuels Herz begann zu hämmern. Er spürte ihren Leib an dem seinigen, und sein Geist war von dem einen Gedanken erfüllt: das Wort! Was wusste er von dieser seltsamen Grazie, deren Namen er noch nicht einmal kannte? Was wusste sie? Er hatte nur recht nebelhafte Vorstellungen, was es mit jenem Wort, das nie gesprochen ward, auf sich haben mochte – er war schließlich nur ein einfacher Fakturist – , doch hatte der Dichter Friedrich nicht von einem Schlüssel zu etwas Wunderbarem gesprochen? Und wenn er jetzt etwas brauchte, so war es gewiss ein Schlüssel, welche Tür auch immer man damit öffnen konnte. Er blickte ihr fragend, geradezu flehend in die Augen. Sie lachte erneut auf und verstärkte den Druck ihrer Umarmung nochmals. Und sie tanzten. Wie schwerelos. Plötzlich wirkte sie sehr nachdenklich. Mit verzehrendem Ernst blickten sie sich in die Augen, auch die Grazie schien zu ahnen, vielleicht gar zu wissen, dass sie nun auf einem Pfad entschwebten, der nur in ihrer beider vollständigen Verschmelzung und Entwerdung enden konnte. Sie schwebten nun ganz nahe an dem Vorhang dahin. Das Wort! Durch einen der Durchgänge entschwand gerade ein kicherndes Paar. Ein anderes ließ sich auf einen Diwan fallen. Ach, wie es ächzte, wie es kratzte, als fahre es mit eisernen Nägeln über eine Schiefertafel. Ein Sprung, so ging es Immanuel durch den Kopf. Die Platte muss einen Sprung haben. Und ganz genau so wird es sich verhalten haben. An irgendeiner Stelle musste die Platte einen Sprung oder sonst eine Beschädigung aufweisen, denn statt der Musik drang nun ein langgezogenes Kratzgeräusch aus dem Grammophon, das schließlich in einem Klackgeräusch endete, worauf das Kratzen von Neuem begann, bis es dann wieder von dem Klacken unterbrochen wurde. So ging es eine geraume Zeit weiter, dann schien man auch im Nebenraum des Missgeschickes gewahr zu werden, denn das Grammophon wurde nun abgestellt. Zwei Herren verließen den Saal, wohl um nebenan nach dem Rechten zu sehen. Und nun bemerkte Immanuel, dass sich seine Tanz-partnerin seinem Griff entwunden hatte. Er blickte sich um. Die Grazie war verschwunden. Er schüt-telte den Kopf und ging auf die Tür zu, da sah er den Becher, den er vor dem Tanz achtlos fortge-schleudert hatte. Er war noch heile und Immanuel hob ihn auf. Er spürte den Anflug eines Katers und fragte sich, ob er diesem nicht mit einem weiteren Becher des köstlichen Weines vorbeugen könne. Er blickte sich nach einem der Burschen mit den Krü-gen um, konnte aber keinen entdecken. Schon erwog er, das Fest zu verlassen, da bemerkte er dann doch noch einen der Burschen, der gerade hinter dem Vorhang hervor erschien und auch geradewegs auf Immanuel zueilte, als habe er dessen Gedanken er-raten. Er hielt ihm den Becher hin und fand ihn dann auch bald mit dem Göttersaft gefüllt, wenn auch nur zur Hälfte.

»Bedaure«, entschuldigte sich der Bursche, »aber wir müssen etwas mit den Vorräten haushalten.« Mit einem verlegenen Grinsen verbeugte er sich und entschwand dann. Immanuel blickte ihm nach, be-sah dann seinen Becher und nippte an dem Wein. Ja, er war gut, er war wirklich sehr gut. Offensichtlich waren die Anstrengungen des Tanzes nicht spurlos an den Gästen vorübergegangen. Viele der Paare hatten sich auf einen der Diwane gesetzt und streckten nun die Beine von sich. Auch Immanuel fühlte sich einigermaßen erschöpft, und so nahm er ebenfalls auf einem Diwan ganz in der Nähe Platz, der als einziger noch unbesetzt war.

Er nahm einen Schluck und lehnte sich zurück. Der Kopf wurde ihm ein wenig schwer. Er sah zu dem Diwan neben dem seinigen hinüber und erblickte ein Profil, das ihm nur zu bekannt vorkam. Er blinzelte mit den Augen, als wolle er einen Traum abschütteln, aber nein, es bestand kein Zweifel, es war die schwarzhaarige Dame aus der Verhandlung, die so energisch das Wort geführt hatte. Wohl wirkte sie in dem weinroten Gewand längst nicht mehr so bedrohlich, aber das scharf geschnittene Raubvogelprofil war unverkennbar. Und da saß sie nun, die Erbarmungslose, keine drei Meter von ihm entfernt, schäkernd und lachend, ihrem Partner, einem noch blutjungen Mann, verführerisch den Arm um die Schultern gelegt. Dann mit einem Male setzte die Musik wieder ein. Es war dasselbe Stück, wie Immanuel sogleich erkannte. Das Problem war also behoben.

»Na endlich!«, hörte man von weiter hinten.

Die ersten Paare begaben sich zurück auf die Tanzfläche. Immanuel ließ den Blick durch den Saal schweifen, doch hegte er inzwischen kaum Hoffnungen mehr, er könne sie einmal erspähen, wenn er nach ihr suchte. Er lehnte sich also wieder zurück und nahm einen weiteren Schluck. Mit Bedauern stellte er fest, dass er bereits den hellen Boden durch den roten Wein schimmern sah. Nebenan erhob sich die schwarzhaarige Dame und zog ihren Partner mit sich auf die Tanzfläche. Immanuel blickte ihnen nach, wie sie sich unter das wogende Meer aus Leibern mischten und bald darin verschwunden waren.

Da mit einem Male tippte ihm jemand mit dem Finger auf die Schulter, und er blickte sich um.

»Schon müde?«, fragte sie.

Statt einer Antwort fasste er ihre Hand, erhob sich und führte sie auf die Tanzfläche. Ganz so spielerisch und leicht wollte er dieses Mal nicht in den Rhythmus finden, schienen seine Gliedmaßen nicht so instinktiv mit den Tönen zu verschmelzen. Auch hatte der Wein dieses Mal, so dünkte ihm, neben der belebenden und berauschenden auch eine leicht ermüdende Wirkung. Aber schließlich waren dann doch alle Anfangsschwierigkeiten überwunden und sie schwebten dahin. Wieder spürte er die liebkosende Hand auf seinem Rücken, spürte er ihren graziösen Leib, roch den süßen Duft ihrer Haare. Aus dem Augenwinkel sah er bocksfüßige Gestalten von allen Seiten auf die Tanzfläche eilen, recht ähnlich den Satyrn von dem Wandteppich, nur dass sie deutlich menschliche Gestalt aufwiesen und rote Masken trugen. Sie hatten keine Tanzpartner und versuchten, den Herren die Damen zu entreißen, was diese jedoch eifersüchtig zu verhindern wussten. Immanuel sah seiner Grazie tief in die rehbraunen Augen und presste sie an sich. Kein Satyr sollte sie ihm nehmen. Und so glitten sie dahin. Wie zuvor brauchte er nun keinen bewussten Gedanken mehr auf seine Bewegungen zu verwenden, ganz von selber trugen seine Beine ihn hinfort, weiter, immer weiter, immer schneller jenen seligen Gefilden entgegen. Sie drehten sich, ihm schwindelte, sein Blick trübte sich, klarte aber sogleich wieder auf, als er den Vorhang ganz in der Nähe erspähte, die verheißenen Wonnen vorwegempfindend, die dahinter warten mochten. Und wieder krächzte es durch den Saal. Krächzte und tackte, tackte und krächzte es. Die Platte zu reparieren oder durch eine neue zu ersetzen, das hatte man also offensichtlich nicht für notwendig empfunden. Und während der Rausch und die wohlige Benommenheit nüchternem Alltagsgrau wichen, spürte er, wie die Grazie sich seinem Griff entwand und irgendwo in der Menge der nun Erwachenden verschwand. Vielleicht steht ein Fenster offen und lässt kühle Nachtluft herein, ging es ihm durch den Kopf, denn ihm fröstelte plötzlich. Doch war in dem Saal kein einziges Fenster zu sehen. Irgendwann verstummten das Krächzen und das Tacken, während er sich seinen Weg zurück zu dem Diwan bahnte und sich erschöpft auf diesen fallen ließ.

Wieder verließen zwei Herren den Saal. Vermutlich um nebenan nach dem Rechten zu sehen. Nun sah er den hageren Bürokraten, der ihn bei seinem Eintreffen begrüßt hatte, durch die Tür eilen. Er suchte und fand einen der Burschen, die den Wein herumtrugen. Ein weiterer Bursche gesellte sich zu ihnen, es folgte ein dritter. Der Bürokrat wedelte mit einer Liste herum, man diskutierte, erst ruhig und sachlich, dann erregter werdend. Immanuel konnte nur Bruchstücke der Unterhaltung verstehen, doch anscheinend war der Wein, oder zumindest ein Teil davon, von einer Abteilung bezogen worden, die gar nicht berechtigt gewesen war, diesen auszugeben. Auch habe es bei der Bestellung nicht unerhebliche Formfehler gegeben. Immanuel betrachtete den Becher, den er vor dem Tanz neben dem Diwan abgestellt hatte, und nahm ihn auf. In einem Zug schüttete er den kläglichen Rest in sich hinein. Nachschub würde es so schnell wohl nicht geben.

Der Bürokrat verschwand wieder.

Die drei Burschen warfen ihm missmutige Blicke hinterher. Einer streckte ihm gar die Zunge aus.

Immanuel verspürte einen schalen Geschmack im Mund. Ein Glas Wasser. Ja, ein Glas Wasser würde ihm nun gut tun. Ob die drei Burschen wohl eines besorgen konnten, wenn es schon keinen Wein mehr gab? Er überlegte, ob er fragen sollte. Dann schüttelte er den Kopf.

Auf den Diwanen rekelte man sich gelangweilt. Es gähnte um die Wette. Ein Mann zwei Diwane von Immanuel entfernt schien eingenickt zu sein. Ein anderer bohrte versonnen in der Nase.

Die drei Burschen marschierten an den Wandteppichen vorbei in den hinteren Teil des Saales. Einer von ihnen trat in eine Weinlache und hinterließ eine feuchte Spur. Die Putzfrauen würden einiges zu tun haben. Vielleicht sollte man es sofort aufwischen, solange es noch nicht getrocknet ist. Immanuel fasste in die Innentasche seiner Jacke und befühlte den Umschlag mit dem Angebot. Er lächelte. Ha, wenn Herr Schreihöft aus seinem Büro gekommen wäre, als er mit seiner Jacke den Schlamm vom Fußboden aufgewischt hatte! Da setzte die Musik wieder ein. Es war dasselbe Stück. Ob sie die Platte wohl dieses Mal in Ordnung gebracht haben, fragte sich Immanuel und blickte sich in dem Saal um. Nur vereinzelt und mühsam erhoben sich die Paare von den Diwanen und begaben sich auf die Tanzfläche. Immanuel spürte, wie ein Stechen in seiner rechten Schläfe Kopfschmerzen ankündigte, die erfahrungsgemäß dann nicht mehr lange auf sich warten ließen. Vor dem ersten Wandteppich erblickte er die Grazie. Sie stand leicht gebeugt da, als schmerze ihr Rücken. Immanuel erhob sich und ging auf sie zu. Als sie sich mit einem halben Dutzend anderer Paare über die Tanzfläche bewegten, fiel sein Blick auf die schwarzhaarige Dame, die auf einem der Diwane friedlich an der Schulter ihres Partners schlummerte. Ob sie den Clown wirklich in Stücke gerissen hätte, hätte sie der alte Zausel nicht daran gehindert? O ja, das hätte sie, da war sich Immanuel mit einem Male sicher. So gezähmt ihr Raubvogelprofil nun im Schlummer auch wirkte, sie hätte den Clown zur Rechenschaft gezogen und seine Schwester gerächt. Er nickte. Dann versperrte ihm ein Paar den Blick auf die Schlummernde. Sein Fuß tat weh, sein rechter Schuh drückte. Und dabei soll er aus bestem Leder gemacht sein, so dachte er. Der Verkäufer hat gesagt, ich würde ihn beim Tragen gar nicht spüren. Und da mit einem Male war es passiert. Vermutlich war er für einen Augenblick unachtsam gewesen, als er sich nach einem Rückwärtsschritt um die eigene Achse gedreht hatte. Vielleicht hatte sich ein anderes Paar zwischen sie gedrängt. Die Grazie jedenfalls war plötzlich verschwunden. Und kurz darauf setzte auch das vertraute Krächzen und Kratzen wieder ein. Immanuel schlenderte zu seinem Diwan zurück und setzte sich. Er spürte wieder den schalen Geschmack in seinem Mund und suchte den Saal nach einem Automaten um. Ein ganz kleiner würde ja schon genügen. Ach, was hätte er gegeben für eine Tüte mit Doktor Pappens Früchtehappen! Doch dort war nichts. Und er spürte, wie nun die Kopfschmerzen einsetzten. Und das Krächzen machte das Ganze noch schlimmer. Er brauchte frische Luft. Nur weg aus diesem Saal, aus diesem Weihrauchmief. Er erhob sich und verließ den Raum. Gewänder waren nebenan nicht mehr zu sehen. Nur einige Arbeiter in karierten Hemden, die schnaufend damit beschäftigt waren, die Bühne auseinanderzubauen. Immanuel beachtete sie nicht weiter, verließ auch diesen Raum, und zu seiner nicht geringen Überraschung fand er den Weg über die Wendeltreppe und durch das Laboratorium gleich beim ersten Versuch, und endlich atmete er wieder frische Luft.

Doch auch wenn er nicht mehr der stickigen Luft des Saales ausgesetzt war, wollten sich seine Gedanken nicht aufklaren. Er ging einfach los, und irgendwann dann sah er das Café, sah die Menge, die inzwischen fast den gesamten Rosenplatz einnahm. Er blieb stehen und blickte zu den Gästen vor dem Eingang, er blickte zum Dach. Da schlossen sich seine Hände zu Fäusten und er setzte sich wieder in Bewegung, fiel bald in einen Laufschritt. Die drei Greise blickten kurz auf, als sie ihn herbeieilen sahen, starrten aber gleich wieder gelangweilt in ihre Gläser. Heinz-Hugo stieß ein freudiges *Jei jei jei ja!* aus und Rudolph schaute einen Moment hinter seiner Zeitung hervor. Doch wo war *er*? Immanuel spähte ins Café, hielt auf dem Rosenplatz nach ihm Ausschau, doch in dem Gedränge, das mittlerweile dort herrschte, sah alles und jeder gleich aus. Dann blickte er nach oben und sah ihn am Rande des Daches stehen, seine Bälle jonglierend. »Halunke!«, schrie er und stürmte ins Café, stieß dabei mit dem Wirt zusammen und nahm unterschwellig das Zerbrechen von Glas wahr. Auf jeden Fall musste er ihn erreichen, bevor er sich vom Dach stürzen konnte oder von jemandem hinabgestürzt wurde. »O nein, so leicht wirst du es dieses Mal nicht haben«, rief er aus und stürmte in den Salon, wo man ihm ebenso wenig Beachtung schenkte wie er selber auf Schwabke, der gerade ein Streichholz ausblies, oder den Mann vor dem Philosophie-Dozenten Friedel achtete, dem just sein Etui entglitt. Er lief die Treppen hinauf, stürzte in den Dachboden, hastete die Leiter hinauf, und da endlich erblickte er ihn, noch immer jonglierend, am Rand des Daches stehend.

»Du Hund, du elender!«, schrie er, kaum dass er die Leiter hinter sich gelassen hatte. Mit riesigen Sätzen war er beim Clown und riss ihn vom Rand zurück. Dieser ließ es willenlos mit sich geschehen und versuchte auch gar nicht, Immanuels Faust auszuweichen, die ihn krachend am Kinn traf und zu Boden schleuderte. Schon kniete Immanuel auf seiner Brust, fluchte und schlug, schlug und fluchte, immer wieder gingen seine Fäuste auf den Mann unter ihm nieder, bis seine Arme zu erschlaffen begannen. Nur vereinzelt noch schlug seine Faust im Gesicht des Clowns, der aus Mund und Nase blutete, ein, da bemerkte er eine Gestalt neben sich.

»Das soll ich Ihnen vom Wirt geben«, sagte der Doktor und hielt ihm einen Zettel hin. »Es ist die Rechnung über den Schlamassel, den Sie unten im Café angerichtet haben. Im Einzelnen handelt es sich um zwei Schoppen Bier und ein Glas Branntwein. Ich soll Ihnen ausrichten, dass es sich bei dem Branntwein um eine Sondermischung aus dem Hause H. handelt, die in dieser Art heute gar nicht mehr angefertigt wird, weshalb es umso bedauerlicher sei, dass diese nicht ihren vorgesehenen Weg durch die Kehle des Kunden, eines gewissen Herrn Reinich, gegangen ist, sondern sich wenig nutzbringend über den Fußboden des Cafés verteilt hat. Außerdem erlaubt sich der Herr Wirt, einen Aufpreis von 7 Prozent zu berechnen für ...«

»Fahren Sie zur Hölle mit Ihrer Rechnung!«, fuhr Immanuel dazwischen, und der Doktor lachte auf.

»Gesprochen wie ein wahrer Protestant!« Er betrachtete den Zettel und steckte ihn dann nachlässig in die Innentasche seiner Jacke. Nun stand er einfach da, drei Schritte von Immanuel entfernt, und blickte zu dem ungleichen Paar zu seinen Füßen hinab. Der Clown rührte sich nicht mehr, doch war er noch bei Besinnung. Fast schien es, als lächele er Immanuel an. Aber der Eindruck konnte auch täuschen. Wegen der Schminke um seine Lippen herum. »Sie sollten ihm das Genick brechen«, empfahl der Doktor. »Das ist am einfachsten. Sie fassen mit der einen Hand sein Kinn und mit der anderen den Hinterkopf und drehen den Kopf dann herum. 120 oder 130 Grad müssten genügen. Ist 'ne saubere Sache. Sie können ihn natürlich auch erwürgen, aber das ist recht anstrengend und zeitaufwendig. Um sicherzugehen, müssten Sie schon mindestens eine Minute fest zudrücken, und da Sie mir einen reichlich erschöpften Eindruck machen, möchte ich Ihnen doch das Genickumdrehen empfehlen. Obwohl ...«, und hier fuhr er mit der Hand in seine Hosentasche und holte aus dieser ein Taschenmesser hervor. »Sie könnten ihm natürlich auch die Kehle durchschneiden. Das ist auch sehr einfach und todsicher. Vor einigen

Jahren gab es in London einen Burschen, der die Damenwelt auf diese Weise beglückt hat. Er soll sensationelle Erfolge gefeiert haben.« Und hier klappte er das Messer auf und warf es neben Immanuel auf den Boden. Dieser betrachtete es, machte aber keine Anstalten, es aufzuheben.

»Was wollen Sie hier?«, fragte er dann.

»Ein bisschen Abwechslung müssen Sie mir schon gönnen«, erwiderte der Doktor. »Sie können sich ja nicht vorstellen, wie langweilig es in meinen Kreisen die meiste Zeit über zugeht.«

Da hörte man es auf der Leiter knarren und kurz darauf erschien Rudolph auf dem Dach. Er stellte sich neben den Doktor und blickte auf das Paar zu seinen Füßen.

Eins von Immanuels Knien drückte noch immer auf die Brust des Clowns, während das andere auf dem Boden des Daches ruhte. Sein Atem ging schwer und stoßweise, sein Blick war auf das Gesicht des Mannes unter ihm gerichtet. Der Arzt derweilen stand einfach da und betrachtete ihn mit nachdenklicher Miene. Bisweilen meinte man ein Lächeln um seine Lippen spielen zu sehen.

»Haben Sie gewusst, dass Prometheus stockbetrunken war, als er die Menschheit erschaffen hat?«, fragte der Doktor, und Immanuel blickte auf.

»Was?«

»Ja, stockbesoffen war er, das können Sie mir glauben. Sein Bruder Epimetheus hatte ein Gelage gegeben, und Sie können sich ja vorstellen, wie es so zugeht, wenn Titanensöhne zusammenkommen und genug Wein da ist. Als die Bande erst einmal genug gebechert hatte, da waren sie kaum noch zu bändigen. Und was glauben Sie, wie die über die Götter hergezogen haben. Der Eine hat behauptet, dass er lauter als Mars furzen könne, der andere wollte länger als Zeus rülpsen können, na, und da durfte natürlich auch Prometheus nicht nachstehen. Er hat dann behauptet, dass er aus Erdklumpen Lebewesen formen könne, die genauso aussähen wie die Götter! Da haben sich die meisten Titanen vor Lachen nass gemacht, was Prometheus nur mäßig spaßig fand. Euch werde ich es schon zeigen, sagt er sich also und buddelt einige Löcher in die gute alte Mutter Erde, und aus der ausgehobenen Erde formt er Lebewesen, die sich dann auch bald lustig unter die Gäste mischen. Prometheus, müssen Sie wissen, war nämlich ein überaus geschickter Handwerker, mehr schon ein Künstler, und selbst in seinem Saufkopf hat er Wesen geschaffen, die äußerlich fast aufs Haar den Göttern glichen, von denen die Titanen ja erst kürzlich ganz gehörig was auf die Mütze bekommen hatten. Nach seinem Werk war Prometheus dann allerdings zu nichts mehr zu gebrauchen und er ist sofort eingeschlafen. Erst als er am nächsten Morgen mit einem mächtigen Kater aufgewacht ist, hat er dann mitbekommen, was er da in der Nacht angestellt hatte. Wo kommt denn dieses Geschmeiß her?, hat er seinen Bruder gefragt, und der hat ihn dann aufgeklärt, dass der Haufen, der dort in seinem Garten aufeinander eingedroschen hat, sein eigenes Werk war. Na, was nun? Eine Weile hat er versucht, die Bande zu ignorieren, und hat wohl gehofft, dass sie sich irgendwann gegenseitig ausrotten würden. Aber da hatte er sich getäuscht. Denn wenn seine Geschöpfe sich auch regelmäßig die Schädel einschlugen, so haben sie die Verluste doch sofort wieder ausgeglichen, denn unglücklicherweise hatte Prometheus nicht nur Männchen, sondern auch Weibchen geschaffen. Da musste also etwas geschehen. Und so ist er denn zu seiner olympischen Freundin Pallas Athene gegangen und hat sie gebeten, sie möge seinen Barbaren doch Geist einhauchen. Vielleicht war Pallas Athene auch gerade betrunken, aber jedenfalls hat sie sich bereden lassen und hat den Menschen also Geist eingehaucht. Und nun benehmt euch gefälligst, rief Prometheus ihnen da zu. Ihr habt jetzt Geist, mit dem Herumgehure und dem Keulenschwingen ist jetzt Schluss. Von jetzt an verehrt ihr die Götter und gehorcht ihren Geboten, sonst trete ich euch in den Hintern. Ha, ist er nicht ein Scherzbold, der Prometheus!« Der Doktor lachte auf und von unten hörte man Heinz-Hugo in die Hände klatschen. »Allein dafür hat er es doch wohl schon verdient, dass ihm die Leber weggefressen wird. Sehen Sie das nicht auch so, mein werter Rudolph?«

»Ja, was weiß denn ich. Ich versteh´ nichts von Prometheus und Keulenschwingern«, erwiderte dieser und verschränkte die Arme vor der Brust.

»Hätte ich mir ja denken können. Entschuldigen Sie vielmals«, versetzte der Doktor und sah nun Immanuel an. An dessen Miene erkannte er wohl, dass dieser nicht verstanden hatte und machte eine wegwerfende Handbewegung. »Ist nicht so wichtig. War nur so eine Geschichte, die mir gerade eingefallen ist.«

Immanuel blickte von dem Arzt zum Clown, auf dessen Brust er noch immer kniete. Es schien, als wisse er nicht recht, was nun zu tun sei.

»Obwohl es doch schon seltsam ist mit dem Geist«, nahm der Doktor seine Geschichte wieder auf. »Irgendwie so umständlich. Seit die Menschen von Pallas Athene den Geist eingehaucht bekommen haben, sind sie also vollständig neue Geschöpfe. Sie haben jetzt die Götter zu verehren und sich ihren Geboten zu unterwerfen. Wirklich umständlich. Denn die Götter sind ja so weit weg und haben auf dem Olymp ihre eigenen Kabalen auszufechten. Sollen sie sich da auch noch um die Menschen kümmern? Und glauben Sie, Prometheus hat Zeit, ständig darauf zu achten, dass seine Geschöpfe die Regeln der Götter einhalten? Wohl kaum, zumal er ja an irgendeinen Felsen gekettet ist. Ging's da in der alten Keulenschwingergesellschaft nicht einfacher zu? Glauben Sie ernsthaft, die Götter werden ihn richten?« Und hier blickte er von Immanuel zu dem Clown. »Doch Sie zögern. Stört es Sie, wenn wir zusehen? Wir können uns auch umdrehen, wenn Ihnen das lieber ist. Aber wenn ich es recht überlege ... War Ihre Tante nicht auch anwesend, als Sie getestet haben, wie hart so ein Cousinen-Schädel ist?«

»Halten Sie den Mund!«, schrie Immanuel, stürzte auf den Doktor los und riss ihn zu Boden. Fast schien es, als wolle er nun auf diesen einprügeln. »Halten Sie den Mund! Es war ein Unfall! Verstehen Sie das, Sie Esel, ein Unfall!«

»Aber selbstverständlich war es das«, erwiderte der Doktor mit beschwichtigender Stimme und versuchte gleichzeitig, Immanuels Griff vom Kragen seiner Jacke zu lösen. »Selbstverständlich war es ein Unfall. Wer würde wagen, etwas anderes zu behaupten? Der Grund, dass ich diese Sache überhaupt erwähne, ist ja keineswegs, dass ich Sie anklagen will. Es war ja schließlich nur ein kleiner Unfall. Und übrigens, wie geht es Sophie eigentlich? Nein, bitte werden Sie nicht gleich wieder wild. Es war ein dummer Scherz von mir. Wirklich dumm. Ich entschuldige mich. Nein, ich habe den kleinen Unfall nur deshalb erwähnt, weil ich Sie daran erinnern wollte, dass Sie dem Tode doch schon einmal sehr nahe gewesen sein müssen, womöglich seine Schwingen über dem Kinderwagen des kleinen Cousinchens schon gehört haben. Haben Sie sie gehört? Haben Sie gespürt, dass es nun ganz alleine in Ihrer Macht steht, ob Klein-Sophie in seine Klauen gerät oder nicht? Haben Sie es nicht genossen, Herr über Leben und Tod zu sein, und sei es auch nur für einen ganz kurzen Augenblick?«

»Nein, das habe ich nicht!«

»Dass das Schicksal von dem winzigen Wesen ganz alleine in Ihren Händen liegt?«

»Nein, zum Teufel, das habe ich nicht!«

»Nein, natürlich haben Sie das nicht, denn Sie sind schließlich einer von den Guten. Bis in die Haarspitzen durchdrungen von Athenes Wind, geradezu angekränkelt von des Geistes Blässe. Nie käme es Ihnen in den Sinn, in einer solchen Situation Vergnügen zu empfinden. Aber wie sieht es mit dem da aus?« Und er nickte in Richtung auf den Clown. »Was glauben Sie, weilt der göttliche Geist auch in ihm? Was mag in ihm vor sich gegangen sein, als sich seine Klauen um den zarten Hals von Ihrem Schwesterchen gelegt haben? Und jetzt drücken Sie doch nicht so fest zu, Sie verknautschen mir ja ganz den Anzug!«, fügte er hinzu, als sich Immanuels Hände wieder fester in seinen Kragen krallten. Schließlich ließ Immanuel von ihm ab, und er konnte sich wieder aufrichten. »Ich bin Ihnen aufrichtig verbunden. Sehen Sie, so unterhält es sich doch gleich viel besser.« Die beiden Männer erhoben sich und blickten nun auf den Clown hinab. »Schauen Sie ihn an, wie er da liegt«, sagte der Doktor und schüttelte den Kopf. »Und soll ich Ihnen etwas sagen: Sowohl die Menschen als auch die Götter beneiden ihn, diesen Erdklumpen. So rein und unverfälscht, völlig unberührt von jedem Blendwerk der Zivilisation. Begehren ohne Zweifel, Hassen ohne Grenze, Töten ohne Reue, unterworfen einzig dem Instinkt, der seit uralten Zeiten den Gang der Welt bestimmt. O ja, glauben Sie mir, selbst der mächtige Zeus beneidet ihn. Denn könnte dieser jemals die Hände um den Hals eines unschuldigen Mädchens legen, sich dem alles verschlingenden Rausch ergeben, sich an der Todesangst in den Augen des Opfers weiden, alle Fesseln und Ketten sprengen, den Griff um den Hals verstärken, das Röcheln in sich aufsaugen, sich auf der Zunge zergehen lassen und daraus Wonnen ziehen, die nicht einmal Aphrodite gewähren könnte? Und könnte er den letzten und höchsten Gipfel der Ekstase ersteigen, wenn der Blick des Opfers endlich bricht und der Lebensfunke in seinen Augen bricht? O nein, das könnte er nicht, der Mächtigste der Mächtigen. Und darum hasst er, und

darum beneidet er diesen Genius des Genusses und
der grenzenlosen Freiheit.«

Schon als der Doktor die Hälfte seines Vortrages
beendet hatte, hatte Immanuel sich niedergekniet
und die Hände um den Hals des Clowns gelegt. Und
kurz darauf drückte er dann zu. Verhalten zunächst
noch, dann immer kräftiger. Und was mochte sich in
ihm geregt haben, als sich die Augen des Clowns
weiteten und dieser zu röcheln begann? Mochte sich
ihm zumindest ein Abglanz der Wonnen mitgeteilt
haben, die der Doktor soeben dem Clown unterstellt
hatte, als sich dessen Hände um Emilias zarten Hals
gelegt hatten? Und seien sie auch weniger aus dem
besinnungslosen Rausch der Mordlust gespeist, als
vielmehr dem eher rationalen Bedürfnis nach Rache
entsprungen? Und würde er, nachdem das Blut
durch die Worte des Doktors einmal in Wallung gebracht, das Begonnene vollenden, das Gesetz in die
eigenen Hände nehmen und Rache an der hinge-
mordeten Schwester üben?

»Ja, ja, du tust gewiss gut daran, hier mit Frage-
zeichen nicht zu sparen«, sprach der Doktor und hob
den Zeigefinger. »Es gibt da ja in der Tat einige
Gesichtspunkte, die nicht gerade dafürsprechen, unser Immanuel könne sich zu solcher Kühnheit
aufschwingen. Die gute Klotho hat während der
Verhandlung, die du so charmant als Zirkusvorstellung bezeichnet hast, nämlich einen sehr wichtigen
Punkt angesprochen. Dass es nämlich in jedem Fall
gilt, den persönlichen Hintergrund des Täters oder
Tatverdächtigen zu berücksichtigen. Und schauen
wir uns unseren Immanuel doch einmal etwas genauer an. Der Vater ist ein braver Beamter, der keine

Gelegenheit ungenutzt gelassen hat, dem Spross seit frühester Kindheit einzutrichtern, dass es im Grund nur zwei Tugenden sind, die den Menschen erst zum Menschen machen: Disziplin und Gottesfurcht. Und Disziplin bedeutet nicht einfach, dass man morgens pünktlich zur Arbeit erscheint, o nein, ein disziplinierter Mensch hält in seinen Seelenschluchten dieselbe Ordnung wie auf seinem Schreibtisch, ja, man könnte gar behaupten, das Eine sei ohne das andere überhaupt nicht möglich. Denn wie könnte man übertage diszipliniert dem Gemeinwohl dienen, wenn unten alles wild ins Kraut schießt und man den primitivsten Trieben nachgibt? Und wie stünde es mit der Gottesfurcht, die ihm vom Onkel gewiss noch unnachgiebiger eingeimpft wurde als vom Vater? Wäre es nicht schon direkt Amtsanmaßung, wenn er nun selber in die Hand nimmt, was doch nur Vorrecht vom lieben Gott ist? Und was noch schwerer wiegt: Würde er durch eine solche Tat nicht die göttliche Gerechtigkeit, die doch alles durchdringt und durchfließt, in Zweifel stellen? Ja, ich glaube, wir können davon ausgehen, dass unser Immanuel viel zu diszipliniert und gottesfürchtig ist, um dem armen Clown das Lebenslicht ausknipsen zu können, selbst wenn so ein alter Possenreißer wie ich seine Scherze mit ihm treibt.«

Dieser Meinung schien auch Heinz-Hugo zu sein, der nun aus voller Kehle sein *Jei jei jei ja!* ausstieß und dazu begeistert in die Hände klatschte, während Rudolph, die Armen noch immer vor der Brust verschränkt, lediglich nachdenklich dreinblickte.

Immanuel indessen löste den Griff um den Hals des Clowns und starrte mit leerem Blick in die starren Augen des Mannes unter sich. Dieser schien noch immer zu grinsen. Doch rührte dies lediglich von der Schminke um seine Lippen her.

»Hm, hab' mich wohl getäuscht«, sagte der Doktor und zuckte mit den Achseln. Dann beugte er sich hinab zu dem Clown, wie um sich zu vergewissern, dass dieser auch tatsächlich tot sei. »Tja, das war's dann ja wohl, alter Faxenmacher. So schnell wirst du wohl keine Mädchen mehr würgen und in den Hals beißen.«

Eine ganze Weile kniete Immanuel noch auf dem Clown und starrte auf dessen fast zahnlosen Mund, bis ihm die Bedeutung der Worte des Doktors schließlich voll zu Bewusstsein kam. Ihm schwindelte, und schon fürchtete er, die Besinnung zu verlieren und sogleich neben seinem Opfer zu liegen. Doch allmählich verging der Schwindel wieder. Mit zitternden Gliedmaßen und totenblassem Gesicht erhob er sich und taumelte an den Rand des Daches.

»Nehmen Sie es nicht zu schwer«, sagte der Doktor, der ihm gefolgt war. »Der Herr Clown wird's mit Humor zu nehmen wissen, das ist ja schließlich sein Beruf. Und im Übrigen können Sie sich beim nächsten Mal ja entschuldigen.«

Von unten hörte man Heinz-Hugo in die Hände klatschen und sein *Jei jei jei ja!* ausstoßen. Immanuel aber stand einfach da und starrte hinab auf das feucht glänzende Pflaster vor dem Gebäude und die Masse, die, geduldig verharrend, den Blick zu ihm erhoben hatte. Kurz schaute er nach oben in den wolkenverhangenen Himmel, doch der Mond war

nirgends zu sehen. Dann stürzte er sich hinab in die
Tiefe.

***

Als Immanuel erwachte, befühlte er zunächst seine
Arme, dann seine Beine. Er erwartete, dass sein Kopf
schmerzen würde, doch er fühlte sich lediglich ein
wenig benommen. Schmerzen aber empfand er
keine, weder im Kopf noch sonst wo. Er blickte aus
dem Fenster und sah, wie der Mond sich durch die
schweren Regenwolken stahl und für einen Moment
träge über den Dächern der Stadt schwebte. Dann
verschwand er wieder hinter den Wolken. Eine
Weile lag er einfach da und starrte zur Decke. Da er
anscheinend unversehrt war, bestand kein Grund,
dass er länger im Bett blieb. Er erhob sich also, ging
zu dem Spind und kleidete sich um. Und hinaus auf
den Gang. Lange blieb er vor dem Foto, auf dem der
Rosenplatz abgebildet war, stehen und betrachtete
es. Es ist aber auch wirklich sehr schlecht geworden,
dachte er. Man erkennt im Grunde ja überhaupt
nichts. Betrübt schüttelte er den Kopf und rückte das
Bild gerade. Dann ging er weiter. Die Gänge entlang,
vorbei an den grünen Türen, bis mit einem Male …
Etwas war anders und erregte seine Aufmerksamkeit. Und in der Tat, eine der Türen stand einen
Spalt weit offen. Er blickte sich um, versuchte sich
zu orientieren. Verflucht, dass hier auch alles gleich
aussehen musste! Doch schließlich wusste er, wo er
sich befand. Es war die Tür zum Zimmer des Dichters Friedrich. Eingebung, Offenbarung, Intuition,
wie immer man es nennen mag, aber es ist doch ein
seltsam Ding damit. Nachdem er die Tür so oft verschlossen vorgefunden, daran gerüttelt hatte, als er
des Dichters so sehr bedurft hatte, stand es nun als
Gewissheit vor ihm, dass deren Offenstehen nichts
Gutes bedeuten könne. Zögernd näherte er sich der

Tür, stieß sie auf, und hatte er zunächst wider besserer Einsicht die Hoffnung beschworen, Friedrich mochte vielleicht einfach verschwunden, womöglich in ein anderes Zimmer verlegt worden sein, so hieb die Wirklichkeit nun ohne jede Gnade auf ihn ein. Gebrochen und ohne Glanz starrten die einst so schönen blauen Augen auf Immanuel, als hätten sie nur auf ihn gewartet. Friedrichs Mund war leicht geöffnet, und fast schien es, er hätte einen letzten Vers noch vortragen wollen, ehe das Bettlaken um seinen Hals ihm den Atem abschnürte. Warum sind es die edlen Seelen nur, die mich verlassen, so ging es Immanuel durch den Kopf, und er wusste, dass er den Freund, und so nannte er ihn nun bei sich, nicht einfach so an dem Gitter seines Fensters hängen lassen durfte. Er trat also in das Zimmer und stellte einen Stuhl vor den Baumelnden. Mit reichlicher Müh, mit der einen Hand den Knoten lösend, mit der anderen Friedrich unter die Achseln fassend, damit er nicht stürze, so schaffte er den schon steifen Körper herab und legte ihn auf das Bett an der Wand. Er schloss ihm die Augen, dann wartete er, ob nicht die eine oder andere Träne gemeinsam mit ihm Abschied von dem Freunde nehmen wolle. So bist du der Verlobten also gefolgt, mein Freund, dachte er, sein Auge aber blieb trocken. Er nickte dem Dichter zu und verließ das Zimmer.

Der Nieselregen wollte ihm etwas stärker erscheinen als beim letzten Mal. Aber vielleicht täuschte er sich da auch. Er schlug den Kragen seiner Jacke hoch und marschierte los. Die Neptun-Straße, die Mimosen-Straße. Finster und verlassen lag das Haus der Tante da. Er beugte sich ein Stück vor, über die kleine Hecke in den Garten spähend. Dieser ständige Regen, dachte er. Veilchen vertragen diesen ständigen Regen nicht. Besser ist es da schon, wenn sie eine Weile mal ohne Wasser bleiben. Nur schwach drang das Licht der Straßenlampe in den Garten, doch Immanuel wollte es scheinen, dass die Blüten nicht mehr violett waren, sondern schwarz. Und auf jeden Fall ließ die Blume den Kopf hängen, als trage sie tiefste Trauer.

»Die ist wohl hinüber«, sagte eine Stimme hinter ihm.

»Es ist der Regen«, antwortete Immanuel. »Veilchen vertragen nicht so viel Regen.«

Der Doktor nickte. »Keinen Hund wollte man bei dem Wetter auf die Straße jagen.«

Eine Weile standen die beiden Männer schweigend da und betrachteten die vergehende Pflanze. »Gehen wir«, sagte der Doktor, und sie setzten sich in Bewegung. Als sie die zur Rosen-Straße führende Gasse erreichten, bog der Arzt hingegen nicht nach rechts ab, sondern überquerte diese und trat auf den Pfad, der zum Haus des Zausels führte. Ohne ein Wort des Widerspruchs folgte Immanuel ihm. Und ein weiteres Mal klopfte der Doktor an die Tür, ein weiteres Mal öffnete der Butler und flüsterte der Doktor diesem etwas ins Ohr. Der Butler nickte und forderte Immanuel mit einer Handgeste auf, einzutreten. Und eine weiteres Mal führte er ihn in das Wartezimmer und bat, er möge sich einige Augenblicke gedulden. Und Immanuel setzte sich auf denselben Stuhl wie beim letzten Mal und begann, die Blumen auf dem Tapetenmuster zu zählen. Zehn, vielleicht auch zwanzig Minuten hatte er gezählt, da öffnete sich die Tür und herein trat dieses Mal nicht der Butler, sondern der Zausel persönlich. Sein Haar wirkte, wenn möglich, gar noch zerzauster als zuvor, und als er Immanuel erblickte, da schien es, als habe er vergessen, weshalb er überhaupt gekommen sei. »Ach ja, richtig«, sagte er schließlich und fuhr sich mit dem Zeigefinger über den Nasenrücken. »Richtig, kommen Sie doch bitte mit.«

Immanuel erhob sich und folgte ihm in das Laboratorium und durch den Flur, der zu der Waschküche führte. Wie beim letzten Mal war hier nun alles verlassen. Weder war der Bereich vor der Waschküche mit dichten Schwaden verhangen, noch sah man unter dem Türspalt hindurch irgendein Feuer lodern. Sie gingen nach links zu der Wendeltreppe, doch stiegen sie diese nun nicht hinauf, sondern hinab ins Untergeschoss des Gebäudes. Je tiefer sie hinabstiegen, desto dunkler wurde es. Fast schien es, als sei hier unten nicht eine Kerze oder sonstige Lichtquelle angebracht, doch als sie schließlich den Fuß der Treppe erreichten, da bemerkte Immanuel in einiger Entfernung einen Schimmer. Auch der Zausel hatte ihn entdeckt und marschierte nun auf diesen zu. Sie befanden sich in einem Gang, der um einiges breiter war als der im Erdgeschoss und auch höher. Und jetzt erkannte Immanuel auch, vorher das Licht stammte. Ein Stück weiter vorne, wo der Gang sich gabelte, brannte eine Fackel in einer Halterung, die in die Wand eingelassen war. An der Weggabelung angekommen, kratzte der Zausel sich am Kopf und blickte zunächst nach rechts, dann nach links. Er murmelte etwas Unverständliches und kratzte sich erneut am Kopf.

»Wissen Sie nicht, wohin wir müssen?«, fragte Immanuel.

»Doch, doch, wir müssen … wir müssen hier … nein, wir müssen dort entlang.« Und dort, das war rechts. Also setzten sie sich wieder in Bewegung, und der Alte wiederholte noch einige Male, dass man in der Tat nach rechts müsse, mehr, wie es schien, um sich selber zu überzeugen als Immanuel. Der Gang machte nun eine Biegung, und als er wieder in eine Gerade überging, da sah man in einiger Entfernung einen Schreibtisch, an dem ein alter Dienstmann saß und in einer Zeitschrift blätterte. »Hab ich's doch gesagt!«, bemerkte der Zausel mit deutlich hörbarer Genugtuung und eilte auf den Dienstmann zu.

»Gut, dass ich Sie hier treffe«, sagte der Zausel, der noch immer mit Stolz erfüllt schien, dass er sein Ziel nun tatsächlich gefunden hatte. »Es ist von einiger Bedeutung.« Der Dienstmann aber sah ihn nur aus müden Augen an, als wolle er ausdrücken, dass es nichts gebe, was hier unten von einiger Bedeutung sei. Der Zausel aber lehnte sich ein Stück vor über den Schreibtisch und flüsterte ihm dann etwas ins Ohr. Hin und wieder nickte der Dienstmann und warf einen verstohlenen Blick auf Immanuel.

»Na ja, das ist schon in Ordnung«, antwortete er, und seine Stimme erweckte den Eindruck, als habe er sie seit Langem schon nicht mehr benutzt. »Aber wie Sie wissen, benötige ich dafür …«

»Kein Problem«, unterbrach ihn der Zausel und zog ein Formular aus seinem Gewand hervor, das er dem Dienstmann dann mit einiger Feierlichkeit hinhielt. Dieser nahm es und las es sorgfältig, dann nickte er.

»Ja, das scheint alles in Ordnung zu sein«, sagte er, nickte ein weiteres Mal und bat die beiden dann, sie möchten ihm folgen. Er ging den Gang ein Stück entlang und vor einer eisenbeschlagenen Tür blieb er stehen und zog reichlich umständlich einen Schlüsselbund aus seiner Uniformjacke. Offensichtlich war er mit den Schlüsseln bestens vertraut, denn gleich der erste, den er auswählte, passte in das Schloss und ließ es mit einem lauten Klicken aufspringen.

Er öffnete die Tür und die drei traten ein.

Was sich nun vor ihnen auftat, war ein Labyrinth aus Akten. Sie waren in Regalen aufgereiht, von denen manche Immanuel um zwei oder drei Meter überragten und die sich in den wundersamsten Biegungen durch den Raum wanden und kaum jemals mehr als einige Meter Sicht preisgaben. Den alten Dienstmann hingegen verdross der Anblick des Durcheinanders offenbar in keiner Weise, sondern er rieb sich vielmehr erwartungsfroh die Hände. Alle Müdigkeit schien nun aus dem greisen Antlitz zu weichen und frische Lebensgeister den alten Leib zu durchdringen, jetzt da er sich in seinem eigentlichen Element befand. Er setzte sich in Bewegung und bedeutete Immanuel und dem Zausel mit einer ungeduldigen Handgeste, sie mögen ihm folgen, was diese dann auch taten. Nach wenigen Metern, als ein querstehendes Regal ihnen den Weg versperrte, bogen sie nach rechts und kamen nun auf einen Gang, der etwas breiter war als der vorherige, dafür aber auch um einiges kürzer und sogleich durch ein längs verlaufendes Regal gegabelt wurde. Der Dienstmann zauderte keinen Augenblick und wählte den Weg links an dem Regal vorbei, in dem, soweit Immanuel erkennen konnte, fast nur Ordner mit roten Rücken standen. Wohl befanden sich an den meisten Regalen Halterungen mit Kerzen, doch langte deren Schein kaum aus, den jeweiligen Gang voll auszuleuchten. Das beirrte den Dienstmann aber nun keineswegs. Mit schlafwandlerischer Sicherheit bog er nach links, bog nach rechts, hielt wohl dann und wann inne, um zu überlegen oder auch den einen oder anderen Ordner aus dem Regal zu ziehen, in dem er dann mit großem Sachverstand blätterte, verlor sein Ziel aber doch nie aus den Augen. Hier und dort sah man weitere Dienstmänner auf den Gängen, auch sie schon sehr bejaht und in Uniformen, die jedoch von einem dunkleren Blauton zu sein schienen. Die meisten gingen lediglich mit hängenden Schultern die Gänge entlang, hin und wieder aber blieb einer vor einem der Regale stehen, zog eine der Akten heraus und blätterte dann geschäftig in dieser. Der Dienstmann hielt nun inne und schabte sich das Kinn. Dass er einer Verschnaufpause bedurfte, war nicht anzunehmen. Die belebende Gegenwart der Akten tat ohne jeden Zweifel noch ihre Wirkung. Nein, er schien sich nur kurz orientieren zu müssen, denn mit frischem Mute ging es nun weiter. Er flog förmlich an den Akten vorbei, sodass der Zausel ihm kaum folgen konnte und ... Doch wo ist Immanuel geblieben? Er war doch die ganze Zeit hinter dem Alten. Sollte er die beiden kurz aus den Augen verloren haben und dann falsch abgebogen sein? Das ist gewiss nicht auszuschließen, denn der Dienstmann hat auf den letzten Metern ein ganz erstaunliches Tempo vorgelegt. Nun scheint auch der Zausel zu bemerken, dass sie alleine sind. »He, warten Sie doch einmal. Unser Freund ist weg«, ruft er dem Dienstmann nach und dieser hält inne.

»Wo ist er denn?«, fragt dieser.

»Keine Ahnung. Eben war er noch da.«

Sollte Immanuel sich in diesem Labyrinth verlaufen haben, so wird es ohne Zweifel schwer, ihn wiederzufinden. Vielleicht sollte einer der beiden einmal nach ihm rufen, damit er zumindest weiß, in welche Richtung er gehen muss.

»Junger Mann, wo sind Sie?«, hört man den alten Dienstmann nun rufen.

Von irgendwoher hört man nun ein Altmännerhusten, antworten auf den Ruf tut hingegen niemand.

»Sagen Sie mal etwas, damit wir wissen, wo Sie sind«, fordert der Dienstmann nun, doch noch immer erfolgt keinerlei Antwort. Nun stimmt auch der Zausel in den Ruf ein, das Ergebnis hingegen bleibt dasselbe.

»Na ja, irgendwo wird er uns schon wieder über den Weg laufen«, entscheidet der Dienstmann schließlich. »Wir sollten jetzt weitergehen.«

Und so setzten sie sich wieder in Bewegung. Der Dienstmann schien eine geraume Zeit zu benötigen, um sich zu orientieren, dann aber ging's mit unverändertem Eifer weiter. Man lief geradeaus und bog ab, bog ab und lief wieder geradeaus. Der Dienstmann spähte durch die Gänge und die Regale hindurch, hielt anscheinend nach etwas Ausschau. Dann schnüffelte er und hob die Hand. Der Zausel hielt inne und schnüffelte ebenfalls, und auch er schien etwas zu riechen. »Aha!«, ließ sich der Dienstmann vernehmen, und weiter ging es. Dann endlich in einem Gang, der breiter und auch länger war als die meisten übrigen, entdeckte er, was er mit solcher Ausdauer gesucht.

Es war ein Greis mit schneeweißem Haar. Wohl seinem Alter, das das seiner ebenfalls schon greisen Kollegen noch um einiges überschritt, war es zu danken, dass man ihm als Einzigen einen Stuhl zur Verfügung gestellt hatte, auf dem er nun an einem der Tischchen saß und mit abwesendem Blick auf das Regal vor sich starrte, dann und wann an seiner Pfeife ziehend und bläulichen Rauch ausstoßend. Der Dienstmann ging auf den Greis zu und erst, als er bereits direkt neben ihm stand, bemerkte er ihn und richtete wie erschrocken die blinden, mit einem weißen Film überzogenen Augen auf seinen jüngeren Kollegen. Dieser beugte sich zu ihm hinab und flüsterte ihm etwas ins Ohr, doch offensichtlich verstand der Greis nicht, denn er wirkte verwirrt und schüttelte den Kopf. Der andere wiederholte es daraufhin etwas lauter, doch nicht laut genug, als dass man es hätte verstehen können. Nun schien der Greis im Bilde zu sein, denn er nickte und der Anflug eines Lächelns spielte um seine welken Lippen. Schließlich erhob er sich mit einiger Müh und sein Kollege dankte ihm, dann begab er sich zu dem Zausel zurück.

»Er wird uns helfen«, sagte er.

Der Greis schien seit längerer Zeit nicht mehr gestanden zu haben und wirkte etwas unsicher auf den Beinen. Seine Lippen bewegten sich auf und ab, während er den Kopf nun in alle Richtungen wandte, und dieses Gebaren rief bei dem Zausel wohl den Eindruck der Unentschlossenheit und Orientierungslosigkeit hervor, denn wiederholt zog er die Stirn in Falten. Dann aber setzte sich der blinde Greis in Bewegung, als habe er mit einem Male eine Fährte aufgenommen. Er marschierte in die Richtung, aus der die beiden soeben gekommen waren, bog nach links ab, dann nach rechts in einen Gang, der sich endlos hinzuziehen schien. Nach wenigen Schritten jedoch hielt er inne, schien sich neu orientieren zu müssen. Er drehte sich nach allen Seiten um, dann ging er in die Richtung zurück, aus der er gekommen war, und wandte sich am Anfang des Ganges nun nach rechts. Der Dienstmann nickte dem Zausel zu, als wolle er ihm mitteilen, dass dies nichts zu bedeuten habe, der Greis schon wisse, was er tue. Und da nun, als sie gerade nach rechts in einen schmalen Gang abbogen, stand Immanuel plötzlich vor ihnen.

»Ja, wo kommen denn Sie her?«, fragte der Zausel erstaunt, schien gleichzeitig aber auch erleichtert.

Auch Immanuel wirkte froh, die anderen wiedergefunden zu haben. »Plötzlich waren Sie weg. Überall nur Akten und Gänge, da habe ich mich verlaufen.«

»Ja, das kommt schon einmal vor«, stimmte der Dienstmann zu. »Nun bleiben Sie aber brav bei uns.«

»Wer ist denn das?«, fragte der Greis.

»Nur ein Freund, den wir verloren haben.«

Der Greis nickte. Und so ging es weiter, die Gänge hinauf und wieder hinunter, und es schien, dass dem Zausel die Beine müde zu werden begannen. Dem Greis erging es wohl ähnlich, denn mit einem Stöhnen blieb er nun stehen und fasste sich an die Stirn. Hierbei nun lehnte er sich an das Regal, an dem er gerade stand. Dieses war verhältnismäßig klein und auch nur mit wenigen Akten beschwert, sodass es sogleich ins Wanken geriet und gewiss umgestürzt wäre, hätte der Dienstmann es nicht im letzten Augenblick noch gehalten. Der Greis zuckte zusammen, als er die Akten auf der anderen Seite, wohin das Regal sich geneigt hatte, auf den Boden fallen hörte. »Ich mache das schon«, sagte der Dienstmann und begab sich auf die andere Seite des Regals, um sie wieder aufzulesen. Mit einem Arm voll Akten kam er wieder zurück und machte sich daran, diese wieder in das Regal zu stellen, hatte diese Arbeit bereits fast beendet, da hielt er mit einem Male inne. Eine besonders verstaubte und am Rand bereits zerfranste Akte hatte seine Aufmerksamkeit gefesselt. Er schlug sie auf und zog die Stirn in Falten. Dann holte er das Formular, das der Zausel ihm gegeben hatte, aus der Innentasche seiner Uniformjacke und las es ein weiteres Mal, schaute dann nochmals in die Akte und nickte. »Mir scheint, wir haben sie gefunden«, sagte er dann und reichte sie mit einiger Feierlichkeit dem Zausel. Dieser schlug sie auf, besah sich die erste Seite und nickte.

»Ja, Sie haben Recht«, pflichtete er dem Dienstmann bei und begann zu lesen. Er blätterte vor, las ein wenig, blätterte dann wieder zurück. Bisweilen nickte er, dann umspielte ein Lächeln seine Lippen, einmal kicherte er sogar.

»Na, was steht da denn nun drin?«, fragte der blinde Greis und machte eine ungeduldige Handbewegung.

»Ich denke, unser junger Freund sollte sie vorlesen«, sagte der Zausel und reichte die Akte an Immanuel weiter. Dieser nahm sie mit einiger Ehrfurcht entgegen und las dann vor:

Als Immanuel erwachte, befühlte er zunächst seine Arme, dann seine Beine. Er blickte aus dem Fenster und sah, wie der volle Mond hinter einer schweren Regenwolke hervor erschien und über den Dächern der Stadt schwebte. Doch kurz nur konnte er sich an dessen Anblick erfreuen, denn bald schon verschwand er wieder hinter der Wolke, und vermutlich wünschte sich Immanuel, dass der Himmel doch endlich aufklaren möge. Eine Weile lag er nun einfach da und starrte zur Decke. Endlich aber erhob er sich, ging zu dem Spind und kleidete sich um. Dann verließ er das Zimmer und trat auf den Gang. Lange blieb er vor dem Bild, das den Rosenplatz zeigte, stehen und betrachtete es. Es ist aber auch wirklich sehr schlecht geworden, dachte er. Man erkennt ja fast überhaupt nichts. Er beugte sich etwas vor, um besser sehen zu können, und seine Stirn zog sich in Falten. Dort, ganz hinten vor dem Café, stand eine Gestalt. Wer mochte sie sein? Sie war so verschwommen, dass unmöglich Einzelheiten zu erkennen waren, aber dennoch meinte Immanuel, die Person schon einmal gesehen zu haben. Schließlich schüttelte er den Kopf, rückte das Bild gerade und setzte sich wieder in Bewegung. Und er ging die Gänge entlang, vorbei an den grünen Türen, die alle gleich aussahen. Vor einer Tür aber blieb er stehen. Sie war lediglich angelehnt und führte zum Zimmer des Dichters Friedrich. Er schien unschlüssig, ob er das Zimmer betreten solle. Schließlich schüttelte er den Kopf und ging weiter die Gänge entlang, bis er eine Tür erreichte, durch die er ins Freie gelangte. Draußen empfing ihn ein leichter Nieselregen, und er schlug den Kragen seiner Jacke hoch und marschierte los. Er ging die Neptun-Straße entlang und kam in die Mimosen-Straße. Auf dem Gehweg vor dem Haus der Tante blieb er stehen, beugte sich ein Stück vor und spähte über die kleine Hecke in den Garten. Dort sah er ein Veilchen. Gedankenverloren stand er da, überlegte wahrscheinlich, ob er durch die Pforte gehen und es pflücken solle. Um es sich dann vielleicht ins Knopfloch zu stecken.

»Die ist wohl hinüber«, sagte eine Stimme hinter ihm.

»Es ist der Regen«, antwortete Immanuel. »Veilchen vertragen nicht so viel Regen.«

Der Doktor nickte. »Keinen Hund wollte man bei dem Wetter auf die Straße jagen.«

Eine Weile standen die beiden Männer schweigend da und betrachteten die Pflanze. »Haben Sie das Angebot dabei?«, fragte dann der Doktor und Immanuel blickte ihn an.

»Ja. Wieso?«

»Geben Sie es mir doch mal.«

Einen Augenblick zögerte Immanuel, dann griff er in die Innentasche seiner Jacke und holte das Kuvert mit dem Angebot heraus. Dabei bemerkte er, dass er noch etwas in Händen hielt. Ein Blatt Papier. Beschrieben in der schönen Handschrift des Dichters Friedrich. Es war sein Gedicht. Er betrachtete es, dann reichte er dem Arzt das Kuvert.

»Und was ist das?«, fragte dieser, auf das Blatt weisend.

»Das ist ... das hat mir der Dichter Friedrich gegeben.«

»Zeigen Sie doch einmal.«

Einen Moment zögerte Immanuel, dann reichte er ihm auch das Gedicht. Der Doktor las es. Hin und wieder huschte ein Lächeln über seine Lippen, dann wieder schüttelte er betrübt den Kopf. »Nun ja«, sagte er endlich, als er ausgelesen hatte. »Dann wollen wir die Sache mal zu Ende bringen.«

Zunächst schien Immanuel nicht zu begreifen und starrte seinen Gegenüber verständnislos an. Dann dämmerte es ihm. »Sie meinen ... Sie wollen ...?«, stammelte er.

»Die Sache kann doch wohl nicht ewig so weitergehen«, erwiderte der Doktor und steckte das Kuvert wie auch das Gedicht ein. »Gehen wir.«

Sie gingen also los, und Immanuel schien noch immer nicht zu wissen, was er sagen sollte. »Ich weiß gar nicht ... gar nicht, wie ich Ihnen das danken soll«, brachte er schließlich hervor. »Gewiss ... ja, gewiss wird Herr Schreihöft ein Einsehen haben. Wenn er sieht, dass selbst Sie sich für mich einsetzen, ja, dann wird er gewiss keine Einwände erheben, weil das Angebot so spät eintrifft. Und natürlich wird er auch die langjährigen Beziehungen zwischen unseren Firmen berücksichtigen, Beziehungen übrigens, an deren Pflege ich keinen geringen Anteil hatte. Mein Name ist bei der Firma Schreihöft stets geschätzt worden, das wird Ihnen Herr Schreihöft gewiss gerne bestätigen.« Und so redete er in einem fort auf den Mann an seiner Seite ein, der bisweilen wie geistesabwesend nickte, zumeist aber nur auf das Pflaster unter seinen Füßen starrte. Als die Beziehungen zwischen seiner und der Schreihöft'schen Firma nichts mehr hergeben wollten, brachte er die Sprache gar noch auf seinen Vater. »Mein Vater, müssen Sie wissen, ist Kommunalbeamter. Seit Jahren schon ist er auf dem Standesamt tätig.«

»Ohne Zweifel ein sehr geschäftiger Herr«, erwiderte der Doktor, während sie die zum Café führende Straße entlangschritten.

»Ja, ja, in der Tat. Und gewiss wird Herr Schreihöft ein Einsehen haben«, kam Immanuel wieder auf das erste Thema zu sprechen. »Und es ist ja wohl wahrlich nicht mein Verschulden. Aber wenn selbst Sie … ja, gewiss wird Herr Schreihöft das verstehen. Das muss er … aber natürlich, es wäre ja wohl noch schöner … doch Herr Schreihöft … ja, der ist ja schließlich ein gerechter Mann … und es wäre ja wohl wirklich eine Ungerechtigkeit, wenn … aber nein, Herr Schreihöft wird das einsehen. Es wäre ja wirklich zu toll! Ha, wo kämen wir denn da hin? Ich meine, wenn man nicht einmal mehr an die Gerechtigkeit glauben könnte!« Er lachte auf, und geradezu hysterisch drang sein Lachen in die noch immer wolkenverhangene Nacht.

»Gewiss doch«, erwiderte der Doktor mit tonloser Stimme. »Gewiss doch.«

Die Menge hatte inzwischen nicht nur den Rosenplatz eingenommen, sondern auch die diesen umgebenden Straßen, sodass sich der Doktor und Immanuel notgedrungen einen Weg durch die Leiberflut bahnen mussten. Und so gedrängt harrte es und starrte es, dass die beiden gegen so manchen Körper stießen und auf Füße traten, woran jedoch keinerlei Anstoß genommen wurde, da ja alles zum Café und zu dem Salon mit den drei hell erleuchteten Fenstern starrte. Gar eng hatte es sich um den Tisch der drei Greise geschart und vielleicht lauschte es gerade von allen Seiten der Erzählung von Herrn Radtke. Und auch Heinz-Hugo durfte sich einiger Aufmerksamkeit erfreuen, denn kaum ertönte sein *Jei jei jei ja!*, so wandte sich alles, selbst dort, wo er nicht zu sehen war, in seine Richtung. Die meisten Augen aber waren auf die drei Fenster mit ihrem strahlenden Schein gerichtet, der alles in seinen Bann zu ziehen schien. So mancher Blick haftete aber auch an dem Dach über dem Salon, auf dem irgendwann der Clown seine Kunststücke aufführen würde. Und von dem er dann stürzen würde. Doch die Bühne dort oben war noch leer. Oder war er am Ende schon gesprungen?

Als die beiden bis etwa zur Mitte der Menge vorgedrungen waren, da wurde das angespannte Schweigen, das wie eine Gewitterwolke über dem Rosenplatz schwebte, von etwas anderem abgelöst, das Immanuel nur ganz allmählich zu durchschauen wusste. Hatten sich in den Gesichtern bislang noch eine gewisse Anspannung und Erwartungsfreude widergespiegelt, so wirkte man nun, so weit vom Geschehen entfernt, eher verwirrt und, ja, so könnte man sagen, orientierungslos. Viele Blicke waren hier vom Café und dem Salon abgewandt, Köpfe drehten sich nach rechts, nach links, als wisse man nicht, wo man war, ja, bisweilen schaute man dem Doktor und Immanuel gar verwundert nach, wenn man von ihnen angerempelt wurde. Und hier und dort griff eine Hand nach Immanuel. Nie hätte er gedacht, dass es so viele Menschen geben könnte.

Dann war es geschafft, der äußere Rand der Masse erreicht. Ganz vorne auf dem Dach über dem Salon war die Bühne noch immer leer.

»Ja, ja, schon recht«, sagte der Doktor, als er sich auf der Knospen-Straße befand. »Das mit der leeren Bühne ist ja ein ganz schönes Bild, aber wir wissen das ja nun. Du brauchst nicht alles doppelt und dreifach zu erzählen.« Dann bog er nach rechts in den zum Friedhof führenden Weg. Auf dem Friedhof fand sich keine Menschenseele mehr. Die Trauergäste waren verschwunden, verschwunden war auch der Küster und mit ihm das Licht. Das Zelt hingegen stand noch an seinem Platz. Der Doktor blieb vor dem Eingang stehen und blickte hinein. Auch wenn hier ebenfalls jede Beleuchtung fehlte, so war doch deutlich zu erkennen, dass es dort drinnen aussah, als sei ein Rudel hungriger Wölfe über die Tafel hergefallen. Der Doktor schüttelte den Kopf und ging weiter, blieb auf der Höhe von Emilias Grab aber ein weiteres Mal stehen und blickte zu den Steinen und den Buchsbäumen, die unter den Nebelschwaden, die nun aus den Gräbern emporstiegen, jedoch fast gänzlich verborgen lagen. Dann setzte er sich wieder in Bewegung. Als er das Ende des Friedhofswegs beinahe erreicht hatte, drang der

Mond mit einem Male durch die schwarzen Regenwolken und ließ sein lebloses Licht auf eine Masse Mensch gleiten, die rechts vom Wege mit dem Rücken an eine Hecke gelehnt saß und nichts weiter als eine weiße Unterhose trug.

»Sie werden sich noch die Hose ganz nass machen, wenn Sie da auf dem feuchten Boden sitzen«, sagte der Doktor.

Der Mann blickte auf und machte eine verächtliche Miene, und hier nun erkannte man, dass es sich um den Philosophen Gerbenius handelte, dem es offensichtlich gelungen war, die Horde abzuschütteln. »Ist doch eh schon alles nass«, sagte er schließlich, und er hatte Recht. Auch wenn der Mond momentan schien, so war der Himmel doch noch immer von schwarzen Wolken verhangen und ging ein immer stärker werdender Nieselregen herab.

»Recht haben Sie«, stimmte auch der Doktor bei. »Bei dem Wetter wollte man keinen Hund vor die Tür jagen.« Er blickte den vor Feuchtigkeit glänzenden Mann mit einigem Interesse an. »Aber Sie sollten jetzt endlich aufstehen, Sie wollen doch schließlich zum Friedhof«, behauptete er. Der Philosoph schüttelte den Kopf. »Sie können ruhig gehen. Ich komme gerade von dort und versichere Ihnen, dass da keine Menschenseele ist. Die Horde, der Sie entkommen sind, wird Sie dort kaum behelligen.«

Der Mann jedoch schüttelte nur ein weiteres Mal den Kopf. »Ich will nicht.«

»Warum nicht?«

»Ich will nicht. Meine Füße tun weh. Ich bin müde.«

Der Doktor überlegte. »Haben Sie das Geheimnis um die Ewigkeit denn gelöst?«, fragte er dann.

»Die Ewigkeit kann mir mal im Mondschein begegnen«, erwiderte der Philosoph.

»Recht haben Sie«, stimmte der Doktor zu. »Dieses ewige Einerlei kann einen philosophischen Kopf wie Sie auch wahrlich in den Wahnsinn treiben. Doch jetzt geben Sie sich endlich einen Ruck und stehen Sie auf. Sie wollen doch schließlich Vorbild sein. Und so weit ist es ja schließlich nicht.«

»Ich will nicht.«

Da griff der Doktor in die Innentasche seiner Jacke und holte eine Tüte mit Bonbons hervor, die er dem Philosophen nun hinhielt. »Nehmen Sie einen, die schmecken gut.«

»Ich will nicht.«

»Himbeergeschmack.«

»Ich mag keine Himbeeren.« Er starrte auf den Boden vor sich und wirkte nun regelrecht bockig.

»Erdbeergeschmack ist auch dabei.«

»Erdbeeren mag ich auch nicht!«

Resignierend steckte der Doktor die Tüte wieder ein. »Dickköpfig wie die Kinder und die Pfaffen sind sie, diese Philosophen«, sprach er und holte aus der Jackentasche eine andere Tüte hervor. »Aber wie wär's hiermit? Doktor Pappens Früchtehappen!«

Er hielt ihm die Tüte hin, und der Philosoph blickte auf. Er schien unschlüssig, wiegte den massigen Oberkörper einige Male hin und her. »Ich will aber Johannisbeergeschmack«, bestimmte er schließlich.

»Aber natürlich. Nichts anderes als Doktor Pappens Früchtehappen in der Geschmacksrichtung Johannisbeere halte ich hier in der Hand.«

Der Philosoph wiegte sich ein letztes Mal, dann langte er in die Tüte, nahm einen der Früchtehappen und steckte ihn in den Mund.

»Na sehen Sie, und jetzt sieht die Welt doch schon wieder ganz anders aus.« Er tätschelte ihm die Wange und setzte sich dann in Bewegung in Richtung auf die Mohn-Gasse. Die Gasse war matschiger denn je und er trat so vorsichtig wie möglich mit den Schuhspitzen auf. »Soll er doch da sitzen bleiben und sich eine Lungenentzündung holen!« Dann hatte er die Alraunen-Straße erreicht, und mächtig wie eh und je baute sich der Giebel des Schreihöft'schen Firmengebäudes vor ihm auf. Wohl konnte man aus dem Obergeschoss ein Licht erkennen, doch schien es nur ein Schimmer, als handele es sich lediglich um eine Notbeleuchtung. Ob Herr Schreihöft wohl noch in seinem Büro saß? »Aber natürlich wird er das«, sprach der Doktor mit völliger Selbstgewissheit. »Schließlich ist Herr Schreihöft ein sehr geschäftiger und gewissenhafter Mann. Wird der sich einfach zu Weib und Kind ins traute Heim schleichen, wenn noch wichtige Geschäfte anliegen? Ist doch wohl kaum anzunehmen.« Deutlich hörte man seine Schritte durch die leere Straße hallen. »Und außerdem wird er sich der langjährigen Beziehungen zwischen den Firmen bewusst sein. So etwas verpflichtet schließlich.« Vor dem Häuschen neben dem Eingang blieb er stehen. Der alte Hartmann war verschwunden, ebenso die Zeitung, in der er gelesen hatte. »Na, warum sollte er die Zeitung auch hier lassen?«, fragte der Doktor in fröhlichem Ton. »Die hat er sich ja schließlich von seinem eigenen Geld gekauft. Und dass er sich einfach aus dem Staub gemacht hat, das dürfen wir ihm auch nicht verdenken. Das sind so die Vorteile, wenn man nicht der Führungsriege angehört. Wer solch ein riesiges Unternehmen leitet, der kann sich schwerlich eine Angestelltenmentalität leisten. Aber wer will von unserem wackeren Herrn Hartmann verlangen, dass er hier nach Feierabend noch die Stellung hält? Wäre ja noch schöner!« Mit federndem Schritt stieg er die Stufen der Steintreppe empor und ging auf die zweite ins Obergeschoss führende Treppe zu. »Nein, da können wir ganz beruhigt sein. Herr Schreihöft wird genau dort sein, wo ein verantwortungsbewusster Chef hingehört, in seinem Büro nämlich.« Er nahm die ersten Stufen, da drangen von oben Geräusche herab, als verschließe jemand eine Tür. »Keine Sorge«, sagte der Doktor. »Und natürlich verschließt sie die Tür zum Vorzimmer, denn genau so hat's Herr Schreihöft ja schließlich angeordnet. Es wäre ja wohl auch noch schöner, wenn da jeder einfach hereinspazieren und das Heiligtum der Firma betreten könnte.« Er hatte den ersten Absatz der Treppe erreicht, und in der Tat konnte man oben eine Putzfrau sehen, zu ihren Füßen ein Eimer mit einigen Lappen, in der einen Hand ein Schrubber, in der anderen der Schlüssel, mit dem sie gerade die Tür zu dem Vorzimmer verschlossen hatte. »Nicht so schnell, meine Dame«, rief der Doktor ihr mit liebenswürdiger Stimme zu, während er die letzten Stufen emporstieg. »Ihr Diensteifer ist nur zu loben, und bitte glauben Sie mir, wenn ich Ihnen versichere, dass diese Charaktereigenschaft niemand besser zu schätzen weiß als ich. Allein am heutigen Abend möchte ich Sie bitten, nichts zu übereilen und mir noch Einlass zu gewähren.«

Die Putzfrau blickte den Doktor wohl leicht verwundert an, schien von dessen charmanten Wesen gleichwohl bereits gefangen. »Ja, aber was wollen Sie denn so spät noch hier?«, erkundigte sie sich und betrachtete den Arzt nun mit offenkundigem Interesse. Dieser trat auf sie zu, schaute sich einmal über die Schulter nach hinten um und flüsterte ihr dann etwas ins Ohr. Als er fertig war, atmete sie deutlich hörbar durch die Nase ein und gab sich den Anschein, als denke sie nach.

»Na ja, wenn das so ist«, sagte sie dann und schloss die Tür wieder auf. Der Doktor griff ihre rechte Hand und hauchte in der Art alter Kavaliere einen Kuss darauf. Er stand schon im Begriff, in das Zimmer zu treten, da hielt er nochmals inne. Kurz überlegte er, dann griff er in die Innentasche seiner Jacke und holte ein Kuvert und ein Blatt Papier aus dieser hervor.

»Ich glaube, das brauchen wir nun nicht mehr«, sprach er und warf das Kuvert und das Blatt Papier in den Eimer mit den Putzlappen. »Ich bin Ihnen zu tiefstem Dank verpflichtet«, wandte er sich dann nochmals an die Putzfrau. »Und Sie können ruhig hinter mir abschließen. Wir erwarten niemanden mehr.« Daraufhin trat er in das Vorzimmer, das tatsächlich, wie es von draußen geschienen hatte, nur von einer einzigen Lampe beleuchtet war. Mit leichtem Schritt bewegte der Doktor sich durch den Raum zur Tür von Herrn Schreihöfts Büro und

öffnete sie, ohne vorher angeklopft zu haben. Bevor
er in dem Raum verschwand, drehte er sich hingegen nochmals zu uns um und verbeugte sich. Dann
schloss er die Tür.

Die Putzfrau schaute noch einige Augenblicke zu
der Stelle, an der der Arzt eben verschwunden war.
»Ist doch schon ein seltsamer Vogel, dieser Doktor«,
sagte sie und schüttelte den Kopf. Dann verschloss
sie die Tür zu dem Vorzimmer.

***

Weiterhin sind von Stefan Bruweleit im Mephisto-pheles-Verlag erschienen:

Bäslack. Heitere und satirische Geschichten

Ein Pater, der in seinem Kampf gegen das Böse vor nichts und niemandem Halt macht; ein Mann, den der von seinem serienmordenden Nachbarn verursachte Lärm nahezu in den Wahnsinn treibt, dem aber entgeht, wie seine Familie nach und nach von eben jenem Nachbarn dahingemetzelt wird; eine Gruppe hilfsbereiter Bürger, die während der Suche nach einem vermissten Jungen eine ganze Stadt in Schutt und Asche legt.
Vielen der Helden aus den vorliegenden zwölf Erzählungen und Kurzgeschichten scheint das rechte Augenmaß zu fehlen. Gewiss versuchen sie lediglich, irgendwie die Widrigkeiten des Lebens zu meistern, doch alle von ihnen scheinen den ganz normalen Wahnsinn des Alltags geradezu anzuziehen.
    Ein unvergleichlicher Lesespaß für die ganze Familie.

ISBN: 978-3-9824142-0-1
Umfang: 216 Seiten
Preis: 12,99 Euro

Der alte Marionettenmeister. Roman

Ein Serienmörder, der eine ganze Stadt in Atem hält; drei Männer, die keinen sehnlicheren Wunsch kennen, als sich das Leben zu nehmen; dazu ein geistig behinderter Rollstuhlfahrer und sein geheimnisvoller Begleiter, die irgendwie mit den Morden und auch mit den drei Lebensmüden in Beziehung zu stehen scheinen.
Während die Stadtbevölkerung durch das Wüten eines Serienmörders dezimiert wird, bemühen sich die drei Helden der Geschichte verzweifelt, ihrem Dasein ein Ende zu bereiten. Eigentlich doch ein ganz einfaches Unternehmen, so sollte man meinen. Bald jedoch schon müssen sie erkennen, dass ihr Vorhaben weitaus schwieriger ist, als sie zunächst angenommen haben. Irgendeine Macht, die irgendwie mit dem Rollstuhlfahrer und dessen Begleiter im Zusammenhang zu stehen scheint, hat offenbar andere Pläne mit ihnen.

ISBN: 978-3-9824142-1-8
Umfang: 230 Seiten
Preis: 12,99 Euro

Die vier Erwählten. Roman

Auch das Leben in der religiösen Gemeinde der Erwählten ist nicht leicht, wie die vier jugendlichen Helden der Geschichte schmerzhaft erfahren müssen. Tagtäglich dem religiösen Fanatismus der Gemeindemitglieder und den drakonischen Strafmaßnahmen ihres Familienoberhauptes ausgesetzt, steuern sie direkt auf eine Katastrophe zu, die ihren weiteren Lebensweg entscheidend prägen soll.
Wie eine Gewitterwolke schwebt die Vergangenheit fortan über ihren Häuptern, auch als sie nicht mehr dem direkten Einfluss der Sekte ausgesetzt sind, und konfrontiert sie mit der Frage nach der eigenen Schuld, die sie während ihrer Zeit in der Gemeinde der Erwählten auf sich geladen haben. Keiner von ihnen kann sich letztlich der Beantwortung dieser Frage entziehen.

ISBN: 978-3-9824142-2-5
Umfang: 546 Seiten
Preis: 19,99 Euro

Der Fluch des Grafen Olens. Eine Kriminalgeschichte der etwas anderen Art.

Inspektor Kolluvies ist weniger Polizist, sondern in erster Linie Genie. Diese Wahrheit wird wohl kaum jemand in Zweifel ziehen, der jemals erlebt hat, wie der Meister der genialischen Beweisführung im kühnen Gedankenflug selbst das Unbeweisbare beweist und aus den unscheinbarsten Indizien Kriminalfälle von solcher Grandiosität konstruiert, dass selbst ein Sherlock Holmes vor Neid erblassen würde. Und wen stört es da schon, dass er zumeist an der Realität vorbeiermittelt und höchstens einmal durch Zufall einen Fall löst, solange zumindest der Ermittlungsansatz eines Kolluvies würdig und eben genial ist?
So sind Kolluvies und sein tollpatschiger Assistent Fiedler denn auch genau die passenden Männer, die Alfons Graf zu Amentes benötigt, als ein Serienmörder sein Anwesen heimsucht. Während sich Leiche auf Leiche häuft und der Inspektor sich an seinen geistigen Höhenflügen berauscht, scheint die einzige Aussicht auf Rettung in der Flucht zu bestehen. Doch wohin flüchten, wenn man von einem undurchdringlichen Moor und einem reißenden Fluss umgeben ist, dessen einzige Brücke bei einem Unwetter eingestürzt ist?

ISBN: 978-3-9824142-4-9
Umfang: 222 Seiten
Preis: 12,99 Euro